鲁迅全集

第 十 二 卷

书 信

(1927—1933)

人民文学出版社

图书在版编目（CIP）数据

鲁迅全集. 12/鲁迅著. —北京：人民文学出版社，2005. 11（2022.11重印）
ISBN 978-7-02-005033-8

I. ①鲁… II. ①鲁… III. ①鲁迅著作—全集②鲁迅书信 IV. ①I210. 1

中国版本图书馆 CIP 数据核字（2005）第 070003 号

责任编辑　刘　伟
装帧设计　李吉庆
责任校对　段志坚
责任印制　王重艺

"海婴与鲁迅，一岁与五十"（1930）

在上海时摄（1933）

与许广平、周建人、孙福熙、孙伏园、林语堂合影（1927）

绍原先生：

今天奉到十二日来信。那「爪」早收到了，感谢。但纸张不大好，大约还是北京的罢。我也，再版时须用洋好一点。

致江绍原信手迹

目 录

一 九 二 七 年

I

一九二八年

一 九 三 〇 年

一 九 三 一 年

一 九 三 二 年

一 九 二 七 年

270102　致　许　广　平 [1]

广平兄：

　　自从十二月廿三四日得十九，六信后，久不得信，真是好等，今天上午(一月二日)总算接到十二月廿四的来信了。伏园想或已见过，他到粤所说的事情，我已于三十日所寄函中将他的信附上，收到了罢。至于刊物，十一月廿一日之后，我又寄过两次，一是十二月三日，大约已遗失；一是十二月十四日，挂号的，也许还会到。学校门房行为如此，真可叹，所以工人地位升高，总还须有教育才行。幸而那些刊物不过是些期刊之流，没有什签名盖印的，失掉了倒也还没有什么。

　　毛咸这人听说倒很好的，他有本家在这里；信中的话，似乎也恳切，伏园至多大约不过作了一个小怪，随他去；但连人家的名字都写错，可谓粗心。云章似乎好名，他被《狂飙》批评后，还写信去辩，真是上当。至于长虹，则现在竭力攻击我，似乎非我死他便活不成，想起来真好笑。近来也很回敬了他几杯辣酒。我从前竭力帮忙，退让，现在躲在孤岛上，他们以为我精力都被他们用尽，不行了，翻脸就攻击。其实还太早了一些，以他们的一点破碎的思想的力量，还不能将我打死。不过使我此后见人更有戒心。

　　前天，十二月卅一日，我已将正式的辞职书提出，截至当

1

日止，辞去一切职务。这事很给厦大一点震动，因为我在此，与学校的名气有些相关，他们怕以后难于聘人，学生也要减少，所以颇为难。为虚名计，想留我，为干净，省得捣乱计，愿放走我。但无论如何，总取得后者的结果的。因为我所不满意的是校长，所以无可调和。今天学生会也举代表来留，自然是具文而已，接着大概是送别会，那时是听，我的攻击厦大的演说。他们对于学校并不满足，但风潮是不会有的，因为四年前曾经失败过一次。

我这一走，搅动了空气不少，总有一二十个也要走的学生，他们或往广州，或向武昌，倘有二十余人，就是十分之一，因为这里一总只有二百余人。这么一来，我到广州后，便又粘带了十来个学生，大约又将不胜其烦，即在这里，也已经应接不暇。但此后我想定一会客时间，否则，是不得了的，将有在北京那时的一样忙碌。将来攻击我的人，也许其中也有。

上月的薪水，听说后天可发；我现在是在看试卷，两三天可完。此后我便收拾行李；想于十日前，至迟十四五日以前，离开厦门，坐船向广州。但其时恐怕已有学生跟着的了，须为之转学安顿。所以此信到后，不必再寄信来，其已经寄出的，也无妨，因为有人代收。至于器具，我除几种铝制的东西之外，没有什么，当带着，恭呈钧览。

不到半年，总算又将厦门大学捣乱了一通，跑掉了。我的旧性似乎并不很改。听说这回我的搅乱，给学生的影响颇不小；但我知道，校长是决不会改悔的。他对我虽然很恭敬，但我讨厌他，总觉得他不像中国人，像英国人。

玉堂想到武昌,他总带[待]不久的。至于现代系人,却可以在,他们早和别人连络了。

我近来很沉静而大胆,颓唐的气息全没有了,大约得力于有一个人的训示。我想二十日以前,一定可以见面了。你的作工的地方,那是当不成问题,我想同在一校无妨,偏要同在一校,管他妈的。

今天照了一个照相,是在草木丛中,坐在一个洋灰的坟的祭桌上,像一个皇帝,不知照得好否,要后天才知道。

迅 一月二日下午。

* * *

〔1〕 此信经作者整理编辑收入《两地书》,序号一○四。

270105 致 许 广 平〔1〕

广平兄:

伏园想已见过了,他于十二月廿九日给我一封信,今裁出一部分附上〔2〕,未知以为何如。我想助教是不难做的,并不必授功课,而给我做助教,尤其容易,我可以少摆教授架子。

这几天"名人"做得太苦了,赴了几处送别会,都有我那照例的古怪演说。这真奇怪,我的辞职消息一传出,竟惹起了不小的波动,许多学生颇愤慨,有些人很慨叹,有些人很恼怒。有的是借此攻击学校,而被攻击的是竭力要将我的人说得坏些,因以减轻罪孽。所以谣言颇多,我但袖手旁观着,煞是好看。这里是死海，经这一搅，居然也有小乱子，总算还不愧为"挑剔风潮"的学匪[3]。然而于学校，是仍然无益的，这学校除彻底扫荡之外，没有良法。

不过于物质上，也许受点损失。伏园走后，十二月上半月的薪水，不给他了。我的十二月份薪水，也未给，因为他们恨极，或许从中捣鬼。我须看他几天，所以十日以前，大约一定走不成，当在十五日前后。不过拿不到也不要紧，这一个对于他们狐鬼的打击，足以偿我的损失而有余了，他们听到鲁迅两字，从此要头痛。

学生至少有二十个被我带走。我确也不能不走了，否则害人不浅。因为我在这里，竟有从河南中州大学转学而来的，而学校是这样，我若再给他们做招牌，岂非害人，所以我一面又做了一则通信，登《语丝》，说明我已离厦。我不知何以忽然成为偶象，这里的几个学生力劝我回骂长虹，说道，你不是你自己的了，许多青年等着听你的话。我为之吃惊，我成了他们的公物，那是不得了的，我不愿意。我想，不得已，再硬做"名人"若干时之后，还不如倒下去，舒服得多。

此信以后，我在厦门大约不再发信了，好在不远就到广州。中大的职务，我似乎并不轻，我倒想再暂时肩着"名人"的招牌，好好的做一做试试看。如果文科办得还像样，我的目的就达了。我近来变了一点态度，于诸事都随手应付，不计利害，然而也不很认真，倒觉得办事很容易，也不疲劳。

再谈。

迅。一月五日午后

＊　　　＊　　　＊

〔1〕　此信经作者整理编辑收入《两地书》，序号一〇五。

〔2〕　鲁迅裁附的孙伏园信如下："许广平君已搬出学校，表示辞职决心，我乃催问骝先，据他说校中职员大概几十块钱，是不适宜的。我便问他：'你从前说李遇安君可作鲁迅之助教，现在遇安不在，鲁迅助教可请广平了。'他说助教也不过百元，平常只有八十。那末我说百元就百元罢。（好在从下月起，因为财政略微充裕，可以不搭公债。）骝先说，'鲁迅一到，即送聘书可也。'许君处尚未同她说过，一二天内我当写信给她，以免她再去弄别的事。先生能早来最好。"

〔3〕　"挑剔风潮"的学匪　陈西滢在《现代评论》第一卷第二十五期（1925 年 5 月 30 日）的《闲话》中，曾指责鲁迅、马裕藻等同情和支持北京女师大学生反对校长杨荫榆的教员是"暗中挑剔风潮"。国家主义派杂志《国魂》第九期（1925 年 12 月 30 日）发表姜华的《学匪和学阀》一文，攻击鲁迅、马裕藻等为"学匪"。

270106　致许广平[1]

广平兄：

五日寄一信，想当先到了。今天得十二月卅日信，所以再写几句。

伏园为你谋作助教，我想并非捉弄你的，观我前回附上之两信便知，因为这是李遇安的遗缺，较好。北大和厦大的助教，平时并不授课；厦大是教授请假半年或几月时，间或由助教代课，但这样是极少的事，我想中大当不至于特别罢，况且教授编而助教讲，也太不近情理，足下所闻，殆谣言也。即非谣言,亦有法想,似乎无须神经过敏。未发聘书,想也不至于中变,其于季黻亦然,中大似乎有许多事等我到才做似的。我的意思,附中聘书可无须受,即有中变,我当勒令朱找出地方来。

至于引为同事,恐牵连到自己,那我可不怕。我被各人用各色名号相加,由来久了,所以无论被怎么说都可以。这回我的去厦,这里也有各种谣言,我都不管,专用徐世昌哲学:听其自然。

害马〔2〕又想跑往武昌去了,谋事逼之欤?十二月卅日写的信,而云“打算下半年在广州”,殊不可解,该打手心。

我十日以前走不成了,因为十二月分薪水,要明后天才能取得。但无论如何,十五日以前是必动身的。他们不早给我薪水,使我不能早走,失策了。校内似乎要有风潮,现在正在酝酿,两三日内怕要爆发,但已由挽留运动转为改革厦大运动,与我不相干。不过我早走,则学生们少一刺激,或者不再举动,现在是不行了。但我却又成为放火者,然而也只得听其自然,放火者就放火者罢。

这一两天内苦极,赴会和饯行,说话和喝酒,大约这样的还有两三天。自从被勒做“名人”以来,真是苦恼。这封信是夜三点写的,因为赴会后回来是十点钟,睡了一觉起来,已是三点了。

这些请吃饭的人,有的是佩服我的,在这里,能不顾每月四百元的钱而捣乱的人,已经算英雄。有的是憎而且怕我的,想以酒食封我的嘴,所以席上的情形,煞是好看,简直像敷衍一个恶鬼一样。前天学生送别会上，为厦大未有之盛举，有唱歌，有颂词，忽然将我造成一个连自己也想不到的大人物，于是黄坚也称我为"吾师"，而宣言曰"我乃他之学生也，感情自然很好的"。令人绝倒。今天又办酒给我饯行。

这里的恶势力，是积四五年之久而弥漫的，现在学生们要借我的四个月的魔力来打破它，不知结果如何。

迅。一月六日灯下

*　　　*　　　*

〔1〕 此信经作者整理编辑收入《两地书》，序号一〇九。

〔2〕 害马 许广平等六位学生自治会职员在女师大风潮中曾被杨荫榆称为"害群之马"，故鲁迅以此戏称许广平。

270108　致 韦 素 园

漱园兄：

上午寄出译稿两篇〔1〕，未知能与此信同到否？又由中国银行汇出洋一百元，则照例当较此信迟到许多天，到时请代收，转交霁野。

我于这三四日内即动身，来信可寄广州文明路中山大学。我本拟学期结束后再走，而种种可恶，令人不耐，所以突然辞职了。不料因此引起一点小风潮，学生忽起改良运动，现正在扩大，但未必能改良，也未必能改坏。

总之这是一个不死不活的学校，大部分是许多坏人，在骗取陈嘉庚[2]之钱而分之,学课如何,全所不顾。且盛行妾妇之道,"学者"屈膝于银子面前之丑态,真是好看,然而难受。

迅 一月八日

＊　　　＊　　　＊

〔1〕 译稿两篇　指鲁迅译的《文学者的一生》和《运用口语的填词》;前者为日本武者小路实笃作,后者为日本铃木虎雄作,分别发表于《莽原》半月刊第二卷第三、四期(1927年2月10日、25日)。

〔2〕 陈嘉庚(1874—1961)　福建厦门人,爱国华侨领袖,长期侨居新加坡。1912年创办集美学校,1921年创办厦门大学。

270110　致韦素园

漱园兄:

八日汇出钱百元,九日寄一函,想已到。今日收到十二月卅日来信。　兄咯血,应速治,除服药打针之外,最好是吃鱼肝油。

章矛尘已到了,退回之《莽原》,请仍寄给他。《坟》想已出,应送之处,开出一单附上。

这里的风潮似乎要扩大。我大约于十四五才能走,因为一时没有船。

《莽原》稿已又寄出两篇,二月份可无虑了;三月者当续寄。

迅 一月十日灯下

张凤举

徐耀辰（祖正）[1]

刘半农

　以上三人，未名社想必知道他的住址

常维钧[2]

马　珏[3]（后门内东板桥五十号，或：孔德学校）

冯文炳（大约在北大，问北新局，当知）

陈炜谟[4]

冯　至[5]

　上两人是沈钟社[6]里的，不知尚在京否？如知地址，希邮寄。此外也记不起什么了，此外如素园[7]，丛芜，静农，你……，自然应各送一本，不待说明。

＊　　＊　　＊

〔1〕　徐耀辰（1895—1978）　名祖正，字耀辰，江苏昆山人，语丝社成员。留学日本。曾任北京大学等校教授。

〔2〕　常维钧（1894—1985）　名惠，字维钧，河北宛平（今属北京）人。北京大学法文系毕业，曾任北大《歌谣》周刊编辑。

〔3〕　马珏（1910—1994）　马幼渔之女，当时北京孔德学校学生。

〔4〕　陈炜谟（1903—1955）　四川泸县人，北京大学学生，沉钟社成员。

〔5〕　冯至（1905—1993）　冯承植，字君培，笔名冯至，河北涿县人，诗人。北京大学学生，曾留学德国。沉钟社成员。

〔6〕　沉钟社　文学团体，1925年秋成立于北京，主要成员有林如稷、陈炜谟、陈翔鹤、冯至、杨晦等，曾出版《沉钟》周刊（后改为半月刊）

和《沉钟社丛书》。

　〔７〕　素园　当误，疑指李霁野。

270111　致许广平〔1〕

广平兄：

　　五日与七日的两函，今天（十一）上午一同收到了。这封挂号信，却并无要事，不过我因为想发议论，倘被遗失，未免可惜，所以宁可做得稳当些。

　　这里的风潮似乎还在蔓延，不过结果是不会好的。有几个人还想利用这机会高升，或则向学生方面讨好，或则向校长方面讨好，真令人看得可叹。我的事情大略已了，本可以动身了，而今天有一只船，来不及坐，其次，只有星期六有船，所以于十五日才能走。这封信大约要和我同船到粤，但姑且先行发出。我大概十五上船，也许十六才开，则到广州当在十九或二十日。我拟先住广泰来栈，和骝先接洽之后，便姑且搬入学校，房子是大钟楼，据伏园来信说，他所住的一间就留给我。

　　助教是伏园去谋来的，俺何敢自以为"恩典"，容易"爆发"也好，容易"发暴"也好，我就是这样，横竖种种谨慎，还是被人逼得不能做人。我就来自画招供，自说消息，看他们其奈我何。我对于"来者"，先是抱给与的普惠，而惟独其一，是独自求得的心情。（这一段也许我误解了原意，但已经写下，不再改了。）这其一即使是对头，是敌手，是枭蛇鬼怪，要推我下来，我即甘心跌下来，我何尝愿意站在台上。我就爱枭蛇鬼怪，我要给他践踏我的特权。我对于名誉,地位,什么都不要,我只要枭蛇鬼怪够了。但现在之所以只透一点消息于人间者,(一)为己,是还念及生计问题;(二)为人,是可以暂以我为偶象,而作改革运动。但要我兢兢业业,专为这两事牺牲,是不行了。我牺牲得够了,我从前的生活,都已牺牲,而受者还不够,必要我奉献全部的生命。我现在不肯了,我爱"对头",我反抗他们。

这是你知道的,我这三四年来,怎样地为学生,为青年拚命,并无一点坏心思,只要可给与的便给与。然而男的呢,他们互相嫉妒,争起来了,一方面不满足,就想打杀我,给那方面也无所得。看见我有女生在坐,他们便造流言。这些流言,无论事之有无,他们是在所必造的,除非我和女人不见面。他们貌作新思想,其实都是暴君酷吏,侦探,小人。倘使顾忌他们,他们更要得步进步。我蔑视他们了。我有时自己惭愧,怕不配爱那一个人;但看看他们的言行思想,便觉得我也并不算坏人,我可以爱。

那流言,最初是韦漱园通知我的,说是沉钟社中人所说,《狂飙》上有一首诗,太阳是自比,我是夜,月是她。今天打听川岛,才知此种流言早已有之,传播的是品青,伏园,衣萍,小峰,二太太……。他们又说我将她带在厦门了,这大约伏园不在内,而送我上车的人们所流布的。黄坚从北京接家眷来此,又将这流言带到厦门,为攻击我起见,广布于人,说我之不肯留,乃为月亮不在之故。在送别会上,陈万里且故意说出,意图中伤。不料完全无效,风潮并不稍减。我则十分坦然,因为此次风潮,根株甚深,并非由我一人而起。况且如果是"夜",当然要有月亮,倘以此为错,是逆天而行也。

现在是夜二时,校中暗暗熄了电灯,帖出放假条告,当被学生发见,撕掉了。从此将从驱逐秘书运动,转为毁坏学校运动。

《生财有大道》[2]那一篇,看笔法似乎是刘半农做的。老三不回去了,听说今年总当回京一次,至迟以暑假为度。但他不至于散布流言。我现在真自笑我说话往往刻薄,而对人则太厚道,我竟从不疑及衣萍之流到我这里来是在侦探我;并且今天才知道我有时请他们在客厅里坐,他们也不高兴,说我在房里藏了月亮,不容他们进去了。我托羡苏买了几株柳,种在后园,拔去了几株玉蜀黍,母亲也大不以为然,向八道湾鸣不平,听说二太太也大放谣言,说我纵容学生虐待她。现在是往来很亲密了,老年人容易受骗。所以我早说,我一出西三条,能否复返,是一问题,实非神经过敏之谈。

但这些都由它去,我自走我的路。不过这回厦大风潮,我又成了中心,正如去年之女师大一样。许多学生,或则跟到广州,或往武昌,为他们计,是否还应该留几片铁甲在身上,再过一年半载,此刻却还未能决定。这只好于见到时商量。不过不必连助教都怕做,对语都避忌,倘如此,那真成了流言的囚人了。

迅。一月十一日。

＊　　　＊　　　＊

〔1〕　此信经作者整理编辑收入《两地书》,序号一一二。

〔2〕《生财有大道》 即《生财有大道论》,署名"心心",载《语丝》第 105 期"闲话集成"专栏。

270112 致 翟永坤

永坤兄:

去年底的来信,今天收到。此地很无聊,肚子不饿而头痛。我本想在此关门读书一两年,现知道已属空想。适逢中山大学邀我去,我就要去了,大约十五日启行。

至于在那里可以住多少时,现在无从悬断,倘觉得不合适,那么至多也不过一学期。此后或当漂流,或回北京,也很难说,须到夏间再看了。但无论如何,目下总忙于编讲义,不能很做别的。

迅 一,十二

来信问我在此的生活,我可以回答:没有生活。学校是一个秘密世界,外面谁也不明白内情。据我所觉得的,中枢是"钱",绕着这东西的是争夺,骗取,斗宠,献媚,叩头。没有希望的。近来因我的辞职,学生们发生了一个改良运动,但必无望,因为这样的运动,三年前已经失败过一次了〔1〕。这学校是不能改良,也不能改坏。

此地没有霜雪,现在虽然稍冷,但穿棉袍尽够。梅花已开了,然而菊花也开着,山里还开着石榴花,从久居冷地的人看来,似乎"自然"是在和我们开玩笑。

迅 又及

＊　　　　＊　　　　＊

〔1〕　1924 年 4 月,厦门大学学生对校长林文庆不满,开会拟作出要求校长辞职的决议,因部分学生反对而作罢。林文庆为此开除为首学生,解聘教育科主任等九人,从而引起学潮。林并拒绝学生的任何合理要求,于同年 6 月 1 日诱使部分建筑工人凶殴学生,继又下令提前放暑假,限令学生五日离校,届时即停膳、停电、停水。当时厦门的保守势力也都支持林文庆,学生被迫宣布集体离校。

270115　致 林文庆[1]

文庆先生足下:

前蒙惠书,并嘱刘楚青[2]先生辱临挽留,闻命惭荷,如何可言。而屡叨盛饯,尤感雅意,然自知薄劣,无君子风,本分不安,速去为是。幸今者征轮在望,顷即成行。肃此告辞,临颖悚息。聘书两通并还。

周树人 启 一月十五日

＊　　　　＊　　　　＊

〔1〕　此信据 1927 年 2 月 17 日香港《华侨日报》所载署名"探秘"的《鲁迅君的作风》一文编入。

林文庆(1869—1957),字梦琴,福建海澄人。早年留学英国。1921年起任厦门大学校长。

〔2〕　刘楚青(1893—?)　名树杞,字楚青,湖北新埔人。当时任厦门大学教务长,秘书,兼理科主任。鲁迅 1927 年 1 月 3 日日记:"晚刘楚青来挽留并致聘书。"

270117　致　许　广　平[1]

广平兄：

现在是十七夜十时,我在"苏州"船中,泊在香港海上。此船大约明晨九时开,午后四时可到黄浦,再坐小船到长堤,怕要八九点钟了。

这回一点没有风浪,平稳如在长江船上,明天是内海,更不成问题。想起来真奇怪,我在海上,竟历来不大遇到风波,但昨天也有人躺下不能起来的,或者我比较的不晕船也难说。

我坐的是"唐餐间",两人一房,一个人到香港上去了,所以此刻是独霸一间。至于到广州后先住那一个客栈,此刻不能决定。因为有一个侦探性的学生跟住我。这人大概是厦大校长所派,侦探消息的,因为那边的风潮未平,他怕我帮助学生,在广州活动。我在船上用各种方法斥拒,至于疾声厉色,令他不堪。但是不成功,他终于嬉皮笑脸,谬托知己,并不远离。大约此后的手段是和我住同一客栈,时时在我房中,探听中大情形。所以明天我当相机行事,能将他撇下便撇下,否则再设法。

此外还有三个学生,是广东人,要进中大的,我已通知他们一律戒严,所以此人在船上,是不能探得消息。

迅(一月十七日)

*　　　*　　　*

〔**1**〕　此信经作者整理编辑收入《两地书》,序号一一三。

270126　致韦素园

漱园兄：

我十八日到校了，现即住在校内，距开学尚有一个月，所以没有职务上的事。但日日忙于会客及赴会演说，也很苦恼，这样下去，还是不行，须另设法避免才好。

本地出版物，是类乎宣传品者居多；别处出版者，《现代评论》[1]倒是寄卖处很多。北新刊物也常见，惟未名社者不甚容易见面。闻创造社中人说，《莽原》每期约可销四十本。最风行的是《幻洲》，每期可销六百余。

旧历年一过，北新拟在学校附近设一售书处[2]，我想：未名社书亦可在此出售，所以望即寄《坟》五十本，别的书各二十本，《莽原》合本五六部，二卷一号以下各十本来，挂号，"中山大学大钟楼，周……"收。待他们房子租定后，然后直接交涉。

这里很繁盛，饮食倒极便当；在他处，听得人说如何如何，追来一看，还是旧的，不过有许多工会而已，并不怎样特别。但民情，却比别处活泼得多。

买外国书还是不便当，这于我有损，现正在寻找，可有这样的书店。

迅　一，廿六

＊　　　＊　　　＊

〔1〕《现代评论》　综合性周刊，胡适、陈源、王世杰、高一涵、徐

志摩、唐有壬等留学英美的知识分子主办的同人杂志。1924 年 12 月创刊于北京,1927 年 7 月移至上海出版,1928 年 12 月停刊。

〔2〕　设售书处　当时鲁迅曾租用广州芳草街四十四号二楼设"北新书屋",代售北新书局和未名社书刊。1927 年 3 月 15 日开业,同年 8 月结束。

270129　致许寿裳[1]

季茀兄:

十九日信已到,现校中只缺豫科教授,大家俱愿以此微职相屈,望兄不弃,束装即来。所教何事,今尚未定,总之都甚容易,又须兼教本科二三小时,月薪为二百四十,合大洋约二百上下,以到校之月起算,甚望于二月(阳历)间到校。可以玩数天,开学则三月二日也。

此间生活费颇贵,然一人月用小洋百元足够,食物虽较贵而质料殊佳;惟房租贵,三小间约月需二十元上下。弟现住校中,来访者太多,殊不便,将来或须赁屋,亦未可知。

信到后乞即示行期。又如坐太古[2]船,则"四川""新宁""苏州"等凡以 S 起头者皆较佳。"唐餐楼"[3]每人约二十五六元。

来信仍寄校中。

迅 上 一月二十九夜

＊　　　＊　　　＊

〔1〕　此信据许寿裳亲属录寄副本编入。

〔2〕　太古　指太古兴记轮船公司,旧中国由英国资本操纵的航运组织。下文的"四川"、"新宁"等是船名。

〔3〕　唐餐楼　也作唐餐间。指供应中餐的船舱,相当于二等舱。

270131　致许寿裳[1]

季茀兄:

昨刚发〔寄〕信绍,沪,今晨得二十三日来信,俱悉。兄之聘书,已在我处,为豫科教授,月薪二百四十元,合大洋不过二百上下。此间生活费,有百元足矣,不至于苦。

至于所教功课,现尚无从说起,因为一切尚无头绪。总之,此校的程度是并不高深的,似乎无须怎样大豫备。

开学是三月二日,但望兄见信即来。可以较为从容,谈谈。所教功课,也许在本科也有几点钟。

校中要我做文科主任,我尚未答应。

从沪开来的轮船,太古公司者,"苏州","新宁","四川"等凡以 S 起首者最好。听说"苏州"尤佳。我坐的是"唐餐楼"(胜于官舱),价二十五元左右。

余面谈。

迅　上　正月三十一日

*　　　*　　　*

〔1〕　此信据许寿裳亲属录寄副本编入。

270207　致 李霁野

季野兄：

一月十五日来信已到。漱园病已愈否？

《每日评论》[1]附赠《莽原》，很像附送"美女月份牌"之类，我以为不合适。有麟[2]曾函问我，我亦如此答复他。

兄所需学费，已在厦门汇出，想已到了？

迅 二，七

＊　　　＊　　　＊

〔1〕《每日评论》　当时在北京出版的报纸，荆有麟编辑。

〔2〕有麟　即荆有麟。参看 310205 信注〔1〕。

270221　致 李霁野

霁野兄：

二月一日信前天才收到。学费已到否，念念。

柏烈威[1]先生要译《阿 Q 正传》及其他，我是当然可以的。但王希礼[2]君已经译过，不知于他（王）何如？倘在外国习惯上不妨有两种译本，那只管译印就是了。（我也没有与王希礼君声明，不允第二人译。）L 夫人[3]画如允我们转载，自然很好。

我现在真太忙了，连吃饭工夫也没有。前几天到香港讲

演[4]了两天,弄得头昏。连第廿九期《莽原》稿也还未作,望
这(29)一期暂缺我的。

迅 二月廿一日

* 　 * 　 *

〔1〕　柏烈威(С.А.Полевой)　苏联人。曾任北京俄文专修馆教
授、北京大学俄文系讲师。按他要译的《阿Q正传》未见出版。

〔2〕　王希礼　本名瓦西里耶夫(Б.А.Васильев,？—1937),苏联
人。1925年在河南国民军第二军俄国顾问团任翻译时将《阿Q正传》
译成俄文,连同别人译的《幸福的家庭》、《高老夫子》、《头发的故事》、
《孔乙己》、《风波》、《故乡》、《社戏》等合为一册,于1929年由苏联列宁
格勒激浪出版社出版。

〔3〕　L夫人　即罗尔斯卡娅(Лорская),苏联画家、雕刻家。1925
年来我国。柏烈威翻译《阿Q正传》时,曾请她作插图。

〔4〕　到香港讲演　鲁迅于1927年2月18、19日在香港青年会讲
演。讲题分别为《无声的中国》(后收入《三闲集》)和《老调子已经唱完》
(后编入《集外集拾遗》)。

270225　致 章 廷 谦

矛尘兄:

廿日及以前的信,都收到了。伏园已于十日动身[1],从
湖南走,大约月底可到武昌。

中大定于三月二日开学,里面的情形,非常曲折,真是一
言难尽,不说也罢。我是来教书的,不意套上了文学系(非科)

主任兼教务主任,不但睡觉,连吃饭的工夫也没有了。这样下去,是不行的,我想设法脱卸这些,专门做教员,不知道将来(开学后)可能够。但即使做教员,也不过是五日京兆[2],坐在革命的摇篮之上,随时可以滚出的。不过我以为教书可比办事务经久些,近来实也跑得吃力了。

绍原[3]有电来索旅费,今天电汇了。红鼻[4],先前有许多人都说他好,可笑。这样的人,会看不出来。大约顾孟余[5]辈,尚以他为好货也。孟余目光不大佳。

兄事,我曾商之骝先[6],校中只有教务助理员位置了,月薪小洋百,半现半库券[7](买[卖]起来,大概八折),兄及夫人如来此,只足苦苦地维持生活。我曾向骝先说,请兄先就此席;骝先且允当为别觅地方。兄如可以,望即函知。且于三月间来此。但于“按月发给”办法,不有妨乎?厦大薪水,总以尽量取得为宜。

本校考试,二十八日是最末一次,而朱斐[8]们还不来,我虽已为报名,不知二十七可能到。倘不到,则上半年不能入校,真做了牺牲了,可叹。

我在这里,被抬得太高,苦极。作文演说的债,欠了许多。阴历正月三日从毓秀山跳下,跌伤了,躺了几天。十七日到香港去演说,被英国人禁止在报上揭载了。真是钉子之多,不胜枚举。

我想不做“名人”了,玩玩。一变“名人”,“自己”就没有了。

季巿已来此地。

兄究竟行止何如(对于广州),乞示复。寄玉堂一笺,希便中转交。

迅　二,二五

斐君兄均此不另。

*　　　　*　　　　*

　〔1〕　伏园动身　指孙伏园于1927年2月10日离广州去武汉任《中央日报》副刊编辑。

　〔2〕　五日京兆　《汉书·张敞传》记载西汉张敞为京兆尹,行将被免,某下属得知后,就不再为他办事,并说:"吾为是公尽力多矣,今五日京兆耳。安能复案事!"

　〔3〕　绍原　江绍原,参看270404信注〔1〕。

　〔4〕　红鼻　指顾颉刚。

　〔5〕　顾孟余(1888—1972)　名兆熊,字梦余,又作孟余,河北宛平(今属北京)人。曾任北京大学教授、教务长。当时任国民党中央常委、代理宣传部长,并任中山大学委员会副委员长。

　〔6〕　骝先　朱家骅(1893—1963),字骝先,浙江吴兴人。留学德国,曾任北京大学教授。当时任中山大学委员会委员,主持校务。后任国民党政府教育部长、国民党中央组织部长等职。

　〔7〕　库券　当时广东国民政府以国库名义发行的一种债券,一定时间后方能兑换现金。

　〔8〕　朱斐(1897—1990)　字玉鲁,安徽舒城人。厦门大学教育系学生。

270303　致刘　随[1]

前度先生:

　惠函敬悉。讲演稿自然可以答应　先生在日报发表,今

寄还。其中僭改了几处,乞鉴原为幸。顺祝

康健

鲁迅 三月三日

＊　　　＊　　　＊

〔1〕 刘随 又名前度,鲁迅讲演《老调子已经唱完》记录者。记录稿后来未能在香港报纸发表。

270315　致 韦丛芜

丛芜兄:

来信收到。贺你的重了六磅。

《格利佛游记》[1]可以照来信办,无须看一遍了,我也没有话要说,否则邮寄往返,怕我没有工夫,压起来。

《莽原》只要能支持就好,无须社[2]之流,我以为不妥当,我一向对于投稿《晨副》的人的稿子,是不登的。

密斯朱[3]来访过一次,我还无暇去回看他。岭南大学想我去讲点东西,只听到私人对我表示过,我还没有答应他。但因近几天拉了一个他们的教员兼到中大来,所以我也许去讲一点,作为交换。

我这一个多月,竟如活在旋涡中,忙乱不堪,不但看书,连想想的工夫也没有。

迅 三月十五日

＊　　　＊　　　＊

〔1〕《格利佛游记》　长篇小说，英国斯威夫特著，韦丛芜译，1928 年 9 月、1929 年 1 月由北京未名社分两卷相继出版，为《未名丛刊》之一。

〔2〕　无须社　文学团体，1926 年在北京创立，成员有蹇先艾、张采真、沈从文等。同年 10 月在《世界日报》附出《文学周刊》，于赓虞主编。并出版《无须社丛书》。

〔3〕　密斯朱　指朱寿恒，原为岭南大学学生。1925 年转学燕京大学，由韦丛芜介绍认识鲁迅。当时在岭南大学任教。

270317　致 李霁野

霁野兄：

　　昨天收到受过检查的二月廿四日来信。漱园已渐愈，甚喜。我太忙，每天胡里胡涂的过去，文章久不作了，连《莽原》的稿子也没有寄，想到就很焦急。但住在校内，是不行的，从早十点至夜十点，都有人来找。我想搬出去，晚上不见客，或者可以看点书及作文。明天我想去寻房子。

　　北京的出版物久没有收到。《莽原》只收到第二卷第一三期各一本。前天看见创造社中人，说第三期一到，就卖完了，我问他到了多少本，他不说。他们忽云不销，忽云行，莫名其妙。我所做的东西，买者甚多，前几天至涨到照定价加五成，近已卖断。而无书，遂有真笔板[1]之《呐喊》出现，千本以一星期卖完《坟》如出版，可寄百本来。

迅 三，一五

《坟》六十本，《象牙之塔》十五本，今日已到，纸包无一不破，书多破损。而北新之包，则一无破者。望此后寄书，可往北新参考其包装之法，以免损失。

十七。

*　　　*　　　*

〔1〕 真笔板 日语：油印品。

270404　致 江 绍 原[1]

绍原先生：

惠函收到，来校后适值外出，不能面谈为怅。英文功课一节，弟意仍以为只能请勉为其难，必不至于"闹笑话"。中大教员，非其专门而在校讲授者不少，不要紧的；起初因为预备功课之类，自然要忙，但后来就没有什么了。总之要请打消惠函中所说之意，余容明日面谈。

迅 四月四日

*　　　*　　　*

〔1〕 江绍原（1898—1983） 安徽旌德人，民俗学研究者。曾留学美国，回国后任北京大学、中山大学教授。《语丝》周刊撰稿人之一。

270409^①　致 李霁野

霁野兄：

　　三月十一日所发信，到四月八日收到了，或者因为经过检查等周折，所以这么迟延。我于四日寄出文稿〔1〕一封，挂号的，未知已收到否？

　　《阿Q正传》单行本〔2〕，如由未名社出，会引出一点问题，所以如何办法，我还得想一想。又，书后面的《未名丛书》广告，我想，凡北新所印的，也须列入，因为他们广告上，也列入未名社所印的书。

　　前回寄来的书籍，《象牙之塔》，《坟》，《关于鲁迅》三种，俱已卖完，望即续寄。《莽原》合本也即卖完，要者尚多，可即寄二十本来，此事似前信也说过。这里的学生对于期刊，多喜欢卖［买］合本，因为零本忽到忽不到，不容易卖［买］全。合本第二册，似可即订，成后寄卅本来。

　　《穷人》卖去十本，可再寄十本来。《往星中》及《外套》各卖去三本。

　　《白茶》〔3〕及《君山》如印出，望即各寄二十本来。《黑假面人》也如此。

　　托罗兹基的文学批评〔4〕如印成，我想可以销路较好。

　　《旧事重提》我稿已集齐，还得看一遍，名未定，但这是容易的。至于《小约翰》稿，则至今未曾动手，实在可叹。

　　上星期我到岭南大学去讲演〔5〕，看见密斯朱。她也不大能收到《莽原》。

我似乎比先前不忙一点，但这非因事情减少，乃是我习惯了一点之故。《狂飙》停刊了，他们说被我阴谋害死的，[6]可笑。现在又要出一种不知什么。尚钺有信来，对于我的《奔月》，大不舒服，其实我那篇不过有时开一点小玩笑，而他们这么头痛，真是禁不起一点风波。

漱园丛芜处希代致意，不另写信了。静农现在何处？

迅 四，九

信如直寄燕大，信面应如何写法？

* * *

〔1〕 指小说《眉间尺》（后改题为《铸剑》）。

〔2〕 《阿Q正传》单行本 据收信人回忆，当时未名社曾拟自《呐喊》中抽出《阿Q正传》印单行本，收入《未名新集》，后因鲁迅恐使北新书局不满而未果。

〔3〕 《白茶》 苏联戏剧集，收班珂的《白茶》及他人独幕剧共五篇，曹靖华译，1927年4月未名社出版。

〔4〕 托罗兹基（Л.Д.Троцкий，1879—1940） 通译托洛茨基，苏俄政治家，参与领导十月革命，曾任革命军事委员会主席等职。列宁逝世后，成为联共（布）党内反对派领袖，1927年被开除出党，1929年被逐出境，后死于墨西哥。文中所说的文学批评，指《文学和革命》，李霁野、韦漱园译，1928年北京未名社出版。

〔5〕 岭南大学讲演 指3月29日上午在岭南大学纪念黄花岗七十二烈士大会上的讲演。讲稿佚。据报导，讲演"内容略谓先烈的牺牲，是为革命奋斗，为中国全体人民谋幸福。但最怕先烈苦心，后继无

人。现在革命还未成功,所以我们要继续他们的志向,努力奋斗。"(1927年4月3日广州《南大青年》第十五卷第二十一期《纪念黄花节的经过情形》)

〔6〕　1927年1月《狂飙》停刊后,常燕生(狂飙社成员,后为国家主义派)发表了《挽狂飙》一文,说《狂飙》的停刊是"思想界的权威者""反攻战略"的结果,参看《三闲集·吊与贺》。

270409^②　致　台静农

静农兄:

三月廿三日来信,今天收到了。至于"前信",我忘却了收到与否,因为我在开学之初,太忙,遗忘了许多别的事情。

《莽原》稿子,已于四日寄出一篇,可分两期登;此后只要有暇,当或译或作。第五六期,我都没有收到,第一期收到四本,第二期两本,第三四期没有,但我从发卖的二十本中见过了。

《白茶》,《君山》,《黑假面人》一出版,望即寄各二十本来。此外还有需要的书,详今晨所发的寄霁野信由未名社转中,望参照付邮。《莽原》合本,来问的人还不少。其实这期刊在此地是行销的,只是没有处买。第二卷另本,也都售罄,可以将从第一期至最近出版的一期再各寄十本来,但以挂号为稳,因此地邮政,似颇腐败也。(以后每期可寄卅本)

《象牙之塔》出再版不妨迟,我是说过的,意思是在可以移本钱去印新稿。但如有印资,则不必迟。其中似有错字,须改正,望寄破旧者一本来,看过寄还,即可付印。

《旧事重提》我想插画数张,自己搜集。但现在无暇,当略迟。

我的最近照相,只有去年冬天在厦门所照的一张,坐在一个坟的祭桌上,后面都是坟(厦门的山,几乎都如此)。日内当寄上,请转交柏君[1]。或用陶君所画者未名社似有亦可,请他自由决定。

　　　　　　　　　　　　　　　　　　迅 四,九,夜

＊　　　＊　　　＊

　〔1〕　柏君　即柏烈威。参看 270221 信注〔1〕。

270420　致 李霁野

寄野兄:

四日寄小说稿一篇,想已到。此地的邮局颇特别,文稿不能援印刷品例,须当作信的。此后又寄一信,忘记了日子。

今日看见几张《中央副刊》[1],托罗茨基的书,已经译傅东华[2]译载了不少了,似乎已译完。我想,这种书籍,中国有两种译本就怕很难销售。你的译文如果进行未多,似乎还不如中止。但这也不过是我一个人的意见。

我在厦门时,很受几个"现代"派的人排挤,我离开的原因,一半也在此。但我为从北京请去的教员留面子,秘而不说。不料其中之一[3],终于在那里也站不住,已经钻到此地来做教授。此辈的阴险性质是不会改变的,自然不久还是排挤,营私。我在此的教务,功课,已经够多的了,那可以再加上防暗箭,淘闲气。所以我决计于二三日内辞去一切职务,离开中大。

此后何往,还未定;或者仍暂留此地,改定《小约翰》,俟暑假后再说。因为此刻开学已久已无处可以教书,我也想暂时不教书,休息一时再说,这一年来,实在忙得太苦了。来信可寄"广州芳草街四十四号二楼北新书屋"(非局字)收转。书籍亦径寄"北新书屋"收。这是一间小楼,卖未名社和北新局出板品的地方。

《莽原》第五六期各十本及给我之各二本,今天收到了。广东没有文艺书出版,所以外来之品,消场还好。《象牙之塔》卖完了,连样本都买了去。

这里现亦大讨其赤[4],中大学生被捕者有四十余人,别处我不知道,报上亦不大纪载。其实这里本来一点不赤,商人之势力颇大,或者远在北京之上。被捕者盖大抵想赤之人而已。也有冤枉的,这几天放了几个。

再谈。

迅　四,二十,夜

静农
漱园　兄均此不另。
丛芜

＊　　　＊　　　＊　　　＊

〔1〕《中央副刊》　指武汉出版的《中央日报》的副刊,当时由孙

伏园编辑。该刊曾连载托洛茨基《文学和革命》的译文。

〔2〕 傅东华(1893—1971) 浙江金华人,翻译家。当时是上海复旦大学、暨南大学国文系教授。

〔3〕 指顾颉刚。他于 1927 年 4 月 18 日到达中山大学。

〔4〕 大讨其赤 指 1927 年国民党"四一二"反共政变后,在广州相继发生的"四一五"搜捕、屠杀共产党人和革命人士的事件。计逮捕二千余人,其中杀害二百多人。

270426 致 孙伏园[1]

寄给我的报[2],收到了五六张,零落不全。我的《无声的中国》,已看见了,这是只可在香港说说的,浅薄的很。我似乎还没有告诉你我到香港的情形。讲演原定是两天,第二天是你。你没有到,便由我代替了,题目是《老调子已经唱完》。这一篇在香港不准登出来,我只得在《新时代》上发表,今附上。梁式[3]先生的按语有点小错,经过删改的是第一篇,不是这一篇。

我真想不到,在厦门那么反对民党,使兼士愤愤的顾颉刚,竟到这里来做教授了,那么,这里的情形,难免要变成厦大,硬直者逐,改革者开除。而且据我看来,或者会比不上厦大,这是我新得的感觉。我已于上星期四辞去一切职务,脱离中大了。我住在上月租定的屋里,想整理一点译稿,大约暂时不能离开这里。前几天也颇有流言,正如去年夏天我在北京一样。哈哈,真是天下老鸦一般黑哉!

＊　　　＊　　　＊

〔1〕　此信据 1927 年 5 月 11 日武汉《中央日报·中央副刊》载收信人《鲁迅先生脱离广州中大》一文所引编入。信的首尾均被略去。

〔2〕　指武汉《中央日报》。1927 年 3 月 22 日创刊，9 月 15 日停刊。

〔3〕　梁式(1894—1972)　笔名尸一，广东台山人。当时是广州《国民新闻》副刊《新时代》的编辑，曾约鲁迅撰稿。后曾为汪伪报纸《中华副刊》的撰稿者。

270515　致 章 廷 谦

矛尘兄：

前天(十三)，接到四月廿七日信；同时也接到五月三日信，即日转寄绍原了。

你要我的稿子，实在是一个问题，因为我现在无话可说。我现在正在整理《小约翰》的译稿，至快须下月初头才完，倘一间断，就难免因此放下，再开手就杳杳无期了。但也许可以译一点别的寄上，不过不能就有。

转载《莽原》的文章，自然可以的，但以我的文字为限。至于别人的，我想应该也可以，但如我说可以，则他们将来或至于和我翻脸时，就成了我的一条罪状。罪状就罪状，本来也无所不可，不过近于无聊。我想，你转载就转载，不必问的，如厦门的《民钟报》〔1〕，即其例也。

我到此只三月，竟做了一个大傀儡。傅斯年我初见，先前竟想不到是这样人。当红鼻到此时，我便走了；而傅大写其信,给我,说他已有补救法,即使鼻赴京买书,不在校;且宣传于别人。我仍不理,即出校。现已知买书是他们的豫定计划,实是鼻们的一批大生意,因为数至五万元。但鼻系新来人,忽托以这么大事,颇不妥,所以托词于我之反对,而这是调和办法,则别人便无话可说了。他们的这办法,是我即不辞职,而略有微词,便可以提出的。

现在他们还在挽留我,当然无效,我是不走回头路的。季黻也已辞职,因为我一走,傅即探他的态度,所以也不干了。

据伏园上月廿七日来信云:玉堂已经就职[2]了。所"就"何"职",却未详。大约是外交上事务罢。骝先已做了这里的民政厅长,当然不会[回]浙。我也不想回浙,但未定到那里去,教界这东西,我实在有点怕了,并不比政界干净。

广东也没有什么事,先前戒严,常听到捕人等事。现在似乎戒[解]严了,我不大出门,所以不知其详。

你前信所问的两件事,关于《小说旧闻钞》的,已忘了书名。总之:倘列名于引用书目中的,皆见过。如在别人的文内引用,那我就没有见过。

我想托你办一件要公。即:倘有暇,请为我在旧书坊留心两种书,即《玉历钞传》和《二十四孝图》[3],要木板的,中国纸印的更好。如有板本不同的,不妨多买几种。

迅 上 五月十五日灯下

斐君兄均此致候不另。

＊　　　＊　　　＊

〔１〕《民钟报》　即《民钟日报》，1916 年 10 月 1 日创刊于厦门。
1918 年 5 月 28 日被福建军阀李厚基查封，1921 年 7 月 1 日复刊，至
1930 年 9 月 8 日停刊。鲁迅在厦门大学时指导学生创办的《鼓浪》周
刊，即附于该报刊出。

〔２〕　玉堂已经就职　指林语堂当时由厦门抵汉口，任武汉国民
政府外交部秘书。

〔３〕《二十四孝图》《二十四孝》，元代郭居敬编。内容是辑录
古代所传二十四个孝子的故事。后来的印本都配有图画，通称《二十四
孝图》，是旧时宣扬封建孝道的通俗读物。

270530　致章廷谦

矛尘兄：

我滚出中大以后，似乎曾寄两信，一往道圩，一往杭，由郑
介石[1]转。但是否真是如此，记不清楚了，也懒得查日记，好
在这些也无关紧要，由它去罢。

十来天以前见绍原，知道你因闻季和我已"他亡"，急欲知
其底细，当时因为他已写信，我又忙于整理译稿，所以无暇写
信。其实是我固在此地，住白云楼上吃荔支也。不过事太凑
巧，当红鼻到粤之时，正清党发生之际，所以也许有人疑我之
滚，和政治有关，实则我之"鼻来我走"与鼻不两立，大似梅毒菌，
真是倒楣之至之宣言，远在四月初上也。然而顾傅[2]为攻击我
起见，当有说我关于政治而走之宣传，闻香港《工商报》[3]，即
曾说我因"亲共"而逃避云云，兄所闻之流言，或亦此类也欤。

然而"管他妈的"可也。

中大当初开学,实在不易,因内情纠纷,我费去气力不少。时既太平,红鼻莅至,学者之福气可谓好极。日前中大图书馆征求家谱及各县志,厦大的老文章,又在此地应用了,则前途可想。骦先其将如玉堂也欤。绍原似乎也很寂寞,该校情形,和北大很不同,大约他也看不惯。

前天听说中大内部又发生暗潮[4]了,似是邹(鲁)[5]派和朱派之争,也即顾傅辈和别人之争,也即本地人和非本地人之争,学生正在大帖标语,拥朱驱邹。后事如何,未知分解。鼻以此地已入平静时代而来,才来而平静时代即有"他亡"之概,人心不古,诚堪浩叹。幸我已走出,否则又将被人推出去冲锋,如抱犊山之洋鬼子[6],岂不冤乎冤哉而且苦乎。

敝人身体甚好,可惜,此地热了,但我想别处必也热,所以姑且在此逗留若干天再说。荔支已上市,吃过两三回了,确比运到上海者好,以其新鲜也。

纸完了,信也完了罢。

迅 五,卅

斐君兄及小燕[7]兄均此请安不另。

* * * *

〔1〕 郑介石(1896—1968) 名奠,字介石,号石君,浙江诸暨人,语言学家。北京大学毕业后留校任教,曾任北京女子师范大学教授。当时任浙江省教育厅厅长。

〔2〕 顾傅 指顾颉刚、傅斯年。

〔3〕《工商报》即《工商日报》，香港出版的报纸，1925年7月创刊。

〔4〕中大内部又发生暗潮　1927年5月下旬，广州中山大学传说"广大复辟，校务易员"。学生会宣言反对"西山会议派首领邹鲁"任校长，请政府下令通缉邹鲁和要求校方驱逐邹派教授郜重魁、黎国昌等。6月10日，戴传贤、朱家骅分任中山大学正、副校长。

〔5〕邹鲁(1885—1954)　原名澄生，字海滨，广东大埔人。早年参加同盟会。1924年曾任广东大学校长。1925年秋，因参加国民党右派组织西山会议派被学生赶走，不久复任中山大学(广东大学改称)校长。后任国民党中央执行委员会常委等职。

〔6〕抱犊山之洋鬼子　1923年5月5日，盘踞山东峄县抱犊崮的土匪头子孙美瑶，在津浦铁路临城站附近劫车，虏走中外旅客二百多人。北洋政府派军队前往剿捕时，他把外籍旅客押至前沿抵御。

〔7〕小燕　章廷谦的女儿，后名章淹。

270612　致 章 廷 谦

矛尘兄：

五月卅日的信，昨天收到了。《玉历钞传》还未到。我早搬出中大，住在一间洋房里，所以信寄芳草街者，因为我那时豫计该街卖书处之关门，当在我的寓所[?]之后。季黻先也住在这里，现在他走了，六日上船的，故五月卅日以前有人在杭州街上所见之人，必非季黻也。倘在六月十五以后，则我不能决矣。

鼻之口中之鲁迅，可恶无疑，而且一定还有其他种种。鼻之腹中,有古史,有近史,此其所以为"学者";而我之于鼻,则除乞药揸鼻一事外,不知其他,此其所以非"学者"也。难于伺候哉此鼻也,鲁迅与之共事,亦可恶,不与共事,亦可恶,仆仆杭沪宁燕而宣传其可恶,于是乎鲁迅之可恶彰闻于天下矣,于是乎五万元之买书成为天经地义矣。岂不懿欤!休哉!

我很感谢你和介石向孑公[1]去争,以致此公将必请我们入研究院。然而我有何物可研究呢?古史乎,鼻已"辨"了;文学乎,胡适之已"革命"了,所余者,只有"可恶"而已。可恶之研究,必为孑公所大不乐闻者也,其实,我和此公,气味不投者也,民元以后,他所赏识者,袁希涛蒋维乔[2]辈,则十六年之顷,其所赏识者,也就可以类推了。

绍原,我想,他是在这里的。钱之不我许,是的确的。他很冤枉,因为系我绍介,有人说他鲁迅派。其实我何尝有什么派,一定介绍同派呢。而广东人和"学者"们,倘非将一人定为某一派,则心里便不舒服,于是说他也要走。还有人疑心我要运动他走。其实我是不赞成他走的,连季黻辞职时(因为走时,傅斯年探听他什么态度),我也反对过。而别人猜测我,都与我的心思背驰,因此我觉得我在中国人中,的确有点特别,非彼辈所能知也。

我之"何时离粤"与"何之"问题,一时殊难说。我现在因为有国库券,还可取几文钱,所以住在这里,反正离开也不过寓沪,多一番应酬。我这十个月中,屡次升沉,看看人情世态,有趣极了。我现已编好两部旧稿,整理出一部译的小说[3]。此刻正在译一点日本人的论文[4],豫备寄给你的,但日内未必完工，因为太长。每日吃鱼肝油，胖起来了，恐怕还要"可恶"几年哩。至于此后，则如暑假前后，咱们的"介石同志"打进北京，我也许回北京去，但一面也想漂流漂流，可恶一通，试试我这个人究竟受得多少明枪暗箭。总而言之，现在是过一天算一天，没有一定者也。

"出亡"的流言，我想是故意造的，未必一定始于愈之〔5〕，或者倒是鼻一流人物。他们现在也大有此意，而无隙可乘，因为我竟不离粤，否则，无人质证，此地便流言蜂起了，他们只在香港的报上造一点小谣言，一回是说我因亲共而躲避，今天是说我已往汉口〔6〕（此人是现代派，我疑是鼻之同党），我已寄了一封信，开了一点小玩笑，但不知可能登出，因为这里言论界之暗，实在过于北京。

在这月以内，如寄我信，可寄"广九车站，白云楼二十六号二楼许寓收转"，下月则且听下回分解可也。

　　　　　　　　　　　　迅　上〔六月十二日〕

斐君兄均此不另　　小燕兄亦均此不另。

　　　　*　　　*　　　*

〔1〕介石　即郑奠。子公，即蔡元培。1927 年 5 月 25 日，浙江省务委员会通过设立浙江大学研究院计划，蔡元培为九人筹备委员之一。

〔2〕袁希涛（1866—1930）　字观澜，江苏宝山（今属上海）人，1912 年 5 月任北洋政府教育部普通教育司司长，1919 年曾任代教育总长。蒋维乔（1873—1958），字竹庄，江苏武进人，1912 年 5 月任北洋政

府教育部参事。

〔3〕 两部旧稿 指《野草》和《朝花夕拾》。一部译的小说,指《小约翰》。

〔4〕 日本人的论文 指日本鹤见祐辅《思想·山水·人物》一书中的《断想》。鲁迅译文连载于 1927 年 9 月至 1928 年 1 月的《北新》周刊和《北新》半月刊。

〔5〕 愈之 即胡愈之(1896—1986),字子如,浙江上虞人。鲁迅在山会师范学校任教时的学生。当时在上海商务印书馆任职。

〔6〕 已往汉口 1927 年 6 月 10 日和 11 日香港《循环日报》载徐丹甫(梁实秋)作《北京文艺界之分门别户》一文,其中说"鲁迅到了汉口"。为此鲁迅于 11 日寄该报一信,指出"我现在仍在广州,并没有'到了汉口'"。(见《而已集·略谈香港》)

270623　致 章 廷 谦

矛尘兄:

十四日信今日已到。浙江的研究院,一定当在筹备与未筹备之间;"教育厅则确已决定俟下半年并入浙江大学",〔1〕既闻命矣。然而浙江大学安在哉?

乔峰来函谓前得一电,以土步病促其急归,因(一)缺钱,(二)须觅替人接事,不能如电遄赴,发信问状,则从此不得音信。盖已犯罪于八道湾矣。顷观来信,则土步之病已愈,而乔峰盖不知,拚命谋生,仍不见谅,悲夫。

鼻又赴沪,此人盖以"学者"而兼"钻者"矣,吾卜其必将蒙赏识于"孑公"。顷得季茀来信,已至嘉兴,信有云:"浙省亦有办大学之事，……我想傅顾不久都会来浙的。"语虽似奇，而亦有理。我从上帝之默示，觉得鼻之于粤，乃专在买书生意及取得别一种之"干脩"[2]，下半年上堂讲授，则殆未必，他之口吃，他是自己知道的。所以也许对于浙也有所图也，如研究教授之类。

中大又聘容肇祖之兄容庚[3]为教授，也是口吃的。广东中大，似乎专爱口吃的人。

傅近来颇骂适之，不知何故。据流言，则胡于他先有不敬之语云。（谓傅所学之名目甚多，而一无所成。）

中大对于绍原，是留他的。但自然不大舒服。傅拜帅[4]而鼻为军师，阵势可想而知。他颇有愿在浙江谋事之口风，但我则主张其先将此间聘书收下，因为浙江大学，先就渺茫，他岂能吸西北风而等候哉？他之被谥为"鲁迅派"，我早有所闻，其实他们是知道他并不是的。所以用此流言者，乃激将法，防其入于"鲁迅派"也。所以"谥"之而已，不至于排斥他。

我当于三四天内寄上译稿[5]一束，大约有二三万字罢，如以为可用，可先在副刊[6]上一用，但须留版权，因为这是李老板催我译的，他将来想出版。

我在此，须编须译的事，大抵做完了，明日起，便做《唐宋传奇集考证》。此后何往，毫无主意，或者七月间先到上海再看。回北京似亦无聊，又住在突出在后园的灰棚里给别人校刊小说，细想起来，真是何为也哉！但闽粤行后，经验更丰，他日畅谈，亦一快也。

迅　六，廿三

斐君兄均此。

　　小燕弟亦均此。

*　　　　*　　　　*

　　〔1〕　1927年6月7日,国民党中央执行委员会政治会议决定变
更教育行政制度,取消教育厅,设立大学区,区内之教育行政由大学校
长处理,并决定在江、浙两省试办。8月,浙江成立第三中山大学,次年
2月改名浙江大学。

　　〔2〕　"干脩"　即干薪,不做实际工作挂名领薪。

　　〔3〕　容肇祖　参看261108信注〔2〕。容庚(1894—1984),字希
白,广东东莞人,曾任燕京大学襄教授,主编《燕京学报》。后任中山大
学教授。

　　〔4〕　傅拜帅　指傅斯年任中山大学文史科主任。

　　〔5〕　译稿　指《断想》。

　　〔6〕　副刊　指当时杭州《民国日报》副刊,章廷谦曾任该刊编辑,
不久即去职。

270630^①　致　李霁野

霁野兄:

　　六月六十二日信,都收到了。季巿早已辞职回家。凤举
我到此后,曾寄他一信,没有回信,所以也不便再写信了。

　　托罗茨基的书我没有带出,现已写信给密斯许^{〔1〕},托她
在寓中一寻,如寻到,当送上。

　　从北新书屋寄上钱百元,寄款时所写的寄银人和收银人,
和信面上所写者同。

这里的北新书屋,我想关闭了,因为我不久总须走开,所以此信到后,请不必再寄书籍来了。

我看看各处的情形,觉得北京倒不坏,所以下半年也许回京去。

这几天我生病,这一类热病,闽粤很多的,几天可好,没有什么要紧。

迅　六,卅

论坛　　　　　　　中国的学者〔2〕　　　　　（达）

学者在国家的地位。只如湖山花鸟。供人们欣赏的么。那么。学者只是国家的妆饰品。说不到实用上去。人们对于学者的崇拜。也只在他的文学艺术上罢了。然而欧美近代的文明。何一非学者的脑力所构成。人们对于学者。不但是文学艺术上的崇拜。而给予人类以精神和物质。也足令世界人类。永远纪念着。但是中国的学者。又怎样呢。我们以为中国也许没有学者罢。若是我国也有学者。那么在最近的过去时期中。多少也给我们开辟一处思想的新领域。而使人们得了一种新倾向。但是我们中国的所谓学者。大半是开倒车。人们也许承认康有为辜鸿铭一流人。是学者罢。然而他们的思想是这样的。我们要靠他领导时。只好向后转。最可惜者。现代诗人邓南遮。在一度参加战争之后。便减少了人们的热望么。若说丁文江

们。充军阀杀人的刽子手。这简直变了恶魔了。那么。中国
的学者。还是埋头伏案。做他学者的生活好了。若向政治上
混。终会给政治的炉火。变换了气质。这又何苦来呢。

这是一九二七年（注意：二十世纪已经过了 1/4 以
上！）六月九日香港的《循环日报》[3]的社论。
硬拉 D'Annunzio[4]入籍而骂之，真是无妄之灾。然
而硬将外人名字译成中国式的人们，亦与有罪焉。
我们在中国谈什么文艺呢？
呜呼邓南遮！
附注：——
但该报发如此之"新"的议论，是少有的。前几天
转载严修[5]们反对跳舞的信，还有许多空白字。
你想，严先生之文而还以为有违碍字样，则方正可
知。

六，九，夜

*　　　*　　　*

〔1〕　密斯许　指许羡苏。

〔2〕　本文原为剪报（连同剪报后的鲁迅按语附于此信）。文中
"现代诗人……热望么"句下的密圈为鲁迅所加。

〔3〕　《循环日报》　香港出版的报纸，1874 年由王韬创办，约于
1947 年停刊。

〔4〕　D'Annunzio　邓南遮(1863—1938)，意大利作家。他因拥护

法西斯主义,深受墨索里尼的宠爱,获得"亲王"称号。

〔5〕　严修(1860—1929)　字范孙,天津市人。清末进士,曾任学部侍郎、北洋政府教育总长。

270630^②　致　台　静　农

静农兄:

七日信早到。《白茶》至今未到,大约又不知怎么了罢,可叹。

京中传说,顾吉刚在广大也辞职,是为保持北大的地位的手段。顾吉刚们的言行如果能使我相信,我对于中国的前途还要觉得光明些。

迅　六,卅

270707　致　章　廷　谦

矛尘兄:

我于不记得那一天寄上一信,随后又寄译稿一卷,想已到。至于六月廿一的来信,则前几天早收到了;《玉历钞传》亦到,可惜中无活无常,另外又得几本有的,而鬼头鬼脑,没有"迎会"里面的那么可爱,也许终于要自己来画罢。

前几天生热病,就是玉堂在厦,生得满脸通红的躺在床上的那一流,我即用 Aspirin^[1]及金鸡那霜攻击之,这真比鼻之攻击我还利害,三天就好了,昨天就几乎已经复原,我于是对于廖大夫[2]忽有不敬之意。但有一事则尚佩服，即鼻请其治红，彼云"没有好方子，只要少吃饭就会好的"是也。此事出在你尚未到厦之前，伏园之代为乞药于远在广州之毛大夫[3]者以此，因鼻不愿"少吃饭"也。玉堂无一信来；春台[4]亦谓久不得其兄信，我则日前收到一封，系五十日以前所发，不但已经检查，并且曾用水浸过而又晒干，寄信如此费事，则失落之多可想，而非因"东皮"[5]而不理亦可想矣。

我国文已日见其不通，昨作了一点《游仙窟》序，自觉不好，姑且"手写"寄上，而"手写"亦不佳。不如仍用排印，何如？其本文，则校正了一些，当与此信同时寄出。前闻坚士[6]说，日本有影印之旧本一卷，[7]寄赠北大，此当是刻本之祖，我想将来可借那一本来照样石印，或并注而印成阔气之本子，那时我倘不至于更加不通，当作一较为顺当之序或跋也。

看我自己的字，真是可笑，我未曾学过，而此地还有人勒令我写中堂，写名片，做"名人"做得苦起来了。我的活无常画好后，也许有人要我画扇面，但我此后拟专画活无常，则庶几不至于有人来领教，我想，这东西是大家不大喜欢的。

绍原前几天已行，你当已见过，再见时乞代致候。我亦无事报告，但闻傅主任赴香港，不知奔波何事；何主任（思源）[8]赴宁，此地的《国民新闻》[9]编辑即委了别人了。

下半年中大文科教员，闻有丁山，容肇祖，鼻，罗常培，盖即除去你，我，玉堂之厦大国学研究院耳，一笑。

中大送五月的薪水来，其中自然含有一点意思。但鲁迅已经"不好"，则收固不好，不收亦岂能好，我于是不发脾气，松松爽爽收下了。此举盖颇出于他们意料之外;而我则忽而大阔,买四十元一部之书[10],吃三块钱一合之饼干,还吃糯米糍(荔支),龙牙蕉,此二种甚佳,上海无有,绍原未吃,颇可惜。

春台小峰之争,盖其中还有他们的纠葛,但观《北新周刊》所登广告[11],则确已多出关于政治之小本子广州近来,亦惟定价两三角之小本子能多销,盖学生已穷矣,而陈翰笙[12]似大有关系,或者现代派已侵入北新,亦未可知,因凡现代派,皆不自开辟,而袭取他人已成之局者也。近日有钟敬文[13]要在此开北新分局,小峰令来和我商量合作,我已以我情愿将"北新书局[屋]"关门,而不与闻答之。钟之背后有鼻。他们鬼祟如此。天下那有以鬼祟而成为学者的。我情愿"不好",而且关门,虽将愈"不好",亦"听其自然"也耳。

迅　七,七(洋七夕)

斐君兄均此不另。

(再:顷闻中大情形颇改变,鼻辈计划,恐归水泡矣。骝[14]亦未必稳。洋七夕之夜。)

＊　　＊　　＊

〔1〕　Aspirin　阿司匹林。

〔2〕　廖大夫　即廖超照,字弼臣,厦门人,当时任厦门大学校医。

〔3〕　毛大夫　即毛子震(1890—1970),名成,字子震,浙江江山人。曾在北京行医,当时在中山大学医科部任教。

〔4〕　春台　孙福熙(1898—1962),字春台,浙江绍兴人。孙伏园之弟。

〔5〕 "东皮" 对"西皮"而言。当时共产党简称作 C. P. (英语 Communist Party 二字的缩写),谐音"西皮"。鲁迅在这里用以指非共产党人。

〔6〕 坚士 即沈兼士。

〔7〕 旧本一卷 指日本醍醐寺藏本《游仙窟》,康永三年(1344)抄写,大正十五年(1926)日本古典保存会影印刊行。

〔8〕 何思源(1896—1982) 字仙槎,山东菏泽人。曾留学美国、德国,当时任中山大学政治训育部副主任。

〔9〕 《国民新闻》 1925 年国民党人在广州创办的报纸,初期宣传革命,四一二政变后成为反共宣传的喉舌。

〔10〕 指《太平御览》。

〔11〕 《北新周刊》广告 指《北新周刊》所载北新书局出版《国际新局面》、《英国政治中之劳工问题》等书的广告。

〔12〕 陈翰笙(1897—2004) 江苏无锡人,曾任北京大学教授,当时被北新书局聘为编辑主任。

〔13〕 钟敬文(1903—2002) 广东海丰人,作家,民间文学研究工作者。广东大学毕业,当时广州岭南大学文学系职员。

〔14〕 骝 即朱家骅。当时国民党当局曾拟调他为广东省政府教育厅厅长,未就职。

270712　致 江 绍 原

绍原先生:

一别遂将十日,真所谓"隙驷不留尺波电逝"者欤? 寄给我的讲义,前四天已收到,大约颇在邮局里躺了好几天也。

前几天中大有些人颇惶惶,因为留先[1]曾电阻聘定的地质学者,令其缓来。我以为这些都是地质调查所中人物,今民厅将卸,[2]则止之殊不足怪。

而他们似乎仍惶惶,以为冥冥之中有敌进攻,不特教厅不稳,[3]即校副亦危,将来当厄于第 n 次之清党。傅[4]之赴港,乃觅何,商方略也。而何[5]之某报编辑,则确已归于乌有。然闻校事幸尚有李[6]支持。说者谓此支持,可以延至年底。不知确否?

近一两天平静些了,偶有"拥护正副校长"[7]云云之贴纸出现,但即被撕。

顾购书教授[8]致此地某君信,内有云(大意),"因鲁迅未离广州,所以或不复去,蔡先生留我在南京做事。"我不过不与同校,他扩大了:不与同省。伟哉! 然而此中可参中大消息。季黻之预言,已渐实现了。

我因已允往市教育局之"学术讲演会"讲几点钟,[9]所以须八月间才能走。此举无什么深意,不过小出风头,给几个人不高兴而已。有人不高兴,我即高兴,我近来良心之坏已至如此。

冯大帅[10]不知何时可以打进北京,倘八月间能坐津浦快车而到前门,岂不快哉!

迅　启上 七,十二。

见川岛时,希告以近事。但他不深知细情,恐怕亦无甚么趣味也。

＊　　　＊　　　＊

〔1〕　留先　即朱家骅。当时任中山大学副校长,主持校务。

〔2〕　民厅将卸　1927年朱家骅一度担任广东省民政厅长,不久卸任,由李文范接替。

〔3〕　教厅不稳　指由朱家骅接替许崇清出任广东省教育厅长一事尚未定,又传中山大学亦有人事变动。

〔4〕　傅　指傅斯年,当时任中山大学哲学系主任。

〔5〕　何　指何思源。

〔6〕　李　指李济深(1884—1959),字任潮,文西苍梧人。当时任国民革命军第四军军长,以兼任国民革命军总参谋长名义留守广州。

〔7〕　正副校长　指戴季陶和朱家骅。

〔8〕　顾购书教授　指顾颉刚。当时被傅斯年派往外地采购图书。蔡元培拟聘他到南京中央大学院任职。

〔9〕　讲题为《魏晋风度及文章与药及酒之关系》,后收入《而已集》。

〔10〕　冯大帅　指冯玉祥(1882—1948),字焕章,安徽巢县人。原为直系将领,1924年发动北京兵变,改所部为国民军。1926年4月被奉系挤出北京,同年9月宣布响应北伐,次年5月任国民革命军第二集团军总司令。

270717　致　章廷谦

矛尘兄:

　　三日来信,昨收到。副刊,你自然总有一天要不编的,但我尚不料会如此之快,殆所谓革命时代,一切变动不居者也。

十来天以前，严既澄[1]先生给我一信，说他在办《三五日报》副刊，要我投稿，现在就想托你带我的译稿去访他一回（报馆在青年路，新六号），问他要否？如要，就交与。将来之稿费（来信言有稿费），并托你代收，寄与乔峰。但倘或不要，或该报又已改组，或严公又已不编，则自然只能作罢，再想第二法。

你近一年来碰钉子已非一次，而观来信之愤慨，则似于"国故"仍未了然，此可慨也。例如，来信因介石之不获头绪，季茀之没有地方，而始以为"令人灰心"，其实浙江是只能如此的，不能有更好之事，我从钱武肃王[2]的时代起，就灰心了。又例如，广大电聘三沈二马陈朱[3]皆不至，来信颇有以广大为失败之口吻。其实是，这里当发电时，就明知他们不来，也希望他们不来的，不过借作聘请罗常培容庚辈之陪衬而已。倘来，倒不妙了。

倘或三沈二马之流，竟有不知趣者，而来广大。那后事如何呢？这也极容易预言的。傅顾辈去和他们商量大计，不与闻，则得不管事之名；与闻，则变成傀儡，一切坏事，归他负担。倘有独立的主张，则被暗地里批评到一钱不值。

绍原似颇嫌广大，但我以为浙更无聊。所谓研究院者，将来当并"自然科学"而无之。他最好是下半年仍在粤，但第一须搬出学校，躲入一屋，对于别人，或全不交际，或普作泛泛之交际，如此，则几个月之薪水，当可以有把握的。至于浙之大学，恕我直言，骗局而已，即当事诸公，请他们问问自己，岂但毫无把握，可曾当作一件事乎？

不过到九月间，此地如何，自然也是一个疑问。我看不透,因为我不熟此地情形,但我想,未必一如现在。

我想赠你一句话:专管自己吃饭,不要对人发感慨。(此所谓"人"者,生人不必说,即可疑之熟人,亦包括在内。)并且积下几个钱来。

我到杭玩玩与否,此刻说不定,因为我已经近于"刹那主义",明天的事,今天就不想。但临时自然要通知你。现在我已答应了这里市教育局的夏期学术讲演[4],须八月才能动身了。此举无非游戏,因为这是鼻辈所不乐闻的。以几点钟之讲话而出风头,使鼻辈又睡不着几夜,这是我的大获利生意。

这里的"北新书屋"我拟于八月中关门,因为钟敬文(鼻之傀儡)要来和我合办,我则关门了,不合办。此后来信,如八月十日前发,可寄"广九车站旁,白云楼二十六号二楼,许寓收转",以后寄乔峰收转。

半农不准《语丝》发行,实在可怕,不知道他何从得到这样的权力的。我前几天见他删节 Hugo 文的案语[5](登《莽原》11 期),就觉得他"狄克推多"得骇人,不料更甚了。《语丝》若停,实在可惜,但有什么法子呢?北新内部已经鱼烂,如徐志摩陈什么[6](忘其名)之侵入,如小峰春台之争,都是坍台之征。我近来倒已寄了几回译作去了,倘要完结,也另外无法可想,只得听之。人毁之而我补救之,"人"不太便宜,我不太傻么?

迅 上 七,十七

斐君兄均此问好不另。

革命时代,变动不居,这里的报纸又开始在将我排入"名

人"之列了,这名目是鼻所求之不得的,所以我倒也还要
做几天玩玩。

＊　　　＊　　　＊

〔1〕　严既澄　名锲,字既澄,广东四会人,文学研究会成员。曾
任北京大学讲师,当时任杭州《三五日报》副刊编辑。《三五日报》,1927
年7月6日创刊。

〔2〕　钱武肃王　即五代时吴越国王钱镠(852—932)。据史载,
他是个横征暴敛、残害人民的暴君。

〔3〕　三沈二马陈朱　三沈,指沈士远、沈尹默、沈兼士;二马,指
马裕藻(幼渔)、马衡;陈,指陈大齐;朱,指朱希祖。

〔4〕　夏期学术讲演　1927年夏,广州市教育局主办夏令学术演
讲会,鲁迅应邀于7月23、26日往讲《魏晋风度及文章与药及酒之关
系》。讲稿后收入《而已集》。

〔5〕　删节Hugo文的案语　Hugo,即雨果(1802—1885),法国作
家。著有《悲惨世界》、《巴黎圣母院》等。《莽原》半月刊第二卷第十一
期(1927年6月)发表刘半农所译雨果《〈克洛特格欧〉的后序》,原作被
删节很多。译者在删节处所作按语中曾一再声言说"这里是提倡宗教
的话……我实在不愿意译","这仍是'神道设教'的愚民政策,不值得译
出"等等。因此鲁迅信中说他"狄克推多"(英语Dictator的音译,独裁的
意思)。

〔6〕　徐志摩陈什么　徐志摩(1897—1931),浙江海宁人,曾留学
英、美,诗人,新月社主要成员。著有《志摩的诗》、《猛虎集》等。他所译
的《赣第德》,1927年由北新书局出版。陈什么,指陈翰笙。

270727　致 江 绍 原[1]

绍原先生:

今夜偶阅《夷白斋诗话》(明顾元庆[2]著,收在何文焕辑刊之《历代诗话》[3]中),见有一则,颇可为"撒园荽"[4]之旁证,特录奉:——

> 南方谚语有"长老种芝麻,未见得。"余不解其意。偶阅唐诗,始悟斯言其来远矣。诗云:"蓬鬓荆钗世所稀,布裙犹是嫁时衣。胡麻好种无人种,合是归时底不归?"[5]胡麻,即今芝麻也,种时,必夫妇两手同种,其麻倍收。长老,言僧也,必无可得之理,故云。

鲁迅 七,二七

＊　　　＊　　　＊　　　＊

〔1〕　此信据《语丝》周刊第一四五期(1927 年 8 月 20 日)所载收信人的《小品一五〇》一文编入。

〔2〕　顾元庆(1487—1565)　字大有,长洲(今江苏吴县)人,明代藏书家。所刻丛书有《顾氏文房小说》、《明朝四十家小说》等,著有《云林遗事》、《山房清事》、《夷白斋诗话》等。

〔3〕　《历代诗话》　清代何文焕辑刊,收南朝梁代钟嵘《诗品》至明代顾元庆《夷白斋诗话》等共二十八种。并附自作《历代诗话考索》一种。

〔4〕　"撒园荽"　当时《语丝》周刊进行一次关于民俗学的讨论。1927 年 4 月 16 日该刊第一二七期刊登"如病"的《撒种小说村话》,其中提到江绍原曾疑中国的先民有借人的两性关系促进植物繁衍的民俗,

但缺乏确凿的证据。5月21日该刊一三二期又发表贺昌群作《撒园荽》一文。该文据《佩文韵府》引《湘山集》称："园荽即胡荽，世传布种时口言亵语则其生滋盛，故士大夫以秽谈为'撒园荽'。"

〔5〕　按此诗引自《全唐诗》卷八〇一，题《怀良人》，署葛鸦儿作。

270728　致章廷谦

矛尘兄：

十九日来信，廿八日收到了，快极。广州我想未必比杭州热，二百八九十度罢。

季茀尚无信来，但看这名目[1]，似乎就无聊。夫浙江之不能容纳人才，由来久矣，现今在外面混混的人，那一个不是曾被本省赶出？我想，便是荸白[2]之流，也不会久的，将一批一批地挤出去，终于止留下旧日的地头蛇。我常叹新官僚不比旧官僚好，旧者如破落户，新者如暴发户，倘若我们去当听差，一定是破落户子弟容易侍候，若遇暴发户子弟，则贱相未脱而遽大摆其架子，其蠢臭何可向迩哉。夫汉人之为奴才，三百多年矣，一旦成为主人，自然有手足无措之概，荸白辈其标本也。

给丁山电[3]中之"才卂"，盖影射耳，似我非我，可以欺丁山，而我亦不能抗议。此种计画，鼻盖与闻其事的，而对绍原故作恐慌者，以欺绍原，表明于中大内情，他丝毫不知道也。其问我何以不骂他者，亦非真希望我骂，不过示人以不怕耳，外强中干者也。无人骂之，尚且要失眠，而况有人骂之乎？我未曾骂，尚且念念于我之骂，而况我竟骂之乎？骂是我总要骂的,但当与骂吧儿狗之方法不同。至于写入小说,他似乎还不配,因为非大经艺术化,则小说中有此辈一人,即十分可厌也。你要知道乚[4]的小玩艺,是很容易的。只要看明末清初苏州一带地方人的互相标榜和攻讦的著作就好了。

况且以"才"署名,亦大可笑,我给别人的信,从未有自称为"才"者。蠢才乎,天才乎,杀才乎,奴才乎?其实我函电署名,非"树"则"迅",傅与鼻是知道的。

吧儿跑到南京了,消息如别纸,今附上。[5]

《游仙窟》我以为可以如此印:这一次,就照改了付印。至于借得影本[6]后,还可以连注再印一回,或排或影(石印),全是旧式,那时候,则作札记一篇附之。至于书头上附印无聊之校勘如《何典》[7]者,太"小家子"相,万不可学者也。

译稿之处置,前函已奉告,但如他们不要或尚未送去,则交小峰亦可。但,这一篇,于周刊是不相宜的,我选择材料时,有点区别,所以《北新》如可免登,则以不登为宜。而我也可以从别方面捞几个零钱用。

小峰和春台之战,究竟是如何的内情,我至今还不了然;即伏园与北新之关系,我也不了然。我想,小 and[8]春之间,当尚有一层中间之隔膜兼刺戟品;不然,不至于如此。我以为这很可惜,然而已经无可补救了。至于春台之出而为叭儿辈效力[9],我也觉得不大好,何至于有深仇重怨到这样呢?

北京我本想去,但有一件事,使我迟疑。我的一个旧学生[10],新近逃到南京了,因为替马二[11]在北京办报,其把柄为张髯[12]所得。他筹办时,对我并不声明给谁办的,但要我一篇文章[13]，登第一期，而且必待此文到后才出版。敝文刚到，他便逃了。因此，我很疑心，他对于马二，不会说这报是我主持的么？倘如此，则我往北京，也不免有请进"优待室"之虑，所以须待到沪后，打听清楚才行。而西三条屋中，似乎已经增添了人，如"大太太"的兄弟之类，我回去，亦无处可住也。至于赴杭与否，那时再看。

倘至九月而现状不变，我以为绍原不如仍到此地来，以装傻混饭；在浙与宁，吃饭必更费力也，但我觉得到九月时，情形如何，是一问题。南京也有人来叫我去编什么期刊，我已谢绝了。前天，离敝寓不远，市党部后门炸了一个炸弹，但我却连声音也无所闻，直至今天看香港报才知道的。

迅　上　七，二八，夜

斐君兄均此不另。

陈西滢张奚若[14]也来此地活动，前天我们在丁惟汾[15]先生处看见，丁先生要我将他们领到胡汉民[16]处，我说有事，便跑出来了，出来告诉□□，于是□□在《市民日报》大骂驱逐投机分子陈西滢，倒也有趣，现在不知道他们活动的怎样。

七月七日发

吧儿狗也终于"择主而事"了。

*　　　*　　　*

〔1〕　名目　指当时浙江省民政厅聘许寿裳担任"视察"一职。

〔2〕 茭白 指蒋梦麟(1886—1964),浙江余姚人。留学美国,曾任北京大学教授及代理校长,当时为浙江省教育厅首任厅长。按"蒋"字本义为茭白,故这里代指蒋梦麟。

〔3〕 给丁山电 当时傅斯年以"才年"署名致电丁山,促其速来中山大学。丁山,即丁丁山。

〔4〕 ㄥ 鼻的形状,代指顾颉刚。

〔5〕 即附于此信之末的荆有麟来信摘录。其中两处缺字为原件残损。

〔6〕 影本 指日本醍醐寺藏本的影印本。

〔7〕 《何典》 一部运用俗谚写成的、带有讽刺而流于油滑的章回体小说,共十回,清光绪四年(1878)上海申报馆出版。编著者"过路人"原名张南庄,清代上海人;评者"缠夹二先生"原名陈得仁,清代长洲(今江苏吴县)人。1926年6月,刘复(半农)将此书标点重印,鲁迅曾为作题记(后收入《集外集拾遗》)。

〔8〕 and 英语:和、与的意思。

〔9〕 春台为叭儿辈效力 指孙福熙为陈学昭的作品《寸草心》画封面及交新月书店出版一事。

〔10〕 指荆有麟。

〔11〕 马二 指冯玉祥。

〔12〕 张� 指张作霖(1875—1928),字雨亭,辽宁海城人,奉系军阀首领。1924年起把持北洋政府,当时他的势力已经完全控制北京。

〔13〕 我一篇文章 疑指《略论中国人的脸》。

〔14〕 张奚若(1889—1973) 陕西朝邑(今大荔)人。曾留学美国,归国后任清华大学教授等职,现代评论派成员之一。

〔15〕 丁惟汾(1874—1954) 山东日照人。早年参加同盟会,曾任国民党中央执行委员兼青年部长、中山大学委员会委员等职,后任国

民党中央政治会议委员。

〔16〕　胡汉民（1879—1936）　字展堂，广东番禺人。早年参加同盟会，曾任革命政府广东省长、代理大元帅，为国民党粤派领导人。后任国民党中央政治会议主席等职。

270731　致 章 廷 谦

矛尘兄：

　　廿九日寄一函，已达否？鼻在杭盖已探得我八月中当离粤，今日得其来信，阅之不禁失笑，即作一复，给他小开玩笑。今俱录奉[1]，以作笑资。季黻尚无信来，兄如知其住址，乞转送一阅为荷。

迅 七，卅一

＊　　　＊　　　＊

〔1〕　顾颉刚来信及鲁迅的复信，参看《三闲集·辞顾颉刚教授令"候审"》。

270802　致 江 绍 原

绍原先生：

　　日前录奉诗话一条，乃与"撒园荽"有关者，想已达览。七月二十二日来函，顷已奉到。支持家者，谓济深[1]也。昨日之香港《循环报》两则，剪下附上[2]，然则前之所闻[3]，似非无因了，而留先之教授不妨兼做官之说，殆已自动的取消乎？

梦麟之叹，鼻之宣传之力也，其劳劳于攻我之状可想。但仅博得梦麟之感慨，不亦微乎其微哉。致丁山电用"材年"者，鼻盖与闻其事，今之故作张皇，则所以表明他非幕中人。不过是小玩意，旧例不少，观明末野史，则现状之可藉以了然者颇多。何思源名氏，我未曾在意中，何得与之为难，其实鼻亦明知之，其云云者，是搆陷之一法，不足与辩也。

鼻盖在杭闻我八月中当离粤，昨得其一函，廿四写，廿六发，云：九月中当到粤给我打官司，令我勿走，"听候开审"。命令未来之被告，使他恭候月余，以俟打渺渺茫茫之官司，可谓天开奇想。实则他知我必不恭候，于是可指我为畏罪而逃耳。因复一函，言我九月已在沪，可就近在杭州起诉云，两信稿都已录寄川岛矣。鼻专在这些小玩意上用工夫，可笑可怜，血奔鼻尖而至于赤，夫岂"天实为之"哉。

中国士大夫之好行小巧，真应"大发感慨"，明即以此亡。而江浙尤为此种小巧渊薮。我意现状如无大异，先生何妨仍来此地，孟德[4]固有齐鲁方士夸诞遗风，然并不比鼻更可怕，在江浙，恐鼻族尤多，不会更好的。在此与孟德辈不即不离，似当尚可居若干月；但第一著则须搬出钟楼也。

有人言见黎国昌[5]坐在注册科办事；又有人言闻孟德将改为图书馆主任。总而言之，中大举棋无定，终必一榻胡涂。

季茀之职衔颇新颖[6]，大约是清闲之官乎。

广州倒并不热。日前有飓风，海上死人不少，而香港一带因有备，却无大损，科学之力如此。我正在慢慢准备启行，但太古船员正罢工,不知本月中能解决否,若坐邮船,则行李太多,很不便也。

青梅酒长久不喝了。荔支已过,杨桃上市,此物初吃似不佳,惯则甚好,食后如〔已〕用肥皂水洗口,极爽。秋时尚有,如来此,不可不吃,特先为介绍。

迅 启上 八月二日

⊙许崇清有留任教育厅长消息

广东省政府决于今(八月一日)日改组、新委各厅长亦自当同时就职、但闻新任教育厅长朱家骅、再向中央力辞不干、以便专心办理中大、今日当不随同就职、届时教育厅政务、依旧由许崇清留任、至将来教育厅长一职、有无变更仍须静候中央明令发表云。

⊙李文范接任民政厅之红示

昨三十日民政厅前贴出纸示云、为布告事、现奉中华民国国民政府令开、任命李文范兼广东民政厅厅长等因、兹定于八月一日下午二时接印视事、除分别呈报令行外、合行布告所属一体知照、厅长李文范、七月三十日。

*　　　*　　　*

〔１〕　济深　即李济深。下文的留先,即朱家骅。

〔２〕　剪报两则,见此信之末。

〔３〕　前之所闻　指朱家骅在中山大学位置不稳的传闻。参看

270707 信末之附言。

〔4〕 孟德　当指傅斯年,当时任中山大学哲学系主任兼文科主任。

〔5〕 黎国昌(1894—?)　字慎图,广东东莞人。留学德国,曾在广州中山大学任教。1927 年鲁迅辞去中山大学教务主任时,他以副职代理教务主任。

〔6〕 指许寿裳当时任浙江省民政厅视察员。

270808　致章廷谦

矛尘兄:

七月卅日信,今天到了。我不知道《五三日报》〔1〕内情,现既如此,请你不要给他了罢,交与小峰。但我以为登《北新》实不宜,书小而文长,登《语丝》较好,希转告。合于《北新》的,我当另寄。

鼻信已由前函奉告,是要我在粤恭候,何尝由我定。我想该鼻未尝发癫,乃是放刁,如泼妇装作上吊之类;倘有些癫,则必是中大的事有些不顺手也。谢〔2〕早不在此,孙林处信不能通,好在被告有我在,够了。大约即使得罪于鼻,尚当不至于成为弥天重犯,所以我也不豫备对付他,静静地看其发疯,较为有趣。他用这样的方法吓我是枉然的;他不知道我当做《阿Q正传》到 Q 被捉时,做不下去了,曾想装作酒醉去打巡警,得一点牢监里的经验。

我本决于月底走了,房子已回复,而招商〔3〕无船,太古公司又罢工,从香港转,则行李太多,很不便,所以至此刻止,还未决定怎么办。倘不能走,则当函告赤鼻,叫他到这里来告,或到别处去,也要通知他。《中央副刊》我未见,不知登的是那一封[4];但打起官司来,我在法庭上还有话,也许比玉堂的"启事"[5]有趣。

据报上说,骝先要专心办中大了[6],有人见他和人游东山,有一种"优游态度"云。而旧教厅长[7],今又被派为委员了,则骝先之并教厅而做不成可知。中大内部不知如何,殊难测。然上月被力逐之教务副主任,现在有人见其日日坐在注册部办事,并无"优游态度",则殊不可解。大约一切事情,都胡里胡涂,没有一定办法,所谓"东倒吃羊头,西倒吃猪头",苟延而已。

令尊大人的事真险[8],好在现在没有事了。其实"今故"是发源于"国故"的,我曾想提出古事若干条,要可以代表古今一切玩艺儿的,作为教本,给如川岛一流的小孩子们看,但这事太难,我读书又太少,恐怕不会成功了。例如,江浙是不能容人才的,三国时孙氏即如此,我们只要将吴魏人才一比,即可知曹操也杀人,但那是因为和他开玩笑。孙氏却不这样的也杀,全由嫉妒。我之不主张绍原在浙,即根据《三国志演义》也。广东还有点蛮气,较好。

这里倒并不很热,常有大风,盖海上正多飓风也。我现想编定《唐宋传奇集》,还不大动手,而大吃其水果,物美而价廉。周围的事情是真多,竟会沿路开枪而茶店里掷炸弹,一时也写不完。我希望不远可以面谈,因为我须"听候开审",总得到杭州的。

迅 上 八月八日夜

斐君兄均此致候。

* * *

〔1〕 《五三日报》 应为《三五日报》。

〔2〕 谢 指谢玉生,湖南耒阳人,鲁迅在厦门大学、中山大学任教时的学生。按谢玉生曾致函孙伏园,说顾颉刚"造作谣言,诬蔑迅师",还说"顾又背叛林语堂先生,甘为林文庆之谋臣",因此招致顾颉刚提出诉讼。下文提到的孙、林,指孙伏园和林语堂。

〔3〕 招商 即轮船招商局,我国最早设立的轮船航运企业。清同治十一年(1872)由李鸿章创办。宣统元年(1909)改为商办,1930 年改为"国营",成为四大家族垄断航运事业的机构。

〔4〕 即 270426 信。

〔5〕 玉堂的"启事" 据收信人回忆,林语堂离开厦门大学时曾散发揭露厦大校长林文庆的启事。

〔6〕 骝先要专心办中大 参看 270802 信所附剪报抄件(第一则)。

〔7〕 旧教厅长 指许崇清(1888—1969),字志澄,广东番禺人。原任广东省教育厅厅长,这时被任命为广东省政府委员兼财政厅长。

〔8〕 令尊大人的事 据收信人回忆,当时绍兴曾谣传章廷谦为共产党,因而其父一度被拘捕。

270817^① 致 章 廷 谦

矛尘兄:

日前寄一函,意专在阻止将敝稿送于姨副^{〔1〕},故颇匆匆。

这几天我是专办了收束伏翁所办的书店[2]一案,昨天弄完了,除自己出汗生痱子外,还请帮忙人吃了一回饭,计花去小洋六元,别人做生意而我折本,岂不怪哉!

遥想一月以前,一个獐头鼠目而赤鼻之"学者",奔波于"西子湖"边而发挥咱们之"不好",一面又想出起诉之"无聊之极思"来,湖光山色,辜负已尽,念及辄为失笑。禹是虫[3],故无其人;据我最近之研究:迅盖禽也,亦无其人,鼻当可聊以自慰欤。案迅即卂,卂实即隼之简笔,与禹与禺,也与它无异,如此解释,则"準"字迎刃而解,即从水,隼声,不必附会从"淮"之类矣。我于文字亦颇有发明,惜无人与我通信,否则亦可集以成"今史辨"也。

近偶见该《古史辨》,惊悉上面乃有自序一百多版。查汉朝钦犯司马蚳[4],因割掉卵脮而发牢骚,附于偌大之《史记》之后,文尚甚短,今该学者不过鼻子红而已矣,而乃已浩浩洋洋至此,殆真所谓文豪也哉。禹而尚在,也只能忍气吞声,自认为并无其人而已。

此地下半年之中大文科,实即去年之厦大而撵走了鼻所不喜之徒,而傅乃大贴广告,谓足为全国模范。不过这是半月以前的事,后来如何,须听下回分解矣。我诸事大略已了,本即可走,而太古公司洋鬼子,偏偏罢工,令我无船可坐;此地又渐热,在西屋中九蒸九晒,炼得遍身痱子。继而思之,到上海恐亦须挤在小屋中,不会更好,所以也就心平气和,"听其自然",生痱子就生痱子,长疙瘩就长疙瘩,无可无不可也。总之:一有较便之船,我即要走;但要我苦心孤诣,先搬往番鬼所管之香港以上邮船，则委实懒于奋发耳。好在近来鼻之起诉计划，当亦有所更改或修正，我亦无须急急如律令[5]矣。

《语丝》中所讲的话，有好些是别的刊物所不肯说，不敢说，不能说的。倘其停刊，亦殊可惜，我已寄稿数次，但文无生气耳。见新月社[6]书目，春台及学昭姑娘俱列名，我以为太不值得。其书目内容及形式，一副徐志摩式也。吧儿辈方携卷南下，而情状又变，近当又皇皇然若丧家[7]，可怜也夫。

迅 八，十七。

斐君兄及小燕弟均此致候。

＊　　　＊　　　＊

〔1〕 姨副　戏指杭州《三五日报》副刊。《诗经·召南·小星》："嘒彼小星，三五在东。"旧注认为"小星"指"妾"（姨太太）。

〔2〕 伏翁所办的书店　指孙伏园倡议开办的北新书屋。

〔3〕 禹是虫　顾颉刚在《努力》增刊《读书杂志》第九期（1923年5月）发表《与钱玄同先生论古史书》一文（后收入《古史辨》第一册），认为夏禹是"蜥蜴之类"的虫。

〔4〕 司马蚰　指司马迁（约前145—约前86），字子长，夏阳（今陕西韩城南）人，汉代史学家和文学家。曾任太史令。所著《史记》为我国著名的纪传体史书。他曾因为李陵辩护而获罪下狱，受宫刑。鲁迅在迁旁加虫字，是对顾颉刚认为禹是"蜥蜴之类"的讽刺。

〔5〕 如律令　原为汉代公文常用语，意思是如法律命令，必须迅速进行。道士仿效，用于符咒的末尾。

〔6〕 新月社　文学和政治性团体。约成立于1923年，主要成员有胡适、徐志摩、梁实秋、罗隆基等，取名于泰戈尔的诗集《新月集》。

1927 年该社成员多数南下,在上海创办新月书店,1928 年 3 月发刊综合性的《新月》月刊。

〔7〕 皇皇然若丧家　《孔子家语》:"纍纍若丧家之狗。"

270817^②　致 江 绍 原

绍原先生:

　　先前寄过几封信,想已到。细目记不清了,只记得有一封是钞一段关于种胡麻的古书的〔1〕。

　　很久以前,得汪馥泉先生来信,要我作一篇文章和写一个书面,且云成后可请先生转寄〔2〕。文章之做,尚未有期,但将书面寄上,乞转寄为荷。如此之字而可写书面,真是可笑可叹,我新近还写了一幅小中堂,此种事非到广东盖不易遇也。

　　报载骝先到香港,不知何也,大约是漫游欤?

　　近来因结束书店,忙了几天。本可走了,而太古公司无船,坐邮船嫌行李多,坐货船太苦,所以还在观望;总之:一有相宜之船,便当走耳。但日期还说不定。

　　天气似乎比先前热了,我因常晒在西窗下,所以已经弄得满身小疙瘩,虽无性命之忧,而亦颇以为窘也。变化繁多,中大下半年不知如何,我疑未必能维持现状。

　　支持家〔3〕评留先云,政治非其所长,教育幼稚。其终于"专心办学"而取"优游状态"者,大约即因此之故。

　　　　　　　　　　　　　　　　　迅 上 八,十七。

＊　　　＊　　　＊

〔1〕　关于种胡麻的话，参看 270727 信。

〔2〕　当时汪馥泉在印尼苏门答腊棉兰编辑《南洋日报》，函请鲁迅为其新著《椰子集》题签并作序。

〔3〕　支持家　指李济深。下文关于朱家骅"专心办学"，参看 270808 信。

270919① 致 翟 永 坤

永坤兄：

八月廿二，廿八日两信，今天（九月十九）一同收到了，一个学生给我送来的。你似乎还没有知道，中山大学的一切职务，我于三月〔1〕间早已辞去了，在此已经闲住了六个月，现在是肚子饿而头昏。我本来早想走，但先前是因为别的原因，后来是太古船员罢工，没有船，总是走不成。现在听说有船了，所以我想于本月之内动身。

我先到上海，无非想寻一点饭，但政，教两界，我想不涉足，因为实在外行，莫名其妙。也许翻译一点东西卖卖罢。北大改组〔2〕的事已在报上看见了。此地自从捉去了若干学生不知道数目，几十或百余罢以后，听说很乐观，已成为中国第一个大学。

这里新闻是一定应该有的，可惜我不大知道，也知不清楚。

《鲁迅在广东》〔3〕我没有见过，不知道是怎样的东西，大约是集些报上的议论罢。但这些议论是一时的,彼一时,此一时,现在很两样。

时光的确快,记得我们在马路上见了之后,已经一年多了,我漂流了两省,幻梦醒了不少,现在是胡胡涂涂。想起北京来,觉得也并不坏,而且去年想捉我的"正人君子"们,现已大抵南下革命了,大约回去也不妨。不过有几个学生,因为是我的学生,所以学校还未进妥近来有些这样的情形,连和我熟识的学生,也会有人疑心他脾气和我相似,喜欢揭穿假面具,所以看得讨厌。我想陪着他们暂时漂流,到他们有书读了,我再静下来。

看看二十来篇作品的工夫,总可以有的。但近一年来,我全没给人选文章。有一个高长虹,先前叫我给他选了一本文章〔4〕,后来他在报上说,我将他最好的几篇都选掉了,因为我妒贤嫉能,怕他出名,所以将好的故意压下。从此以后,我便不做选文的事,有暇便自己玩玩。你如不相信高长虹的话,可以寄来,我有暇时再看,但诗不必寄,因为我不懂这一门。稿寄"上海,新闸路,仁济里北新书局李小峰"收转。

这里还是夏天,穿单衣,一做事便流汗。去年我在厦门时,十一月上山去,看见石榴花,用惯于北方的眼睛看来,好像造物在和我开玩笑。

鲁迅 九月十九夜

*　　　*　　　*

〔1〕　鲁迅于 1927 年 4 月 21 日辞去中山大学一切职务,这里说的"三月"当指夏历。

〔2〕 北大改组 1927年8月间，北洋政府教育总长刘哲拟将北京大学、北京师范大学等九所高等学校合并，成立"国立京师大学校"，下设六科五部。这方案因遭到普遍反对而终未实现。

〔3〕 《鲁迅在广东》 钟敬文编，内收鲁迅到广州后报刊所载有关鲁迅的文章十二篇，附鲁迅杂文一篇和讲演记录四篇。1927年7月由上海北新书局出版。

〔4〕 指高长虹的《心的探险》，诗文合集，1926年6月北京北新书局出版。

270919^② 致 章 廷 谦

矛尘兄：

久不得来信，大约你以为我早动身了，而岂知我至今尚九蒸九晒于二楼之上也哉！听说太古船员诸公已复工，则我真将走成，现已理行李两天，拟于廿七八搬入客栈，遇有船则上之也。

自然先到上海，其次，则拟往南京，不久留的，大约至多两三天，因为要去看看有麟，有一点事，但不是谋饭碗，孑公复膺大学院长〔1〕，饭仍是蒋维乔袁希涛口中物也。复次当到杭州，看看西湖北湖之类，而且可以畅谈。但这种计画，后来也许会变更，此刻实在等于白说。

此地已较凉。梁漱溟〔2〕已为委员，我看他是要阔的。市民正拟欢迎张发奎〔3〕将军，牌楼搭得空前之好。各种厅长多已换。黄浦[埔]学校〔4〕已停办。截至今日止，如此而已。

中大今日(或明日,记不清了)开学,行授旗式,旗乃校旗也,青天白日外加红边,新定的。何日开课,未闻。绍原先生已行了罢。该校的安否,大概很与政局相关的,所以本学期如何,实在说不清。但他若取中立之状态,则无妨。

《语丝》的一四一,二两期,终于没有收到,大概没收了。这里的一部分青年已将郁达夫[5]看作危险人物,大奇。广西禁《洪水》[6]与《独秀文存》[7]。汕头之创造社被封。北新出了一本《鲁迅在广东》,好些人向我来要,而我一向不知道。关于出版界之所闻,大略如此。

新月书店的目录,你看过了没有?每种广告都飘飘然,是诗哲[8]手笔。春台列名其间,我觉得太犯不上也。最可恶者《闲话》广告[9]将我升为"语丝派首领",而云曾与"现代派主将"陈西滢交战,故凡看《华盖集》者,也当看《闲话》云云。我已作杂感[10]寄《语丝》以骂之,此后又做了四五篇。

凤举说燕大要我去教书,已经回复他了,我大约还须漂流几天。我一去,一定又有几个学生要同去,这是我力所不及的,别人容易误会为我专是呼朋引类。我也许此后不能教书了。但可玩玩时,姑且玩玩罢。

在二楼上,近来又编好了一部《唐宋传奇集》。到上海后,当为新作家选小说,共有三部。此后,真该玩玩了,一面寻饭碗。

迅　上　九月十九夜

斐君太太前均此请安。燕兄及在绍兴的某兄均此致候。

＊　　　＊　　　＊

〔1〕 孑公复膺大学院长　1927 年 6 月 27 日,国民党中央政治会议通过蔡元培等提议,决定组织大学院,作为全国最高学术教育行政机关,同年 10 月蔡就任大学院院长。

〔2〕 梁漱溟(1893—1988)　字寿铭,广西桂林人。曾任北京大学教授。1927 年四一二政变后,曾任国民党广东省政府委员、广州政治委员会建设委员会常务委员、代理主席。

〔3〕 张发奎(1895—1980)　字向华,广东始兴人,国民党将领。第一次国内革命战争时期任国民革命军第四军军长,参加北伐。1927 年 9 月下旬,他率所部由江西回到广州。

〔4〕 黄埔学校　即黄埔军官学校。孙中山在国民党改组后创立的军官学校,校址在广州黄埔,1924 年 6 月正式开学。在 1927 年四一二政变前它是国共合作的学校,周恩来、叶剑英、恽代英、萧楚女等许多共产党人都曾在校内担任过负责工作和教育工作。

〔5〕 郁达夫　参看 281212 信注〔1〕。他在《洪水》半月刊第三卷第二十九期(1927 年 3 月)发表的《在方向转换途中》一文,指责蒋介石集团的"独裁的高压政策"。孔圣裔随即在反共刊物《这样做》第七、八期合刊(同年 6 月)上发表《郁达夫先生可以休矣》一文,对郁大肆攻击,说他"做了共产党的工具"。

〔6〕《洪水》　创造社刊物,1924 年 8 月在上海创刊,初为周刊,仅出一期;1925 年 9 月改为半月刊,1927 年 12 月停刊,共出三十六期。

〔7〕《独秀文存》　陈独秀在"五四"前后所作论文、随感、通信的编集。1922 年 11 月上海亚东图书馆出版。

〔8〕 诗哲　指徐志摩。1924 年印度诗人泰戈尔来华时,他追随左右,有人称泰戈尔为"诗圣",称徐为"诗哲"。

〔9〕《闲话》广告　《闲话》,指《西滢闲话》,陈西滢作,1928 年 3

月新月书店出版。出版前曾刊登广告说:"……鲁迅先生(语丝派首领)所仗的大义,他的战略,读过《华盖集》的人想必已经认识了。但是现代派的义旗,和它的主将——西滢先生的战略,我们还没有明了。现在我们特地和西滢先生商量,把《闲话》选集起来,印成专书,留心文艺界掌故的人,想必都以先睹为快。"

〔10〕　杂感　指《辞"大义"》,下文的"四五篇"指《革"首领"》、《扣丝杂感》、《"公理"之所在》、《"意表之外"》等。

270922　致　台静农、李霁野

静农
霁野兄:

《朝华夕拾》改定稿,已挂号寄上,想已到。

静农兄九月八日信,前天收到了。小说〔1〕要出,很好。可寄上海北新李小峰收转。来信同。

这里的生活费太贵,太古船已有,我想于月底动身了,到上海去。那边较便当,或者也可以卖点文章。这里是什么都不知道。可看的刊物也没有。

先前是时时想走,现在是收拾行李(有十来件,讨厌极了),《莽原》久不做了。现在写了一点〔2〕,今寄上。以后想写几回这样的东西。

附上四张照相,是一月前照的,R女士〔3〕如要,请交去。如已无用,便中希送西三条寓。

前回来信说寄来的《二十四孝》之类之中,有几本是维钧兄的。我即函询那几种,终无回信,大约我的信失落了。今仍希告我,以便先行邮还。因为带着走,不大便当。

我很好,请勿念。我想,上船之期,大约本月廿八九罢。

此地居然也凉起来了,有些秋意。

密斯朱寿恒闻已结婚。今年的岭南大学,听说严极了,学生及职教员好发议论的,就得滚蛋。收回中国自办了。

　　　　　　　　　　　　　　　迅 九,二十二夜。

＊　　　＊　　　＊

　〔1〕 小说　指短篇小说集《地之子》,台静农作,1928 年 11 月未名社出版。《未名新集》之一。

　〔2〕 写了一点　指《怎么写》。后收入《三闲集》。

　〔3〕 R 女士　当指罗尔斯卡娅,参看 270221 信注〔3〕。当时她准备雕塑鲁迅半身像。

270925^①　致 台 静 农

静农兄:

九月十七日来信收到了。请你转致　半农先生,我感谢他的好意,为我,为中国。但我很抱歉,我不愿意如此。

诺贝尔赏金〔1〕,梁启超〔2〕自然不配,我也不配,要拿这钱,还欠努力。世界上比我好的作家何限,他们得不到。你看我译的那本《小约翰》,我那里做得出来,然而这作者就没有得到。

或者我所便宜的,是我是中国人,靠着这“中国”两个字罢,那么,与陈焕章[3]在美国做《孔门理财学》而得博士无异了,自己也觉得好笑。

我觉得中国实在还没有可得诺贝尔赏金的人,瑞典最好是不要理我们,谁也不给。倘因为黄色脸皮人,格外优待从宽,反足以长中国人的虚荣心,以为真可与别国大作家比肩了,结果将很坏。

我眼前所见的依然黑暗,有些疲倦,有些颓唐,此后能否创作,尚在不可知之数。倘这事成功而从此不再动笔,对不起人;倘再写,也许变了翰林文字,一无可观了。还是照旧的没有名誉而穷之为好罢。

未名社出版物,在这里有信用,但售处似乎不多。读书的人,多半是看时势的,去年郭沫若书颇行,今年上半年我的书颇行,现在是大卖戴季陶[4]讲演录了蒋介石的也行了一时。这里的书,要作者亲到而阔才好,就如江湖上卖膏药者,必须将老虎骨头挂在旁边似的。

还有一些琐事,详寄季野信中,不赘。

迅　上　九月二十五日

＊　　　＊　　　＊

〔1〕　诺贝尔赏金　即诺贝尔奖金。以瑞典化学家和发明家诺贝尔(A. Nobel, 1833—1896)的遗产设立的奖金,自1901年起,每年在诺贝尔逝世纪念日颁发关于科学、文学及和平事业的奖金。1927年瑞典汉学家高本汉曾通过来华考察的地质学家斯文·赫定委托刘半农在中国推荐诺贝尔文学奖候选人。刘半农拟提名梁启超和鲁迅,并委托台

静农征询鲁迅意见。

〔2〕 梁启超(1873—1929) 字卓如,号任公,广东新会人,清末维新运动领导者之一。失败后逃亡日本,鼓吹君主立宪,反对孙中山领导的民主革命运动。晚年曾任清华学校研究院教授。著有《饮冰室文集》。

〔3〕 陈焕章(1881—1933) 字重远,广东高要人。留学美国,曾写《孔门理财学》一书,得博士学位。辛亥革命后组织孔教会,任会长。

〔4〕 戴季陶(1890—1949) 名传贤,号天仇,浙江吴兴人。早年参加同盟会,后任国民党中央宣传部长、中央执行委员会常委,国民党政府考试院院长等职。四一二政变前后,曾为蒋介石公开反共"清党"大造舆论。

270925② 致 李霁野

霁野兄:

十二日信已到,内无致共和〔1〕附信。

《白茶》或者只十三,是我弄错的,此事只可如此了结。

北新书屋账等一二天再算详账云云,而至今未有照办者,因为我太忙。能结账的只有我一个人。其实是早已结好,约欠八十元。我到邮局去汇款时,因中央银行挤兑之故,票价骤落,邮局也停止汇兑了,只得中止,一直到现在。这一笔款只能待我到上海时再寄。

廿九日有船,倘买得到船票,就坐这船,十月六七可到上海。

这里的文艺,很销沈,昨天到创造社去一看,知道未名社的书都卖完了,只剩许多《莽原》。投稿于《莽原》之饶超华君,前回寄回的照相中,坐在我和伏园之间的就是他。回家路经汕头,被捕,现在似乎已释出。他是除了做那样的诗之外,全无其他的,而也会遭灾,则情形可想。但那是小地方;广州市比较地好一点。

书面的事,说起来很难,我托了几个人,都无回信。本地,是无法可想的,似乎只能画一个军人骑在马上往前跑。就是所谓"革命! 革命!"〔2〕《朝华夕拾》我托过春台,没有画来,他与北新闹开,不知怎的和新月社去联合了。让我再想一想看。

《象牙之塔》的封面,上一次太印在中间了,下面应该不留空白。这回如来得及,望改正。

《莽原》稿已寄上一篇,我本想多写几篇这一类的东西,但开始走路之后,不知能有工夫否? 此地万不愿住,或在上海小住,未知是否可能,待到后再看。此地大学,已成了现代派的大本营了。

关于诺贝尔事,详致静农函中,兹不赘。

创造社和我们,现在感情似乎很好。他们在南方颇受迫压了,可叹。看现在文艺方面用力的,仍只有创造,未名,沈钟三社,别的没有,这三社若沈默,中国全国真成了沙漠了。南方没有希望。

　　　　　　　　　　　　　　迅 九,二五。

续收到十三日来信了。共和的收单,似乎应未名社收,今仍寄回。

＊　　　＊　　　＊

〔1〕 共和　指广州共和书局。北新书屋结束时,存书均移交该书局。

〔2〕 指当时广州的所谓"革命文学社"出版的反共刊物《这样做》(旬刊)三四期合刊的封面画。以后各期均沿用。

271004　致 台静农、李霁野

静农
霁野兄：

昨天到上海,看见图样五张〔1〕。蔼覃的照相,我以为做得很不好看。我记得原底子并不如此,还有许多阴影,且周围较为毛糙。望照原本重做一张,此张不要。我前信言削去边者,谓削去重照后之板边,非谓连阴影等皆削去之也。总之希重做一张,悉依原来的样子。

此书封面及《朝华夕拾》书面,已托春台去画,成后即寄上。于书之第一页后面,希添上"孙福熙作书面"一行。

我现住旅馆,两三日内,也许往西湖玩五六天,再定何往。

迅 十,四。

＊　　　＊　　　＊

〔1〕 图样五张　指《小约翰》作者望·蔼覃的肖像和该书插图的印样。望·蔼覃(F. Van Eeden,1860－1932),荷兰作家。

271014　致　台静农、李霁野

静农
霁野兄：

　　书账早已结好，和寄来的一张差不多。因为那边的邮局一时停止汇兑，所以一直迟至现在。今从商务馆汇上八十元，请往瑠〖琉〗璃厂一取（最好并带社印）。这样，我所经手的书款，算是清结了。

　　《小约翰》及《朝华夕拾》两书面，本拟都托春台画，但他现在生病，所以只好先托其画《小约翰》的一张，而今尚未成（成后即寄上）。《朝华夕拾》第一页的后面，且勿印"孙福熙作书面"字样。

　　到此已将十日，不料熟人很多，应酬忙得很。邀我做事的地方也很有，但我想关起门来，专事译著。

　　狂飙社[1]中人似乎很有许多在此，也想活动，而活动不起来，他们是自己弄得站不住的。

　　这里已很冷了。报上说北京已下雪，想是真的。

　　来信仍由原处转。

迅　十月十四日

＊　　　＊　　　＊

　　〔1〕　狂飙社　高长虹、向培良等组织的文学团体。1924年11月，曾在北京《国风日报》上出过《狂飙》周刊，至十七期停止；1926年10月，该社重在上海光华书局出版《狂飙》周刊，并编印《狂飙丛书》等，

1928 年解体。

271017　致李霁野

霁野兄：

　　前两天寄一函并书款八十元，想已到。六日来信，今天收到了，空字已补好，今寄上。书面已托孙春台画好，因须用细网目铜板，恐北京不能做，拟在上海将板做好，邮寄北京。

　　我到此地，因为熟人太多，比以前更忙于应酬了。忽然十多天，已经过去，什么事也没有做。

　　光华书店，我看他做法不大规矩，是不可靠的。

　　《朝华夕拾》后记中之《曹娥》一图，描得不好。如原底子尚在，请将这一图改用铜板，那么，线虽细，也无妨了。

　　《莽原》第十六七期尚未见。我缺第三期，希即一并寄来。三期一本，十六七期各二本。此后信件，可寄"上海宝山路商务印书馆编译所周建人先生代收"。

　　《莽原》这名称，先前因为赌气，没有改。据我的意思，从明年一月起，可以改称《未名》了，因为《狂飙》已消声匿迹。而且《莽原》开初，和长虹辈有关系，现在也犯不上再用。长虹辈此地有许多人尚称他们为"莽原小鬼"，所以《莽原》之名也不甚有趣。但这是我个人的意思，请大家决定。

　　静农的小说稿，已收到了，希转告。

　　前回寄来的书中，那几种是维钧的，亦望告知，以便寄还。

　　　　　　　　　　　　　　　　　迅　十，十七，夜

271020　致　李霁野

霁野兄：

《小约翰》封面铜板已做好，已托北新代寄，大约数日后可到。今将标本寄上，纸用黄色，图用紫色。

孙春台病已愈，《朝华夕拾》封面已将开始绘画。书之第一页后可以印上"孙福熙作书面"字样了。

迅　十，廿。

板费五元请便中交西三条密斯许。

271021^①　致　江绍原

绍原先生：

两日不见，如隔六秋。

季茀^[1]有信来，先以奉阅。我想此事^[2]于　兄相宜，因为与人斗争之事或较少。但不知薪水可真拿得到否耳。

迅　顿首　十月廿一日

太太前乞叱名请安。

＊　　　＊　　　＊

〔1〕　季茀　即许寿裳。时任南京国民政府大学院秘书。

〔2〕　指大学院院长蔡元培意欲聘鲁迅、江绍原等任该院特约撰述员。

271021^②　致　廖立峨^[1]

立峨兄：

十二日的来信，昨天收到了，先寄的另一封信，亦已收到。我于七日曾发一信，后又寄《野草》一本，想亦已到。

我到上海已十多天，因为熟人太多，一直静不下，几乎日日喝酒，看电影。我想，再过一星期，大约总可以闲空一点。倘若这样下去，是不好的，书也不看，文章也不做。

这里的情形，我觉得比广州有趣一点，因为各式的人物较多，刊物也有各种，不像广州那么单调。我初到时，报上便造谣言，说我要开书店了，因为上海人惯于用商人眼光看人。也有来请我去教国文的，但我没有答应。

现在我住在"宝山路，东横浜路，景云里二十九号"，此后有信可以直接寄此。这里是中国界，房租较廉，只要不开战，是不要紧的。

中大校长赴港，^[2]我已在报上看见，张之迈^[3]辈即刻疑神疑鬼，实在可怜。其实他们是不要紧的，会变化，那里会吃亏。至于我回广东，却连自己还没有想到过。

林语堂先生已见过，现回厦门接他的太太去了，听说十来天后再来上海。许寿裳先生在南京大学院做秘书，他们要请我译书，但我还没有去的意思。

江绍原先生已经见过，他今天回杭州去了，当暂住在他太太的家里。听说大学院要请他做编译，我想，这于他倒颇相宜的。

广州中大今年下半年大约不见得比上半年好。我想,你最好是自己多看看书,靠教员,是不行的,即使将他们的学问全都学了来,也不过是"瞠目呆然"。倘遇有可看的书,我当寄上。

顾孟余回广州之说,上海倒没有听到。《中央日报》不办了。南京另组织了一个中央日报筹备处,其中大抵是"现代派"。

我本很想静下来,专做译著的事,但很不容易。闹惯了,周围不许你静下。所以极容易卷入旋涡中。等许多朋友都见过了,周围清静一些之后,再看情形,倘可以用功,我仍想读书和作文章。

广平姊也住在此,附笔道候。她有好几个旧同学在此,邀她于[去]办关于妇女的刊物[4],还没有去。

迅 十月廿一日

＊　　　＊　　　＊

〔1〕 廖立峨(1903—1962)　广东兴宁人。原为厦门大学学生,1927年1月随鲁迅转学中山大学。后曾一度寄住鲁迅上海家中。

〔2〕 中大校长赴港　1927年10月13日,被认为是汪精卫派的张发奎去中山大学讲演,属于蒋系的校长戴季陶、朱家骅即离校赴香港。后来戴去上海,朱回广州。

〔3〕 张之迈　1926年中山大学文科英文系学生。

〔4〕 关于妇女的刊物　指《革命的妇女》,国民党上海市党部妇

女部主办,主持人为许广平在北京女师大时的校友吕云章。

271031　致 江 绍 原

绍原先生:

两惠函,其一内有译稿[1]者,均收到。稿当去寻卖[买]主去。

季茀所谈事迄今无后文,但即有后文,我亦不想去喫,我对于该方面的感觉,只觉得气闷之至,不可耐。

既已去矣,又何必再电奥[粤]方。昨有学生见骝先坐黄包车而奔波于途,殆即在追挽校长[2]欤。

近日又常是演讲之类,殊苦。

迅 上 十月卅一日

太太前仍叱名请安。

*　　　*　　　*

〔1〕　译稿　指《二十五年来之宗教史研究》,美国黑顿(A. E. Haydon)作,江绍原译文后载《北新》半月刊第二卷第四号(1927 年 12 月)和第六号(1928 年 1 月)。

〔2〕　追挽校长　据 1927 年 10 月 18 日《国立中山大学日报》第六十四号载:"朱副校长今日赴沪敦促戴校长返校。"又同年 11 月 16 日同报第八十五号载:"戴校长季陶、朱副校长家骅已联袂返粤。"

271103　致　李霁野

霁野兄：

十月廿六日信，今天收到了。蔼覃像已付印，四五日内可成，成即寄上。

《象牙之塔》，《莽原》，你的稿子[1]，尚未到。

《莽原》的确少劲，是因为创作，批评少而译文多的缘故。我想，如果我们各定外国文艺杂志一两份，此后专向纯文艺方面用力，一面绍介图画之类，恐怕还要有趣些。但北京方面，制版之类是不方便的。本来我也可以在此编辑，因为我原想躲起来用用功。但看近来情形，各处来访问，邀演讲，邀做教员的很多，一点也静不下，时常使我想躲到乡下去。所以我或者要离开上海也难说。

《小约翰》书面版已于廿一寄出，想已到。

还说《莽原》，用报纸似乎太难看，用较好一点而比以前便宜一点的，如何？至于减少页数，那自然无所不可。

狂飙社的人们，似乎都变了曾经最时髦的党了。尚钺坏极，听说在河南，培良在湖南，高歌长虹似乎在上海。这一班人，除培良外，都是极坏的骗子。长虹前几天去访开明书店章君[2]，听说没见他。

附上文一篇[3]，是旧作而收回的，可用于《莽原》。

迅　十一，三。

＊　　　＊　　　＊

〔1〕　你的稿子　指《文学的影响》,法国古尔蒙(R. de Gourmont, 1858—1915)作,李霁野译,载《莽原》半月刊第二卷第二十一、二十二期合刊(1927 年 11 月 25 日)。

〔2〕　章君　指章锡琛。

〔3〕　文一篇　指《略论中国人的脸》,后收入《而已集》。

271107① 致 章 廷 谦

矛尘兄:

六日来信已到。我到沪以来,就玩至现在,其间又有演讲之类,颇以为苦。近日又因不得已,担任了劳动大学国文每周一小时,更加颇以为苦矣。杭州芦花,闻极可观,心向往之,然而又懒于行,或者且待看梅花欤。

《游仙窟》既有善本,自然以用善本校后付印为佳。《唐宋传奇集》方在校印,拟先出上册,成后即寄奉。

北新捕去李(小峰之堂兄)王(不知何人)〔1〕两公及搜查,闻在十月二十二,《语丝》之禁则二十四。作者皆暂避,周启明盖在日本医院欤。查封北新,则在卅日。今天乔峰得启明信,则似已回家,云《语丝》当再出三期,凑足三年之数,此后便归北新去接办云云。卅日发,大约尚未知查封消息也。他之在北,自不如来南之安全,但我对于此事,殊不敢赞一辞,因我觉八道湾之天威莫测,正不下于张作霖,倘一搭嘴,也许罪戾反而极重,好在他自有他之好友,当能互助耳。

　　季茀本云南京将聘绍原，而迄今无续来消息，岂蔡公此说，所以敷衍季茀者欤，但其实即来聘，亦无聊。语堂先曾回厦门，今日已到沪，来访，而我外出，不知其寓何所；似无事。有学生告我，在上海见傅斯年于路上，不知确否。倘真，则此公又在仆仆道途，发挥其办事手腕矣。

　　我独据一间楼，比砖塔胡同时好得多，因广东薪水，尚未用完也。但应酬，陪客，被逼作文之事仍甚多，不能静，殊苦。本想从事译书，今竟不知可能如愿。

迅　上　十一月七日

　　夫人均此问候。

　　＊　　　　＊　　　　＊

　　〔1〕　李　指李丹忱。王，指王寅生。当时均在北京北新书局任职。

271107② 　致江绍原

绍原先生：

　　五日来信并稿已到。译稿小峰愿接受，登《北新》半月刊。俟注之后半到，即送去。

　　北京之北新局于十月廿二日被搜查，捕去两人，一小峰之堂兄；一姓王，似尚与他案有关。《语丝》于廿四日被禁；北新局忽又于卅日被封。我疑此事仍有章士钊及护旗运动[1]中人在捣鬼。

有学生告诉我,见傅斯年于上海之道上。岂此公亦来追留校长欤?

迅 启上 十一月七日

闻广东中大英语系主任为刘奇峰[2],不知何如人也。

*　　　　*　　　　*

〔1〕 护旗运动　当时国家主义派拥护北洋军阀,反对革命,曾发起保护五色旗的"护旗运动"。

〔2〕 刘奇峰　山东人。曾留学美国,1927年9月继江绍原之后任中山大学英文系主任。

271114　致 江绍原

绍原先生:

先后收到《宗教史研究》[1]两回,小品[2]两回共四则;但小注后半,则至今未收到,恐失落亦未可知。且稍待,抑更补写乎,请酌定。

日本语之 NoRito,是"祝词"。

弟到此已月余,日惟应酬,陪客,演说,无聊之极。瘦矣,而毫无成绩。颇欲杜门译书,但无把握也。

今虽讨赤,而对于宗教学,恐仍无人留心。观读书界大势,将来之有人顾问者,殆仍惟文艺之流亚。不知兄有意一试之否?如前回在《语丝》上所谈之《达旖丝》[3],实是一部好书,倘译成中文,当有读者,且不至于白读也。半农译法

87

国小说,似有择其短者而译之之趋势。我以为不大好。

迅　顿首十一月十四日

太太前亦顿首

＊　　　＊　　　＊

〔1〕《宗教史研究》　指《二十五年来之宗教史研究》。

〔2〕小品　江绍原所作以《小品》为总题的短文。这里提到的四则,其中两则载《语丝》周刊第四卷第一期(1927年12月17日),一则载第四卷第二期。

〔3〕《达旖丝》　又译《泰绮丝》,长篇小说,法国法朗士作。

271116　致李霁野

霁野兄:

四日来信,收到了。小说稿及《象牙之塔》,早已到。

《莽原》仍用好纸而减页数,甚好。闻开明书店云,十八九合册十本,早售完,而无续来,不知何不多寄些?

《小约翰》作者照像,托春台印〔带〕去印的,而他忽回家,大约不日当回上海,取来寄京。现在向我索取者甚多。我想,较快的办法,是此书之内容及封面印成后,望即将书面及书之散页,寄我五十份(仍由周建人代收);一面我将照相留下五十份。待散页一到,在此装钉,便快得多了。希成后即寄为要。

我冬天不回京,在此亦静不下,毫无成绩,真不知如何是好。

迅 十一,十六

271118　致翟永坤

永坤兄：

你的十月十,二六两信,并两回的稿子,我都收到了,待我略闲,当看一看。惟设法出版,须在来年,因为这里的书铺现在经济状况都不大好。

那一本旧的小说[1],也已收到。构想和行文,都不高明,便是性欲的描写,也拙劣得很,是一部没有什么价值的书。我想,这大约是明朝人做的,本是一篇整篇,后来另一人又将他分开,加上回目,变成章回体的。至于里面用元人名字,这是明人做小说的常有的事,他们不敢讲本朝,所以往往假设为元人。

我近半年来,教书的趣味,全没有了,所以对于一切学校的聘请,全都推却。只因万不得已,在一个学校里担任了一点钟,但还想辞掉他。

文章也做不出来。现在是在校印《唐宋传奇集》,这是古文,我所选编的,今年可出上册,明年出下册。

听说《语丝》在北京被禁止了,北新被封门。正人君子们在此却都很得意,他们除开了新月书店外,还开了一个衣服店,叫"云裳","云想衣裳花想容"[2],自然是专供给小姐太太们的。张竞生[3]则开了一所"美的书店",有两个"美的"女店员站在里面,其门如市也。

我想译点书糊口,但现在还未决定译那一种。

迅 上 十一月十八日

＊　　　＊　　　＊

〔1〕 一本旧小说　指《奇缘记》,不题撰人,本明人《天缘奇遇》写
祁羽狄、廉丽贞事,六卷,十二回。鲁迅收到的是二万七千余字的手抄
本。

〔2〕 "云想衣裳花想容"　语见李白《清平调》三首(其一):"云想
衣裳花想容,春风拂槛露华浓。"

〔3〕 张竞生(1888—1970)　广东饶平人。早年留学法国,曾任北
京大学教授。著有《美的人生观》、《美的社会组织法》等。1927 年在上
海开设美的书店,印行"婚姻丛书"、"性育小丛书"等,宣传性文化,因编
印《性史》第一集引起非议,被当局查封。

271120　致 江 绍 原

绍原先生:

　来信,并《廿五年来之早期基督教研究》[1]的注,都收到
了。关于要编的两种书的计划,我实在并无意见。《血与天
癸……》[2],我想,大抵有些人看看的;至于《二十世纪之宗教
学研究》[3],则商务馆即使肯收,恐怕也不过是情面。尚志学
会[4]似乎已经消声匿迹了。

　其实,偌大的中国,即使一月出几本关于宗教学的书,那
里算多呢。但这些理论,此刻不适用。所以我以为　先生所

研究的宗教学,恐怕暂时要变成聊以自娱的东西。无论"打倒宗教"或"扶起宗教"时,都没有别人会研究。

然则不得已,只好弄弄文学书。待收得板税时,本也缓不济急,不过除此以外,另外也没有好办法。现在是专要人的性命的时候,倘想平平稳稳地吃一口饭,真是困难极了。我想用用功,而终于不能,忙得很,而这忙,是于自己很没有益处的。

中国此刻还不能看戏曲,他们莫名其妙。以现状而论,还是小说。还有,大约渐要有一种新的要求,是关于文艺或思想的 Essye[5]。不过以看去不大费力者为限。我想先生最好弄这些。

英文的随笔小说之流,我是外行,不能知道。但如要译,可将作者及书名开给我,我可以代去搜罗。

我不知道先生先前所爱看的是那一些作品,但即以在《语丝》发表过议论的 Thais[6] 而论,我以为实在是一部好书。但我的注意并不在飨宴的情形,而在这位修士[7]的内心的苦痛。非法朗士[8],真是作不出来。这书有历史气,少年文豪,是不会译的(也讲得〔好〕听点,是不屑译),先生能译,而太长。我想,倘译起来,可以先在一种月刊上陆续发表,而留住版权以为后日计。

此外,则须选作者稍为中国人所知,而作品略有永久性的。英美的作品我少看,也不大喜欢。但闻有一个 U. Sinclaire[9](不知错否),他的文学论极新,极大胆。先生知之否?又 J. London[10] 的作品,恐怕于中国的现在也还相宜。

广东似乎又打起来了[11]。沪报言戴校长已迁居香港,谢绝宾客。中校的一群学者,不知安否,殊以为念也。

迅　启上 十一月二十夜

太太前均此请安

＊　　　＊　　　＊

〔1〕《廿五年来之早期基督教研究》　美国威灵贝(H. R. Willinghby)著,江绍原译文载《东方杂志》第二十四卷第二十四期(1927年12月)。

〔2〕《血与天癸……》　全名《血与天癸:关于它们的迷信言行》,江绍原著,《贡献》第二卷第七期(1928年5月)开始连载。

〔3〕《二十世纪之宗教学研究》　江绍原计划的著作,后未完成。

〔4〕尚志学会　范源濂、江庸等人在北京组织的学术团体,曾编辑《尚志丛书》,由商务印书馆出版。

〔5〕Essay　英语:随笔。

〔6〕Thais　即《泰绮丝》。

〔7〕修士　指《泰绮丝》中的圣僧巴甫努斯。他为正世道人心,曾感化亚历山大城的名妓泰绮丝出家,但自己却因爱上了她而深陷情网。不知情的信徒们则仍然视他为"圣僧",向他祈求、礼拜,以致使他痛苦万状。

〔8〕法朗士(A. France,1844—1924)　法国作家。著有长篇小说《波纳尔之罪》、《企鹅岛》等。

〔9〕U. Sinclair　辛克莱(1878—1968),美国作家。著有长篇小说《屠场》、《石炭王》、《世界末日》等。他的文学论疑指《拜金艺术(艺术之经济学的研究)》一文,文中主张"一切的艺术是宣传"。

〔10〕J. London　杰克·伦敦(1876—1916),美国作家。著有《深渊中的人们》、《铁蹄》、《马丁·伊登》等。

〔11〕广东又打起来了　1927年11月17日张发奎以"护党运动"

为名，与李济深、黄绍竑争夺广东的统治权，引发粤桂战争。

271122　致　陶　元　庆

璇卿兄：

《唐宋传奇集》书面用之赭色样本，今日送来了。今并原样一同寄上。对否？希示复。

鲁迅　十一月廿二。

271206^①　致　李　小　峰^[1]

小峰兄：

我对于一切非美术杂志的陵乱的插画，一向颇以为奇，因为我猜不出是什么意义。近来看看《北新》半月刊的插画，也不免作此想。

昨天偶然看见一本日本板垣鹰穗做的，以"民族底色彩"为主的《近代美术史潮论》^[2]，从法国革命^[3]后直讲到现在，是一种新的试验，简单明了，殊可观。我以为中国正须有这一类的书，应该介绍。但书中的图画，就有一百三四十幅，在现今读者寥寥的出版界，纵使译出，恐怕也没一个书店敢于出版的罢。

我因此想到《北新》。如果每期全用这书中所选的图画两三张，再附译文十叶上下，则不到两年，可以全部完结。论文和插画相联络，没有一点白费的东西。读者也因此得到有统系的知识，不是比随便的装饰和赏玩好得多么？

为一部关于美术的书，要这么年深月久地干，原是可叹可怜的事,但在我们这文明国里,实在也别无善法。不知道《北新》能够这么办否? 倘可以,我就来译论文。

鲁迅 十二月六日

＊　　＊　　＊

〔1〕 此信据《北新》半月刊第二卷第四期(1927 年 12 月 15 日)所载编人。

〔2〕 《近代美术史潮论》 日本板垣鹰穗著。鲁迅的译文连载于《北新》半月刊第二卷第五期至第三卷第五期(1928 年 1 月至 1929 年 1 月),后由北新书局汇印一集出版。

〔3〕 法国革命 指 1789 年爆发的法国大革命。这次革命推翻封建专制统治,确立了资本主义制度。

271206②　致 蔡 元 培〔1〕

子民先生几下,谨启者:久违

雅范,结念弥深,伏知

贤劳,未敢趋谒。兹有荆君有麟,本树人旧日学生,忠于国事,服务已久,近知江北一带,颇有散兵,半是北军〔2〕旧属,既失渠率,进散江湖,出没不常,亦为民患。荆君往昔之同学及同乡辈,间亦流落其中,得悉彼辈近态,本非夙心,倘有所依,极甘归命,因思招之使来,略加编练,则内足以纾内顾之劳,外足以击残余之敌。其于党国,诚为两得。已曾历访数处,贡其款诚,尤切希一聆

先生教示,以为轨臬。辄不揣微末,特为介绍,进谒

台端,倘蒙假以颜色,俾毕其词,更赐

指挥,实为万幸。肃此布达,敬请

道安。

后学周树人 启上 十二月六日

＊　　　＊　　　＊

〔1〕 此信原无标点。

〔2〕 北军 指北洋军阀军队。

271209^①　致 江 绍 原

绍原先生:

　　《百卌孝图》〔1〕尚在,其所绘"拖鞍"〔2〕之法如下:——

迅 上 十二月九日

＊　　　＊　　　＊

〔1〕 《百卌孝图》 据《朝花夕拾·后记》,当为《二百卌孝图》,清

代胡文炳绘制。

〔2〕 "拖鞍" 据《明史·列女传》记载:武邑高氏女,其父客死他乡,仅知葬于河南虞城城北,塚内以枣木小车辋为识。后来她去该地寻找其父遗骸,"抵葬所,塚累累不能辨。氏以发系马鞍逆行,自朝及夕,至一小塚,鞍重不能前,即开其塚,所识车辋宛然。"鲁迅所画即此故事,坐于鞍上者为女父之鬼魂。

271209②　致 章廷谦

矛尘兄:

四日信早到了。语堂在此似乎是为开明编英文字典[1]。伏园则在办一种周刊,曰:《贡献》[2](实在客气之至)。又听说要印书,但不知其详,因为极少见。

《语丝》移申第一期,[3]听说十二可出。有几篇投稿,我看了一遍则有之,若云"编辑",岂敢也哉! 我近来就是做着这样零星的事,真不知如何是好。

新年能来申谈谈,极所盼望。若夫校对,则非一朝一夕可毕,我代校亦可也。

池鱼故事[4],已略有所闻。其实在天下做人,本来大抵就如此。此刻此地,大家正互相斥为城门,真令我辈为鱼者,莫名其妙,只能用绍兴先哲老话:"得过且过"而已。

绍原欲卖文,我劝其译文学,上月来申,说是为买书而来的。月初回去了,闻仍未买,不知何也。大约卖文之处,已稍有头绪欤?

太史〔5〕之类，不过傀儡，其实是不在话下的。他们的话听了与否，不成问题，我以为该太史在中国无可为。

《莽原》有从头到尾的合订本，但他们不寄我一本，亦久无信来，或已独立欤？《华绩》，《野草》他日寄上《野草》初版，面题"鲁迅先生著"，我已令其改正，所以须改正本出，才以赠人。《唐宋传奇集》上册今天才校了，出版大约尚须几天。出时奉寄。下册稿已付印局。

迅 上 十二，九，夜。

周启明信三张附还。

※ ※ ※

〔1〕 英文字典 按林语堂当时为上海开明书店编的是《开明英语读本》。

〔2〕 《贡献》 国民党改组派刊物，孙伏园编辑，樱樱书屋发行，1927年12月5日在上海创刊。初为旬刊，1929年1月第五卷第一期起改为月刊，同年3月停刊。

〔3〕 《语丝》移申第一期 指1927年12月17日在上海出版的《语丝》周刊第四卷第一期(总一五七期)。

〔4〕 池鱼故事 无端受连累之意。北齐杜弼《为东魏檄梁文》："但恐楚国亡猨，祸延林木；城门失火，殃及池鱼。"(据《文苑英华》卷六四五)据收信人回忆，这里指当时国民党军队包围浙江农学院，搜捕一章姓共产党员，人们纷纷猜疑是搜捕章廷谦。

〔5〕 太史 指蔡元培。他是清光绪进士，曾任翰林院编修，旧时俗称翰林为太史。

271219　致 邵 文 熔[1]

明之吾兄：

一别遂已如许年，南北奔驰，彼此头白，顷接惠书，慰甚喜甚。

弟从去年出京，由闽而粤，由粤而沪，由沪更无处可往，尚拟暂住，岁腊必仍在此也。时事纷纭，局外人莫名其妙（恐局中人亦莫名其妙），所以近两月来，凡关涉政治者一概不做。昨由大学院函聘为特约撰述员，已应之矣。

约一星期前，在此晤公侠，得略知兄近状，亦并知子英景况，但未询其住址，故未通信。弟初到沪时，曾拟赴杭一游，后以忙而懒，天气亦渐冷，而彼处大人物或有怕我去抢饭碗之惧，遂不果行。离乡一久，并故乡亦不易归矣。

专此布达，顺颂

曼福不尽。

弟周树人　启上　十六年十二月十九日

＊　　　＊　　　＊

〔1〕　邵文熔（1877—1942）　字铭之，又作明之，浙江绍兴人。与鲁迅同时留学日本，后在杭州任土木工程师。

271226　致 章 廷 谦

矛尘兄：

廿五日信收到。《语丝》四卷三期已付印，来稿[1]大约须入第四期了。

伏园和小峰的事,我一向不分明。他们除作者版税外,分用净利,也是今天才知道的。但我就从来没有收清过版税。即如《桃色的云》[2]的第一版卖完后,只给我一部分,说因当时没钱,后来补给,然而从此不提了。我也不提。而现在却以为我"可以做证人",岂不冤哉!叫我证什么呢?

譬如他们俩究竟何时合作,何时闹开,我就毫不知道。所以是局外人,不能开口。但我所不满足的,是合作时,将北新的缺点对我藏得太密,闹开以后,将北新的坏处宣传得太多。

不过我要说一句话,我到上海后,看看各出版店,大抵是营利第一。小峰却还有点傻气。前两三年,别家不肯出版的书,我一绍介,他便付印,这事我至今记得的。虽然我所绍介的作者,现在往往翻脸在骂我,但我仍不能不感激小峰的情面。情面者,面情之谓也[3],我之亦要钱而亦要管情面者以此。

新月书店我怕不大开得好,内容太薄弱了。虽然作者多是教授,但他们发表的论文,我看不过日本的中学生程度。真是如何是好。

明年商务印书馆也要开这样的新书店,这一流的书局,要受打击了。倘不投降,即要竞争,请拭目以俟之。

绍原经济情形,殊可虑。但前两星期,有一个听差(我想,是蔡"公"家的人)送大学院的聘书[4]到我这里来,也有绍原的一份,但写明是由胡适之转的。问他何时送去;他说已送去过了,胡博士说本人不在沪,不收。我本想中途截取转寄,但又以为不好,中止了。后来打听季茀,他说大约已经寄杭了,星期二(十九)付邮的。莫非还不到么? 倘到,则其中有一批钱,可以过年。

迅　上　十二月廿六日

斐君太太小燕密斯均此请安。

＊　　　　＊　　　　＊

〔1〕 来稿　指章廷谦的《小杂感补遗》,后载《语丝》周刊第四卷第四期(1928 年 1 月 14 日)。

〔2〕 《桃色的云》　童话剧,俄国爱罗先珂作,鲁迅译,1923 年 7 月北京新潮社初版,1926 年起改由北新书局出版。

〔3〕 情面者,面情之谓也　据明末文秉《烈皇小识》卷一记载:明崇祯曾问礼部尚书兼东阁大学士周道登"何谓情面",对曰:"情面者,面情之谓也。"

〔4〕 聘书　指蔡元培聘请鲁迅任大学院特约撰述员的聘书。

一九二八年

280131 致 李霁野

霁野兄：

十六日来信,昨天收到了。《小约翰》未到。《莽原》第21,22期,至今没有收到。现在邮政容易失落,我想此后以挂号为妥。

《小约翰》的装订,我想可以在北京就近随便办理,能怎样便怎样,不必再和我商量,因为相隔太远,结果也无非多费几回周折,多延一点时光,于实际没有用的。

《朝华夕拾》上的插图,我在上海无处觅,我想就用已经制好的那一个罢,不必换了。但书面我想不再请人画。瑠璃厂淳菁阁(?)似乎有陈师曾[1]画的信笺,望便中给我买几张(要花样不同的)寄来。我想选一张,自己写一个书名,就作为书面。

此地下雪,无火炉,颇冷。

迅 一,卅一。

*   *   *

〔1〕 陈师曾(1876—1923) 名衡恪,字师曾,江西秀水人,画家,篆刻家。曾留学日本,后任北洋政府教育部编审员,和鲁迅相识。

280205　致　李霁野

霁野兄：

　　一月廿四日信已到，《小约翰》两包，也已经收到了。

　　有一样事情不大好，记得我曾函托，于第一页后面，须加"孙福熙作书面"字样，而今没有，是对不起作者的，难以送给他。现在可否将其中的一部分（四五百部）的第一张另印，加上这一行，以图补救？

　　望即将现在所订那样的（即去年底寄给我的）《小约翰》，再寄给我十多本。如第一页另印本成功时，再将另印本寄给我十本，就够了。

　　司徒乔在上海，昨天见过了。

　　由北京分送的《小约翰》，另纸开上。

迅　二，五。

280222　致　李霁野

霁野兄：

　　二月十四日来信收到。Eeden[1]照相五十张我早寄出了，挂号的，现想已到。《朝华夕拾》应如何印法，我毫无意见，因为我不知道情形，仍请就近看情形决定。

　　你的稿子[2]寄上，我觉得都可以用的。静农的稿子停几〔天〕看后再寄。《坟》我这里一本也没有了，但我以为可以迟点再印。

《未名》的稿,实在是一个问题,因为我在上海,环境不同,又须看《语丝》外来稿及译书,而和《未名》生疏了——第一期尚未见——所以渐渐失了兴味,做不出文章来。所以我想可否你去和在京的几个人——如凤举,徐耀辰,半农先生等——接洽,作为发表他们作品的东西,这才便当。等我的译著,恐怕是没有把握的。就如《语丝》,一移上海,便少有在京的人的作品了。

丛芜兄现不知在何处,有一信,希转寄。

迅 二月廿二日

*　　　*　　　*

〔1〕 Eeden 即望·蔼覃。

〔2〕 稿子 指李霁野的短篇小说集《影》。1928 年 12 月由未名社出版,为《未名新集》之一。

280224　致 台 静 农

静农兄:

十五日信收到。你的小说,已看过,于昨日寄出了。都可以用的。但"蟪蛄"之名,我以为不好。我也想不出好名字,你和霁野再想想罢。

中国文学史略,大概未必编的了,也说不出大纲来。我看过已刊的书,无一册好。只有刘申叔的《中古文学史》〔1〕,倒要算好的,可惜错字多。

　　说起《未名》的事来,我曾向霁野说过,即请在京的凤举先生等作文,如何呢?我离远了,偶有所作,都为近地的刊物逼去。而且所收到的印本断断续续,也提不起兴趣来。我也曾想过,倘移上海由我编印,则不得不做,也许会动笔,且可略添此地学生的译稿。但有为难之处,一是我究竟是否久在上海,说不定;二是有些译稿,须给译费,因为这里学生的生活很困难。

　　我在上海,大抵译书,间或作文;毫不教书,我很想脱离教书生活。心也静不下,上海的情形,比北京复杂得多,攻击法也不同,须一一对付,真是糟极了。日前有友人对我说,西湖曼殊坟上题着一首七绝,下署我名,诗颇不通。今天得一封信〔2〕似是女人,说和我在"孤山别后,不觉多日了",但我自从搬家入京以后,至今未曾到过杭州。这些事情,常常有,一不小心,也可以遇到危险的。

　　曹译《烟袋》〔3〕,已收到,日内寄回,就付印罢,中国正缺少这一类书。

　　　　　　　　　　　　　　　　　　迅　二,二四。

＊　　　＊　　　＊

　　〔1〕　刘申叔　即刘师培(1884—1919),字申叔,江苏仪征人,近代学者。《中古文学史》,即《中国中古文学史》,是民国初年他在北京大学授课时的讲义,后收入《刘申叔先生遗书》。

　　〔2〕　今天得一封信　指当时上海法政大学学生马湘影来信,其

中说 1928 年 1 月 10 日在杭州遇一自称"周树人"的人,曾在杭州孤山脚下苏曼殊墓前题诗,且以青年导师自居。后来查明冒名者系杭州一个周姓的小学教员。参看《三闲集·在上海的鲁迅启事》。

〔3〕《烟袋》 苏联作家爱伦堡等人的短篇小说集,共收十一篇,曹靖华译,1928 年 12 月未名社出版。

280226　致 李霁野

霁野兄:

昨天将陈师曾画的信纸看了一遍,无可用。我以为他有花卉,不料并无。只得另设法。

《烟袋》已于昨夜看完了,我以为很好,应即出版。但第一篇内有几个名词似有碍。不知在京印无妨否?倘改去,又失了精神。倘你以为能付印(因我不明那边的情形),望即来函,到后当即将稿寄回。否则在此印,而仍说未名社出版,(文艺书籍,本来不必如此,但中国又作别论。)以一部分寄京发卖。如此,则此地既无法干涉,而倘京中有麻烦,也可以推说别人冒名,本社并不知道的。如何,望即复。如用后法,则可将作者照相及书面(我以为原书的面即可用)即寄来。

迅 二,二六。

280301　致 李霁野

霁野兄:

译稿狠好,今寄还。我想,以后来稿,大可不必寄来看,以免多费周折。《未名》一期未见。

　　此外,廿二来信中的问题,前信均已答复了,此不赘。

迅　三,一。

　　《坟》我这里已无,如须改正,最好寄一本给我。

280306① 致 章 廷 谦

矛尘兄:

　　三日来信,昨天收到的。《唐宋传奇》照这样,还不配木刻,因为各本的字句异同,我还没有注上去。倘一一注出,还要好一点。

　　游杭之举,恐怕渺茫;虽羡五年陈之老酒,其如懒而忙何,《游仙窟》不如寄来,我可以代校。

　　曼墓题诗,闻之叶绍钧。此君非善于流言者,或在他人之墓,亦未可知。但此固无庸深究也。

　　垂问二事:前一事我不甚知,姑以意解答如下:——

　　河东节,意即河东腔,犹中国之所谓"昆腔",乃日本一地方的歌调。

　　西鹤[1],人名,多作小说,且是淫书,日本称为"好色本",但文章甚好。古文,我曾看过,不大懂,可叹。

　　《游仙窟》以插画为书面,原是好的,但不知内有适用者否记得刻本中之画,乃杂采各本而成,非本书真的插画。待看后再说。

　　钦文所闻种种迫害,并不足奇。有几种刊物(如创造社出版的东西），近来亦大肆攻击了。我倒觉得有趣起来，想试试我究竟能够挨得多少刀箭。

写得太潦草了，实在是因为喝了一杯烧酒，死罪死罪！

迅 三，六。

斐君兄均此致候不另。

*　　　*　　　*

〔1〕 西鹤　即井原西鹤(1642—1693)，日本作家。著有《好色一代男》、《好色五人女》等。

280306② 致 章 廷 谦

矛尘兄：

午后寄一信，想已到。现续查得"河东节"的意思如下：——

"河东节"，一名"江户节"；江户者，东京之旧称也。乃江户人十寸见姓河东名所创唱戏的腔调。然则河东乃是人名，犹中国之有梅派，谭派〔1〕矣。

迅 三，六

*　　　*　　　*

〔1〕 梅派　京剧演员梅兰芳所创"正旦"表演艺术的流派。谭派，京剧演员谭鑫培所创"鬓生"表演艺术的流派。

280314^①　致 李霁野

霁野兄：

三月二七日信都已到。《未名》123 期也收到了。

《烟袋》稿昨托北新寄去，今日当已寄出。

小说译稿^[1]是好的，今寄上。我想这些稿子，以后不必再寄来由我看过，其中或有几个错字，你改正改正就是了。

《文学与革命》我想此地当有人买，未名社的信用颇好，《小约翰》三百本，六七天便卖完了。

黄纸，我觉得不能用于《朝花夕拾》书面，另看机会罢。

我记得十七本的《一千一夜》^[2]，孔德^[3]买有一部。大约价要百元以上。

迅 三，十四。

＊　　　＊　　　＊

〔1〕 小说译稿　指《预兆》，波兰什罗姆斯基(1864—1925)作，李霁野译文载《未名》半月刊第一卷第六期(1928 年 9 月)。

〔2〕 《一千一夜》　即《一千零一夜》，阿拉伯古代民间故事集。

〔3〕 孔德　指北京孔德学校。1917 年由北京大学部分同人筹办并担任教职。

280314^②　致 章廷谦

矛尘兄：

十日信已到。我不去杭州，一者因为懒，二者也忙一点，但是,也许会去,不过不一定耳。

《游仙窟》有好本子,那是好极了。译文[1]还未登出,大约不远了罢。

"犬缥"——这真是大上手民之当了——我的稿子[2]上是"犬儒"＝Cynic[3],它那"刺"便是"冷嘲"。

达夫那一篇文[4],的确写得好;他的态度,比忽然自称"第四阶级文学家"[5]的好得多了。但现在颇有人攻击他,对我的更多。五月间,我们也许要再出一种期刊[6]玩一下子。

中国文人的私德,实在是好的多,所以公德,也是好的多,一动也不敢动。白璧德 and 亚诺德[7],方兴未艾,苏夫人[8]殊不必有杞天之虑也。该女士我大约见过一回,盖即将出"结婚纪念册"[9]者欤?

斐君太太当已临盆,所得是女士抑男士欤,希见告。

迅 三,十四。

* * *

〔1〕 译文 指周作人的随笔《夜读抄(二)》,内容系抄译日本幸田露伴著《蜗牛庵夜谭》中关于《游仙窟》的一篇,章廷谦校点出版《游仙窟》时曾将它列为附录。

〔2〕 我的稿子 指《小杂感》。后收入《而已集》。

〔3〕 Cynic 昔匿克,指古希腊昔匿克学派的哲学家。他们过着禁欲的简陋生活,被人讥为穷犬,故又称犬儒学派。这些人主张独善其身,以为人应绝对自由,否定一切伦理道德,以冷嘲的态度看待一切。

〔4〕 达夫那一篇文 未详。

〔5〕 "第四阶级文学家" 指当时提倡无产阶级革命文学的创造社、太阳社成员。当时一些人套用外国史学家对法国大革命时期社会等级的划分,称无产者为"第四阶级"。

〔6〕 指《奔流》,文学月刊,鲁迅、郁达夫合编,1928 年 6 月 20 日在上海创刊,1929 年 12 月出至第二卷第五期停刊。

〔7〕 白璧德(I. Babbitt,1865—1933) 美国近代"新人文主义"运动的领导人之一。著有《新拉奥孔》、《卢梭与浪漫主义》等。亚诺德(M. Arnold,1822—1888),通译阿诺德,英国诗人、文艺批评家。著有诗集《吉普赛学者》、《批评论文集》二卷等。

〔8〕 苏夫人 即苏梅(1897—1999),又名雪林,笔名绿漪,安徽太平人,当时在上海沪江大学任教。

〔9〕 "结婚纪念册" 指苏梅的散文集《绿天》。1928 年 3 月北新书局出版。《语丝》周刊第四卷第九期(1928 年 2 月 27 日)所载该书出版广告,说它是"结婚纪念册"。

280316 致 李霁野

霁野兄:

　　《坟》及《未名》4,《革命和文学》〔1〕四本都已到,能再寄我四五本更好,以一包之度为率。如用纪念邮票,这里要被罚。

　　《黄花集》〔2〕中应查之人,尚查不出,过几天再说罢。现在这里寄稿也麻烦,不准封。

　　《朝华夕拾》封面已托陶君去画,成即寄上。

　　小峰之兄(仲丹)〔3〕昨在客店陪客,被人用手枪打死。大约是来打客人的。他真死得冤枉。

今天我寓邻近巡警围捕绑票匪,大打其盒子炮和手枪,我的窗门被击一洞,巡警(西洋人)死一人,匪死二人。[4]我无伤。

迅 三,十四〔六〕。

* * *

〔1〕 《革命和文学》 即《文学和革命》。参看270409①信注〔4〕。

〔2〕 《黄花集》 俄国、北欧诗歌小品集,韦素园译,内收作品二十九篇,1929年2月出版,《未名丛刊》之一。

〔3〕 仲丹 李小峰之兄,当时负责北新书局营业事务。1928年3月14日在上海福州路鼎新旅馆被两名身份不明的男子击毙,原因不详。

〔4〕 1928年3月15日下午三时许,上海静安寺路捕房派员赴东横浜路景云里十九号缉捕绑匪,当场击毙三人,拘获三人。捕房副捕头克劳莱因手枪走火殉职。

280331①　致　李霁野

霁野兄:

《朝华夕拾》封面,今天陶君已画来,但系三色,怕北京印不好,便托他去印,计二千,成即寄上。不知够否?倘不够,当续印。其款当向北新去取,于未名社书款中扣除。

该书第一页上,望加上"陶元庆作书面"字样。

迅 三,卅一。

280331^②　致　章　廷　谦

矛尘兄：

　　廿二四信均收到；致小峰信等已面交。恭悉已有"弄璋"之喜，敬贺敬贺。此非重男轻女，只因为自己是男人，略有党见，所以同性增加，甚所愿也。至于所提出之问题，我实不知有较妥之品，大约第一原因，多在疏忽，因此事尚无万全之策，而况疏忽也乎哉。北京狄博尔 Dr.[1]好用小手术，或加子宫帽，较妥；但医生须得人，不可大意，随便令三脚猫郎中[2]为之。我意用橡皮套于男性，较妥，但亦有缺点，因能阻碍感觉也。

　　《游仙窟》事件，我以为你可以作一序，及周启明之译文，我的旧序，不如不用，其中材料，你要采用便可用。至于印本，我以为不必太讲究；我现在觉得，"印得好"和"新式圈点"易[是]颇难并立的。该《窟》圈点本印行后，既有如许善本，我以为大可以连注印一本旧式装订的阔气本子也。但圈点则无须矣。

　　现在不做甚么事，而总是忙。有麟之捧风眠[3]，确乎肉麻，然而今则已将西湖献之矣了。

迅　三，卅一。

尊夫人令爱令郎均此致候。

＊　　　＊　　　＊

〔1〕　狄博尔 Dr　即德国医生狄博尔,当时为北平德国医院院长。

〔2〕　三脚猫郎中　指不高明的医生。明代郎英《七修类稿》卷五十一:"俗以事不尽善者,谓之三脚猫。"

〔3〕　风眠　林风眠(1900—1991),广东梅县人,画家。曾留学法国,当时任杭州国立艺术院院长。荆有麟在《贡献》第二卷第二期(1928年3月15日)发表《林风眠个人展览会》一文,其中说林作《人类的历史》与达·芬奇的蒙那利沙"一样地成功着"。接着孙福熙又在该刊第二卷第三期发表题为《以西湖奉献林风眠先生》的称颂文章。

280409　致 李秉中

秉中兄:

　　昨日收到一函一信片,又《美术大观》[1]一本,感谢之至。现尚无何书需买,待需用而此间无从得时,当奉闻。

　　记得别后不久,曾得来信,未曾奉复。其原因盖在以"结婚然否问题"见询,难以下笔,迁延又迁延,终至不写也。此一问题,盖讨论至少已有二三千年,而至今未得解答,故若讨论,仍如不言。但据我个人意见,则以为禁欲,是不行的,中世纪之修道士,即是前车。但染病,是万不可的。十九世纪末之文艺家,虽曾赞颂毒酒之醉,病毒之死,但赞颂固不妨,身历却是大苦。于是归根结蒂,只好结婚。结婚之后,也有大苦,有大累,怨天尤人,往往不免。但两害相权,我以为结婚较小。否则易于得病,一得病,终身相随矣。

现状,则我以为"匪今斯今,振古如兹"〔2〕。二十年前身在东京时,学生亦大抵非陆军则法政,但尔时尚有热心于教育及工业者,今或希有矣。兄职业我以为不可改,非为救国,为吃饭也。人不能不吃饭,因此即不能不做事。但居今之世,事与愿违者往往而有,所以也只能做一件事算是活命之手段,倘有余暇,可研究自己所愿意之东西耳。自然,强所不欲,亦一苦事。然而饭碗一失,其苦更大。我看中国谋生,将日难一日也。所以只得混混。

此地有人拾"彼间"牙慧,大讲"革命文学",令人发笑。专挂招牌,不讲货色,中国大抵如斯。

今日寄上书三本,内一本为《唐宋传奇集》上册。缺页之本,弃之可矣。

迅　上　四月九日

＊　　　＊　　　＊

〔1〕《美术大观》　即《苏俄美术大观》。1928年日本东京原始社出版。

〔2〕"匪今斯今,振古如兹"　语出《诗经·周颂·载芟》。振古,自古。

280413　致　江绍原

绍原先生:

今天奉到十二日来信。《须发爪》〔1〕早收到了,感谢感谢。但纸张不大好,大约还是北京的罢。我想,再版时须用得好一点。

《语丝》向来不转载已经印出之刊物,这小册子〔2〕又太长,不好送去,今寄还。

杭州之另一"鲁迅"〔3〕,已曾前闻。但他给一个学生信,则云在上海的一个是冒充的。又有一个"周树人",冒充司长,在徐州被捕,见沪报。不知怎地,今年连真假姓名都交了"华盖运"了。

迅 启上 四月十三日

*   *   *

〔1〕 《须发爪》 《发须爪——关于它们的迷信》,江绍原著,1928年3月上海开明书店出版。这是我国最早一部用人类学方法研究迷信的专著。

〔2〕 小册子 指简又文的讲演稿《我所认识的冯玉祥及西北军》。后由江绍原介绍刊载于《贡献》旬刊第三卷第一期(1928年6月5日)。

〔3〕 另一"鲁迅" 指马湘影在杭州西湖遇见"鲁迅"之事,参看280224信注〔2〕。

280504① 致 章 廷 谦

矛尘兄:

廿八信早到。近来忙一点,略说几句罢:——

大学院一案[1]，并无其事，不知是何人所造谣言。所以说不到"去不去"。

《游仙窟》序只用我的，也可以，并无异议。

语堂夫妇前天已见过，口信[2]并未交出。但杭州之好，我是知道的。

和达夫同办的杂志，须六月间才可以出。

顾傅被反对于粤，我无所闻。

对于《贡献》，渺视者多。

第四阶级文学家对于我，大家拚命攻击。但我一点不痛，以其打不着致命伤也。以中国之大，而没有一个好手段者，可悲也夫。

闻成仿吾[3]作文，用别的名字了，何必也夫。

衣萍的那一篇自序[4]，诚然有点……今天天气，哈哈哈……

迅　上　五月四日

令夫人令爱令郎均此不另。

＊　　　　＊　　　　＊

〔1〕　大学院一案　据收信人回忆，当时谣传鲁迅将去南京大学院任职。

〔2〕　口信　收信人当时曾托林语堂转告鲁迅，请他去杭州一游。

〔3〕　成仿吾（1897—1984）　湖南新化人，创造社主要成员，文学批评家。1927 年至 1928 年间和郭沫若等提倡"革命文学"，曾用石厚生笔名发表文章。

〔4〕 衣萍 章衣萍(1900—1946),名鸿熙,字衣萍,安徽绩溪人。北京大学毕业,《语丝》撰稿人。后曾在上海暨南大学任教。自序,指他为所作《情书一束》第五版写的《旧书新序》,其中特别炫耀该书被译为俄文一事。

280504② 致 李 金 发〔1〕

金发先生道鉴:

手示谨悉。蒙嘱撰文,本来极应如命,但关于艺术之事,实非所长,在《北新》上,亦未尝大登其读〔谈〕美术的文字,但给译了一本小书〔2〕而已。一俟稍有一知半解,再来献丑罢。至于将照相印在刊物上,自省未免太僭。希

鉴原为幸。

弟鲁迅 五月四日

*　　*　　*

〔1〕 李金发(1900—1976) 广东梅县人,文学研究会成员,诗人、雕塑家。曾留学法国,作品多采用象征主义手法。曾任上海美术专科学校教授、《美育》杂志编辑。

〔2〕 译了一本小书 指《近代美术史潮论》。

280530 致 章 廷 谦

矛尘兄:

还是得七日的信以后,今天才复。

要达夫作文的事[1]，对他说了。他说"可以可以"。但是"可以"也颇宽泛的，我想，俟出版后，才会切实。至于我呢，自然也"可以"的，但其宽泛，大约也和达夫之"可以"略同。

我并不"做"，也不"编"。不过忙是真的。（一）者，《思想，山水，人物》[2]才校完，现在正校着月刊《奔流》，北新的校对者靠不住，——你看《语丝》上的错字，缺字有多少——连这些事都要自己做。（二）者，有些生病，而且肺病也说不定，所以做工不能像先前那么多了。

革命文学家的言论行动，我近来觉得不足道了。一切伎俩，都已用出，不过是政客和商人的杂种法术，将"口号""标语"之类，贴上了杂志而已。

但近半年来，大家都讲鲁迅，无论怎样骂，足见中国倘无鲁迅，就有些不大热闹了。

月刊《奔流》，大约六月廿日边可出。

迅　上　五，卅

斐君太太均此问候。

＊　　　＊　　　＊

〔1〕　要达夫作文　据收信人回忆，当时他和几个朋友计划办一刊物，曾向郁达夫、鲁迅征稿。但后来刊物未办成。

〔2〕　《思想·山水·人物》　随笔集，日本鹤见祐辅作。原为三十一篇，鲁迅于 1925 年 4 月至 1928 年 4 月陆续译出二十篇，1928 年 5 月由上海北新书局出版。

280601　致 李 小 峰[1]

收到印品及洋百元。谢谢。

附上语丝稿两种,又寄语堂信等一件,请转送为荷,此上

小峰先生。

六月一日

＊　　　＊　　　＊

〔1〕　此信据鲁迅所寄名片录入。

280606　致 章 廷 谦

矛尘兄:

一日的信,前天到了。朱内光[1]医生,我见过的,他很细心,本领大约也有,但我觉得他太小心。小心的医生的药,不会吃坏,可是吃好也慢。

上海的医生,我不大知道。欺人的是很不少似的。先前听说德人办的宝隆医院颇好,但现在不知如何。我所看的是离寓不远的"福民医院",日人办,也颇有名。看资初次三元,后每回一元,药价大约每日一元。住院是最少每日四元。

不过医院大规模的组织,有一个通病,是医生是轮流诊察的,今天来诊的是甲,明天也许是乙,认真的还好,否则容易模模胡胡。

　　我前几天的所谓"肺病"，是从医生那里探出来的，他当时不肯详说，后来我用"医学家式"的话问他，才知道几乎要生"肺炎"，但现在可以不要紧了。

　　我酒是早不喝了，烟仍旧，每天三十至四十支。不过我知道我的病源并不在此，只要什么事都不管，玩他一年半载，就会好得多。但这如何做得到呢。现在琐事仍旧非常之多。

　　革命文学现在不知怎地，又仿佛不十分旺盛了。他们的文字，和他们一一辩驳是不值得的，因为他们都是胡说。最好是他们骂他们的，我们骂我们的。

　　北京教育界将来的局面，恐怕是不大会好的。我不想去做事，否则，前年我在燕京大学教书，不出京了。

　　老帅[2]中弹，汤尔和又变"孤哀子"[3]了。

迅　上　六月六日

*　　　*　　　　*

　　〔1〕　朱内光　即朱其晖，浙江绍兴人。留学日本，曾任北京医科专门学校、浙江医药专门学校校长。

　　〔2〕　老帅　指张作霖（1875—1928）。1928年6月4日，他由北京返回东北途中，被日本关东军在皇姑屯车站预埋的炸弹炸死。

　　〔3〕　汤尔和（1878—1940）　浙江杭县（今余杭）人。曾留学日本、德国，后任北洋政府教育总长、内务总长等职，抗日战争时期曾任日伪临时政府行政委员会委员长兼教育总长等伪职。相传他和张学良是拜把兄弟，张学良之父张作霖被炸死，因此说汤变了"孤哀子"。据清代赵翼《陔馀丛考·孤哀子》，丧父称孤子，丧母称哀子，父母俱丧称孤哀子。

280710 致 翟 永 坤

永坤兄：

从到上海以来，接到你给我的信好几回了；《荒岛》[1]也收到了几本，虽然不全。说起来真可笑，我这一年多，毫无成绩而总没闲空，第一是因为跑来跑去，静不下。一天一天，模模糊糊地过去了，连你的信也没有复，真是对不起。

我现在只译一些东西，一是应酬，二是糊口。至于创作，却一字也做不出来。近来编印一种月刊叫《奔流》，也是译文多。

你的小说稿积压多日了，不久想选一选，交给北新。[2]

北京我很想回去看一看，但不知何时。至于住呢，恐怕未必能久住。我于各处的前途，大概可以援老例知道的。

鲁迅 七月十日

*   *   *

〔1〕《荒岛》 文艺半月刊，王余杞编辑。1928 年 4 月在北平创刊，1929 年 1 月停刊。

〔2〕 你的小说稿 指翟永坤寄请鲁迅编集出版的小说稿。参看 270919①信。后未编成。

280717① 致 钱 君 匋 [1]

君匋先生：

顷奉到惠函并书面二包，费神谢谢。印费多少，应如何交付,希见示,当即遵办。

《思想,山水,人物》中的 Sketch Book 一字,完全系我看错译错,最近出版的《一般》里有一篇文章(题目似系《论翻译之难》)〔2〕指摘得很对的。但那结论以翻译为冒险,我却以为不然。翻译似乎不能因为有人粗心或浅学,有了误译,便成冒险事业,于是反过来给误译的人辩护。

鲁迅 七月十七日

*　　　*　　　*

〔1〕 钱君匋(1907—1998)　浙江海宁人,美术家。曾在上海澄衷中学任教,当时任开明书店编辑。鲁迅托他印制《朝花夕拾》封面。

〔2〕 1928 年 4 月《一般》月刊第四卷第四号端先的《说翻译之难》一文中,曾列举了当时所见的一些误译的例子,在提到鲁迅译的《思想·山水·人物》中的《所谓怀疑主义者》一节时说:“那篇文章中的 Sketch-book(小品集子)似乎应该改为 Skeptic(怀疑主义者)的……因为 Skeptic 和 Sketch-book 的假名译音,确是非常相像,……不论谁也容易看错”。在文章结尾时说:“译书确是一种冒险,在现在的中国译书,更是一种困难而容易闹笑话的危险!”

280717② 致 李霁野

霁野兄:

六日信收到。

《朝花夕拾》封面昨刚印好,共二千张,当于明日托舍弟由商务馆寄上。

Van Eeden[1]的照相,前回的板仍不很好,这回当将德译原书[2]寄上,可于其中照出制板用之样子悉仍原本,并印姓名。书用毕,希交还西三条寓。

我现并无什么东西出版,只有一本《思想,山水,人物》,当于日内并《小约翰》德译本一同寄上。

《坟》的校正本及素园译本[3]都于前几天寄出了,几个人仍无从查考,因为无原文。

迅 上 七月十七日

*　　　　*　　　　*

〔1〕 Van Eeden　即望·蔼覃。

〔2〕 德译原书　指《小约翰》的德译本,安娜·弗垒斯(Anna Fles)译。

〔3〕 素园译本　指《黄花集》。

280718　致 章 廷 谦

矛尘兄:

昨天午前十时如已　贲临敝寓[1],则只见钦文或并钦文而并不见,不胜抱歉之至。因为天气仍热,窃思逗留下去,也不过躲在馆中,蒸神仙鸭而已,所以决心逃去,于清晨上车了。沿路有风,近沪遇雨,今天虽晴,但殊不如西湖之热矣。

敝沪一切如常。敝人似已复元,但一到,则不免又有许多"倭支葛搭"[2]之事恭候于此,——但这由他去罢。将《抱经堂书目》〔3〕和上海两三书店之书目一较其中所开之价值,廉者不多,较贵者反而多,我辈以为杭州地较僻,书价亦应较廉,实是错了念头,而自己反成阿木林〔4〕也。

李老板未见,《奔流》2 似尚未出。现已包好《小约翰》两本,拟挂号寄出,庶不至于再"付洪乔"〔5〕也欤。

　　　　　　　　　　　　迅　启上 七月十八日

斐君小燕诸公均此致候不另柬。

　　还有奉托者,如见

介石兄,乞代我讲几句好话,如破费他许多宝贵光阴,后来不及走辞,诚恐惶恐,死罪死罪之类……

　　＊　　　　　＊　　　　　＊

〔1〕　敝寓　指杭州清泰第二旅馆。当时鲁迅与许广平游杭州时的住处。

〔2〕　"倭支葛搭"　绍兴方言,纠缠不清的意思。

〔3〕　《抱经堂书目》　指杭州抱经堂书店刊印的书目。

〔4〕　阿木林　江浙方言,傻瓜的意思。

〔5〕　"付洪乔"　指邮件遗失。《世说新语·任诞》:"殷洪乔作豫章郡,临去,都下人因附百许函书。既至石头,悉掷水中,因祝曰:'沉者自沉,浮者自浮,殷洪乔不能作致书邮'。"

280722　致韦素园

素园兄:

七月二日信片收到。

《美术史潮论》系在《北新》半月刊上附印，尚未成书，成后寄上。《思想，山水，人物》未注意，不知消路如何。

以史底惟物论批评文艺的书，我也曾看了一点，以为那是极直捷爽快的，有许多昧暧难解的问题，都可说明。但近来创造社一派，却主张一切都非依这史观来著作不可，自己又不懂，弄得一榻胡涂，但他们近来忽然都又不响了，胆小而要革命。

凡关于苏俄文艺的书，两广两湖，都不卖，退了回来。

我生活经费现在不困难，但琐事太多，几乎每日都费在这些事里，无聊极了。

上海大热，夜又多蚊，不能做事。这苦处，大约西山[1]是没有的。

迅 上 七月廿二日

＊　　　＊　　　＊

〔1〕 西山　指北京西山。当时韦素园在西山福寿岭肺病疗养院养病。

280725　致 康嗣群[1]

嗣群先生：

收到来信并诗。《语丝》误字[2]，已去更正。

这回惠寄的诗，奉还一首；其一拟发表[3]，但在《语丝》或《奔流》尚未定。

　　我不解英文,所以于英文书店,不大知道。先前去看了几家,觉得还是"别发洋行"〔4〕书籍较多,但自然还是大概是时行小说。这些书铺之设,都是为他们商人设想,要买较高的文艺书,恐怕是不容易的。

　　我想,要知道英国文学新书,不如定一份《Bookman》〔5〕(要伦敦出的那一种),看有什么书出,再托"别发"或"商务印书馆"向英国去带,大约三个月后,可以寄到。至于先前所出的书,也可以带,但须查明出版所,颇为麻烦。

　　蚊子大咬,不能安坐了,草草。

鲁迅　七,二五。

　　＊　　　＊　　　＊

　　〔1〕　康嗣群(1910—1969)　陕西城固人,当时复旦大学学生,《语丝》投稿者。

　　〔2〕　《语丝》误字　《语丝》周刊第四卷第二十七期(1928 年 7 月 2 日)所刊康嗣群《我们还是及时相爱吧》一诗中有误排,来信要求订正。鲁迅将来信刊载于《语丝》第四卷第三十一期(1928 年 7 月 30 日),予以更正。参看《集外集拾遗补编·覆晓真、康嗣群》。

　　〔3〕　指《青春怨》,载《语丝》第四卷第三十四期(1928 年 8 月 27 日)。

　　〔4〕　"别发洋行"　英商在我国上海、天津开设的一家书店。

　　〔5〕　《Bookman》　《文人》。以介绍新书为主要内容的文艺新闻杂志,附有插图。1891 年在英国伦敦创刊,1934 年停刊。

280802　致章廷谦

矜尘兄：

七月廿四的信，早收到了，实在因为白天汗流，夜间蚊咬，较可忍耐的时间，都用到《奔流》上去了，所以长久没有奉复。

斐君兄的饭碗问题，现状如何？如在西湖边设法可得，我以为殊不必远赴北平。那边虽曰北平，而同属中国，由我看来，恐未必能特别光明。而况搬来搬去，劳民伤财，于实际殊不值得也。况且倭支葛搭，安知无再见入关[1]之事——但这也许因为我神经过敏——耶？

这里，前几天大热，后有小雨，稍凉。据天文台报告，云两三天前有旋风，但终于没有，而又热起来矣。

介公未见，大约已飞奔北平。至于不佞，也想去一趟，因为是老太太的命令，不过时候未定；但久住则未必，回想我在京最穷之时，凡有几文现钱可拿之学校，都守成坚城，虽一二小时的功课也不可得，所以虽在今日，也宁可流宕谋生耳。

要奉托一件事：——

案查《抱经堂书目》，有此一书：

“《金文述》[2]十六本　十六元”

窃思在北京时，曾见有一种书，名《奇觚室吉金文述》，刘心源撰，二十卷（？），石印。而价甚贵，需二十余元。所以现要托　兄便中去一看，如系此书，并不缺，且书尚干净，则请购定寄下为荷。

127

　　　　　　　　　　　迅　上　八月二日之夜

斐君兄小燕弟均此问候。

当我开手写信时，Miss 许云"给我带一笔"，但写到此地，

则已睡觉了，所以只好如言"带一笔"云尔。

＊　　　　＊　　　　＊

　　〔1〕　入关　指 1926 年春奉军进入山海关，随即控制北京。当时
社会秩序极度混乱，文教界人士也多遭迫害。

　　〔2〕　《金文述》　即《奇觚室吉金文述》。是一部阐释我国古代祭
祀用的金器铭文的著作。刘心源（1848—1917），字亚甫，号幼丹，湖北
嘉鱼人，清末文字学家。

280815　致　章　廷　谦

矛尘兄：

　　十四日来信，今天收到了。饭碗问题，我想这样好；介石
北去，未必有什么要领罢。沈刘两公，已在小峰请客席上见
过，并不谈起什么。我总觉得我也许有病，神经过敏，所以凡
看一件事，虽然对方说是全都打开了，而我往往还以为必有什
么东西在手巾或袖子里藏着。但又往往不幸而中，岂不哀哉。

　　《品花宝鉴》我不要。那一部《金文述》见《抱经堂书目》第
三期第三十三页第十一行，全文如下——

　　"《奇觚室吉金文述》三十卷　刘心源　石印本　十本　十六
元"但如已经卖掉，也就罢了。

这里总算凉一点了,因为《奔流》,终日奔得很忙,可谓自讨苦吃。

创造社开了咖啡店[1],宣传"在那里面,可以遇见鲁迅郁达夫",不远在《语丝》上,我们就要订正。田汉也开咖啡店[2],广告云,有"了解文学趣味之女侍",一伙女侍,在店里和饮客大谈文学,思想起来,好不肉麻煞人也。

迅 上 八月十五日

斐君兄小燕弟,还有在厦门给我补过袍子的大嫂,均此请安。

* * *

〔1〕 当时创造社某些成员曾开设咖啡店,如张资平的"文艺咖啡座"、周全平的"西门咖啡店"等。1928年8月8日《申报》刊登一则广告式的文章中说,在一家"革命咖啡店"里有人"遇见"过"文艺界上的名人……鲁迅、郁达夫等"。同年8月13日出版的《语丝》第四卷第三十三期上刊登了郁达夫的《革命广告》和在该文后的《鲁迅附记》,声明从未去过这样的咖啡店。参看《三闲集·革命咖啡店》。

〔2〕 田汉也开咖啡店 1928年8月10日《申报》刊登《南国》广告,说田汉、汪馥泉发起招股创办书店,并附设精美咖啡店,"训练懂文学趣味的女侍,使顾客既得好书,复得清谈小饮之乐"。

280819 致章廷谦

矛尘兄:

前天收到十六日信,昨天,抱经堂所寄的《吉金文述》也到了,不错的,就是这一部。我上回略去了一个"吉"字,遂至往返了好几回。

今日问小峰,云《游仙窟》便将付印。曲园[1]老之说,录入卷首,我以为好的;但是否在中国提及该《窟》的"嚆矢",则是疑问。查"东瀛"有河世宁者,曾录《御制(纂?)全唐诗》[2]失收之诗,为《全唐诗逸》Ｘ卷,内有该《窟》诗数首;此书后经鲍氏刻入《知不足斋丛书》第卅(?)集中。刻时或在曲老之前,亦未可知,或者曲老所见者是此书而非该《窟》全本也。

"许小姐——一作 Miss Shu"已为"代候"。桂花将开,西湖当又有一番景况,也很想一游。但这回大约恐怕懒于动身了,因为桂花开后,菊花又开,若以看花为旅行之因,计非终年往来于沪杭线上不可。拟细想一想,究竟什么花最为好看,然后再赴西湖罢。

杭州天气已如新秋,可羡。上海只微凉了几天,今天又颇热了。

迅 启上 八月十九日

斐君小燕诸公,均此致候不另。

＊　　　＊　　　＊

〔1〕　曲园　即俞樾(1821—1907),字荫圃,号曲园,浙江德清人,清代学者。著有《春在堂全集》。他在所著《茶香室四钞》卷十三中提及《游仙窟》诗时说:"不知张文成为何许人,与崔氏妇女狎游唱和,竟成一集。"这些话后来未印入北新版《游仙窟》卷首。

〔2〕　河世宁(1749—1820)　即市河宽斋,名世宁,字子静,号宽

斋,日本江户时代诗人。他所辑录的《全唐诗逸》共三卷,卷下收有《游仙窟》诗十九首。此书曾收入清代鲍庭博辑录的《知不足斋丛书》卷二十五。《御制(纂?)全唐诗》,简称《全唐诗》,清代康熙年间彭定求等十人奉敕以明代胡震亨《唐音统签》和清初季振宜《全唐诗》两书为底本增订而成。共收唐、五代诗四万八千九百余首,作者二千二百余人。后附唐、五代词,并系小传,共九百卷。

280919　致 章 廷 谦

矛尘兄:

十五日来信早收到了。上海大水,微有所闻,据云法租界深可没膝;但敝里却并无其事,惟前两天连雨,略有积水,雨止即退,殆因地势本高,非吾华神明之胄,于治水另有心得也。盖禹是一个虫,已有明证矣。

杭既暂有饭碗,敝意以为大可不必北行。学校诸要人已见昨报[1],百年长文,半农长豫,傅斯年白眉初长师范,此在我辈视之,都所谓随便都好者也。玄伯欲"拉","因有民众"之说,听来殊为可骇,然则倘"无",则不"拉"矣。嗟乎,无民众则将饿死,有民众则将拉死,民众之于不佞,何其有深仇夙怨欤?!

据报,云蔡公已至首善[2],但力辞院长,荐贤自代,将成事实。贤者何? 易公培基[3]也。而院则将改为部[4]云。然则季黻不知如何,而石君[5]之事,恐更谈不到矣。

《奔流》据说买[卖]二千余,已不算少。校则托"密斯许",

而我自看末校。北新校对,是极不可靠的,观《语丝》错字脱字之多可见,我曾加以注意,无效。凡对小峰所说,常无效,即如《游仙窟》,我曾问过两回,至今不送校。前几天听说中国书店已排好矣,但这于北新是无碍的,可分寻销路,而至今仍不送校。北新办事,似愈加没有头绪了,如《语丝》35 36 出版时,将25 26 送给我,还他之后,则待 37 出后,一并送来,夫岂有对于本刊负责记者,而不给其看新出之报者乎。

乔峰因腹泻,未往公司,大约快好了,那时当嘱其买《说郛》邮寄。钱我这里有,不必寄来。

迅 上 九月十九日

斐君兄均此。

有人为鼻宣传,云将赴浙教书,盖空气作用也,所以诱致他处之聘书耳。

* * *

〔1〕 学校诸要人已见昨报 学校,指 1928 年秋设立大学区以后的北平大学。是年 9 月 17 日《申报》"教育消息"栏刊有如下消息:"北平各学院院长人选,闻大体已定,计文学院陈大齐,……师范学院第一部及第二部傅斯年、白眉初,……预科刘半农等。"百年,即陈大齐。白眉初,河北卢龙人,曾任北京师范大学史地系主任。玄伯,即李玄伯。

〔2〕 首善 指首都。《汉书·儒林传》载:"故教化之行也,建首善自京师始。"这里代指南京。

〔3〕 易培基(1880—1937) 字寅村,湖南长沙人。曾任北洋政府教育总长、北京女子师范大学校长、上海劳动大学校长等职。

〔4〕 1928 年 8 月 28 日国民党五中全会通过废止大学院,设立教

育部的提议。

〔5〕 石君 即郑奠(字介石)。

281012 致 章 廷 谦

矛尘兄:

久违了。

《游仙窟》初校后,印局同盟罢工[1],昨天才又将再校送来,还要校一回才好。该印局字模,亦不见佳。

《说郛》于邮局罢工[2]前一天寄出,今已复工五六日,大约寄到了罢,为念。其价计十六元一角五分,暂存兄处,将托代买书或茶叶,现在尚未想定也。

梦翁高升[3];据京报,评梅[4]死了。

迅 上〔十二日〕

斐君兄均此请安。

又记数日前寄上《朝花夕拾》两本,想亦已到。

*　　　*　　　*

〔1〕 印局同盟罢工 1928年9月下旬,上海江西路顺利印刷局工人不堪压迫,宣布罢工,后导致全市印刷工人举行同盟罢工,至10月6日复工。

〔2〕 邮局罢工 1928年10月2日,上海邮务工会为争取组织全国邮务总工会、开办职工子弟学校的权利,要求提高待遇,改善生活,宣布罢工,同月6日复工。

〔3〕　梦翁高升　指蒋梦麟于1928年10月3日被任命为教育部部长。

〔4〕　评梅　石评梅(1902—1928),原名汝壁,山西平定人。北京女子高等师范学校毕业,曾任《妇女周刊》编辑。

281018　致章廷谦

矛尘兄:

十一,十五两信均到。《游仙窟》诗,见《全唐诗逸》,此书大约在《知不足斋丛书》卅集中,总之当在廿五集以后,但恐怕并无题跋;荫翁[1]考据亦不见出色,我以为可不必附了。

《夜读抄》已去问小峰,但原稿恐未必尚存,且看"后来分解"耳。小峰似颇忙,不知何故。《语丝》之不到杭[2],据云盖被扣,但近来该《丝》错字之多,实可惊也。

顾傅钟诸公之挤来挤去,亦复可惊,此辈天性之好挤,似出常人之上,古之北大,不如是也。石君食贫于北,原亦不坏,但后之北平学界,殆亦不复如革命以前,挤,所不免矣。

不佞之所以"异"者,自亦莫名其妙,近来已不甚熬夜,因搬房之初,没有电灯,因而早睡,尚馀习惯也。和我对楼之窗门甚多,难知姚公[3]在那一窗内,不能"透视"而问之,悲夫。

许女士仍在三层楼上,据云大约不久须回粤嫁妹。但似并不十分一定,"存查"而已。

买书抑买茶叶,问题非小,一时殊难决定,再想几天,然后奉告罢。

迅 上 十月十八日

斐君太太均此请安　令爱均吉。

* 　　　* 　　　*

〔1〕 荫翁　指俞樾(字荫圃)。

〔2〕《语丝》不到杭　《语丝》第四卷第三十二期(1928年8月6日)刊有读者冯珧《谈谈复旦大学》一文,揭露当时该校内部的一些腐败情形。出身于该校的国民党浙江省党部党务指导委员会委员许绍棣便以该指导委员会名义,于1928年9月以"言论乖谬,存心反动"的罪名,在浙江查禁《语丝》和其他书刊十五种。

〔3〕 指姚名达(1905—1942),江西兴国人,当时任商务印书馆编辑兼特约撰述。

281031　致 赵 景 深[1]

景深先生:

顷检出《百孝图说》[2]已是改订板了,投炉[3]者只有李娥,但是因铸军器而非钟,不知是怎么一回事。[4]今将全部奉借,以便通盘检查——那图上的地下,明明有许多军器也。

迅 启上 十月卅一夜

* 　　　* 　　　*

〔1〕 赵景深(1902—1985)　字旭初,四川宜宾人,文学研究工作者。当时任开明书店编辑。

〔2〕　《百孝图说》　清代俞葆真编辑,俞泰绘图。同治十年
(1871)河间俞氏作刊,四卷。另附诗一卷。

〔3〕　投炉　见《百孝图说》卷四。文引《孝苑》说:"吴李娥父为吴
大帝铁官冶,以铸军器。一夕,炼金于炉而金不出。吴令:耗折官物者
坐斩。娥年十五,遂自投炉中,于是金液沸溢,塞炉而下,遂成沟渠,注
二十里。所收金亿万计"。按《太平御览》卷四一五引《纪闻》已有类此
记载,故鲁迅在下信中推测《孝苑》恐非最早的记载。

〔4〕　赵景深曾将刊有他的《小泉八云谈中国鬼》一文的《文学周
报》寄赠鲁迅,文中说到日本小泉八云所作《几个中国鬼》中,说大钟的
故事见于俞葆真的《百孝图说》,因向鲁迅索借该书,鲁迅细检书中只有
铸军器而无铸钟之图,故有此问。

281104①　致　赵　景　深

景深先生:

见还的书,收到了,并信。

外国人弄中国玩意儿,固然有些渺茫,但这位《百孝图说》
作者俞公,似乎也不大"忠实"的。即如"李娥投炉",他引《孝
苑》;这部书我未见过,恐怕至早是明朝书,其中故事,仍据古
书而没其出处——连字句大有改窜也说不定的。看他记事,
似乎有一个沟渎,即因李娥事而得名,所以我想,倘再查《吴地
记》(唐陆广微作)《元和郡县志》(唐李吉甫作)《太平寰宇记》
(宋乐史作)等〔1〕,或者可以发见更早的出典。

鲁迅 十一月四日

*　　　*　　　*

〔1〕 陆广微　唐代吴郡(今江苏吴县)人,著有《吴地记》一卷。李吉甫(758—814),字宏宪,唐代赵郡(今河北赵县)人,著有《元和郡县志》四十卷。乐史(930—1007),字子正,宋代抚州宜黄(今江西宜黄)人,著有《太平寰宇记》二百卷。按李娥投炉事,又见《太平寰宇记》第一〇五卷"池州"条:"孝娥父为铁官冶,遇秽,铁不流,女忧父刑,遂投炉中,铁乃涌溢,流注入口。娥所蹑履,浮出于铁。时人号圣姑,遂立庙焉"。

281104^②　致 罗 皑 岚^{〔1〕}

皑岚先生:

　　来稿^{〔2〕}是写得好的,我很佩服那辛辣之处。但仍由北新书局寄还了;因为近来《语丝》比在北京时还要碰壁,登上去便印不出来,寄不出去也。

迅 上 十一月四日

*　　　*　　　*

〔1〕 罗皑岚(1906—1983)　湖南湘潭人。当时在清华大学留美预备部学习,《语丝》投稿者。

〔2〕 来稿　据收信人回忆,此稿为短篇小说《中山装》,写一个满口三民主义,而对农民肆意敲诈勒索的人。后收入他的短篇小说集《六月里的杜鹃》,1929 年 4 月上海现代书局出版。

281107　致章廷谦

矛尘兄：

却说《夜读抄》经我函催后，遂由小峰送来，仍是《语丝》本[1]，然则原稿之已经不见也明矣。小峰不知是忙是窘，颇憔悴，我亦不好意思逼之，只得以意改定几字，算是校正，直到今天，总算校完了。

他所选定之印刷局，据云因为四号字较多。但据我看来，似并不多，也不见得好，排工也不好，不听指挥，所以校对殊不易。现在虽完，不过是了了人事。我想，书要印得好，小印刷局是不行的，由一个书店印，也不行的。

看看水果店之对付水果，何等随便，使果树看见，它一定要悲哀，我觉得作品也是如此，这真是无法可想。为要使《奔流》少几个错字，每月的工夫几乎都消费了，有时想想，也觉不值得。

我现在校完了杂感第四本《而已集》，大约年内可以出版的。

迅　上　十一月七日

斐君兄均此致候不另。

＊　　　＊　　　＊

〔1〕《语丝》本　按周作人《夜读抄（二）》曾发表于《北新》半月刊第二卷第十期（1928年2月），这里说《语丝》当系误记。

281128　致 章 廷 谦

矛尘兄：

十二,廿四两信都收到。季茀我想是不会到北京去的,但他赴首都以后,讫今未有信来,不知住在何地。来函所说的事[1],倘见面(他似乎时常来沪),或得他来信后,即当转达。

抱经堂的书,《西厢记》非希见之书,《目莲记》既然眼睛已方,则和我所有的非万历本,大约也相差无几,不要它了。该堂将我住址写下,而至今不将书目寄来,可见嘴之不实,因此不佞对之颇有恶感,不想和他交易了。

《说郛》钱请不必急于交还,茶叶也非必要。或者要买一点图书馆的书,但将来再说罢。

王国维的著作,分为四集,名《王忠悫公遗书》[2]或《观堂遗书》,我买了二三四共三集,初集因较贵未买,现在上海一时没有了。不知杭州有否? 如有,买以见寄亦可,价大约是十四元。

成公舍我[3]为大学秘书长,校事可知。闻北京各校,非常纷纭,什么敢死队[4]之类,亦均具备,真是无话可说也。

　　　　　　　　　　　迅 上 十一月廿八日

斐君兄均此奉候。

＊　　　＊　　　＊

〔1〕 据收信人回忆,指江绍原辗转托许寿裳请蔡元培为他谋职

一事。

〔2〕《王忠悫公遗书》　即《海宁王忠悫公遗书》,四集,共四十二册,一二二卷,海宁王氏校印。

〔3〕　成舍我(1898—1991)　名平,湖南湘乡人,北京《世界日报》编辑。1928 年 11 月 12 日任北平大学秘书长。

〔4〕　敢死队　1928 年 7 月国民党政府设立北平大学区,9 月决定合并北京各院校,组织北平大学本部,遭到各校反对。北京大学学生于 11 月 17 日组成敢死队,宣布武力护校。

281212　致　郁达夫[1]

达夫先生:

来信今天收到,稿[2]尚未发,末一段添上去了。这回总算找到了"卑污的说教人"[3]的出典,实在关细非轻。

原稿上 streptococcus 用音译,但此字除"连锁球菌"外,无第二义,我想不如译意,所以改转了。这菌能使乳糖变成乳酸,又人身化脓及病"丹毒"时,也有这菌,我疑心是在指他的夫人或其家属。

又第 11 段上有"Nekassov 的贫弱的诗"一句,不知那人[4]名是否 Nekrassov 而漏写了一个 r? 或者竟是英译本也无(r)此字,则请一查日本译,因这人名不常见也。

迅 启上 十二月十二日夜

密斯王[5]均此致候。

＊　　　＊　　　＊

〔1〕 郁达夫(1896—1945) 浙江富阳人,作家,创造社前期主要成员之一。曾留学日本。回国后任北京大学、广东大学等校教授。1928年与鲁迅合编《奔流》月刊,后又参加中国自由运动大同盟、中国左翼作家联盟、中国民权保障同盟。

〔2〕 指《托尔斯泰回忆杂记》,高尔基著,郁达夫据英文重译,载《奔流》第一卷第七期,1928年12月30日出版。

〔3〕 "卑污的说教人" 在"革命文学"论争中,创造社成员冯乃超在《艺术与社会生活》(1928年1月《文化批判》创刊号)中曾称托尔斯泰为"卑污的说教人",鲁迅曾予以讥讽。这里说的出处,指《托尔斯泰回忆杂记》第三十二节中的话:"有时候他(指托尔斯泰)像是很自负而量小的样子,简直同一位伏尔加(Volga)宣教者一样,这事情在这位是我们世界上的洪钟的伟人身上是很可怕的。"

〔4〕 那人 指俄国诗人涅克拉索夫(Nakrassov),原译稿脱一"r"。

〔5〕 密斯王 王映霞,参看300108信注〔1〕。

281227　致 章 廷 谦

矛尘兄:

季黻昨已见过,当将那事说给他,他说当面询蔡先生后,以所答相告,那时当再函知。

《山雨》[1]曾见过——近久不见——此种事甚无聊。秋天以来,中国文人,大有不骂我便不漂亮之概,而现在则又似减退矣,世风不古,良可慨也。因骂声减,而拉我作文者又多,其苦实比被骂厉害万倍。

　　玄同之话,亦不足当真者也;凤举玄同,以为然与否,亦不足注意者也。我近来脾气甚坏,《语丝》被禁于浙而毫不气,一大群人起而攻之而亦不气,盖坏而近于道矣。

　　《王忠悫公遗集》印于北方,盖罗遗老之辈所为,中国书店但代售耳。振铎早回[2],既编《说报》,又教文学,计三校云。

　　托兄给我在前回买过茶叶的那"翁隆盛"[3]买"龙井明前"(每斤二元五角六分)"龙井旗枪"(一元四角四分)各一斤,见寄。如果店铺也肯寄,即托他们寄,付与寄费就好了。杭沪之间,似乎还有信局似的东西,寄物件很方便的。

迅　启上　十二月廿七日

　　斐君兄均此奉候。

　　　　＊　　　　　＊　　　　　＊

　　〔1〕　《山雨》　半月刊,1928年8月在上海创刊,同年12月停刊。该刊第一卷第四期发表西屏(张孟闻)《联想三则》一文,就鲁迅对他的《偶像与奴才》一文所加的按语进行指责。参看《三闲集·我和〈语丝〉的始终》。

　　〔2〕　振铎早回　指郑振铎从欧洲回国。

　　〔3〕　"翁隆盛"　即杭州清河坊翁隆盛茶庄。

281229　致翟永坤

永坤兄:

　　得十一月廿六日来信,迟复为歉。惠函所云小说,惟《盛夏之夜》一篇,遍觅未见,但另□□□□[1]一篇,亦系草稿,或尚未用,今已和《断碣》等四篇一并另封挂号寄上。我因居处不大,所以书籍稿件,无法布置,至于常易散失,实为困难。所以成集之稿,希暂勿见寄,因虑失落也。

陶冶公我是熟识的,现在想已全愈了罢。

鲁迅 十二月廿九日

*　　　*　　　*

〔1〕 此处原件缺损。

281230 致 陈 濬[1]

子英先生大鉴:敬启者,前日奉到惠函,季市则亦于是日下午来寓,尚未见寄宁之函。因与谈及编制字典事,其言谓:国学研究所[2]中尚未拟办此种事业,教育部之编译员则已经截止,云云。然则事殊难成也。谅季市当亦有函为答,今第先以奉闻耳。其实在今笔墨生涯,亦殊非生活之道,以此得活者,岂诚学术才力有以致之欤? 种种事故,综错滋多,虽曰著作,实处荆棘。弟在广州之谈魏晋事[3],盖实有慨而言。"志大才疏",哀北海[4]之终不免也。迩来南朔奔波,所阅颇众,聚感积虑,发为狂言。自料或与 兄之意见有睽异之处,幸在知己,尚希 恕之。要之一涉目前政局,便即不尬不尴。瞬届岁暮,凡百一新,弟之处境,亦同鸡肋[5]矣。此布,即请近安不尽。

弟树人　启上　十二月卅日

　　＊　　　　＊　　　　＊

〔1〕　此信原无标点。

陈濬（1882—1950），字子英，浙江绍兴人。光复会成员。徐锡麟案发生后逃往日本。曾任绍兴府中学堂监督。

〔2〕　国学研究所　指当时北京大学国学研究所。

〔3〕　谈魏晋事　指鲁迅于 1927 年 7 月 23 日、26 日所作题为《魏晋风度及文章与药及酒之关系》的讲演。后收入《而已集》。

〔4〕　北海　指孔融（153—208），字文举，东汉鲁国（今山东曲阜）人，建安七子之一。汉献帝时曾为北海相，后为曹操所杀。《后汉书·孔融传》："融自负其高气，志在靖难，而才疏意广，迄无成功。"

〔5〕　鸡肋　《三国志·魏志·武帝纪》裴松之注："时王欲还，出令曰'鸡肋'，官属不知所谓。主簿杨修便自严装，人惊问修：'何以知之？'修曰：'夫鸡肋，弃之如可惜，食之无所得，以比汉中，知王欲还也。'"这里比喻处境无味。

一九二九年

290106　致章廷谦

矛尘兄：

　　在去年十二月卅一日的来信未到之前两天，即"国历"一月一日上午，该巽伯[1]已经光降敝寓了，惜我未起，不能接见，当蒙留下"明前"与"旗枪"各一包无误。至于《赌徒日记》[2]，则至今未见，盖小峰老板事忙易忘，所以不以见示，推想起来，当将印入第二期矣。《奔》5 洪乔之事，亦已函告他，但能否不被忘却，殊不可知，此则不能不先行豫告者耳。

　　赌徒心理的变幻，应该写写的，你"颇有经验"，我也并不觉其"混账"——惟有一节，却颇失敬，即于"至尊"之下，加以小注，声明并非香烟，盖不佞虽不解"麻酱"，而究属老支那人，"至尊"[3]之为∴和∷，实属久已知道者也，何至于点火而吸之哉。

　　《全上古……文》[4]，北京前四年市价，是连史纸印，一百元。今官堆纸而又蛀过（虽然将来会收拾好），价又六十五，其实已经不廉，我以为大可不必买。况且兄若不想统系底研究中国文学史，无需此物倘要研究实又不够。内中大半是小作家，是断片文字，多不合用，倒不如花十来块钱，拾一部丁福保辑的《汉魏六朝名家集》[5]，随便翻翻为合算。倘要比较的大举，则《史》，《汉》，《三国》[6]；《蔡中郎集》[7]，嵇，阮[8]，二陆机

145

云〔9〕,陶潜〔10〕,庾开府,鲍参军如不想摆学者架子,不如看清人注本,何水部,〔11〕都尚有专集,有些在商务馆《四部丛刊》中,每部不到一元也,于是到唐宋类书:《初学记》,《艺文类聚》,《太平御览》〔12〕中,再去找寻。要看为和尚帮忙的六朝唐人辩论,则有《弘明集》,《广弘明集》〔13〕也。要而言之,《全上古……文》实在是大而无当的书,可供陈列而不适于实用的。

青龙山者,在江苏勾[句]容县相近,离南京约百余里,前清开过煤矿,我做学生时,曾下这矿洞去学习的。后来折了本,停止了。Kina当是Kind之误。"回资啰……"我也不懂,盖古印度语(殆即所谓"梵语"乎),是咒语,绍兴请和尚来放焰口的时候,它们一定要念好几回的,焰口的书上也刻着,恐怕别处也一样〔14〕。

冬假中我大约未必动,研究之结果,自觉和灵峰之梅,并无感情,倒是和糟鸡酱鸭,颇表好感。然而如此冷天,皮袍又已于去夏在"申江"蛀掉,岂能坐车赴杭,在西子湖边啃糟鸡哉。现在正在弄托尔斯泰记念号〔15〕,不暇吃饭也。

《游仙窟》似尚未出,北新近来殊胡里胡涂,虽大扩张,而刊物上之错字愈多矣。嘤嘤书屋〔16〕久不闻嘤嘤之声,近忽闻两孙公将赴法留学,世事瞬息万变,我辈消息不灵,所以也莫名其妙。上海书店有四十余家,一大队新文豪骂了我大半年,而年底一查,拙作销路如常,捏捏脚膀,胖了不少,此则差堪告慰者也。

　　　　　　　　　　　　　迅　启上　一月六夜
斐君兄均此致候不另。

Miss 许亦祈我写一句代候。

*　　　　*　　　　*

〔1〕　巽伯　即马巽伯,浙江鄞县人,马幼渔长子。曾留学日本,回国后在杭州法政专门学校、地方自治学校任教。

〔2〕《赌徒日记》　短篇小说,章廷谦作,载《语丝》周刊第四卷第四十九期(1928年12月),署名川岛。

〔3〕"至尊"　旧时指皇帝,这里指赌具"牌九"中的"猴对",它以猴三(∴)和猴六(∶∶)两张牌组成,"牌九"中最大的一对牌,亦称"至尊"。因当时有"至尊"牌香烟,故章廷谦特加说明。

〔4〕《全上古……文》　指《全上古三代秦汉三国六朝文》。清代严可均辑,共收作者三四九七人,分代编为十五集,共七四六卷。稍后他的同乡蒋壑为作编目一〇三卷,并改名为《全上古三代秦汉三国晋南北朝文》。

〔5〕　丁福保(1874—1952)　字仲祜,江苏无锡人。所辑《汉魏六朝名家集》,收各家文集四十种,共一七六卷。1911年刊行。

〔6〕《史》　指《史记》;《汉》,指《汉书》;《三国》,指《三国志》。

〔7〕《蔡中郎集》　东汉蔡邕著,十卷。蔡邕(133—192)曾任左中郎将,故名。

〔8〕　嵇　指嵇康(223—262),字叔夜,三国时谯国铚(今安徽宿县)人,曾任中散大夫,著有《嵇中散集》。阮,指阮籍(210—263),字嗣宗,三国时陈留尉氏(今河南尉氏)人,曾任步兵校尉,著有《阮步兵集》。

〔9〕　二陆　陆机陆云兄弟有文才,被称为"二陆"。陆机(261—303),字士衡,西晋吴郡华亭(今上海松江)人,曾任平原内史。著有《陆平原集》(一名《陆士衡集》)。陆云(262—303),字士龙,曾任清河内史,著有《陆清河集》(一名《陆士龙集》)。

〔10〕 陶潜(约 372—427) 一名渊明,字元亮,东晋浔阳柴桑(今江西九江)人,曾任江州祭酒、彭泽令,著有《陶渊明集》。

〔11〕 庾开府 即庾信(513—581),字子山,北朝北周南阳新野(今属河南)人,官至骠骑大将军,开府仪同三司,世称庾开府,著有《庾子山集》(一名《庾开府集》)。鲍参军,即鲍照(约 414—466),字明远,南朝宋东海(今江苏涟水)人,曾任前军参军,著有《鲍照集》(一名《鲍参军集》)。何水部,即何逊(? —约 518),字仲言,南朝梁东海郯(今山东郯城)人,曾任尚书水部郎、庐陵王记室,明人辑有《何记室集》。

〔12〕 《初学记》 类书,唐代徐坚等辑,共三十卷。《艺文类聚》,类书,唐代欧阳询等辑,共一百卷。《太平御览》,类书,宋代太平兴国二年(977)李昉等奉敕纂辑,初名《太平总类》,书成后经宋太宗阅览,因名《太平御览》。共一千卷。

〔13〕 《弘明集》 佛教书名,南朝齐梁时僧祐编,辑录从东汉到梁赞扬佛教的论文,但也保存了几篇非难佛教的论文,共十四卷。《广弘明集》是其续编,唐代道宣编,共三十卷。

〔14〕 本段是鲁迅对章廷谦读《朝花夕拾·琐记》一文后所提问题的答复。Kind,德语:孩子。"回资啰……",《瑜伽焰口施食要集》中咒文的梵语音译。放焰口,佛家语,旧俗于夏历七月十五日(同日也是道教中元节)晚请和尚结盂兰盆会,为饿鬼诵经施食,称为放焰口。焰口,饿鬼名,据说其形枯瘦,咽细如针,口吐焰火。

〔15〕 托尔斯泰记念号 即《奔流》月刊第一卷第七期《莱夫·N.托尔斯泰诞生百年纪念增刊》。

〔16〕 嘤嘤书屋 1927 年 10 月孙伏园、孙福熙在上海合办的书店,曾出版国民党改组派的《贡献》旬刊等。

290123 致 孙 用[1]

孙用先生:

蒙寄译诗,甚感。但极希望 先生许我从中择取四首[2]
于《奔流》中发表,余二首附回,希 谅察为幸。

鲁迅 一月廿三日

＊　　　＊　　　＊

〔1〕 孙用(1902—1983) 原名卜成中,浙江杭州人。当时是杭州
邮局职员,业余从事翻译工作。

〔2〕 择取四首 指莱蒙托夫作的《帆》、《天使》、《我出来》、《三棵
棕榈树》,曾以《莱芒托夫诗四首》为题,载《奔流》月刊第一卷第九期
(1929 年 2 月)。

290215 致 孙 用

孙用先生:

来信收到,诗句已照改了,于《奔流》九期上可以登出。

译诗[1]能见寄一观,或择登期刊,都可以的。惟绍介全
部出版稍难,因为现在诗之读者不多,所以书店不大踊跃。但
我可以向北新问一问,倘他们愿印,当再奉告,此后可以直接
交涉也。

鲁迅 二月十五日

＊　　　＊　　　＊

〔1〕　译诗　指孙用编译的一部世界诗选,题为《异香集》。此书
后来没有出版,也没有在刊物上择登,原稿遗失。

290221　致史济行[1]

天行先生：

见寄两信,均收到了。有人讲"新文学",原也好的,但还
是钞"旧"的《语丝》,却更不好,而且可笑。

《语丝》并不停刊。

我与艺大[2],毫无关系。去做教务长的谣言,这里也有。
我想,这是他们有意散布的,是一种骗青年的新花样。

迅　上　二月廿一日

＊　　　＊　　　＊

〔1〕　史济行　又作天行,曾化名彳亍、齐涵之等,浙江宁波人,当
时常在文艺界行骗作伪。鲁迅在《且介亭杂文末编·续记》中曾予揭露。

〔2〕　艺大　即中华艺术大学,中共地下党主办的大学,1929 年春
创立,陈望道任校长。址在上海北四川路底窦乐安路(今多伦路)。

290309　致章廷谦

矛尘兄：

久违了。这回是要托你仍在"翁隆盛"买三斤茶,计

开：——

上上贡龙　　一斤　　二元二角四分

龙井雨前　　一斤　　一元三角六分

龙井芽茶　　一斤　　一元二角

　　但这回恐怕未必这样凑巧，马異伯又要到上海来，由他拎到寓所。我想，该茶叶店如也可以代寄，那就托他们代寄罢。否则，如无便人，托你付邮。

迅　上　三月九日

斐君兄均此致候。

290315　致 章廷谦

矛尘兄：

　　前天得来信。次日，该前委员[1]莅寓，当蒙交到茶叶三斤。但该委员非该異伯可比，当经密斯许竭诚招待，计用去龙井茶价七斤，殊觉肉痛。幸该〔委〕员系由宁回平；则第三次带茶来沪之便人，决非仍是该委员可知，此尚可聊以自慰者也。

　　鼻君似仍颇仆仆道途，可叹。此公急于成名，又急于得势，所以往往难免于"道大莫能容"。据我看来，如此紧张，饭是总有得吃的，然而"着实要阔起来"，则恐未必，大概总是红着鼻子起忙头而已。

　　李公小峰，似乎很忙，信札不复，也是常事。其一，似乎书局中人，饭桶居多，所以凡事无不散漫。其二，则泰水[2]闻已仙逝，李公曾前去奔丧，离沪数天，现已回来。但不知泰山其尚存否乎？若其未崩，则将来必又难免于忙碌也。总之，以北新之懒散，而上海新书店之蜂起，照天演公例而言，是应该倒灶的。但不料一切新书店，也一样散漫，死样活气，所以直到现在，北新依然为新书店魁首，闻各店且羡而妒之，呜呼噫嘻，此岂非奇事而李公小峰的福气也欤！

例如《游仙窟》罢，印了一年，尚无著落。我因听见郑公振铎等，亦在排印，乃力催小峰，而仍无大效。后来看见《文学周报》[3]上大讲该《窟》，以为北新之本，必致落后矣。而不料现在北新本小峰已给我五本了居然印行，郑公本却尚未出世，《文周》之大讲，一若替李公小峰登广告也者。呜呼噫嘻，此实为不佞所不及料，而自悔其性急之为多事者也。

石君[4]之炎，问郎中先生以"为什么发炎？"是当然不能答复的。郎中先生只知道某处在发炎，发炎有时须开刀而已，炎之原因，大概未必能够明白。他不问石君以"你的腿上筋为什么发炎"，还算是好的。

这几句是正经话了：且夫收口之快慢，是和身体之健壮与否大有关系的。石君最好是吃补剂——如牛奶，牛肉汁，鸡汤之类，而非桂圆莲子之流也——那么，收口便快了但倘脓未去尽，则不宜吃。这一端，不大思索的医生，每每不说，所以请你转告他。

听说，已经平和了[5]，报上所说，全是谣言。敝寓地域之水电权，似已收回，现在每月须吃海潮灌在水中的自来水一回，做菜无须再加盐料。今日上半天无水，下午有了，而夜间电灯之光,已不及一支洋蜡烛矣。

迅 启上 三月十五日

斐君兄均此致候。

*   *   *

〔1〕 该前委员 指吕云章。原在北京女子师范大学与许广平同学,1925年后曾任国民党中央党部妇女干事、国民党浙江省党部委员。

〔2〕 泰水 岳母的别称。泰山,岳父的别称。宋代晁说之《晁氏客语》:"呼妻父为泰山。……又有呼妻母为泰水。"

〔3〕 《文学周报》 文学研究会的机关刊物,1921年5月在上海创刊。原名《文学旬刊》,为《时事新报》副刊之一,郑振铎等主编。1923年7月改名《文学》(周刊),1925年5月改名《文学周报》,独立发行,1929年6月停刊,前后约出四百期。该刊第八卷第二期(1929年1月6日)刊有郑振铎的《关于游仙窟》和谢六逸译、日本山田孝雄的《〈游仙窟〉解题》。郑文中有"最近在中国所印的一本,是影印日本古典保存会所印行的元抄本"等语。按该书并未出版。

〔4〕 石君 指郑奠(字介石)。

〔5〕 疑指当时上海市民反对租界当局向私人出售电气处一事。1929年3月11日《申报》曾发表中国国民党上海特别市党部宣传部《反对工部局出售电气处宣言》,并号召"全市同胞一致反对"。

290322^① 致 李霁野

寄野兄:

三,十三日来信收到。

　　柏烈伟[1]先生要译我的小说，请他随便译就是，我并没有一点不愿意之处，至于那几篇好，请他选定就是了，他是研究文学的，恐怕会看得比我自己还清楚。

　　至于在罗太太[2]那里的照相，是那几张，则连我自己也忘记了，大约还是两三年前的事罢。想法去讨，大可以不必。这种东西，我本无用，她也无用，一任罗太太抛入字纸篓去罢。

　　和北新交涉款项的事[3]，我想最好是不要叫我去交涉。因为关于交易的事，我一向都不在内，现在忽而出现，引起的麻烦恐怕比豫想还要多。他们从此也可以将各种问题，对我交涉。那时我还是推脱，还是也办理呢？这么一来，便成为事情的夹层中的脚色了。

　　关于未名社，我没有什么意见要说。离北平远，日子也久了，说起来总不免隔膜。但由我所感到，似乎办事的头绪有些纷歧。例如我离京时，约定对于《未名半月刊》，倘做不出，便寄译文的，我就履行这话。但后有信来，说不要译文，那么，我只好不寄了，因为我并无创作。然而后来又有责我不做文章的信，说我忘却了未名社，其实是我在这里一印《奔流》，第一期即登《未名丛刊》的广告的，何尝忘记。还有，丛芜忽有《独立丛刊》[4]寄给我，叫我交小峰，后来又讨回去了，而未名社也不见有这书印出，也不知道是怎么一回事。这些都是小事情，不足为奇，不过偶然想到，举例而已。

　　《未名丛刊》中要印的两种短篇，我以为很好的，——其中的《第四十一》[5]，我在日译本上见过——稿子可以不必寄来，多费时光。听说未名社的信用，在上海并不坏，只要此后有书,而非投机之品,那该总能销行的罢。去年这里出了一种月刊叫《未明》[6],是影射《未名》的,但弄不好,一期便完了。

《小约翰》二版大约还未卖完罢。倘要三版时,望通知我,我要换一张封面画[7]。

迅 上 三月廿二夜

*　　　*　　　*

〔1〕 柏烈伟　即柏烈威。参看 270221 信及其注〔1〕。

〔2〕 罗太太　即罗尔斯卡娅。照相之事,参看 270922 信及其注〔3〕。

〔3〕 指催还北新书局拖欠未名社的版税。

〔4〕 《独立丛刊》　韦丛芜准备用以出版自己译作的丛书名,后未实现。

〔5〕 《第四十一》　中篇小说,苏联拉甫列涅夫著,曹靖华译,1929 年 6 月北京未名社出版,《未名丛刊》之一。

〔6〕 《未明》　文艺月刊,上海未明社编辑,1928 年 9 月时代书店出版。仅出一期,撰稿人有顾仲起、金溟若、董每戡等。

〔7〕 《小约翰》初、二版封面为孙福熙所绘,1929 年 6 月三版时换以德国画家贝林斯·高德福鲁格林的《神仙与鸟》。

290322[②]　致韦素园

素园兄:

二月十五日给我的信,早收到了。还记得先前有一封信未复。因为信件多了,一时无从措手,一懒,便全部懒下去了。

连几个熟朋友的信,也懒在内,这是很对不起的,但一半也因为各种事情曲折太多,一时无从说起。

关于 Gorki 的两条[1],我想将来信摘来登在《奔流》十期上。那纪念册不知道见了没有,我想,看看不妨,译是不可的。即如你所译的卢氏论讬尔斯泰[2]那篇,是译起来很费力的硬性文字——这篇我也曾从日文重译,给《春潮》[3]月刊,但至今未印出——我想你要首先使身体好起来,倘若技痒,要写字了,至多也只好译译《黄花集》上所载那样的短文。

我所译的 T.iM[4],篇幅并不多,日译是单行本,但我想且不出它。L.还有一篇论 W.Hausenstein 的[5],觉得很好,也许将来译它出来,并出一本。

上海的市民是在看《开天辟地》(现在已到"尧皇出世"了)和《封神榜》这些旧戏,新戏有《黄慧如产后血崩》(你看怪不怪?),有些文学家是在讲革命文学。对于 Gorky,去年似乎有许多人要译他的著作,现在又不听见了,大约又冷下去了。

你说《奔流》介绍外国文学不错,我也是这意思,所以每期总要放一两篇论文。但读者却最讨厌这些东西,要看小说,看下去很畅快的小说,不费心思的。所以这里有些书店,已不收翻译的稿子,创作倒很多。不过不知怎地,我总看不下去,觉得将这些工夫,去看外国作品,所得的要多得多。

我近来总是忙着看来稿,翻译,校对,见客,一天都被零碎事化去了。经济倒还安定的,自从走出北京以来,没有窘急过。至于"新生活"的事,我自己是川岛到厦门以后,才听见的。他见我一个人住在高楼上,很骇异,听他的口气,似乎是京沪都在传说,说我携了密斯许同住于厦门了。那时我很愤怒。但也随他们去罢。其实呢,异性,我是爱的,但我一向不敢,因为我自己明白各种缺点,深恐辱没了对手。然而一到爱起来,气起来,是什么都不管的。后来到广东,将这些事对密斯许说了,便请她住在一所屋子里——但自然也还有别的人。前年来沪,我也劝她同来了,现就住在上海,帮我做点校对之类的事——你看怎样,先前大放流言的人们,也都在上海,却反而哑口无言了,这班屠头,真是没有骨力。

但是,说到这里为止,疑问之处尚多,恐怕大家都还是难于"十分肯定"的,不过我且说到这里为止罢,究竟如何,且听下回分解罢。

不过我的"新生活",却实在并非忙于和爱人接吻,游公园,而苦于终日伏案写字,晚上是打牌声,往往睡不着,所以又很想变换变换了,不过也无处可走,大约总还是在上海。

迅 上 三月廿二夜

现在正在翻译 Lunacharsky 的一本《艺术论》[6],约二百页,下月底可完。

* * *

〔1〕 Gorki 高尔基(М. Горький, 1868—1936),苏联作家。两条,指韦素园对郁达夫译载于《奔流》第一卷第七期(1928 年 12 月)《托尔斯泰回忆杂记》中的两处误译提出的改正意见。参看《集外集·〈奔流〉编校后记(九)》。

〔2〕 卢氏 指卢那察尔斯基(А.В. Луначарский, 1875—1933),

苏联文艺批评家,曾任苏联第一任教育人民委员部的人民委员(部长)。论托尔斯泰,指《托尔斯泰之死与少年欧罗巴》,韦素园的译文载《未名》半月刊第二卷第二期(1929 年 1 月);鲁迅的译文载《春潮》月刊第一卷第三期(1929 年 1 月 15 日)。

〔3〕　《春潮》　文艺刊物,夏康农、张友松编辑,上海春潮书店出版,1928 年 11 月创刊,次年九月停刊,共出九期。

〔4〕　T.i M　即《托尔斯泰与马克斯》,卢那察尔斯基的讲演稿,鲁迅据金田常三郎的译本重译。连载于《奔流》月刊第一卷第七、第八期(1928 年 12 月、1929 年 1 月)。

〔5〕　指卢那察尔斯基的《霍善斯坦因论》,鲁迅曾拟翻译,并刊登过出版预告,但未译成。霍善斯坦因(1882—1957),德国文艺批评家。

〔6〕　即卢那察尔斯基的《艺术论》,革命俄罗斯美术家协会汇编的论文集,鲁迅据日本昇曙梦译本重译,1929 年 4 月上海大江书铺出版。

290323　致 许 寿 裳〔1〕

季市兄:

　　二十二日来信收到。中国能印玻璃版的,只有商务,中华,有正。而末一家则似不为人印,或实仍托别家印,亦未可知也。有日本人能印,亦不坏,前曾往问,大如来信之笺中红匡者,每张印三百张起码,计三元,不收制板费,倍大作每张二分计,纸(中国的)每张作四分计,则每一张共六分,倘百页一本,本钱即需六角矣。但还有一问题,即大张应以照相缩小,不知当于何处为之,疑商务馆或当有此设备,然而气焰万丈,不能询之。

关于儿童观，我竟一无所知。在北京见嘱以来，亦曾随时留心，而竟无所得。类书中记得《太平御览》有《幼慧》[2]一门，但不中用。中国似向未尝想到小儿也。

寿老[3]毫无消息。前几天却已见过他的同乡，则连其不在南京亦不知也。天气渐暖，倘津浦车之直达者可通，拟往北京一行，以归省，且将北大所有而我所缺之汉画照来，再作后图。阅报，知国文系主任，仍属幼渔，前此诸公之劳劳，盖枉然矣。

此布，并颂

曼福。

迅 启上 三月廿三夜

*　　　*　　　*

〔1〕 此信据许寿裳亲属录寄副本编入。

〔2〕 《幼慧》 即《幼智》，辑录有关神童的记述，见《太平御览·人事部》。

〔3〕 寿老 指齐寿山。

290407　致韦素园

素园兄：

三月卅日信，昨收到。L 的《艺术论》，是一九二六年，那边的艺术家协会编印的，其实不过是从《实证美学的基础》及

《艺术与革命》中各取了几篇,并非新作,也不很有统系。我本想,只要译《实证美学之基础》就够了,但因为这书名,已足将读者吓退,所以选现在这一本。

创造社于去年已被封[1]。有人说,这是因为他们好赖债,自己去运动出来的。但我想,这怕未必。但无论如何,总不会还账的,因为他们每月薪水,小人物四十,大人物二百。又常有大小人物卷款逃走,自己又不很出书,自然只好用别家的钱了。

上海去年嚷了一阵革命文学,由我看来,那些作品,其实都是小资产阶级观念的产物,有些则简直是军阅[阀]脑子。今年大约要改嚷恋爱文学了,已有《惟爱丛书》和《爱经》豫告[2]出现,"美的书店"(张竞生的)也又开张,恐怕要发生若干小Sanin[3]罢,但自然仍挂革命家的招牌。

我以为所谓恋爱,是只有不革命的恋爱的。革命的爱在大众,于性正如对于食物一样,再不会缠绵菲恻,但一时的选择,是有的罢。读众愿看这些,而不肯研究别的理论,很不好。大约仍是聊作消遣罢了。

　　　　　　　　　　　　　　　　迅　上　四月七日

＊　　　　＊　　　　＊

〔1〕　创造社于1929年2月被国民党查封。这里说去年,当指夏历。

〔2〕　《惟爱丛书》和《爱经》豫告　1929年3月24日《申报》刊登《惟爱丛书》的出版广告,署"唯爱社出版",已出"《女》、《接吻的艺术》、

《爱的初现》、《恋爱术》……等二十种，世界书局发行"。在此前一日，该报还刊登《爱经》出版广告，署"罗马沃维提乌思作，戴望舒译著，水沫书店刊行，4 月 25 日出版"，并有"多情的男女青年当读"等语。按《爱经》是古罗马诗人奥维德的长诗，为古典文学作品。后来孔另境为出版《现代作家书简》征集鲁迅书信时，鲁迅经李霁野建议删去这里的"和《爱经》"三字。参看 320702[②]信。

〔3〕 Sanin 沙宁。俄国作家阿尔志跋绥夫所作的长篇小说《沙宁》中的主人公，是个否定道德和社会理想，主张满足自身欲望的人物。

290420　致 李霁野

霁野兄：

十日信收到。不要译稿，并不是你说的，年月已久，不必研究了罢。

《朝华夕拾》封面，全是陶元庆君去印的，现在他不在上海，我竟不知道在那里印，又无别人可托，所以已于前日将锌板三块，托周建人寄回，请照原底在北京印，附上样张一枚。至于价值，我只记得将账两张，托小峰拨汇（他钱已交来），似乎有一二十元但已记不清，现若只有六元多，那也许他失落一张账，弄错了。

《小约翰》封面样张，今寄上，我想可作锌板两块，一画一字，底下的一行，只要用铅字排印就可以了。纸用白的，画淡黑色，字深黑。

《四十一》早出最好。上海的出版界糟极了，许多人大嚷革命文学,而无一好作,大家仍大印吊膀子小说骗钱,这样下去,文艺只有堕落,所以绍介些别国的好著作,实是最要紧的事。

迅　上　四月二十日

此后有书出版时,新的希给我五本,再版的是不必寄了。

又及

5〔1〕书　　面

M. M. Behrens－Goldfluegelein：

Elf und Vogel.〔2〕

"孙福熙画书面"这一页改如右〔3〕

＊　　　　＊　　　　＊

〔1〕　指铅字的字号,即5号字。

〔2〕　德文:贝林斯·高德福鲁格林所作《神仙与鸟》。

〔3〕　原信为直写,故说"如右"(这里指上面的三行)。

290504　致 舒新城〔1〕

新城先生：

惠函今天奉到。"猹"〔2〕字是我据乡下人所说的声音,生造出来的,读如"查"。但我自己也不知道究竟是怎样的动物,因为这乃是闰土所说,别人不知其详。现在想起来,也许是獾罢。

鲁迅　五月四日

＊　　　＊　　　＊

〔1〕 舒新城(1893—1960) 湖南溆浦人。当时是中华书局编辑所所长,《辞海》主编。

〔2〕 "猹" 鲁迅小说《故乡》中写到的一种小动物。

290515　致 许 广 平[1]

乖姑！小刺猬！

在沪宁车上,总算得了一个坐位；渡江上了平浦通车,也居然定着一张卧床。这就好了。吃过一元半的夜饭,十一点睡觉,从此一直睡到第二天十二点钟,醒来时,不但已出江苏境,并且通过了安徽界蚌埠,到山东界了。不知道刺猬可能如此大睡,我怕她鼻子冻冷,不能这样。

车上和渡江的船上,遇见许多熟人,如马幼渔的侄子,齐寿山的朋友,未名社的一伙；还有几个阔人,说是我的学生,但我不识他们了。那么,我的到北平,昨今两日,必已为许多人所知道。

今天午后到前门站,一切大抵如旧,因为正值妙峰山香市,所以倒并不冷静。正大风,饱餐了三年未吃的灰尘。下午发一电,我想,倘快,则十六日下午可达上海了。

家里一切如旧,母亲精神形貌仍如三年前,她说,害马为什么不同来呢？我答以有点不舒服。其实我在车上曾想过,这种震动法,于乖姑是不相宜的。但母亲近来的见闻范围似很窄,她总是同我谈八道湾,这于我是毫无关心的,所以我也不想多说我们的事,因为恐怕于她也不见得有什么兴趣。平常似常常有客来住,多至四五个月,连我的日记本子也都打开过了,这非常可恶,大约是姓车的男人所为。他的女人,廿六七又要来了,那自然,这就使我不能多住。

　　不过这种情形,我倒并不气,也不高兴,久说必须回家一趟,现在是回来了,了却一件事,总是好的。此刻是十二点,却很静,和上海大不相同。我不知乖姑睡了没有?我觉得她一定还未睡着,以为我正在大谈三年来的经历了。其实并未大谈,我现在只望乖姑要乖,保养自己,我也当平心和气,渡过豫定的时光,不使小刺猬忧虑。

　　今天就是这样罢,下回再谈。

五月十五夜

＊　　　　＊　　　　＊

　　〔1〕　此信经作者整理编辑收入《两地书》,序号一一六。

290517　致　许广平〔1〕

小刺猬:

　　昨天从老三转上一信,想已到。今天下午我访了未名社一趟,又去看幼渔,他未回,马珏是因疮进病院多日了。一路所见,倒并不怎样萧条,大约所减少的不过是南方籍的官僚而已。

　　关于咱们的故事,闻南北统一以后,此地忽然盛传,研究者也很多,但大抵知不确切。上午,令弟[2]告诉我一件故事。她说,大约一两月前,某太太对母亲说,她做了一个梦,梦见我带了一个孩子回家,自己因此很气忿。而母亲大不以气忿之举为然,因告诉她外间真有种种传说,看她怎样。她说,已经知道。问何从知道。她说,是二太太告诉她的。我想,老太太所闻之来源,大约也是二太太。而南北统一后,忽然盛传者,当与陆晶清之入京有关。我因以小白象之事告知令弟,她并不以为奇,说,这是也在意中的。午前,我就告知母亲,说八月间,我们要有小白象了。她很高兴,说,我想也应该有了,因为这屋子里,早应该有小孩子走来走去。这种"应该"的理由,和我们是另一种思想,但小白象之出现,则可见世界上已以为当然矣。

不过我却并不愿意小白象在这房子里走来走去,这里并无抚育白象那么广大的森林。北平倘不荒芜下去,似乎还适于居住,但为小白象计,是须另选处所的。这事俟将来再议。

北平很暖,可穿单衣了。明天拟去访徐旭生。此外再看几个熟人,另外也无事可做。我觉得日子实在太长,但愿速到月底,不过那时,恐怕须走海道回了。

这里和上海不同,寂静得很。尹默凤举,往往终日倾心政治,尹默之汽车,昨天和电车冲突,他臂膊碰肿了,明天拟去看他,并还草帽。台静农在和孙祥偈[3]讲恋爱,日日替她翻电报号码(因为她是新闻通讯员),忙不可当。林卓凤在西山调养胃病。

我的身体是好的,和在上海时一样,据潘妈[4]说,模样和出京时相同。我在小心于卫生,勿念;但刺猬也应该留心保养,令我放心。我相信她正是如此。

　　附笺一纸,可交与赵公。又告诉老三,我当于一两日内寄书一包(约四五本)给他,其实是托他转交赵公的,到时即交去。

迅　五月十七夜

　　＊　　　　＊　　　　＊

　　〔1〕　此信经作者整理编辑收入《两地书》,序号一一七。

　　〔2〕　令弟　指许羡苏。当时住在鲁迅北平故居西三条胡同二十一号,帮助鲁迅母亲料理家事。

　　〔3〕　孙祥偈(1903—1965)　湖北武昌人,1925 年北京女子师范大学毕业,时任北平《新晨报》副刊编辑主任。

　　〔4〕　潘妈　鲁迅母亲在北京故居雇用的保姆。

290521　致　许广平[1]

小刺猬:

　　听说上海北平之间的信件,最快是六天,但我于昨天(十八)晚上姑且去看看信箱——这是我们出京后所设的——竟得到了十四日发的小刺猬信,这使我怎样地高兴呀。未曾四条胡同,尤其令我放心,我还希望你善自消遣,能食能睡。写给谢君的信[2],是很好的,但说得我太好了一点。看现在的情形,我们的前途似乎毫无障碍,但即使有,我也决计要同小刺猬跨过它而前进的,绝不畏缩。

母亲的记忆力坏了些了,观察力注意力也略减,有些脾气,近于小孩子了。对于我们的感情是好的。也希望老三回来,但其实是毫无事情。

前天马幼渔来看我,要我往北大教书,当即谢绝。同日又看见李秉中,他是万不料我也在京的,非常高兴。他们明天在来今雨轩结婚,听听口气,两人的感情似乎好起来了。我想于上午去公园一趟,今天托令弟买了绸子衣料一件,价十一元余,作为贺礼带去。女的是女大的学生,音乐系。

林卓凤问令弟,听说鲁迅有要好的人了,结过婚了没有?但未提那"人"是谁。令弟答以不知道。这是细事,不足深考,顺便谈谈而已。她往西山养病,自云胃病,我想,恐怕是肺病罢,否则,何必到西山去养呢。

昨晚探到你的来信后,正看着,车家的男女又来了,见我已回,大吃一惊,男的便到客栈去,女的今天也走了。我对他们很冷淡,因为我又知道了车男寓客厅时,又曾将我的书厨的锁弄破,开开了门。

(以上十九日之夜十一点写。)

二十日上午,小刺猬十六日所发的信也收到了,也很快。但老三汇款之信,至今未到,大约因为挂号之故罢。小刺猬的生活法,据报告,很使我放心。我也好的,看见的人,都说我样子比出京时稍好,精神则好得多了。这里天气很热,已穿纱衣,我于空气中的灰尘,已不习惯,大约就如鱼之在浑水里一般,此外却并无不舒服。

昨天午前往中央公园贺李秉中,他很高兴。在那里看见刘文典[3],谈了一通。新人一到,我就走了。她比李短一点,并不美,但也不丑,适中的人。下午访沈尹默,略谈了一些时,又访兼士,凤举,徐祖正,徐旭生,都没有会见。就这样的过了一天。夜九点钟,就睡着了,直至今天七点才醒。上午想理些带出的书籍,但头绪纷繁,无从下手,也许终于理不成功的,恐怕《中国字体变迁史》也不是在上海所能作罢。

今天下午我仍要出去访人,明天是往燕大讲演,我这回本来不想多说话,但因为在那边是现代派太出风头了,所以想去讲几句。倘交通如故,我于月初要走了,但决不冒险,千万不要担心,因为我是知道冒险主权,并不是全权在我的。《冰块》留下两本,其余可送赵公们。《奔流》来稿,可请赵公写回信寄还他们,措辞和上次一样。小刺猬,你千万好好保养,下回再谈。

(以上二十一日午后一时写。)

你的小白象

＊　　　　＊　　　　＊

〔1〕　此信经作者整理编辑收入《两地书》,序号一一八。

〔2〕　谢君　即谢敦南。许广平在同月13日写给谢敦南夫妇的信中谈到:在女师大风潮中,"周先生(你当想起是谁)激于义愤(的确毫无私心)慷慨挽救,如非他则宗帽胡同之先生不能约来,学校不能开课,不能恢复,我亦不能毕业。但因此而面面受敌,心力交瘁,周先生病矣,病

甚沉重,医生有最后警告,但他本抱厌世,置病不顾……"

〔3〕 刘文典(1890—1958) 字叔雅,安徽合肥人。1929年任清华大学国文系主任,同时在北大兼课。

290522　致 许 广 平〔1〕

小刺猬:

二十一日午后发了一封信,晚上便收到十七日来信,今天上午又收到十八日来信,每信五天,好像交通十分准确似的。但我赴沪时想坐船,据凤举说,倭船并不坏,二等六十元,不过比火车为慢而已。至于风浪,则夏季一向很平静。但究竟如何,则须俟十天以后看情形决定。不过我是总想于六月四五日动身的,所以此信到时,倘是廿八九,那就不必写信来了。

我到北平,已一星期,其间无非是吃饭睡觉,访人,陪客,此外无事可为。文章是没有一句。昨天访了几个教育部旧同事,都穷透了,没有事做,又不能回家。今天和张凤举谈了两点钟天,傍晚往燕京大学讲演了一点钟,听的人很多。我照例从成仿吾一直骂到徐志摩,燕大是现代派信徒居多——大约因为冰心在此之故〔2〕——给我一骂,很吃惊。有些人说,燕大是有钱而请不到好教员,说我可以来此教书了。我答以我奔波多年,现已心粗气浮,不能教书了。小刺猬,我想,这些优缺,还是让他们绅士们去占有罢,咱们还是漂流几天再说的好。沈士远也在那里做教授,全家住在那里,但我并不去访他。

今天寄到一本《红玫瑰》,陈西滢和凌叔华的照片都登上了,胡适之的诗载于《礼拜六》,他们的像见于《红玫瑰》,真是"物以类聚"。

云南腿已经将近吃完,是很好的,肉多,油也足,可惜这里的做法千篇一律,总是蒸。听说明天要吃蒋腿[3]了,但大约也还是蒸。每天饭菜,大同小异,实在吃得厌烦了,不过饭量并不减,你不要神经过敏为要。鱼肝油带来的已吃完,买了一瓶,这里的价钱是二元二角。

吕云章未到西三条来,所以不知道她住在何处;小鹿也没有来过。

这里很热,可穿纱衫了,雨是久已不下,比之南方的梅天,真是大不相同。所有带来的夹衣,都已无用,何况绒衫。我从明天起,想去看牙齿,大约有一星期,总可以补好了。至于时局,若以询人,则因其人之派别,而所答不同,所以我也并不深究,总之,到下月初,京津车总该是可走的,那么,就可以了。

小刺猬,这里的空气,真是沉静,和上海的动荡烦扰,大不相同,所以我是平安的;但只因为欠缺一件事,因而也静不下,惟看来信,知道小刺猬在上海也很乖,于是也就暂自宽慰了。小刺猬要这样继续摄生,万勿疏懈才好。

转告老三:汇票到了,但取款须用印章,今名字写错,不知能取出否。两三天内当去一试,看结果再说。

　　　　　　　　　　　　　　　　小白象 五月廿二夜一时

＊　　　＊　　　＊

〔1〕 此信经作者整理编辑收入《两地书》,序号一二一。

〔2〕 冰心于1923年燕京大学毕业后留学美国,获硕士学位,1926年8月归国,在燕京大学任教。

〔3〕 蒋腿 浙江金华火腿中蒋氏作坊腌制的产品。

290523 致 许 广 平〔1〕

小刺猬:

此时是二十三日之夜十点半,我独自坐在靠壁的桌前,这旁边,先前是小刺猬常常坐着的,而她此刻却在上海。我只好来写信算谈天了。

今天上午,来了六个北大国文系的代表,要我去教书,我即谢绝了。后来他们承认我回上海,只要豫定下几门功课,何时来京,便何时开始,我也没有答应他们。我总结的话,是今之L,已非三年前之L,我有缘故,但此刻不说,将来或许会知道,总之是不想做教授了云云。他们只得回去,而希望我有一回讲演,我已约于下星期三去讲。

午后出街,将寄给乖而小的刺猬的信投入邮箱中。其次是往牙医寓,拔去一齿,毫不疼痛,他约我于廿七上午去补好,大约只要一次就可以了。其次是到商务印书馆,将老三的汇款取出,倒也并不麻烦。其次是走了三家纸铺,搜得中国纸的印笺数十种,化钱约七元,也并无什么妙品,如此信所用这一种,要算是很漂亮的了。还有两三家未去,便中当再去走一趟,大约再用四五元,即将琉璃厂略佳之笺收备矣。

计到北平,已将十日,除车钱外,自己只化了十五元,一半

171

买信笺，一半是买碑帖的。至于旧书，则仍然很贵，所以一本
也不买。

　　明天仍当出门，为侍桁的饭碗去设设法；将来又想往西山
一趟，看看素园，听他朋友的口气，恐怕总是医不好的了。韦
丛芜却长大了一点。待廿九日往北大讲演后，便当作回沪之
准备，听说日本船有一只叫"天津丸"的，是从天津直航上海，
并不绕来绕去，但不知向沪的时候，能否相值耳。

　　今天路过前门车站，看见很扎着些素彩牌坊了，但这些典
礼，似乎只有少数人在忙。

　　我这次回来，正值暑假将近，所以很有几处想送我饭碗，
但我对于此种地位，总是漠然。为安闲计，北平是不坏的，但
因为和南方太不同了，所以几有世外桃源之感，我来此虽已十
天，几乎毫无刺戟，略不小心，确有落伍之惧的。上海虽烦扰，
但也别有生气。

　　再[下]次再谈罢。我是很好的。

　　　　　　　　　　　　　　　　小白象　五，二三。

＊　　　　＊　　　　＊

　　〔1〕　此信经作者整理编辑收入《两地书》，序号一二二。

290525　致　许　广　平[1]

小刺猬：

　　昨天上午寄老三信，内附上一函，想已收到了。十点左右

有沉钟社的人来访我,至午邀我到中央公园吃饭,一直谈到五点才散。内有一人名郝荫潭,是女师大学生,但是新的,你未必认识,她说,马云也在回校读书了。这一类人,偏都回校来读书,可叹。中央公园昨天是开放的,但到下午为止,游人不多,风景大略如旧,芍药已开过,将谢了,此外"公理战胜"的牌坊上,添了许多蓝地白字的标语。

从公园回来以后,未名社的人来访我了,谈了一点钟。他们去后,就接到小刺猬的十九,二十所写的两函。自然,看来信,小刺猬是很乖的,鼻子不再冻冷,也令我放心。不过勒令我的鼻子垂下,[2]却未免专制。我的鼻子,虽然有时不免为刺猬所拉下,但不至于常如橡皮象那样也。

我毫不"拼命干,写,做,想……"至今为止,什么也不干,写……昨天因为说话太多了,十点钟便睡觉,一点醒了一次,即刻又睡,再醒已是早上七点钟,躺到九点,便是现在,就起来写这信。

达夫们所说关于北新的话,[3]大概即受玉堂们影响的。北新门市每日不到百元,一月已有一千余元,足够上海开支了,此外还有外埠批发,不至于支持不下。但这是就理论而言,至于事实,也许真糟,我在此所见的人,都说北新不给版税,不给回信,和北新感情很坏,这样下去,自然也很不好的。

至于开明之股本,则我们知道得很明白,号称六万元,而其中之二万五千,是章雪村[4]弟兄之旧底子;一万是一个绍兴人的,他自己月取薪水百元,又荐了五个人,则其余之二万五千,也可想而知矣。大约达夫不知此种底细,所以听到从绍兴集了资本来,便疑为大有神秘也。

绍原的信,吞吞吐吐,其意思盖想他的译稿,由我为之设法出售,或给北新,或登《奔流》,而又要装腔作势,不肯自己开口。我是决不来做这样傻子的了,拟不答复,或者胡里胡涂的答几句。

此地天气很好,已穿纱衫。我是好的,能食能睡,加以小刺猬报告她的近状,知道非常之乖,更令我放心。今天尚无客来,这信安安静静写到这里,要说的也大略说过了,下次再谈罢。

五月廿五日上午十点正

＊　　　＊　　　＊

〔1〕　此信经作者整理编辑收入《两地书》,序号一二五。

〔2〕　勒令我的鼻子垂下　许广平在5月20日致鲁迅信中,开头称谓处画一鼻子下垂的小白象,并说:来信中画的小白象是鼻子上仰的,"还是垂下罢"。

〔3〕　达夫们所说关于北新的话　许广平在5月19日信中谈到:郁达夫夫妇来访,"他说北新生意不佳,门市每天不及百元,恐往后难支下去。"还"说及开明新近从绍兴人里面招一笔款,甚充裕"。

〔4〕　章雪村　即章锡琛。参看351114信注〔1〕。

290526　致 许 广 平[1]

小刺猬：

此刻是二十五日之夜的一点钟，我是十点钟睡着的，十二点醒来了，喝了两碗茶，还不想睡，就来写几句。今天下午，我出门时，将寄你的一封信，投入邮筒，接着看见邮局门外帖着条子道："奉安典礼放假两天。"那么，我的那一封信，须在二十七日才会上车的了。所以我明天不再寄信，且待"奉安典礼"完毕之后罢。刚才我是被炮声惊醒的，数起来共有百余响，亦"奉安典礼"之一也。

我今天的出门，是为侍桁寻地方去的，和幼渔接洽，已有头绪，访凤举却未遇。途次往孔德学校，去看旧书，遇钱玄同，恶其噜苏，给碰了一个钉子，遂逡巡避去；少顷，则顾颉刚叩门而入，见我即踌躇不前，目光如鼠，终即退出，状极可笑也。他此来是为觅饭碗而来的，志在燕大，但未必请他，因燕大颇想请我；闻又在钻营清华，倘罗家伦不走，或有希望也。

傍晚往未名社闲谈，知道燕大学生又在运动我去教书，先令韦丛芜游说，我即拒绝。丛芜吞吞吐吐说，彼校国文系主任（幼渔之弟，但非马衡）早疑我未必肯去，因为在南边有唔唔唔……。我答以原因并不在"因为在南边有唔唔唔"，那是也可以同到北边的，我之谢绝，只因为不愿意做教员。因即告以我在厦门时长虹之流言，及现在你之在上海，惟于那一小白象事，却尚秘而不宣。

　　丛芜因告诉我,长虹写给冰心情书,已阅三年,成一大捆。今年冰心结婚后,将该捆交给她的男人,他于旅行时,随看随抛入海中,数日而毕云。

　　丛芜又指《冰块》之封面画告诉我云:"这是我的朋友画的,燕大女生……很要好……"

　　明天是星期日,恐怕来访之客必多,我要睡了。现在已两点钟,遥想小刺猬或在南边也已醒来,但我想,因为她乖,一定也即睡着的。

(二十五夜)

　　星期日上午,是因为葬式的行列,道路几乎断绝交通,下午是可以走了,但只有宋紫佩一人来谈,所以我能够十分休息。夜十点入睡,此刻两点,又醒了,吸一支烟,照例是便能睡着的。明天十点要去镶牙,所以就将闹钟拨在九点上。

　　看现在的情形,下月之初,火车大概是还可以走的,倘如此,我想坐六月三日的通车回沪,即使有迟到之事,六日总该可以到了罢——如果不去访季巿。但这仍须俟临时再决定,因为距今还有十来天,倘觉不妥,便一定坐船。总之,我必当筹一稳妥之走法,打听明白,决不冒险,你可以放心。

　　明天想当有信来,但此信当于上午先行发出。

(二十六夜二点半)

你的

*　　　*　　　*

〔1〕　此信经作者整理编辑收入《两地书》,序号一二六。

290527　致　许　广　平[1]

小刺猬:

今天——二十七日——下午,果然收到廿一日所发信。我十五日信所选的两张笺纸,确也有一点意思的,大略如你所推测。莲蓬中有莲子,尤是我所以取用的原因。但后来各笺,也并非幅幅含有义理,小刺猬不要求之过深,以致神经过敏为要。

阿プ如此吃苦,实为可怜,但是出牙,则也无法可想,现在必已全好了罢。编辑费[2]可先托老三取出,那边寄来之收条,则暂存,待我到时填写。你的大妹的头痛,我想还是身体衰弱之故,最好是吃补剂,如鱼肝油之类(我所吃的这一种),你可由这回的来款中划出百元之谱,买而寄之,我辈有余而她不足,补助亦所当为。寄以现款,原也很好,但大抵是要移作家用,不以自奉的,但倘能使之精神舒服,则听其自由支配,亦佳。一切由你酌定就是。

姑母来沪,即不发表亦将发见,自以发表为宜,结果如何,可以不必顾虑。我对于一切外间传言,即最消极也不过不辩,而大抵以是认之时为多,是是非非,都由他们去,总之我们是有小白象了。

计我回北平以来,已两星期,除应酬之外,读书作文,一点也不做,且也做不出来。那间后房,一切如旧,而小刺猬不坐在床沿上,是使我最觉得不满足的,幸而来此已两星期,距回沪之期渐近了。新租的屋,已说明为堆什物及寓客之用,客厅之书不动,也不住人。

今天已将牙齿补好,只化了五元,据云将就一二年,须全盘做过了。但现在试用,尚觉合式。晚间是徐旭生张凤举等在中央公园邀我吃饭,十时才回寓。总算为侍桁寻得了一个饭碗。同席约有十人,他们已都知道我因"唔唔唔"而不肯留北。

旭生说,今天女师大因两派对于一教员之排斥和挽留,甲以钱袋击乙之头,致乙昏厥过去,抬入医院。小姐们之挥拳,似以此为嚆矢云。

明天拟往东城探听船期,晚则幼渔邀我吃饭;后天北大讲演;大后天拟往西山看韦素园。这三天中较忙,大约未必能写什么详信了。

此刻小刺猬＝小莲蓬＝小莲子不知是睡着还是醒着。计此信到时,我在这里距启行之日也已不远了。这是使我高兴的。但我仍然静心保养,并不焦躁,小刺猬千万放心,并且也自保重为要。

你的小白象 五月廿七夜十二时

＊　　＊　　＊

〔1〕 此信经作者整理编辑收入《两地书》,序号一二八。

〔2〕 编辑费 指原国民政府大学院的特约撰述员聘用费。鲁迅

于 1927 年 12 月受大学院院长蔡元培聘任此职。大学院于 1928 年 10
月改为教育部,此聘用费由教育部续发,至 1931 年 12 月鲁迅被裁撤。

290528　致　陶　冶　公[1]

明日已约定赴北大讲演,后日须赴西山,[2]此后便须南返,盛
意只得谨以心领矣。

望潮兄

周树人　上　廿八日

*　　　*　　　*

〔1〕　此信写于印有周树人三字的名片上。

〔2〕　赴北大讲演　1929 年 5 月 29 日,鲁迅应北京大学国文学会
之邀,往该校第二院(后改在第三院)演讲,讲稿佚。赴西山,指赴西山
疗养院探视韦素园。

290529　致　许　广　平[1]

小刺猬:

廿一日所发的信,是前天收到的,昨天写了一封回信(由
老三转的)寄出。昨今两天,都未曾收到来信,我想,这一定是
因为葬式的缘故,火车被耽搁了。

昨天下午去问日本船,知道从天津开行后,因须泊大连两
三天,至快要六天才到上海。我看现在,坐车还很可以,所以

179

想于六月三日动身,带便看看季黻,而于八日或九日回沪。如果到下月初发见不宜于坐车,那时再改走海道,不过到沪又要迟几天了。总之,我当看最妥当的方法办理,你可以放心。

昨天又买了些笺纸,这便是其一种,北京的信笺搜集,总算告一段落了。晚上是在幼渔家里吃饭,马珏还在生病,未见,病也不轻,但据说可以没有危险。谈了些天,回寓时已九点半。十一点睡去,一直睡到今天七点钟。

此刻是上午九点半,闲坐无事,写了这些。午后要到未名社去,七点起是在北大讲演。讲毕之后,似乎还有沈尹默之流邀袭,拉去吃饭。倘如此,则回寓时又要十点左右了。

小刺猬和小莲子,我是好的,很能睡,饭量和在上海时一样,酒喝得极少,不过壹小杯蒲陶酒而已。家里有一瓶别人送的汾酒,连瓶也没有开。倘如我的豫计,那么,再有十天便可以面谈了。小莲蓬,愿你安好,保重为要。

你的　　　五月二十九日

＊　　　　＊　　　　＊

〔1〕　此信经作者整理编辑收入《两地书》,序号一二九。

290530　致　许　广　平[1]

小刺猬:

此刻是二十九夜十二点,原以为可得你的来信的了,因为我料定你于廿一日的信以后,必已发了昨今可到的两三信,但今未得,这一定是被奉安列车耽搁了,听说星期一的通车,还没有到哩。

今天上午来了一个客。下午到未名社去,晚上他们邀我去吃晚饭,在东安市场的森隆饭店;七点钟到北大第二院演讲一小时,听者有千余人,大礼堂为之满,大约北平寂寞已久,所以学生们很以这类事为新鲜了。八时尹默凤举等又为我饯行,仍在森隆,不得不赴,但吃得少些,十一点才回寓。现已吃了三粒消化丸,写了这一张信,便将睡觉了,因为明天早晨,便当往西山看素园去。

听说,燕大的有几个教员,怕学生留我教书,发生恐怖了。你看,这和厦门大学何异?但我何至于"与鸡鹜争食"乎?

今天虽因得不到来信,略觉怅怅,但我知道迟延的原因,所以睡得着的,并遥祝小刺猬在上海也睡得安适。

二十九夜

三十日午后二时,我从西山看韦素园回来,果然得到小刺猬的廿三及廿五日两封信,彼此都为邮局送信的忽迟忽早所捉弄,真是令人生气。但我知道小刺猬已经得到我的信,略得安慰,也就稍稍得到安慰了。

今天我是早晨八点钟上山的,用的是摩托车,并霁野等共五人。素园还不准起坐,也很瘦,但精神却好,他很喜欢,谈了许多闲天。据丛芜说,关于我们的事,他闻之于马季铭(燕大国文系主任)[2],马则云周作人所说的。其实不过是怕我去抢饭碗,即我们不住一处,他们也当另觅排斥的理由。然而我流宕三年了,何至于忽而去抢饭碗呢,这些地方,我觉得他们实在比我小气。

今天得小峰信,云因战事[3],书店生意皆不佳,但汇给(由分店)我二百元,不过此款现在还未送来。

你廿五的信,今天到了,似交通尚好,但四五日后,却不一定了。三日能走则走,否则当改海道,不过到沪当在十日前后了。总之,我当择最稳当而舒服的走法,决不冒险,使我的小莲蓬担心的。现在精神也很好,千万放心,我决不肯将小刺猬的小白象,独在北平而有一点损失,使小刺猬心疼。

你的　　　五月卅日下午五点

＊　　　＊　　　＊

〔1〕　此信经作者整理编辑收入《两地书》,序号一三二。

〔2〕　马季铭　名鑑,字季铭,浙江鄞县人,马裕藻之五弟。

〔3〕　战事　指1929年3月至5月蒋介石与桂系李宗仁、白崇禧之间的战争。桂系战败,李、白潜逃香港。

290601　致许广平[1]

小莲蓬而小刺猬:

现在是三十日之夜一点钟,我快要睡了,下午已寄出一信,但我还想讲几句话,所以再写一点。

前几天,董秋芳给我一信,说他先前的事,要我查考鉴察。我那有这些工夫来查考他的事状呢,置之不答。下午从西山回,他却等在客厅中,并且知道他还先向母亲房里乱攻,空气甚为紧张。我立即出而大骂之,他竟毫不反抗,反说非常甘心。我看他未免太无刚骨,然而他自说其实是勇士,独对于我,却不反抗。我说我却愿意人对我来反抗。他却道正因如此,所以佩服而不反抗者也。我也为之好笑,乃笑而送出之。大约此后当不再来缠绕了罢。

晚上来了两个人,一个是为孙祥偈翻电报之台,一个是帮我校《唐宋传奇集》之魏,同吃晚饭,谈得很畅快。和上午之纵谈于西山,都是近来快事。他们对于北平学界现状,俱颇不满。我想,此地之先前和"正人君子"战斗之诸公,倘不自己小心,怕就也要变成"正人君子"了。各种劳劳,从我看来,很可不必。我自从到北平后,觉得非常自在,于他们一切言动,甚为漠然;即下午之面斥董公,事后也毫不气忿,因叹在寂寞之世界里,虽欲得一可以对垒之敌人,亦不易也。

小刺猬,我们之相处,实有深因,它们以它们自己的心,来相窥探猜测,那里会明白呢。我到这里一看,更确知我们之并不渺小。

这两星期以来,我一点也不颓唐,但此刻遥想小刺猬之采办布帛之类,豫为小小白象经营,实是乖得可怜,这种性质,真是怎么好呢。我应该快到上海,去管住她。

(三十日夜一点半。)

小刺猬,三十一日早晨,被母亲叫醒,睡眠时间少了一点,所以晚上九点钟便睡去,一觉醒来,此刻已是三点钟了。冲了一碗茶,坐在桌前,遥想小刺猬大约是躺着,但不知是睡着还是醒着。五月三十一这天，没有什么事。但下午有三个日本人来看我所藏的关于佛教石刻拓本，颇诧异于收集之多，力劝我作目录。这自然也是我所能为之一，我以外，大约别人也未必做的了，然而我此刻也并无此意。晚间，宋紫佩已为我购得车票，是三日午后二时开，他在报馆中，知道车还可以坐，至多，不过误点（迟到）而已。所以我定于三日启行，有一星期，就可以面谈了，此信发后，拟不再寄信，倘在南京停留，自然当从那里再发一封。

（六月一日黎明前三点）

哥姑：

写了以上的几行信以后，又写了几封给人的回信，天也亮起来了，还有一篇讲演稿要改，此刻大约不能睡了，再来写几句。

我自从到此以后，综计各种感受，似乎我与新文学和旧学问各方面，凡我所着手的，便给别人一种威吓——有些旧朋友自然除外——所以所得到的非攻击排斥便是"敬而远之"。这种情形，使我更加大胆阔步，然而也使我不复专于一业，一事无成。而且又使小刺猬常常担心，"眼泪往肚子里流"。所以我也对于自己的坏脾气，常常痛心；但有时也觉得惟其如此，所以我配获得我的小莲蓬兼小刺猬。此后仍当四面八方地闹呢，还是暂且静静，作一部冷静的专门的书呢，倒是一个问题。好在我们就要见面了，那时再谈。

我的有莲子的小莲蓬，你不要以为我在这里时时如此彻夜呆想，我是并不如此的。这回不过因为睡够了，又有些高兴,所以随便谈谈。吃了午饭以后,大约还要睡觉。加以行期在即,自然也忙些。小米(小刺猬吃的),馇子面(同上),果脯等,昨天都已买齐了。

这信封的下端,是因为加添这一张,我自己拆过的。

六月一日晨五时

* * *

〔1〕 此信经作者整理编辑收入《两地书》,序号一三五。

290611 致李霁野

霁野兄:

在车站上别后,五日午后便到上海,毫无阻滞。会见维钧,建功,九经〔1〕,静农,目寒,丛芜,素园诸兄时,乞转告为荷。

在北平时,因怕上海书店不肯用三色版,所以未将Lunacharsky画像〔2〕携来。到此后说起,他们说是愿意用的。所以可否仍请代借,挂号寄来,但须用硬纸板夹住,以免折皱。朝华社〔3〕说,已将出版物寄上了。

迅 上 六月十一日

* * *

〔1〕 九经 即金九经(1906—1950),字明常,朝鲜人。他因不满

日本帝国主义的殖民统治,1924 年从汉城到北京,暂居未名社时与鲁迅相识。后在北京大学讲授日文和朝鲜文。

〔2〕 Lunacharsky 画像　卢那察尔斯基的画像,后刊于鲁迅所译《文艺与批评》卷首。

〔3〕 朝华社　也作朝花社,文学团体,1928 年 11 月成立于上海,主要成员有鲁迅、柔石等。

290616　致孙　用

孙用先生:

蒙寄译稿四篇,其中散文两篇[1],我以为是很好的,拟登《奔流》上。惟译诗则因海涅[2]诗现在已多有从原文直接翻译者,PETÖFI[3]诗又不全,故奉还,希察收为幸。

鲁迅　启上　六月十六日

＊　　　＊　　　＊

〔1〕 散文两篇　指匈牙利赫尔才格的小说《马拉敦之战》和保加利亚伐佐夫的回忆文《过岭记》。分别发表于《奔流》月刊第二卷第三、第五期(1929 年 7 月、12 月)。

〔2〕 海涅(H. Heine, 1797—1856)　德国诗人。著有长诗《德国———一个冬天的童话》等。

〔3〕 PETÖFI　裴多菲(Petöfi Sándor, 1823—1849),匈牙利爱国诗人。曾参加 1848 年反抗奥地利统治的民族革命战争,1849 年在与协助奥国的沙俄军队作战中牺牲。一说他在瑟什堡战役中与一批匈牙利士兵被俘,押至西伯利亚,约于 1856 年病卒。主要作品有长诗《勇敢的

约翰》、《民族之歌》等。这里所说的孙用的译稿为《勇敢的约翰》第二十六章。

290619　致 李霁野

霁野兄：

到上海后曾寄一函,想早到。

今天朝华社中人来说,南洋有一可靠之文具店,要他们代办未名社书籍。计：我所译著的,每种一百本,此外的书籍,每种十本。如有存书,希即寄给合记收,并附代售章程一份。款子是靠得住的。

到这里后,依然忙碌不堪。北大讲稿,至今没有寄来。

听说现在又有一些人在组织什么,骨子是拥护五色旗的军阀之流。狂飙社人们之北上,我疑心和此事有关。长虹和培良大闹,争做首领,可见大概是有了一宗款子了(大约目下还不至于)。希留心他们的暗算。

迅 上 六月十九夜

290621　致 陈君涵[1]

君涵先生：

蒙赐译稿,甚感。我现在看了一点,以为是好的,虽然未和别的任何译本对照。不过觉得直译之处还太多,因为剧本对话,究以流利为是。

　　但登载与否,却还难说。近来的刊物,也不得不顾及读者,所以长诗和剧本,不能时时登载。来稿请许我暂放几天,倘有时机,拟登出来——也许分成两期——否则再寄还。倘登载时,题目似不如径作"粗人"[2],其实俄国之所谓"熊",即中国之称人为"牛"也。

　　《樱桃园》太长,更不宜于期刊,只能出单行本。

　　耿济之[3]先生大家都知道他懂俄文,但我看他的译文,有时也颇疑心他所据的是英译本。即使所据的是原文,也未必就好,我曾将 Gogol 的《巡按使》和德译本对比,发见不少错误,且有删节。

　　上海出期刊的,有一种是一个团体包办,那自然就不收外稿。有一种是几个人发起的,并无界限。《奔流》即属于后一种。不过创刊时,没有稿子,必须豫约几个作者来做基础,这几个便自然而然,变做有些优先权的人。这是《奔流》也在所不免。至于必须名人介绍之弊,却是没有的。

　　　　　　　　　　　　　　　　鲁迅 六月廿一日

＊　　　　　＊　　　　　＊

　　〔1〕　陈君涵　江苏扬州人,当时南京中央大学学生。

　　〔2〕　"粗人"　通译《蠢货》,俄国作家契诃夫的独幕剧。下面的《樱桃园》是他的四幕剧。

　　〔3〕　耿济之(1898—1947)　上海人,文学研究会发起人之一。俄国文学翻译者。译有俄国托尔斯泰、屠格涅夫所作的小说、戏剧多种。

290624^①　致 陈君涵

君涵先生：

日前寄奉一函，想已达。顷知道北京未名社将有一本一幕剧出版（曹靖华），内之《蠢货》[1]，即《粗野的人》，而且先曾发表过，所以　先生的译本，不能发表了。稿本应否寄回，候来示照办。

鲁迅 六月廿四日

*　　　*　　　*

〔1〕　指独幕剧集《蠢货》，曹靖华译。内收俄国屠格涅夫的《在贵族长家里的晚餐》，契诃夫的《蠢货》、《纪念日》、《求婚》、《婚礼》。1929年8月北京未名社出版，为《未名丛刊》之一。

290624^②　致 李霁野

霁野兄：

十七日来信已到。《小约翰》五本，画片[1]一张，也于同日收到了。

记得前几天曾发一信，通知南洋有人向合记（朝华社代办处）要未名社之书，想已到。此项书籍，现在又来催过，希即寄去为要。

未名社书，在南方信用颇好，倘迁至上海，当然可有更好之发展。所谓洋场气,是不足惧的,其中空虚无物(因为不过是"气"),还是敌不过认真,观现在滑头书铺,终于弄不好,即可见。自然也有以滑头立足的,但他们所有的,原是另一类读者。惟迁移时,恐颇需费用,我想,倘暂时在北京设一分发处(一个人,一间屋),将印成之书,全存在那里,北方各地,即从那里分寄,而但将纸版和总社迁移,到后着手于一切再版,就可以经济得多了。

迅　上　六月廿四日

＊　　　　＊　　　　＊

〔1〕　指卢那察尔斯基画像。

290625① 致 章 廷 谦

矛尘兄:

廿四日惠函已到。我还是五日回上海的。原想二十左右才回,后来一看,那边,家里是别有世界,我之在不在毫没有什么关系,而讲演之类,又多起来,……所以早走了。

北京学界,我是竭力不去留心他。但略略一看,便知道比我出京时散漫,所争的都是些微乎其微。在杭州的,也未必比那边更"懒"。倘杭州如此毁人,我不知士远〔1〕何为而光降也。

《抱经堂书目》已见过,并无非要不可的书。《金声玉振集》〔2〕大约是讲"皇明"掌故的罢,现在很少见,但价值我却不知。茶叶曾买了两大箱,一时喝不完,完后当奉讬。

与其胖也宁瘦,在兄虽也许如此,但这是应该由运动而瘦才好,以泻医胖,在医学上是没有这种办法的。

《游仙窟》的销场的确不坏,但改正错字之处,还是算了罢,出版者不以为意,读者不以为奇,作者一人,空着急亦何用?小峰久不见面,去信亦很少答复,所以我是竭力在不写信给他。玄同之类的批评,不值一顾。他是自己不动,专责别人的人。

北新经济似甚窘,有人说,将钱都抽出去开纱厂去了,不知确否。倘确,则两面均必倒灶也。

羡苏小姐没有回来。钦文的事,[3]我想,兄最好替他加料运动一下。

迅 上 六月二十五日

斐君兄均此致候不另 小燕兄,? 兄,? 兄均吉!

*　　　*　　　*

〔1〕 士远 沈士远(1881—1957),浙江吴兴人。原为燕京大学教授,这时到杭州任浙江省政府秘书长。

〔2〕 《金声玉振集》 丛书名,明代嘉靖年间袁褧辑刊,分"皇览"、"征讨"、"纪乱"、"考文"等九门,收书四十七种。

〔3〕 钦文的事 指为许钦文谋职一事。

290625^② 致 白 莽[1]

白莽先生:

来信收到。那篇译文[2]略略校对了一下,决计要登在

《奔流》上,但须在第五六期了,因为以前的稿子已有。又,只一篇传,觉得太冷静,先生可否再译十来篇诗,一同发表。又,作者的姓名,现在这样是德国人改的。发表的时候,我想仍照匈牙利人的样子改正(他们也是先姓后名)——Petöfi Sándor[3]。

《奔流》登载的稿件,是有稿费的,但我只担任编辑《奔流》,将所用稿子的字数和作者住址,开给北新,嘱其致送。然而北新办事胡涂,常常拖欠,我去函催,还是无结果,这时时使我很为难。这回我只能将数目从速开给他们,看怎样。至于编辑部的事,我不知谁在办理,所以无从去问,李小峰是有两月没有见面了,不知道他在忙什么。

《Cement》[4]译起来,我看至少有二十万字,近来也颇听到有人要译,但译否正是疑问,现在有些人,往往先行宣传,将书占据起来,令别人不再译,而自己也终于不译,数月以后,大家都忘记了。即如来信所说的《Jungle》[5],大约是指北新豫告的那一本罢,我想,他们这本书是明年还是后年出版,都说不定的。

我想,要快而免重复,还是译短篇。

先回说过的两本书[6],已经带来了,今附上,我希望先生索性绍介他一本诗到中国来。关于 P 的事[7],我在《坟》中讲过,又《语丝》上登过他几首诗,后来《沈钟》和《朝华》[8]上说过,但都很简单。

迅 上 六月廿五日

＊　　　　　＊　　　　　＊

〔1〕　白莽（1909—1931）　原名徐柏庭，又名徐祖华、徐白，笔名殷夫、白莽，浙江象山人，共产党员，诗人。1931 年 2 月 7 日被国民党当局杀害于上海龙华。

〔2〕　指白莽所译奥地利德涅尔斯的《彼得斐·山陀尔行状》，载《奔流》月刊第二卷第五期（1929 年 11 月）。后来译者根据鲁迅此信意见，又译裴多菲短诗九首，和该文一同发表。

〔3〕　Petöfi Sándor　即裴多菲·山陀尔。

〔4〕　《Cement》　即《土敏土》，现译作《水泥》，长篇小说，苏联革拉特珂夫著。

〔5〕　《Jungle》　即《丛莽》，长篇小说，美国作家辛克莱著。后有易坎人（郭沫若）的译本，题名《屠场》。1929 年上海南强书局出版。

〔6〕　指鲁迅所藏德国《莱克朗氏万有文库》本《裴多菲集》，一为散文，一为诗集。参看《南腔北调集·为了忘却的记念》。

〔7〕　P　指裴多菲。鲁迅在《坟·摩罗诗力说》中曾作介绍，又在《语丝》第九、第十一期（1925 年 1 月 12、26 日）译载《Petöfi Sándor 的诗》五首。《沉钟》半月刊第二期（1926 年 8 月）载有冯至的论文《Petöfi Sándor》。《朝花》周刊第十期（1929 年 3 月 7 日）载有英国杰农作、梅川译的《沛妥斐》和裴多菲作、林语堂译的短诗《冲淡胸怀》；第十一期又载有梅川译的《沛妥斐诗二首》。

〔8〕　《朝华》　即《朝花》，文艺周刊，鲁迅、柔石合编。1928 年 12 月在上海创刊，至 1929 年 5 月出至二十期；同年 6 月改出《朝花旬刊》，9 月出至第十二期停刊。

290629　致许寿裳〔1〕

季市兄：

前几天有麟信来，要我介绍他于公侠，我复绝他了，说我和公侠虽认识，但尚不到荐人程度。今天他又有这样的信来，不知真否？倘真，我以为即为设法，也只要无关大计的事就好了。因为他虽和我认识有年，而我终于不明白他的底细，倘与以保任，偾事[2]亦不可知耳。

树人　启上　六月廿九夜

*　　　　*　　　　*

〔1〕　此信据许寿裳亲属录寄副本编入。

〔2〕　偾事　败事的意思。《礼记·大学》："此谓一言偾事。"

290708　致　李霁野

霁野兄：

六月二十七日信，早收到。目寒是和那一封信同日到的。我适外出，他将书两本信片二十张[1]留下而去，未见。

《艺苑朝华》[2]印得不佳，从欧洲人看来，恐怕可笑。我想，还是另想法子，将来再看。

未名社书早到了，听说买者很多，似乎上海颇缺。也有拿现钱来批发的，但要七折，所以没有给他。他说，北新卖七折，大约不是真话罢。但倘若豫备欠钱不还，则七折也不可必。

此地书店，旋生旋灭，大抵是投机的居多。去年用"无产阶级"做招牌，今年也许要用"女作家"做招牌[3]了，所登广告，简直像香烟广告一样。

现在需要肯切实出书,不欺读者的书店。我想,未名社本可以好好地干一下——信用也好——但连印书的款也缺,却令人束手。

所以这里的有些书店老板而兼作家者,敛钱方法直同流氓,不遇见真会不相信。许多较为老实的小书店,听说收账也难。合记是批发文具的,现在朝华社托他批发书,听说他就分发各处文具店代售,收款倒可靠。因为各处文具店老板,和书店老板性质不同,还没有那么坏。大约开书店,别处也如上海一样,往往有流氓性者也。

所以未名社如不搬亦可,则北京缩小为一间发行所,而上海托合记批发,似亦一法。但我未向他们问过,不知肯否。印书亦可以两处印,或北京印一千部,将纸版寄上海印此地所批发者,亦好北新店在北京时,即如此办。因此地印刷所脾气亦大,难交涉,且夏天太热,难于印书,或反不如北京为好也。

《未名》[4]忽停,似可惜,倘能销至一千以上,似以不停为宜,但内容应较生动才好。停之故,为稿子罢,那却也为难。但我再想想罢。倘由我在沪编印,转为攻击态度(对于文学界),不知在京诸友,以为妥当否?因为文坛大须一扫,但多造敌人,则亦势所必至。

迅 上 七月八夜

*　　　*　　　*

〔1〕 据鲁迅 1929 年 7 月 3 日日记:"午后张目寒来,未见,留《Pravdivoe Zhizneopisanie》及《Pisateli》各一本,又新俄画片一帖二十枚而

195

去,皆靖华由列京寄来者。"

〔2〕 《艺苑朝华》　朝花社出版的美术丛书,鲁迅、柔石编辑。共
出外国美术作品五辑,即《近代木刻选集》一、二集、《蕗谷虹儿画选》、
《比亚兹莱画选》和《新俄画选》。后一辑编成时朝花社已结束,改由光
华书局出版。

〔3〕 用"女作家"做招牌　1929 年 6 月,上海金屋书店连续在《申
报》刊登这类广告。如 5 日刊登张若谷编辑的《女作家杂志》"征求读者
一万名"广告,9 日刊登"女作家征友"广告,22、23 日刊登"女作家杂志
征求预定"广告。

〔4〕 《未名》　参看 261121[①]信注〔2〕。

290721　致 章 廷 谦

矛尘兄:

　　十六日惠函早到。并蒙燕公不弃,赐以似爬似坐似蹲之
玉照,不胜感谢,尚希转达,以罄下忱为荷。

　　查钦文来信,有"寒暑表"之评,虽未推崇,尚非诽谤。但
又有云,"到我这里来商量相当避暑地点",则可谓描摹入妙。
盖钦文非避暑之人,"相当"岂易得之地,足见汗流浃背,无处
可逃,故作空谈,聊以自慰也。但杭州虽热,再住一年亦佳,他
处情形,亦殊不妙耳。

　　鼻公奔波如此,可笑可怜。我在北京孔德学校,鼻忽推门
而入,前却者屡,终于退出,似已无吃官司之意。但乃父不知
何名,似应研究,倘其字之本义是一个虫,则必无其人,但藉此
和疑古玄同辈联络感情者也。

北新书局自云穷极,我的版税,本月一文不送,写信去问,亦不答,大约这样的交道,是打不下去的。自己弄得遍身痱子,而为他人作嫁,去做官开厂,真不知是怎么一回事矣。

上海大热,我仍甚忙,终日为别人打杂,近来连眼睛也有些坏了。我想,总得从速改革一下才好。

青岛大学已开。文科主任杨振声[1],此君近来似已联络周启明之流矣。此后各派分合,当颇改观。语丝派当消灭也。陈源亦已往青岛大学,还有赵景深沈从文易家钺[2]之流云。

迅 上 七月廿一夜

斐君兄均此致候。

*　　　*　　　*

〔1〕 杨振声(1890—1956) 字金甫,又作今甫,山东蓬莱人,小说家。留学美国。曾任北京大学等校教授,青岛大学校长。著有中篇小说《玉君》。

〔2〕 易家钺(1899—1972) 字君左,湖南汉寿人,曾任湖南《国民日报》主笔。

290731　致 李霁野

霁野兄:

廿四日信昨收到。兼士的影片[1]也收到了。《四十一》等未到,大约总是这几天了罢。

我说缩小北京范围,不过因为听说支持困难,所以想,这么一来,可以较省,另外并无深意,也不坚持此说。你既以为不相宜,自然作罢。至于移沪,则须细细计算,因为在这里撑起门面来,实在非在上海有经验者不行。

《关于鲁迅》之出售事,我从一客口中听到,他说是"未名社"的那一本,我所以前信如此说。既系另编,那是另一问题。说的人,大约也并无其他作用的。

我本也想明年回平,躲起来用用功,做点东西。但这回回家后,知道颇有几个人暗中抵制,他们大约以为我要来做教员。荐了一个人,[2]也各处被挤。我看北京学界,似乎已经和现代评论派联合一气了。所以我想不再回去,何苦无端被祸。我出京之前,就是被挤得没饭吃了之故,其实是"落荒而走"了,流来流去,没有送命,那是偶然侥幸。

《未名》能够弄得热闹一点,自然很好,但若由我编,便须在上海付印,且俟那时再看罢。我近来终日做琐事,看稿改稿,见客,翻文应酬,弄得终日忙碌而成绩毫无,且苦极,明年起想改革一点,看看书。《奔流》每月就够忙,北新景象又不足与合作,如编《未名》,则《奔流》二卷止,我想不管了,其实也管不转。

合记寄售书籍,销行似颇好,听说他们发出去的书,欠账是能收到的。

迅　七,卅一。

＊　　　＊　　　＊

〔1〕　指沈兼士寄给鲁迅的拓本照片。据鲁迅 1929 年 6 月 28 日

日记:"得兼士信并《郭仲理画椁拓本》影片十二枚,未名社代寄来。"

　〔2〕　指韩侍桁(1908—1987),原名云浦,天津人。当时在日本留学,鲁迅曾请马幼渔等为他在北京谋职。

290807　致韦丛芜

丛芜兄:

　　七月二十二日信早收到。《奔流》也许到第四期止,我不再编下去了。即编下去,一个人每期必登一两万字,也是为难的,因为先有约定的几个撰稿者。

　　北新近来非常麻木,我开去的稿费,总久不付,写信去催去问,也不复。投稿者多是穷的,往往直接来问我,或发牢骚,使我不胜其苦,许多生命,销磨于无代价的苦工中,真是何苦如此。

　　北新现在对我说穷,我是不相信的,听说他们将现钱搬出去开纱厂去了,一面又学了上海流氓书店的坏样,对作者刻薄起来。

　　寄来的一篇译文〔1〕,早收到了。且已于上月底,将稿费数目,开给小峰,嘱他寄去。但我想,恐怕是至今未寄的罢。倘他将稿费寄了,而《奔流》还要印几期,那自然登《奔流》,否则,可以交给小峰,登《北新》之类。如终于不寄稿费,则或者到商务印书馆去卖卖再看。最好是你如收到稿费了,便即通知我一声。

　　　　　　　　　　　　　　　　　　鲁迅 八月七日

＊　　＊　　＊

〔1〕 译文 指《近三十年的英国文学》，英国爱斯庚著。原为英国戈斯《近代英国文学史》的附录，后载《现代文学》第一卷第五期（1930年11月）。

290811　致 李 小 峰

小峰兄：

奉函不得复，已有多次。我最末问《奔流》稿费的信，是上月底，鹄候两星期，仍不获片纸只字，是北新另有要务，抑意已不在此等刊物，虽不可知，但要之，我必当停止编辑，因为虽是雇工，佣仆，屡询不答，也早该卷铺盖了。现已第四期编讫，后不再编，或停，或另请人接办，悉听尊便。

鲁迅 八月十一日

290817　致 章 廷 谦

矛尘兄：

九日信早到。北大又纷纷扰扰，但这事情，我去过北平以后，是已经有些料到的，所谓三沈三马二周〔1〕之类，也有今日，真该为现代评论派诸公所笑。

我看，现代派诸公，是已经和北平诸公中之一部分结合起来了。这是不大好的。但有什么法子呢。《新月》〔2〕忽而大起劲，这是将代《现代评论》而起，为政府作"诤友"，因为《现代》曾为老段〔3〕诤友,不能再露面也。

鼻公近来颇默默无闻,然而无闻,则教授做稳矣。其到处"服务",不亦宜哉。

老版原在上海,但说话不算数,寄信不回答,愈来愈甚。我熬得很久了,前天乃请了一位律师〔4〕,给他们开了一点玩笑,也许并不算小,后事如何,此刻也难说。老版今天来访我,然已无及,因为我的箭已经射出了。用种种方法骂我的潘梓年〔5〕,也是北新的股东,你想可气不可气。

这里下了几天雨,凉起来了,我的痱子,也已经逐渐下野,不过太忙,还是终日头昏眼花,我常常想,真是何苦如此。

近来忽于打官司大有趣味,真是落伍之征。

迅 上〔八月十七日〕

斐君兄均此致候不另。

* * *

〔1〕 三马二周 三马,指马裕藻(幼渔)、马衡、马鑑兄弟;二周,指周树人、周作人兄弟。

〔2〕《新月》 新月社主办的以文艺为主的综合性月刊,1928 年 3 月创刊于上海,1933 年 6 月停刊。新月社是以一些留学欧美的知识分子为核心的文学和政治性团体,主要成员有胡适、徐志摩、陈西滢、梁实秋、罗隆基等。

〔3〕 老段 指段祺瑞(1865—1936),字芝泉,安徽合肥人,北洋军阀皖系首领。1924 年至 1926 年任北洋政府"临时执政"。

〔4〕 律师 指杨铿,字金坚,江苏武进人。因北新书局长期拖欠《奔流》稿费和鲁迅版税,虽经多次催索,但李小峰不予置理,故鲁迅延

请律师,拟通过法律解决。

〔5〕　潘梓年(1893—1972)　江苏宜兴人,哲学家。当时在北新书局编辑《北新》半月刊。他曾在《战线》创刊号(1928 年 4 月)发表《谈现在中国的文学界》一文(署名"弱水"),文中对鲁迅进行嘲讽和指责。参看《三闲集·我的态度气量和年纪》。

290820　致 李霁野

霁野兄:

八月九日信早到。静农的一信一信片亦到,但他至今尚未来。

《41》五本,《文艺论断片》〔1〕五本,亦已到。

合记是文〖房〗具店,他所托的卖书处,也大概是互相交易的文具店,并且常派人去收账,所以未名社是不能直接交涉的。

未名社要登广告,朝花社可以代办。但我想,须于书籍正到上海发卖时,登出来,则更好。

北新脾气,日见其坏,我已请律师和他们开一个小玩笑,我实在忍耐不下去了。

上海到处都是商人气(北新也大为商业化了),住得真不舒服,但北京也是畏途,现在似乎是非很多,我能否以著书生活,恐怕也是一个疑问,北返否只能将来再看了。

《关于鲁迅及其著作》,不知北京尚有存书否? 如有,希即寄一本往法国,地址录下。已寄与否,并希便中见告。

迅 上 八月二十夜

Monsieur Ki Tchejen,

10 rue Jules Dumien 10,

Paris(20ᵉ),

France.〔2〕

* * *

〔1〕 《41》 即《第四十一》,参看290322①信注〔5〕。《文艺论断片》,即《近代文艺批评断片》,法国法朗士等著,李霁野辑译,1929年7月未名社出版。

〔2〕 法文:法国巴黎(20区)瑞莱·迪米安路十号季志仁先生。季志仁(1902—?),江苏常熟人。当时在法国留学。鲁迅曾托他购买书籍和版画。

290824 致 章 廷 谦

矛尘兄:

廿三日信是当夜收到的。这晚达夫正从杭州来,提出再商量一次,离我的正式开玩意[笑]只一天。我已答应了,由律师指定日期开议。因为我是开初就将全盘的事交付了律师的,所以非由他结束不可。

会议〔1〕的人名中,由我和达夫主张,也写上了你,日子未知,大约是后天罢,但明天下午也难说。这是最后一次了,结果未可知,但据达夫口述,则他们所答应者,和我所提出的相去并不远——只要不是说过不算数。

迅　上　廿四日午后

＊　　　　＊　　　　＊

〔1〕　会议　指商议向北新索取版税等事,作此信的次日在杨铿律师寓所进行。参加者有鲁迅、杨铿、李志云、李小峰、郁达夫等。有关北新书局支付《奔流》稿费及偿还鲁迅版税等条件和办法,在这次会议上都已达成协议,故不再涉讼。

290927①　致谢敦南[1]

敦南先生:

　　广平于九月廿六日午后三时腹痛,即入福民医院,至次日晨八时生一男孩。大约因年龄关系,而阵痛又不逐渐加强,故分娩颇慢。幸医生颇熟手,故母子均极安好。知蒙
先生暨
令夫人[2]极垂锦注,特先奉闻。本人大约两三星期后即可退院,届时尚当详陈耳。专此布达,敬颂
曼福不尽。

鲁迅　启上　九月廿七午

＊　　　　＊　　　　＊

〔1〕　谢敦南(1900—1959)　福建安溪人。当时在黑龙江省财政厅任职。

〔2〕 即常瑞麟(1909—1984),名玉书,河北抚宁人,许广平在天津河北省立第一女子师范学校的同学。1926 年至 1928 年在黑龙江省立女子师范学校任校医兼教生理卫生。

290927^② 致 李霁野

霁野兄:

九月十八日信已到。三十元收据,已托人去取,据云须月底才付款,当待数日,如竟取得,则交开明。

《未名月刊》^{〔1〕}事,我想,我是不能办的。因为我既不善于经营事务,而这样的一个办事人,亦无处可请,加以我是否专住上海,殊不可知,所以如来信所云,实非善法。倘编稿后由北京印行,不但多信件往来之烦,而关于论辩上的文章,亦易于失去时间性,编者读者,两无趣味。因此我对于《未名月刊》实无办法,不如仍由在北平同人主持,为较有条理也。

迅 上 九月廿七夜

* * *

〔1〕《未名月刊》 当时李霁野等建议在上海出版的刊物,后未实现。

291004 致 李霁野

霁野兄:

三十元款取得期票,即付开明,当即取得收条,今寄上,希察收。

迅　上　十月四日

291016　致韦丛芜

丛芜兄：

八日函收到。《近卅年英文学》[1]于《东方》,《小说月报》都去问过,没有头绪,北新既已收,好极了。日内当将稿送去。

小峰说年内要付我约万元,是确的,但所谓"一切照"我"的话办",却可笑,因为我所要求者,是还我版税和此后书上要贴印花两条,其实是非"照"不可的。

到西山原也很好,但我想还是不能休养的。我觉得近几年跑来跑去,无论到那里,事情总有这样多,而且在多起来,到西山恐怕仍不能避免。我很想被"打倒",那就省却了许多麻烦事,然而今年"革命文学家"不作声了,还不成,真讨厌。

仰卧——抽烟——写文章,确是我每天事情中的三桩事,但也还有别的,自己恕不细说了。

迅　上　十月十六夜

*　　　*　　　*

〔1〕　《近卅年英文学》　即《近三十年的英国文学》。参看290807信注〔1〕。

291020　致 李霁野

霁野兄：

十六来信已到。来信所说《未名》，想是就月刊而言，我每期寄一点稿，是可以的，若必限定字数，就难说，因为也许为别的事情所牵，不能每月有一定的工夫。

北新纠葛，我是索取版税，现拟定陆续拔还，须于明年七月才毕，所以不到七月，还不能说是已"清"的。《奔流》停着，因为议定是将各投稿之稿费送来，我才动手编辑的先前许多投稿者，向我索取稿费，常常弄得很窘，而他们至今不送钱来，所以我也不编辑。昨我提议由我和达夫自来补完全卷，而小峰又不愿，他说半月以内，一定筹款云。

这几天上海有一种小报，说郑振铎将开什么社，绍介俄国文学，翻译者有耿济之曹靖华。靖华在内，我疑是谣言，我想他如有译作，大可由未名社出版，而版税则尽先筹给他。和投机者合作，是无聊的。

《未名》出起来，靖华能常寄稿件否？

迅 上 十月二十夜

291022　致 江绍原

绍原先生：

惠示谨悉。《语丝》上的一篇杂感[1]，当然是可以转载的,其中不知有误印字否,如有,希为改正,因为不见《语丝》,已有两月余了。又括弧中《全体新论》[2]下,乞添入"等五种"三字。

《国人对于西洋医学方药之反应》[3],我以为于启发方面及观察中国社会状态及心理方面,是都有益处的。现在的缺点,是略觉散漫一点,将来成书时,卷首有一篇提纲和判断,那就好了。

迅　启上　十月廿二夜

＊　　　　＊　　　　＊

〔1〕　指《"皇汉医学"》。后收入《三闲集》。

〔2〕　《全体新论》　关于生理学的书,英国合信在华编写的生理学著作。1851 年广东金利埠惠爱医局石印,后在宁波等处刻印。

〔3〕　《国人对于西洋医学方药之反应》　原题《中国人对于西洋医药和医药学的反应》,江绍原辑著,断续连载于上海《贡献》旬刊第二卷第四期至第四卷第九期(1928 年 4 月至 11 月);在《科学月刊》第一卷第一期、第二期(1929 年 1、2 月)续刊时改现题。

291026　致 章 廷 谦

矛尘兄:

廿三日来信早到。双十节[1]前后,我本想去杭州的,而不料生了病,是一种喉症,照例是医得快,两天就好了。许则于九月廿六日进了医院,我豫算以为十月十日,我一定可有闲空,而不料还是走不开,所以竟不能到杭州去。

许现在已经复原了,因为虽然是病,然而是生理上的病,所以经过一月,一定复原。但当出院回寓时,已经增添了一人,所以势力非常膨张,使我感到非常被迫压,现已逃在楼下看书了。此种豫兆,我以为你来上海时,必定看得出的,不料并不,可见川岛也终于不免有"木肤肤"[2]之处。

"收心读书",是很难的,我也从幼小时想起,至今没有做到,因为一自由,就很难有规则,一天一天的拖下去了。北京似乎不宜草率前去,看事情略定后再定行止,最佳,道路太远,又非独身,偶一奔波,损失不小也。青岛大学事诚如来信所猜,名单中的好些教授,现仍在上海。

小峰之款,已交了两期。第二期是期票,迟了十天,但在上海习惯,似乎并不算什么。至于《奔流》之款,则至今没有,问其原因,则云因为穷,而且打仗之故。我乃函告以倘若北新不能出版,我当自行设法印售,而小峰又不愿,要我再等他半月,那么,须等至十一月五日再看了。这一种杂志,大约小峰是食之无味,弃之不甘也。

杭州无新书,而上海则甚多,一到新学期,大家廉价,好像蜘蛛结网,在等从家里带了几文钱来的乡下学生,要将他吸个干净。我是从来不肯轻易买一本新书的。而其实也无好书;适之的《白话文学史》[3]也不见得好。

迅 上 十月廿六夜

斐君兄均此致候不另。

* 　　 * 　　 *

〔1〕　双十节　1911年10月10日武昌起义（辛亥革命）后，次年1月1日建立了中华民国，9月28日南京临时参议院议决以10月10日为国庆纪念日，又称双十节。1927年4月18日国民党政府成立后仍延用。

〔2〕　"木肤肤"　绍兴一带的方言，感觉迟钝的意思。

〔3〕　《白话文学史》　胡适著，1928年6月上海新月书店出版，仅有上卷。

291031　致 李霁野

霁野兄：

今天寄出《文艺与批评》[1]共五本，其中一本送兄，三本请分送静，丛，素三兄，还有一本，则请并像片一张，送给借我像片的那一位，[2]这像片即夹在书册中。

朝华社内部有纠葛，未名社的书，不要寄给他们了，俟将来再看。

迅 上 十月卅一日

* 　　 * 　　 *

〔1〕　《文艺与批评》　文艺论文集。苏联卢那察尔斯基著，鲁迅辑译，1929年10月上海水沫书店出版，为《科学的艺术论丛书》第六种。

〔2〕　指王菁士（1907—1931），安徽霍丘人。当时任中国共产主义青年团北平市委书记，公开职业是未名社店员。1931年初在上海被捕牺牲。

291108^①　致　章　廷　谦

矛尘兄：

　　十月卅一日信早到。本应早答而竟迟迟者，忙也。斐君兄所经验之理想的衣服之不合用，顷经调查，知确有同一之现象。后来收到"未曾做过娘"的女士们所送之衣服几件，也都属于理想一类，似乎该现象为中国所通有也。

　　所谓忙者，因为又须准备吃官司也。月前雇一上虞女佣[1]，乃被男人虐待，将被出售者，不料后来果有许多流氓，前来生擒，而俱为不佞所御退，于是女佣在内而不敢出，流氓在外而不敢入者四五天，上虞同乡会本为无赖所把持，出面索人，又为不佞所御退，近无后文，盖在协以谋我矣。但不佞亦别无善法，只好师徐大总统[2]之故智，"听其自然"也。

　　小峰前天送来钱二百，为《奔流》稿费，馀一百则云于十一日送来。我想，杂志非芝麻糖，可以随便切几个钱者，所以拟俟收足后，再来动手。

　　北京已非善地，可以不去，以暂且不去为是。倘长此以往，恐怕要日见其荒凉，四五年后，必如河南山东一样，不能居住矣。近日之车夫大闹[3]，其实便是失业者大闹，其流为土匪，只差时日矣。农院[4]如"卑礼厚币"而来请，我以为不如仍旧〖旧〗去教，其目的当然是在饭碗，因为无论什么，总和经济有关，居今之世，手头略有余裕，便或出或处，自由得多，而此种款项，则须豫先积下耳。

　　我和达夫则生活,实在并不行,我忙得几乎没有自己的工夫,达夫似乎也不宽裕,上月往安徽去教书,不到两星期,因为战事,又逃回来了[5]。

迅　启上　十一月八日

　　斐君兄均此致候不另,密司许并嘱代笔问候。

＊　　　　＊　　　　＊

　　〔1〕　上虞女佣　指王阿花,浙江上虞人,后由鲁迅代为赎身获得自由。参看鲁迅 1930 年 1 月 9 日日记。

　　〔2〕　徐大总统　指徐世昌(1855—1939),字菊人,天津人。清宣统时任内阁协理大臣;1918 年至 1922 年任北洋政府总统。"听其自然"是他常说的处世方法的一句话。

　　〔3〕　车夫大闹　1929 年 10 月 22 日,北平人力车夫数千人组织暴动,捣毁电车,当即遭镇压。

　　〔4〕　农院　指浙江农学院。

　　〔5〕　据郁达夫家属回忆,1929 年 10 月,郁达夫应聘任安徽大学文科教授,到校半月后即遭省教育厅厅长程天放攻击,欲图加害,郁闻讯后即返回上海。

291108② 致孙　用

孙用先生:

　　北新书局办事很迟缓,先生的九月廿四日信及《勇敢的约翰》[1],他们于本月六日才送给我的。译文极好,可以诵读,但于《奔流》不宜,因为《奔流》也有停滞现象,此后能否月出一册,殊不可知,所以分登起来,不知何时才毕,倘登一期,又觉太长,杂志便不能"杂"了。

作者是匈牙利大诗人,译文又好,我想可以设法印一单行本,约印一千,托一书局经售,版税可得定价百分之二十(但于售后才能收),不知 先生以为可否?乞示。倘以为可,请即将原译本[2]并图寄下,如作一传,尤好(不知译本卷首有序否?),当即为张罗出版也。

鲁迅 启上 十一月八夜

如回信,请寄"上海宝山路商务印书馆编译所周建人君收转"

＊　　　＊　　　＊

〔1〕《勇敢的约翰》 长诗,匈牙利裴多菲著,孙用据世界语译本转译,1931年11月上海湖风书店出版。鲁迅曾为之校订并作校后记。

〔2〕 原译本 指匈牙利卡罗卓的《小约翰》世界语译本,1923年布达佩斯寰球出版协会印行。该书附有雅希克·阿尔莫斯作的插图三幅。

291110　致 陈君涵

君涵先生:

前天才收到来信。那一篇《鬼沼》[1]译本,询问数处,均未能出版。因为不知道 先生那时的回乡,是暑假还是毕业,所以不敢乱寄。今得来信,知仍在南京,午后已挂号寄上了,

到希　察收。延搁多日,歉甚歉甚。

鲁迅 十一月十日

＊　　　　＊　　　　＊

〔1〕 《鬼沼》 通译《魔沼》,中篇小说,法国女作家乔治·桑著。

291113　致 汪 馥 泉[1]

馥泉先生:

来函敬悉。关于小说史事,久不留心,所以现在殊无新意及新得材料可以奉闻,歉甚。

清之吴县,疑即明之长洲,但手头无书可查,不能确说。请先生一查《历代地理韵编》[2](在兆洛《李氏五种》内),大约于其中当得确说耳。

迅 上 十一月十三日

＊　　　　＊　　　　＊

〔1〕 此信据 1936 年 5 月生活书店出版的《现代作家书简》编入。

汪馥泉(1899—1959),浙江杭县(今余杭)人。从印尼回国后曾任复旦大学教授,当时为上海大江书铺经理。

〔2〕 《历代地理韵编》 即《历代地理志韵编今释》,为《李氏五种》之一。李兆洛著,二十卷。李兆洛(1769—1841),字申耆,江苏阳湖(今武进)人,清代地理学家。

291116^①　致李霁野

霁野兄：

　　有寄靖华兄一笺，托他一些事情，不知地址，今寄上，希兄转寄为荷。日前寄上《文学与批评》一包，并还作者像片一枚，想已收到了罢。

迅　上　十一，十六

291116^②　致韦丛芜

丛芜兄：

　　十日信收到。素园兄又吐些血，实在令我忧念，我想他应该什么事也不问，首先专心静养才是。

　　《奔流》是停滞着，二卷五期，现已陆续付印了，此后大约未必能月出一期，因为北新不能按期付给稿费。

　　我毫没有做什么值得提起的事，仍是打杂；也不想往北平去。周刊的事，我一点都不知道。

迅　上　十一月十六夜

291119　致孙　用

孙用先生：

　　蒙赐函并《勇敢的约翰》世界语译本一本，均已收到。此

215

书已和春潮书局说妥,将印入《近代文艺丛书》中了。

前次所寄的《过岭记》[1]一篇,已定于《奔流》第五本上发表,兹寄上稿费十二元(留版权),希赴商务印书馆一取希〔系〕托周建人,以他的名义汇出,并将收条填好,函寄"上海宝山路商务印书馆编译所周建人收转"迅收为荷。

鲁迅　十一月十九夜

＊　　　　＊　　　　＊

〔1〕《过岭记》　散文,保加利亚作家伐佐夫作,孙用据世界语译本译,载《奔流》第二卷第五期(1929 年 12 月)。

291125　致孙　用

孙用先生:

廿四惠示收到。《奔流》和"北新"的关系,原定是这样的:我选稿并编辑,"北新"退稿并酌送稿费。待到今年夏季,才知道他们并不实行,我就辞去编辑的责任。中间经人排解,乃约定先将稿费送来我处,由我寄出,这才动手编辑付印,第五本《奔流》是这新约成立后的第一次,因此中间已隔了三个月了。先生前一篇[1]的稿费,我是早经开去的,现在才知道还是未送,模胡掉了。所以我想,先生最好是自己直接去问一问"北新",倘肯自认晦气,模胡过去,就更好。因为我如去翻旧账,结果还是闹一场的。

鲁迅　十一月廿五日

＊　　　＊　　　＊

〔1〕　指《马拉敦之战》,参看 290616 信注〔1〕。

291126　致 王余杞[1]

余杞先生:

函并大稿均收到。《奔流》稿费[2]因第五本由我寄发,所以重复了。希于便中并附笺一并交与"景山东街未名社李霁野"收为感。

《奔流》因北新办事缓慢,所以第六本是否续出或何时能出,尚不可知。倘仍续印,赐稿当为揭载也。

迅 启上 十一月二十六日

＊　　　＊　　　＊

〔1〕　王余杞(1905—?)　四川自贡人,当时是交通大学北平铁道管理学院学生,《奔流》投稿者。

〔2〕　指王余杞所译俄国契诃夫短篇小说《爱》的稿费。译文载《奔流》第二卷第五期(1929 年 12 月)。

一九三〇年

300108　致 郁达夫、王映霞[1]

达夫
映霞先生：

我们消息实在太不灵通，待到知道了　令郎的诞生，已经
在四十多天之后了。然而祝意是还想表表的，奉上粗品两种，
算是补祝弥月的菲敬，务乞

哂收为幸。

鲁　迅
许广平　启上 一月八日

＊　　　　＊　　　　＊

〔1〕　王映霞（1908—2000）　浙江杭州人。当时为郁达夫夫人，
1929 年 11 月产一女儿，鲁迅寄赠一件绒线衫和一条围巾以为祝贺。

300119　致 李霁野

霁野兄：

十一日信今收到。素园又病，甚念。我近来做事多而进
款少，另外弄来的钱，又即刻被各方面纷纷分散，今又正届阴
历年关，所以很窘急。但我想，北京寓里，恐怕还有点赢余，今
天我当写信告知许羡苏女士，此信到后过一两天，兄可去一问

就是。由我想来,大半是筹得出的。

朝华社之不行,我早已写信通知。这是一部分人上了一个人〔1〕的当,现已将社停止了。我们有三种书〔2〕交春潮书店出卖,并非全部,也并未议定六五折,北京所传不同,不知何故。据经手和未名社交涉的人说,对于未名社书款,所欠只四五元,不知确否?

我这回总算大上了当,不必说了。

未名社既然如此为难,据我想,还是停止的好。所有一切书籍和版权,可以卖给别人的。否则,因为收旧欠而添新股,添了之后,于旧欠并无必得的把握,无非又添上些新欠,何苦如此呢。这不是永远给分销处做牛马吗?

迅　一月十九日

＊　　　　＊　　　　＊

〔1〕　指王方仁(1905—1946)　笔名梅川,浙江镇海人。鲁迅在厦门大学任教时的学生,朝花社成员。该社由于他造成的亏损而停办。

〔2〕　三种书　指柔石的小说《二月》和德国女作家海尔密尼亚·至尔·妙伦的童话《小彼得》和叶永蓁的小说《小小十年》。

300211　致许寿裳〔1〕

季市兄:

午后寄上《萌芽》〔2〕及《语丝》共一包,现在一想,《语丝》似乎弄错了。不知是否?

其中恐怕每期只一本,且有和先前重出的罢。重出者请弃去,毋须寄还。缺者请将期数便中示知,当补寄。

迅 启上 二月十一夜

＊　　　　＊　　　　＊

〔1〕　此信据许寿裳亲属录寄副本编入。

〔2〕　《萌芽》　即《萌芽月刊》,文艺刊物,鲁迅、冯雪峰主编。1930年1月在上海创刊,从第三期起为"左联"的机关刊物之一。1930年5月出至第五期被国民党当局禁止;第六期改名为《新地》,仅出一期。

300214　致孙　用

孙用先生:

来信谨悉。

先生所译捷克文学作品〔1〕,在《奔流》上是可以用的,但北新多方拖延出版,第五本付印多日,至今未印成,第六本则尚未来托编辑,所以续出与否,殊不可定。《萌芽》较急进,尚未暇登载较古之作品。先生之稿如不嫌积压,可待《奔流》决定时再说,或另觅相宜之杂志也。

《异香集》〔2〕北新本愿承印,出版迟者,盖去年以来,书业经济,颇不活动之故。印成后向例取板权税几成我不知道,但仍须作者常常作信索取,因上海商业老脾气,不催便不付也。

迅 启上 二月十四日

＊　　　＊　　　＊

〔1〕　捷克文学作品　指孙用从世界语翻译的捷克诗歌和短篇小说,后未发表。

〔2〕　《异香集》　世界诗选,孙用编译,后未发表,原稿已佚。

300222　致 章 廷 谦

矛尘兄:

廿日信廿二收到,我这才知道你久在绍兴,我因为忙于打杂,也久不写信了。海婴,我毫不佩服其鼻梁之高,只希望他肯多睡一点,就好。他初生时,因母乳不够,是很瘦的,到将要两月,用母乳一次,牛乳加米汤一次,间隔喂之(两回之间,距三小时,夜间则只吃母乳),这才胖起来。米之于小孩,确似很好的,但粥汤似比米糊好,因其少有渣滓也。

疑古玄同,据我看来,和他的令兄[1]一样性质,好空谈而不做实事,是一个极能取巧的人,他的骂詈,也是空谈,恐怕连他自己也不相信他自己的话,世间竟有倾耳而听者,因其是昏虫之故也。至于鼻公,乃是必然的事,他不在厦门兴风,便在北平作浪,天生一副小娘脾气,磨了粉也不会改的。疑古亦此类,所以较可以情投意合。

疑古和半农,还在北平逢人便即宣传,说我在上海发了疯,这和林玉堂大约也有些关系。我在这里,已经收到几封学生给我的慰问信了。但其主要原因,则恐怕是有几个北大学生,想要求我去教书的缘故。

语丝派的人,先前确曾和黑暗战斗,但他们自己一有地位,本身又便变成黑暗了,一声不响,专用小玩意,来抖抖的把守饭碗。绍原于上月寄我两张《大公报》副刊[2],其中是一篇《美国批评家薛尔曼评传》,说他后来思想转变,与友为敌,终于掉在海里淹死了。这也是现今北平式的小玩意,的确只改了一个 P 字[3]。

贱胎们一定有贱脾气,不打是不满足的。今年我在《萌芽》上发表了一篇《我和〈语丝〉的始终》,便是赠与他们的还留情面的一棍该杂志大约杭州未必有买,今摘出附上,此外,大约有几个人还须特别打几棍,才好。这两年来,水战火战,日战夜战,敌手都消灭了,实在无聊,所以想再来闹他一下,顺便打几下无端咬我的家伙,倘若闹不死,明年再来用功罢。

今年是无暇"游春"了,我所经手的事太多,又得帮看孩子,没有法。小峰久不见,但版税是付的,《奔流》拖延着。

迅 上 二月廿二日

斐君兄均此致候。

斐君和小燕们姊弟,也十二分加大号的致意,自然川岛先生尤其不用说了,大家都好呀! 广平敬候

* * *

〔1〕 他的令兄 指钱念劬(1853—1927),名恂,浙江吴兴人。光复会成员。曾任清政府驻日本、法国、意大利等国使馆参赞、公使等职。

〔2〕 《大公报》副刊 指天津《大公报·文学副刊》。1929 年 10 月 23 日该刊第一〇二期载有《已故美国批评家薛尔曼评传》一文。

〔3〕　只改了一个 P 字　1928 年 6 月 20 日国民党中央政治会议议决将北京改称北平,为特别市。其名称的英文音译即由 K 改为 P。

300312　致李霁野

霁野兄:

三月五日信已到。春潮的文艺丛书,现在看来是"空城计",他们并无资本,在无形中作罢了。

你的译稿,我很难绍介。现在这里出版物的编辑,要求用我的名义的很多,但他们是为营业起见,不愿我有实权,因为他们从我先前的历史看来,我是应该"被损害的",所以对于我的交涉,比对于别人凶得多。

靖华〔1〕的通信处希见示,因为我要托他买书。

迅　上　三月十二日

*　　　*　　　*

〔1〕　靖华　即曹靖华,参看 300920 信注〔1〕。

300321　致章廷谦

矛尘兄:

四日信早到。《萌芽》三本,已于前几日寄上。所谓"六个文学团体之五"〔1〕者,原想更做几篇,但至今未做,而况发表乎哉。

自由运动大同盟[2]，确有这个东西，也列有我的名字，原是在下面的，不知怎地，印成传单时，却升为第二名了(第一是达夫)。近来且往学校的文艺团体演说几回[3]，关于文学的。我本不知"运动"的人，所以凡所讲演，多与该同盟格格不入，然而有些人已以为大出风头，有些人则以为十分可恶，谣诼谤骂，又复纷纭起来。半生以来，所负的全是挨骂的命运，一切听之而已，即使反将残剩的自由失去，也天下之常事也。

其实是，在杭州自己沈没，倘有平安饭吃，为自己计，也并不算坏事情。我常常当冲，至今没有打倒，也可以说是每一战斗，在表面上大抵是胜利的。然而，老兄，老实说罢，我实在很吃力，笔和舌，没有停时，想休息一下也做不到，恐怕要算是很苦的了。

达夫本有北上之说[4]，但现在看来，怕未必。一者他正在医痔疮，二者北局又有变化[5]，大约薪水未必稳妥，他总不肯去喝风的。所以，大约不去总有十层之八九。自由同盟上的一个名字，也许可以算是原因之三罢。

半农玄同之拜帅[6]，不知尚有几何时？有枪的也和有笔的一样，你打我，我打你，交通大约又阻碍了。兄至今勾留杭州，也未始不是幸事。

迅　上　三月二十一夜

斐君兄均此致候。

*　　　*　　　*

〔1〕"六个文学团体之五"　《我和〈语丝〉的始终》在《萌芽月刊》

发表时,副题为《"我所遇见的六个文学团体"之五》。

〔2〕 自由运动大同盟　即中国自由运动大同盟,中国共产党领导下的群众团体,1930 年 2 月成立于上海。其宗旨是争取言论、出版、集会、结社自由,反对国民党的独裁统治。鲁迅列名于《中国自由运动大同盟宣言》。该宣言载《萌芽月刊》第一卷第三期(1930 年 3 月)。

〔3〕 演说几回　指 1930 年 3 月 9 日在中华艺术大学讲的《美术上的写实主义问题》,4 月 13 日在大夏大学乐天文艺社讲的《象牙塔和蜗牛庐》,19 日在中国公学分院讲的《美的认识》。以上讲稿已均佚。

〔4〕 达夫北上之说　马幼渔当时拟邀郁达夫到北京大学任教。

〔5〕 北局又有变化　1930 年 3 月 19 日、20 日上海《申报》曾刊登"北平行营及电报局电话局等机关,已由晋方派人接收,华北日报被查封","阎(锡山)将组军政府"等消息。

〔6〕 半农玄同之拜帅　指刘半农将任北平大学女子文理学院院长;钱玄同将任北京师范大学国文系主任。

300327　致 章 廷 谦

矛尘兄:

廿五日来信,今天收到。梯子之论〔1〕,是极确的,对于此一节,我也曾熟虑,倘使后起诸公,真能由此爬得较高,则我之被踏,又何足惜。中国之可作梯子者,其实除我之外,也无几了。所以我十年以来,帮未名社,帮狂飙社,帮朝花社,而无不或失败,或受欺,但愿有英俊出于中国之心,终于未死,所以此次又应青年之请,除自由同盟外,又加入左翼作家连盟〔2〕,于会场中,一览了荟萃于上海的革命作家,然而以我看来,皆茄花色,于是不佞势又不得不有作梯子之险,但还怕他们尚未必能爬梯子也。哀哉!

果然,有几种报章,又对我大施攻击,自然是人身攻击,和前两年"革命文学家"攻击我之方法并同,不过这回是"罪孽深重,祸延"孩子,计海婴生后只半岁,而南北报章,加以嘲骂者已有六七次了。如此敌人,不足介意,所以我仍要从事译作,再做一年。我并不笑你的"懦怯和没出息",想望休息之心,我亦时时有之,不过一近旋涡,自然愈卷愈紧,或者且能卷入中心,握笔十年,所得的是疲劳与可笑的胜利与无进步,而又下台不得,殊可慨也。

蔡先生确是一个很念旧知的人,倘其北行,兄自不妨同去,但世事万变,他此刻大约又未必去了罢。至于北京,刺戟也未必多于杭州,据我所见,则昔之称为战士者,今已蓄意险仄,或则气息奄奄,甚至举止言语,皆非常庸鄙可笑,与为伍则难堪,与战斗则不得,归根结蒂,令人如陷泥坑中。但北方风景,是伟大的,倘不至于日见其荒凉,实较适于居住。

徐夫人〔3〕出典,我不知道,手头又无书可查。以意度之,也许是男子而女名者。不知人名之中,可有徐负(负=妇),倘有,则大概便是此人了。

乔峰将上海情形告知北京,不知何意,他对我亦未言及此事。但常常慨叹保持饭碗之难,并言八道弯事情之多,一有事情,便呼令北去,动止两难,至于失眠云云。今有此举,岂有什么决心乎。要之北京(尤其是八道弯)上海,情形大不相同,皇帝气之积习,终必至于不能和洋场居民相安,因为目击流离,渐失长治久安之念,一有压迫,很容易视所谓"平安"者如敝屣也。

例如卖文生活,上海情形即大不同,流浪之徒,每较安居者为好。这也是去年"革命文学"所以兴盛的原因。我因偶作梯子,现已不能住在寓里[4](但信寄寓中,此时仍可收到),而译稿[5]每千字十元,却已有人豫约去了,但后来之兴衰,则自然仍当视实力和压迫之度矣。

　　　　迅　启上　三月二十七夜书于或一屋顶房中[6]
斐君兄及小燕弟均此致候不另。

　　＊　　　　　　＊　　　　　　＊

　　〔1〕　梯子之论　据收信人回忆,当时他曾写信告诉鲁迅,有人议论鲁迅自身尚无自由,却参加发起中国自由运动大同盟,难免被人当作踏脚的"梯子"。

　　〔2〕　左翼作家连盟　即中国左翼作家联盟,中国共产党领导下的革命文学团体。1930年3月在上海成立(并先后在北平、天津等地及日本东京设立分会),领导成员有鲁迅、夏衍、冯雪峰、冯乃超、周扬等。1935年底自行解散。

　　〔3〕　徐夫人　战国时赵国人,姓徐(一作陈),名夫人。《史记·刺客列传》有"得赵人徐夫人匕首"的记载。

　　〔4〕　不能住在寓里　鲁迅参加发起组织中国自由运动大同盟后,据传国民党浙江省党部呈请通缉"堕落文人鲁迅等",因此于3月19日离寓暂避,4月19日返寓。

　　〔5〕　译稿　指苏联雅柯夫列夫的中篇小说《十月》。鲁迅译本后

于 1933 年 2 月由上海神州国光社出版,编入《现代文艺丛书》。

〔6〕 或一屋顶房中　指鲁迅当时避居的内山书店阁楼。

300412^①　致 李秉中

秉中兄:

顷得由北平转到惠函,俱悉。《观光纪游》^{〔1〕}早收到,忘未裁答,歉甚歉甚。

《含秀居丛书》^{〔2〕}中国似未曾有人介绍,亦不知刊行几种,现在尚在刊行与否。其《草木春秋》^{〔3〕}及《禅真后史》^{〔4〕},中国尚有而版甚劣,此丛书中者殆必根据旧印,想当较佳。至于《鼓掌绝尘》^{〔5〕},则从来未闻其名,恐此土早已佚失,明人此类小说,佚存于日本者闻颇不少也。

我仍碌碌,但身体尚健,差堪告慰耳。此后如惠书,寄"上海闸北、宝山路、商务印书馆编译所、周乔峰收转",较妥。

　　　　　　　　　　迅 启上 四月十二夜

令夫人均此致候不另。

*　　　*　　　*

〔1〕《观光纪游》　日本冈千仞 1884 年游历中国时的日记,十卷,1885 年自费铅印。1929 年 7 月 10 日李秉中自东京寄赠鲁迅。

〔2〕《含秀居丛书》　日本支那珍籍颁布会在会员内部发行的丛书名。当时已刊行小说《草木春秋》、《禅真后史》、《鼓掌绝尘》等数种。

〔3〕《草木春秋》　小说,清代江洪著(署驷溪云间子集撰),共五

卷三十二回。

〔4〕《禅真后史》　小说,系《禅真逸史》的续编,明代方汝浩著,共十集,六十回。

〔5〕《鼓掌绝尘》　小说,题"古吴金木山人编,永兴清心居士校",四集,四十回,首一卷,明版十二本。日本有《含秀居丛书》本。

300412^②　致　方善境^{〔1〕}

善竟先生:

蒙赐函及《新声》^{〔2〕}四期,顷已收到,谢谢！先生所作木刻,我以为是大可以发表的,至于木性未熟,则只要刻得多了,便可了然。中国刻工,亦能刻图,其器具及手法,似亦大可研究,以供参考。至于西洋木刻,其器具及刻法,似和中国大不相同,刀有多种,如凿,刻时则卧腕也。

孙用先生未曾见过,不知其详。通信处是"杭州邮局卜成中先生转",我疑心两者即是一人,就在邮局办事的。《希望》^{〔3〕}顷已寄去。

ＰＫ先生亦未见过,据朋友说,他名徐耘阡^{〔4〕},信寄"上海四马路开明书店转",大约便能收到。

La Scienco Proleta^{〔5〕}是日本文的杂志,仅在题目之下,有这样一行横文,那两个译者,都是并不懂得世界语的。

先生前回见寄的几个木刻^{〔6〕},因未有相当的地方(《奔流》停滞,《朝华》停刊),所以至今未曾发表。近日始将芥川龙之介^{〔7〕}那一个,送到《文艺研究》^{〔8〕}去了,俟印成后,当寄奉也。

　　　　　　　　　　　　　迅　启上 四月十二夜。

　　＊　　　　　＊　　　　　＊

　　〔1〕　方善境(1907—1983)　笔名焦风,浙江镇海人,世界语和拉丁化新文字工作者,木刻艺术爱好者。

　　〔2〕《新声》　文艺半月刊,《武汉日报》附刊之一,1930 年 2 月 14日创刊,共出十期。

　　〔3〕《希望》　即《希望月刊》,汉口世界语学会会刊,1930 年 1 月创刊,1932 年 8 月停刊。

　　〔4〕　徐耘阡(1907？—1937)　浙江上虞人,世界语学者。曾在开明书店、神州国光社任职,列名为中国自由运动大同盟的发起人之一。

　　〔5〕　La Scienco Proleta　世界语:无产者的科学。

　　〔6〕　几个木刻　据收信人回忆,实为石刻,是三枚分别刻有芥川龙之介、高尔基和陀思妥耶夫斯基像的石质图章。

　　〔7〕　芥川龙之介(1892—1927)　日本小说家。他的小说《罗生门》、《鼻子》曾由鲁迅翻译,后收入《现代日本小说集》。

　　〔8〕《文艺研究》　季刊,鲁迅编辑。上海大江书铺出版,仅出一册。版权页署 1930 年 2 月 15 日出版,实则脱期。其中有方善境作的石刻芥川龙之介像。

300420　致　郁达夫

达夫先生:

　　Gorki 全集[1]内容,价目,出版所,今钞呈,此十六本已需约六十元矣,此后不知尚有多少本。

将此集翻入中国,也是一件事情,最好是一年中先出十本。此十本中,我知道已有两种(四及五)有人在译,如先生及我各肯认翻两本,在我想必有书坊乐于承印也。

迅 启上 四月二十日

密斯王均此致候。

＊　　　＊　　　＊

〔1〕 Gorki 全集　即《高尔基全集》,日本中村白叶等译,东京改造社出版。

300427　致胡　弦[1]

胡弦先生:

来信并稿收到。稿已转交。

前次蒙寄之《赈灾委员》,确曾收到看过,但未用。至于寄还之法,当初悉托北新,后来因其每有不寄者,于是皆由我自寄,挂号与否,却无一定。现在寓中已无积压之稿,则先生所投小说,必已寄出,但由北新抑由自己,是否挂号,则已经毫不记得了。所以实已无从清查,办事纷纭,以致先生终于未曾收到此项稿件,实是抱歉之至。倘见察恕,不胜感荷。专此布复,即颂

刻安。

鲁迅 四月廿七。

＊　　　＊　　　＊

　〔1〕　胡弦　福建南安人。当时是上海复旦大学文科学生，著有小说《海葬》等。后侨居印度尼西亚。

300503　致　李秉中

秉中兄：

　　前蒙寄《鼓掌绝尘》，早收到；后又得四月十八日惠书，具悉。天南遯叟[1]系清末"新党"，颇和日人往来，亦曾游日，但所纪载，以文酒伎乐之事为多，较之《观光纪游》之留意大事，相去远矣。　兄之关于《鼓掌绝尘》一文，因与信相连，读后仍纳信封中，友人之代为清理废纸者，不遑细察，竟与他种信札，同遭毁弃，以致无从奉璧，实不胜歉仄，尚希谅察为幸。

　　兄所问《大公报》副刊编辑人，和歌[2]入门之书籍及较好之日本史三事，我皆不知。至于国内文艺杂志，则实尚无较可观览者。近来颇流行无产文学，出版物不立此为旗帜，世间便以为落伍，而作者殊寥寥。销行颇多者，为《拓荒者》[3]，《现代小说》[4]，《大众文艺》[5]，《萌芽》等，但禁止殆将不远。《语丝》闻亦将以作者星散停刊云。我于《仿徨》之后，未作小说，近常从事于翻译，间有短评，涉及时事，而信口雌黄，颇招悔尤，倘不再自检束，不久或将不能更居上海矣。

　　我于前年起，曾编《奔流》，已出十五本，现已停顿半年，似书店不愿更印也，不知何意。

　　结婚之事，难言之矣，此中利弊，忆数年前于函中亦曾为兄道及。爱与结婚,确亦天下大事,由此而定,但爱与结婚,则又有他种大事,由此开端,此种大事,则为结婚之前,所未尝想到或遇见者,然此亦人生所必经(倘要结婚),无可如何者也。未婚之前,说亦不解,既解之后,——无可如何。

国内颇纷纭多事,简直无从说起,生人箝口结舌,尚虞祸及,读明末稗史,情形庶几近之。

迅　启上　五月三日

令夫人〔6〕均此致候不另。

＊　　　　＊　　　　＊

〔1〕　天南遯叟　即王韬(1828—1897),别号天南遯叟,江苏长洲(今吴县)人,清末改良主义政治家。曾在香港主编《循环日报》,宣传变法维新。主要著作有《弢园文录外编》。1879 年游历日本,著《扶桑游记》一书。

〔2〕　和歌　日本古典诗歌的一种。

〔3〕　《拓荒者》　文学月刊,蒋光慈编辑,1930 年 1 月在上海创刊。第三期起成为"左联"刊物之一,1930 年 5 月出至第一卷第四、五期合刊后被国民党当局查禁。

〔4〕　《现代小说》　月刊,叶灵凤、潘汉年编辑。1928 年 1 月在上海创刊,1930 年 3 月出至第三卷第六期停刊。共出三卷,计十七期。

〔5〕　《大众文艺》　月刊,郁达夫、夏莱蒂编辑,1928 年 9 月在上海创刊,后为"左联"机关刊物。1930 年 6 月出至第二卷第六期停刊。

〔6〕　令夫人　指陈瑾琼,北平女子大学音乐系学生,1929 年 5 月与李秉中结婚。

300524　致 章 廷 谦

矛尘兄：

在很以前，当我收到你问我关于"徐夫人"的信的时候，便发了一封回信，其中也略述我的近状。今天收到你廿二的来信，则这一封信好像你并未收到似的。又前曾寄《萌芽》第四期，后得邮局通知，云已被当局扣留。我的寄给你这杂志，可以在孔夫子木主之前起誓，本来毫无"煽动"之意，不过给你看看上海有这么一种刊物而已。现在当局既然如此小心，劳其扣下，所以我此后就不再寄了。

杭州和北京比起来，以气候与人情而论，是京好。但那边的学界，不知如何。兄如在杭有饭碗，我是不主张变动的，而况又较丰也哉。譬如倘较多十分之六，则即使失了饭碗，也比在北京可以多玩十分之六年也。但有一个紧要条件，总应该积存一点。

《骆驼草》[1]已见过，丁武当系丙文[2]无疑，但那一篇短评，实在晦涩不过。以全体而论，也没有《语丝》开始时候那么活泼。

捉人之说[3]，曾经有之，避者确不只达夫一人。但此事似亦不过有些人所想望，而未曾实行。所以现状是各种报上的用笔的攻击，而对于不佞独多，搜集起来，已可以成一小本。但一方面，则实于不佞无伤，北新正以"画影图形"的广告，在卖《鲁迅论》[4]，十年以来，不佞无论如何，总于人们有益，岂不悲哉。

这几年来又颇懂得了不少的"世故",人事无穷,真是学不完也。伏园在巴黎唱歌,想必用法国话,我是——恕我直言——连伏园用绍兴话唱歌,也不信其学得好者也。

迅　上　五月廿四日

斐君小燕诸兄均此致候不另　景宋附问好。

＊　　　　＊　　　　＊

〔1〕《骆驼草》　周刊,1930 年 5 月在北京创刊,周作人主编,主要撰稿人有周作人、徐祖正、冯文炳等。1930 年 10 月出至第二十六期停刊。

〔2〕丙文　指冯文炳(1901—1967),笔名废名,湖北黄梅人,作家。那一篇短评,即《"中国自由运动大同盟宣言"》,载《骆驼草》周刊第一期(1930 年 5 月 12 日),署名丁武。

〔3〕捉人之说　指国民党当局开具黑名单准备大逮捕的事。参看 300920 信及其注〔6〕。

〔4〕《鲁迅论》　关于鲁迅及其作品的评论文集,李何林编,1930 年 4 月上海北新书局出版。

300609　致　李霁野

霁野兄:

六月三日的信,于九日收到。

Panferov[1]的《贫民组合》,就是那十个链环的《Brusski》,《贫民组合》是德文译本所改。后来我收到一个不相识的人的信,说他已在翻译,叫我不要译,我答应了,所以没有译。但他译不译也难说。

《溃灭》[2]我有英德日三种译本,英译本我疑是从德译本重译的,虽然书上并未说明。德文本也叫《十九个》,连包纸上的画都一样。

Babel[3]的自传,《现代作家自传》[4]中有的,但 Panferov 没有。

迅 上 六月九夜

*　　　*　　　*

〔1〕 Panferov　潘菲洛夫(Ф.И.Панферов,1896—1960),苏联作家。《Brusski》,通译《磨刀石农庄》,长篇小说。因该书第一部共十章,故称为"十个链环"。该书第一部曾由林淡秋据英译本转译,书名《布鲁斯基》。

〔2〕《溃灭》 即《毁灭》,长篇小说,苏联法捷耶夫著。鲁迅由日译本转译,于1931年9月由上海大江书铺初版,译者署名隋洛文;同年11月补入初版被抽的序跋又以"三闲书屋"名义自费出版,译者署名鲁迅。三种译本,指 R. D. Charfues 的英译本,Verlag für Literatur und Politik 出版的德译本和藏原惟人的日译本。

〔3〕 Babel　巴培尔(И.Э.Бабель,1894—1941),苏联作家。著有《骑兵队》、《敖德萨故事集》等。

〔4〕《现代作家自传》 即《作家们——现代俄罗斯作家自传和肖像画》,苏联理定编,1928年莫斯科现代问题出版社出版。

300715　致　许寿裳

季市兄：

南京夫子庙前，大约即今之成贤街，旧有江南官书局印书发售。官书局今必已改名，但不知尚有书可买否？乞一查。如有，希索取书目两份见寄为荷。仍由乔峰转。此颂

曼福！

令飞　顿首　七月十五日

300802　致　方善境

善竟先生：

六月廿一日来信收到。

芥川龙之介像，亦系锌板，但因制版不精，所以好像石印了。盖同是锌版，亦大有优劣，其优劣由于照相师及浸蚀师之技术，浸蚀太久则过瘦，太暂则过肥，而书店往往不察优劣，但求价廉，殊可叹也。

木刻诚为现今切要之技术，但亦只能印数百张，倘须多印，仍要制成锌版。左联中现无此种人材。江小鹣[1]之作，看之令人生丑感。《艺苑朝华》制板时，选择颇费苦心，但较之原画，仍远不及，现已出第五本，不知先生已见过否？我们每印千五百本，而售去只五百本，售去之款，又收不回来，第六本大约未必能出了。

学习木刻,在中国简直无法可想。但西洋则有专授木刻术之学校。小学生也作木刻,为手工之一种也。

此地杂志停滞之故,原因复杂。举其要端,则有权者先于邮局中没收(不明禁),一面又恐吓出版者。书局虽往往自云传播文化,其实是表面之词。一遇小危险,又难获利,便推托迁延起来,或则停刊了。《萌芽》第六期改名《新地》,已出版,此后恐将停刊。但又有一种月刊在付印,文艺性质较多,名《热风》[2]。

左联对于世界语,尚未曾提及,来信之意,当转致。

《文艺研究》拟寄奉,但开示地址,系邮箱,不知书籍亦可投入否? 希示。或见告可以寄书籍之地址。

迅 启上 八月二日

＊　　　　＊　　　　＊

〔1〕 江小鹣(1894—1939) 名新,江苏吴县人,当时任上海新华艺术专科学校雕塑系主任。

〔2〕 《热风》 此刊后未出版。

300903①　致 李秉中

秉中兄:

来信收到。结婚之后,有所述的现象,是必然的。理想与现实,一定要冲突。

以译书维持生计,现在是不可能的事。上海秽区,千奇百怪,译者作者,往往为书贾所诳,除非你也是流氓。加以战争及经济关系,书业也颇凋零,故译著者并蒙影响。预定译本,成后收受,现已无此种地方,即有亦不可靠。我因经验,与书坊交涉,有时用律师或合同,然仍不可靠也。

青木正儿的《明清戏曲史》[1],我曾一看,确是好的。但此种大部,我所知道的书局,没有能收受的地方。此地的新书坊,大都以营利(而且要速的)为目的,他们所出,是稿费廉的小书。

我近来不编杂志;仍居上海,报载为燕京大学教授,全系谣言。

迅　上　九月三日

＊　　　＊　　　＊

〔1〕　青木正儿(1887—1964)　日本汉学家。《明清戏曲史》,即《中国近世戏曲史》,1930 年京都弘文堂书房出版。

300903②　致孙　用

孙用先生:

来信收到。近年以来,北新书局与我日见疏远,因为种种事情,冲突之处颇不少。先生之稿[1],可否稍待再看,因为我如去催,那对付法是相同的,前例已有多次了。

《勇敢的约翰》先亦已有书局[2]愿出版,我因将原书拆开,豫备去制图,而对方后来态度颇不热心(上海书局,常常千变万化),我恐交稿以后,又如石沈大海,便作罢。但由我看来,先生的译文是很费力的,为赌气起见,想自行设法,印一千部给大家看看。但既将自主印刷,则又颇想插以更好的图,于是托在德之友人[3],转托匈牙利留学生,买一插画本,但至今尚无复信,有否未可知。

先生不知可否从另一方面,即托在匈之世界语会[4]员,也去购买?

如两面不得,那就只好仍用世界语译本的图了。

所以那一本原书,虽已拆开,却无损伤。 先生如仅怕遗失,则我可负责保存。如需用,则当寄上,印时再说。仍希见复遵行也。

迅 启上 九月三日

*　　　*　　　*

〔1〕 指《异香集》。

〔2〕 书局　指春潮书局。

〔3〕 在德之友人　指徐诗荃,当时在德国留学。参看 350817 信注〔1〕。

〔4〕 世界语会　即国际世界语协会,1908 年 4 月成立于日内瓦。

300920　致 曹 靖 华[1]

究》[2]上,此刊物亦又停顿,故后半未译[3],但很难懂,看的人怕不多。车氏[4]及毕林斯基[5],中国近来只有少数人,知道

241

他们的名字。

译书的霍乱症，现在又好了一点，因为当局不管好坏，一味力加迫压，译者及出版者见此种书籍之销行，发生困难，便去弄别的省力而可以赚钱的东西了。现已在查缉自由运动发起人"堕落文人"鲁迅等五十一人[6]，听说连译作（也许连信件）也都在邮局暗中扣住，所以有一些人，就赶紧拨转马头，离开惟恐不速，于是翻译界也就清净起来，其实这倒是好的。

至于这里的新的文艺运动，先前原不过一种空喊，并无成绩，现在则连空喊也没有了。新的文人，都是一转眼间，忽而化为无产文学家的人，现又消沈下去，我看此辈于新文学大有害处，只有提出这一个名目来，使大家注意了之功，是不可没的。而别一方面，则乌烟瘴气的团体乘势而起，有的是意太利式[7]，有的是法兰西派[8]，但仍然毫无创作，他们的惟一的长处，是在暗示有力者，说某某的作品是收受卢布所致。我先前总以为文学者是用手和脑的，现在才知道有一些人，是用鼻子的了。

你的女儿的情形，倘不经西医诊断，恐怕是很难疗治的。既然不傻不痴，而到五六岁还不能说话，也许是耳内有病，因为她听不见，所以无从模仿，至于不能走，则是"软骨病"也未可知。打针毫无用处，海参中国虽算是补品，其实是效力很少（不过和吃鱼虾相仿佛），婴儿自己药片[9]有点效，但以小病症为限。

不过另外此刻也没有法子，所以今天买了一打药片，两斤海参，托先施公司[10]去寄，这公司有邮寄部，代办一切，甚便当的。

不料他说罗山〔11〕不通邮寄包裹,已有半年多了,再过两星期,也许会通(不知何故),因此这一包就搁在公司里,须过两星期再看。

过两星期后,我当再去问一声。

这里冷起来了。我也老下去了,前几天有几个朋友给我做了一回五十岁的纪念〔12〕,其实是活了五十年,成绩毫无,我惟希望就是在文艺界,也有许多新的青年起来。

再谈罢,此祝

安吉。

弟周豫才 启 九月二十日

(通讯地址仍旧)

*   *   *

〔1〕 此信前半已遗失。

曹靖华(1897—1987),原名联亚,又曾用亚丹、郑汝珍等名,河南卢氏人,翻译家,未名社成员。早年曾在苏联留学和工作。1922年回国。大革命失败后再次去苏,在莫斯科中山大学、列宁格勒东方学院及列宁格勒国立大学任教,经常为鲁迅在苏联收集报刊书籍及木刻作品。1933年秋回国后,在北平大学女子文理学院、中国大学等校任教。译有长篇小说《铁流》、短篇小说集《烟袋》等多种。

〔2〕 即《文艺研究》。参看300412②信注〔8〕。

〔3〕 后半未译 指普列汉诺夫(Г.В.Плеханов,1856—1918)作《车勒芮绥夫斯基的文学观》的后半部。前半部载《文艺研究》第一卷第一期(1930年2月15日)。

〔4〕 车氏 指车勒芮绥夫斯基,通译车尔尼雪夫斯基(Н.Г.

Чернышевский,1828—1889），俄国文学批评家、作家。著有长篇小说《怎么办》、评论《艺术对现实的美学关系》等。

〔5〕　毕林斯基（В. Г. Белинский, 1811—1848）　通译别林斯基，俄国文学批评家。著有《文学的幻想》、《给果戈理的信》、《论普希金的作品》等。

〔6〕　查缉自由运动发起人鲁迅等　"自由运动"，指中国自由运动大同盟。国民党《浙江党务》第八十四期（1930 年 4 月 5 日）有关于查禁《中国自由运动大同盟宣言》的记载；又，国民党《中央党务月刊》第二十八期（1930 年 11 月）刊载的中央执行委员会宣传部 3 月至 5 月工作报告中也曾说："关于该项团体活动之情形及主持人名单，均经本部先后呈请常会函国府令饬上海及各省市查封其机关并通缉其主持人在案"等等。

〔7〕　意太利式　当时意大利正在墨索里尼的法西斯党统治之下。意大利式的团体，意即法西斯式的团体，这里指 1930 年在上海出现的"民族主义文学"派。

〔8〕　法兰西派　指新月派。他们经常标榜法国大革命中提出的人权、民主、自由等口号。

〔9〕　婴儿自己药片　当时一种成药的名称。

〔10〕　先施公司　当时上海的一家大百货公司。

〔11〕　罗山　河南罗山县，曹靖华夫人尚佩秋的家乡。1930 年 5 月至 10 月，蒋（介石）冯（玉祥）阎（锡山）在河南一带发生军阀战争，战区邮寄业务被迫暂停。

〔12〕　五十岁的纪念　9 月 25 日为鲁迅生日。1930 年 9 月 17 日上海革命文艺界曾通过美国友人史沫特莱租用荷兰西餐室为鲁迅祝寿。

301013 致 王乔南[1]

乔南先生：

顷奉到五日来信，谨悉种种。我的作品，本没有不得改作剧本之类的高贵性质，但既承下问，就略陈意见如下：——

我的意见，以为《阿 Q 正传》，实无改编剧本及电影的要素，因为一上演台，将只剩了滑稽，而我之作此篇，实不以滑稽或哀怜为目的，其中情景，恐中国此刻的"明星"是无法表现的。

况且诚如那位影剧导演者所言，此时编制剧本，须偏重女脚，我的作品，也不足以值这些观众之一顾，还是让它"死去"罢[2]。

匆复，并颂

曼福。

迅 启上 十月十三日

再：我也知道先生编后，未必上演，但既成剧本，便有上演的可能，故答复如上也。

*　　*　　*

〔1〕 王乔南（1896—?） 原名王林，河北河间人，时任北京陆军军医学校数学教师。他将《阿 Q 正传》改编为电影文学剧本《女人与面包》，写信征求鲁迅的意见。

〔2〕 让它"死去"罢 钱杏邨曾在《太阳月刊》三月号（1928 年 3

月）发表《死去了的阿 Q 时代》一文。

301020　致　章廷谦

矛尘兄足下：启者，昨获　惠示，备悉种种。书单[1]前已见过，后又另见一种，计有百种之多，但一时不易搜集，因出版所等，难以详知，故未能著手也。　嫂夫人想已日就痊可，但务希保重。弟粗安，可释锦注，孩子则已学步矣。专此奉达，顺请

秋安。

弟侯　顿首 十月廿日

　　＊　　　　＊　　　　＊

　〔1〕　书单　据收信人回忆，这是指国民党当局准备逮捕的革命进步人士的名单。

301114　致　王乔南

乔南先生：

　　顷奉到六日来信，知道重编阿 Q 剧本的情形，实在恰如目睹了好的电影一样。

　　前次因为承蒙下问，所以略陈自己的意见。此外别无要保护阿 Q，或一定不许先生编制印行的意思，先生既然要做，请任便就是了。

至于表演摄制权,那是西洋——尤其是美国——作家所看作宝贝的东西,我还没有欧化到这步田地。它化为《女人与面包》以后,就算与我无干了。

电影我是不懂得其中的奥妙的。寄来的大稿,恐未曾留有底稿,故仍奉还。此复,即颂

时绥。

迅　启上　十一月十四夜。

301119　致　崔真吾[1]

真吾兄:

来信收到。

能教图案画的,中国现在恐怕没有一个,自陶元庆死后,杭州美术院就只好请日本人了。但我于日本人中,不认识长于此道的人。

上海也已经不像从前。离开广州,那里去呢?我想别处也差不多的。今年是"民族主义文学"[2]家大活动,凡不和他们一致的,几乎都称为"反动",有不给活在中国之概,所以我的译作是无处发表,书报当然更不出了。

书坊老板就都去找温暾作家,现在最行时的是赵景深汪馥泉,我们都躲着,——所以马君的著作,无法介绍。

八宝饭我不知道是那里买的。我单知道茶馆里的点心很好,如陆羽居,在山泉之类,但此种点心,上海现亦已有,例如新雅即是。

海婴已出了三个半牙齿,能说的话还只三四句,但却正在学走,滚来滚去,领起来很吃力。

迅　上　十一月十九夜

＊　　　　＊　　　　＊

〔1〕　崔真吾(1902—1937)　名功河,字真吾,笔名采石,浙江鄞县人,朝花社成员。1928年任上海复旦大学附属实验中学教员,曾邀鲁迅到校讲演。著有诗集《忘川之水》,鲁迅曾为选定、校字。

〔2〕　"民族主义文学"　1930年6月由国民党当局策划的文学运动,发起人为潘公展、范争波、朱应鹏、傅彦长、王平陵、黄震遐等国民党官员、文人。曾发表《民族主义文艺运动宣言》,出版《前锋周报》、《前锋月刊》等,借"民族主义"的名义,反对无产阶级革命文学。九一八事变后,又为蒋介石的媚日反共政策张目。

301123　致孙　用

孙用先生:

十九日来信,已收到。《勇敢的约翰》图画〔1〕极好,可以插入,但做成铜版单色印,和画片比较起来,就很不成样子。倘也用彩色,则每张印一千枚,至少六十元,印全图须七百二十元,为现在的出版界及读书界能力所不及的。

又,到制版所去制版时,工人照例大抵将原底子弄污,这事我遇见过许多回,结果是原画被毁,而复制的又大不及原画,所以那十二张,恐怕要做"牺牲"。

《奔流》上用过的 Petöfi 像〔2〕太不好,我另有一张,但也不佳。又世界语译者的照相,我觉得无须加入因为关系并不大,不知 先生以为何如?

《文学世界》〔3〕我恐怕不能帮忙,我是不知道世界语的——我只认识 estas〔4〕一个字。

迅 启上 十一月二十三日

*　　*　　*

〔1〕《勇敢的约翰》图画　指匈牙利山陀尔·贝拉陀尔(Sándor Belátol)为《勇敢的约翰》所作的壁画,共十二幅,由该书世界语译者卡罗卓从匈牙利寄给孙用。下文"那十二张"亦指此。

〔2〕　Petöfi 像　指在《奔流》第二卷第五期(1929 年 12 月 20 日)发表的裴多菲像,作者为匈牙利画家巴拉巴斯·麦克洛斯。

〔3〕《文学世界》　世界语的文学月刊,1922 年 10 月在匈牙利布达佩斯创刊。

〔4〕　estas　世界语:"是"。

301206　致 孙 用

孙用先生:

十一月廿七日信,早到。《英雄的约翰》〔1〕世界语译本及原译者照相,已于大前天挂号寄上,想已收到了。译本因为当初想用在《奔流》上,将图制版,已经拆开:这是很对不起的。

接到另外的十二张图画后,我想,个人的力量是不能印刷的了，于是拿到小说月报社去，想他们仍用三色版[2]每期印四张，并登译文，将来我们借他的版，印单行本一千部。昨天去等回信，不料竟大打官话，说要放在他们那里，等他们什么时候用才可以——这就是用不用不一定的意思。

上海是势利之区，请　先生恕我直言：“孙用”这一个名字，现在注意的人还不多。Petöfi 和我，又正是倒楣的时候。我是“左翼作家联盟”中之一人，现在很受压迫，所以先生此后来信，可写“……转周豫才收”，较妥。译文的好不好，是第二个问题，第一个问题是印出来时髦不时髦。

不过三色版即使无法，单色版总有法子想的，所以我一定可以于明年春天，将他印出。此复，即颂

近安。

迅　启上。〔十二月六日〕

《阿Q正传》的世界语译本[3]，我没有见过，他们连一本也不送我，定价又太贵，我就随他了。

＊　　　＊　　　＊

〔1〕《英雄的约翰》　即《勇敢的约翰》。

〔2〕三色版　即三色网目铜版，用三色油墨套印，印出的效果较近于原画。

〔3〕《阿Q正传》的世界语译本　钟宪民译，1930年2月上海出版合作社出版。

一 九 三 一 年

310121　致 许寿裳[1]

季黻吾兄左右：昨至宝隆医院[2]看索士兄病，则已不在院中，据云：大约改入别一病院，而不知其名。拟访其弟询之，当知详细，但尚未暇也。近日浙江亲友有传其病笃或已死者，恐即因出院之故。恐　兄亦闻此讹言，为之黯然，故特此奉白。此布，即请

道安。

弟令斐　顿首 一月二十一日

〔1〕　此信据许寿裳亲属录寄副本编入。原信无标点。

〔2〕　宝隆医院　当时德国人在上海开设的一家医院。据收信人在《亡友鲁迅印象记》中说："一九三一年一月，因柔石等被捕，谣传鲁迅也被拘或已死了。大报上虽没有记载，小报上却言之凿凿。我正在忧疑焦急，而他的亲笔邮信忽然到了，知道他已经出走，这才使我放心。信中体裁和以前的大不相同，不加句读，避掉真名而用'索士'和'令斐'，这是同一个人，我素所知悉的。且以换住医院，代替出走。"

310123　致 李小峰

小峰兄：

昨乔峰言见店友，知小报记者的创作[1]，几已为在沪友

人所信,北平且有电来问,盖通信社亦已电传全国矣。其实此乃一部分人所作之小说,愿我如此,以自快慰,用泄其不欲我"所作之《呐喊》,销行至六七万本"之恨者耳。然众口铄金[2],危邦宜慎,所以我现在也不住在旧寓里[3]了。

　　昨报又载搜索书店之事[4],而无现代及光华[5],可知此举正是"民族主义文学"运动之一,倘北新亦为他们出书,当有免于遭厄之望,但此辈有运动而无文学,则亦殊令出版者为难,盖官样文章,究不能令人自动购读也。倘见达夫先生,并乞传语平安为托。

迅　启上 一月廿三日午。

＊　　　　＊　　　　＊

　　〔1〕　小报记者的创作　柔石等被捕后,上海《社会日报》于1931年1月20日登载了署名"密探"的《惊人的重要新闻》一文,造谣称"鲁迅被捕"。下文提到的"所作之《呐喊》,销行至六七万本"等语,即见于该文。

　　〔2〕　众口铄金　语出《国语·周语下》:"众心成城,众口铄金。"

　　〔3〕　不住在旧寓里　鲁迅于1月20日至2月28日携眷避居上海黄陆路花园庄旅馆。

　　〔4〕　搜索书店之事　据1931年1月21日上海《申报》报道,国民党上海淞沪警备司令部在1月19日、20日两天对福州路一带的华通、乐群、北新、群众四家书店进行了搜查,搜去所谓"反动"书籍数十种,并逮捕华通书局经理。

　　〔5〕　现代及光华　即现代书局和光华书局。它们都曾出版"左联"的书刊。在搜索书店事件发生前,它们屈从于当局的压力,出版了

《前锋月刊》等"民族主义文学"的刊物。

310202　致 韦 素 园

素园兄：

　　昨看见由舍弟转给景宋的信，知道这回的谣言，至于广播北方[1]，致使兄为之忧虑，不胜感荷。上月十七日，上海确似曾拘捕数十人，但我并不详知，此地的大报，也至今未曾登载。后看见小报，才知道有我被拘在内，这时已在数日之后了。然而通信社却已通电全国，使我也成了被拘的人。

　　其实我自到上海以来，无时不被攻击，每年也总有几回谣言，不过这一回造得较大，这是有一些人，希望我如此的幻想。这些人大抵便是所谓"文学家"，如长虹一样，以我为"绊脚石"[2]，以为将我除去，他们的文章便光焰万丈了。其实是并不然的。文学史上，我没有见过用阴谋除去了文学上的敌手，便成为文豪的人。

　　但在中国，却确是谣言也足以谋害人的，所以我近来搬了一处地方。景宋也安好的，但忙于照看小孩。我好像未曾通知过，我们有了一个男孩，已一岁另四个月，他生后不满两月之内，就被"文学家"在报上骂了两三回[3]，但他却不受影响，颇壮健。

　　我新近印了一本 Gladkov 的《Zement》的插画[4]，计十幅，大约不久可由未名社转寄　兄看。又已将 Fadejev[5] 的《毁灭》(Razgrom)译完，拟即付印。中国的做人虽然很难，我的敌人(鬼鬼祟祟的)也太多,但我若存在一日,终当为文艺尽力,试看新的文艺和在压制者保护之下的狗屁文艺,谁先成为烟埃。并希　兄也好好地保养,早日痊愈,无论如何,将来总归是我们的。

迅　上　二月二日
景宋附笔问候

＊　　　　＊　　　　＊

〔1〕　指1931年1月21日天津《大公报》曾刊登《鲁迅在沪被捕,现拘押捕房》的消息。

〔2〕　"绊脚石"　高长虹在《狂飙》周刊第十期(1926年12月12日)上发表《走到出版界·琐记两则》,说鲁迅"挟其历史的势力,而倒卧在青年的脚下以行其绊脚石式的开倒车的狡计。"

〔3〕　1929年12月2日北平《新晨报副刊》发表著名"常工"的《桥畔偶笔》一文,即就海婴的诞生挖苦攻击鲁迅。

〔4〕　Gladkov 的《Zement》的插画　即德国木刻家凯尔·梅斐尔德(C. Meffert)为革拉特珂夫《士敏土》所作的画,由鲁迅自费以珂罗版复制,题名《梅斐尔德木刻士敏土之图》,并撰写序言,1931年2月以"三闲书屋"名义出版。

〔5〕　Fadejev　法捷耶夫(A. A. Фадеев,1901—1956),苏联作家。著有长篇小说《毁灭》、《青年近卫军》等。

310204　致 李 秉 中[1]

秉中兄:

　　顷见致舍弟书,借知沪上之谣,已达日本。致劳殷念,便欲首途,感怆交并,非言可喻!

我自旅沪以来,谨慎备至,几于谢绝人世,结舌无言。然以昔曾弄笔,志在革新。故根源未竭,仍为左翼作家联盟之一员。而上海文坛小丑,遂欲乘机陷之以自快慰。造作蜚语,力施中伤,由来久矣。哀其无聊,付之一笑。上月中旬,此间捕青年数十人,其中之一,是我之学生[2]。(或云有一人自言姓鲁)飞短流长之徒,因盛传我已被捕。通讯社员发电全国,小报记者盛造谰言,或载我之罪状,或叙我之住址,意在讽喻当局,加以搜捕。其实我之伏处牖下,一无所图,彼辈亦非不知。而沪上人心,往往幸灾乐祸。冀人之危,以为谈助。大谈陆王[黄]恋爱[3]于前,继以马振华投水[4],又继以萧女士被强奸案[5],今则轮到我之被捕矣。文人一摇笔,用力甚微,而于我之害则甚大。老母饮泣,挚友惊心。十日以来,几于日以发缄更正为事,亦可悲矣。今幸无事,可释远念。然而三告投杼,贤母生疑[6]。千夫所指,无疾而死[7]。生丁今世,正不知来日如何耳。东望扶桑[8],感怆交集。此布,即颂

曼福不尽。

迅 启上 二月四日

令夫人均此致候。

*   *   *

　〔1〕　此信据1931年2月23日天津《大公报·文学副刊》第一六三期所载编入。

　〔2〕　我之学生　指柔石。

〔3〕　陆黄恋爱　指1928、1929年间上海报纸大肆渲染的黄慧如和陆根荣的主仆恋爱一事。

〔4〕　马振华投水　指1928年春夏间马振华因受汪世昌诱骗投水自杀的事,当时上海报纸对此多有报道。

〔5〕　萧女士被强奸案　指1930年8月,南京女教师萧信庵受聘赴南洋华侨学校任教途中,在荷兰轮船上遭二荷籍船员强奸一案。

〔6〕　三告投杼,贤母生疑　见《战国策·秦策二》:"昔者曾子处费,费人有与曾子同名族者而杀人,人告曾子母曰:'曾参杀人。'曾之母曰:'君子不杀人。'织自若。有顷焉,人又曰:'曾参杀人。'其母尚自若也。顷之一人又告之曰:'曾参杀人。'其母惧,投杼踰墙而走。"

〔7〕　千夫所指,无疾而死　语出《汉书·王嘉传》:"里谚曰:'千人所指,无病而死'。"

〔8〕　扶桑　日本的别称。《南史·东夷传》:"扶桑在大汉国东二万余里,地在中国之东,其土多扶桑木,故以为名。"旧时我国常以"扶桑"指称日本。

310205　致　荆有麟〔1〕

有麟兄:

顷见致舍弟书,知道上海之谣,使　兄忧念,且为通电各处乞援,甚为感荷。

我自寓沪以来,久为一班无聊文人造谣之资料,忽而开书店,忽而月收版税万余元,忽而得中央党部文学奖金,忽而收苏俄卢布,忽而往墨斯科,忽而被捕,而我自己,却全不知道有这么一回事。其实这只是有些人希望我如此的幻想,据他们的小说作法,去年收了一年卢布,则今年当然应该被捕了,接着是枪毙。于是他们的文学便无敌了。

其实是不见得的。

我还不知道福州路在那里。[2]

但世界如此,做人真难,谣言足以杀人,将来真会被捕也说不定。不过现在是平安的。特此奉闻,以释远念。并希告关心于我的诸友为荷。此颂

曼福

迅 启上 二月五日

*　　　*　　　*

〔1〕 荆有麟(1903—1951) 又作织芳,山西猗氏(今临猗)人。他在北京世界语专门学校听过鲁迅的课。后经鲁迅介绍任京报馆校对,参加《莽原》周刊出版工作,编过《民众文艺周刊》。1927年5月后在南京办《市民日报》,任国民党中央党部干事等职。1939年加入国民党中央调查统计局等特务组织。

〔2〕 当时有"鲁迅在福州路被捕"的谣言,见1931年1月21日天津《大公报》。

310218 致李秉中

秉中兄:

九日惠函已收到。生丁此时此地,真如处荆棘中,国人竟有贩人命以自肥者,尤可愤叹。时亦有意,去此危邦,而眷念

旧乡,仍不能绝裾径去,野人怀土,小草恋山,亦可哀也。日本为旧游之地,水木明瑟,诚足怡心,然知之已稔,遂不甚向往,去年颇欲赴德国,亦仅藏于心。今则金价大增,且将三倍,我又有眷属在沪,并一婴儿,相依为命,离则两伤,故且深自韬晦,冀延余年,倘举朝文武,仍不相容,会当相偕以泛海,或相率而授命耳。盛意甚感,但今尚无恙,请释远念,并善自珍摄为幸。此布,即颂

曼福不尽。

迅　启上　二月十八日

令夫人均此致候。

310224　致　曹靖华

靖华兄:

　　元月十日信并《静静的顿河》[1]一本已收到。兄之劈柴,不知已领到否? 此事殊以为念。

　　《星花》[2]此时只能暂且搁置。此时对于文字之压迫甚烈,各种杂志上,至于不能登我之作品,绍介亦很为难。一班乌烟瘴气之“文学家”,正在大作跳舞,此种情景,恐怕是古今他国所没有的。

　　但兄之《铁流》[3],不知已译好否? 此书仍必当设法印出。我《毁灭》亦早译好,拟即换姓名印行[4]。

　　《铁流》木刻的图[5],如可得,亦希设法购寄。

　　看日本报,才知道本月七日,枪决了一批青年,其中四个

(三男一女[6])是左联里面的,但"罪状"大约是另外一种。

很有些人要将我牵连进去,我所以住在别处已久[7],但看现在情形,恐怕也没有什么事了,希勿念为要。

弟豫才 上 二月廿四日

＊　　　＊　　　＊

〔1〕《静静的顿河》 长篇小说,苏联萧洛霍夫(М. А. Шолохов)著。这里指俄文本第二卷。

〔2〕《星花》 中篇小说,苏联拉甫列涅夫(Б. А. Лавренёв,1891—1959)著,曹靖华译。收入1933年1月上海良友图书印刷公司出版的小说集《竖琴》。

〔3〕《铁流》 长篇小说,苏联绥拉菲摩维支(А. С. Серафимович,1863—1949)著,曹靖华译。1931年12月由鲁迅以"三闲书屋"的名义出版。

〔4〕《毁灭》换姓名印行 参看300609信注〔2〕。

〔5〕《铁流》木刻图 指毕斯凯莱夫的插图,参看《集外集拾遗·〈铁流〉编校后记》。

〔6〕 三男一女 指柔石、殷夫、胡也频和冯铿。

〔7〕 住在别处已久 指作者因柔石等被捕而离寓避居,参看310123信注〔3〕。

310306　致　李秉中

秉中兄:

二月二十五日来函,顷已奉到。家母等仍居北京,盖年事

259

已老,习于安居,迁徙殊非所喜。五年前有人将我名开献段公[1],煽其捕治时,遂孑身出走,流寓厦门。复往广州,次至上海,是时与我偕行者,本一旧日学生,曾共患难,相助既久,恝置遂难。兄由朔方归国,来景云里寓时,[2]曾一相见,然初非所料,固当未尝留意也。

孩子生于前年九月间,今已一岁半,男也,以其为生于上海之婴孩,故名之曰海婴。我不信人死而魂存,亦无求于后嗣,虽无子女,素不介怀。后顾无忧,反以为快。今则多此一累,与几只书箱,同觉笨重,每当迁徙之际,大加擘画之劳。但既已生之,必须育之,尚何言哉。

近数年来,上海群小,一面于报章及口头盛造我之谣言,一面又时有口传,云当局正在索我甚急云云。今观兄所述友人之言,则似固未尝专心致志,欲得而甘心也。此间似有一群人,在造空气以图构陷或自快。但此辈为谁,则无从查考。或者上海记者,性质固如此耳。

又闻天津某报曾载我"已经刑讯",[3]亦颇动旧友之愤。又另有一报,云我之被捕,乃因为"红军领袖"之故云。

此间渐暖,而感冒大流行。但眷属均好。北京亦安。我颇欲北归,但一想到彼地"学者",辄又却步。此布,即颂

曼福

迅　启上　三月六日

令夫人均此致候。

　＊　　　　＊　　　　＊

〔1〕　将我名开献段公　参看 260409 信及其有关注。

〔2〕　指李秉中从苏联留学回国后,于 1927 年 11 月初到景云里鲁迅寓所访问。

〔3〕　1931 年 1 月 21 日天津《益世报》载:"鲁迅被捕? ……传在沪任红军领袖";25 日该报又报道"鲁迅……曾受刑讯"。

310403　致 李秉中

秉中兄:

　　前由东京铺子寄到小孩衣裤各一事,知系　兄见惠之品,甚感谢。近来谣诼稍衰,故已于上月初旬移回旧寓,但能安居至何日,则殊不可知耳。贱躯仍如常,可释遥念。此布,即颂曼福。

　　　　　　　　　　　　　　迅 启上 四月三日

　　令夫人均此致候。

310415　致 李秉中

秉中兄:

　　三月廿九日来信,到已多日,适患感冒,遂稽答复。生今之世,而多孩子,诚为累坠之事,然生产之费,问题尚轻,大者乃在将来之教育,国无常经,个人更无所措手,我本以绝后顾之忧为目的,而偶失注意,遂有婴儿,念其将来,亦常惆怅,然而事已如此,亦无奈何,长吉诗云:己生须己养,荷担出门去,[1]只得加倍服劳,为孺子牛耳,尚何言哉。　兄之孩子,虽倍于我,但倘不更有增益,似尚力有可为,所必要者,此后当行节育法也。惟须不懈,乃有成效,因此事繁琐,易致疏失,一不注意,便又往往怀孕矣。求子者日夜祝祷而无功,不欲者稍不经意而辄妊,此人间之所以多苦恼欤。寓中均安,可释远念,但百物腾贵,弄笔者或杀或囚,书店(北新在内)多被封闭,文界孑遗,有稿亦无卖处,于生活遂大生影响耳。此布,即颂曼福。

迅　启上　四月十五日

令夫人均此致候。

＊　　　＊　　　＊

〔1〕　己生须己养,荷担出门去　语见李贺诗《感讽五首·其四》。

310426　致李小峰

小峰兄:

顷舍弟交来大札并版税四百,于困难中[1],尚为筹款见寄,甚感甚感。

学校用书,近来各书局竞相出版,且欲销行,仍须运动,恐竞争亦大不易。北新又一向以出文艺书得名,此举能否顺利,似亦一问题也。我久想作文学史,然第一须生活安静,才可以研究,而目下情形,殊不可能,故一时实无从措手。且现在法律任意出入,虽文学史,亦难免不触犯反革命第 X 条也。

法院如此认真,不胜佩服,但近日太保阿书在杀头[2],则诸公似未闻见,其实,杀头虽非主义,而为法律所无,亦"不利于三民主义"者也。

印花俟检齐后,当交舍弟,并函闻。

在北新被封时以至今日之开,我竟毫不知其中经过情形,虽有传闻,而不可信。不知　兄现在是否有暇,且能见访一谈否? 如有,则希于任何日之下午,直接莅寓为幸。

迅 上 六[四]月廿六日

＊　　　＊　　　＊

〔1〕　1931 年 3 月,国民党江苏省高等法院第二分院查封上海一批书店,北新也被查封。后虽于同年 4 月 23 日启封,经济上尚有困难。

〔2〕　太保阿书在杀头　1931 年 4 月 17 日上海《申报》载:"太湖浦东帮匪首太保阿书徐天雄及胞弟徐福生昨日下午四时十分在金山县属张堰镇执行斩决。"

310504　致孙　用

孙用先生:

久疏问候了。上海文坛寂寥,书坊势利,杭州消息不灵,想不深知,但说起来太烦,恕不多谈了。《勇敢的约翰》至今为止,颇碰了几个钉子[1]。自然,倘一任书坊用粗纸印刷,那是有出版之处的,但我不答应如此。

书坊专为牟利,是不好的,这能使中国没有好书。我现已筹定款项,决于本月由个人付印一千部。那十二张壁画,[2]不得已只好用单色铜版(因经济关系),书中空白之处,仍想将世界语本中之三个插画[3]印上,所以仍请即行寄下,以备制图为荷。

这回搬了几次,对不起得很,将　先生所寄的那一张对于壁画上的诗的指数[4]失掉了。请再写给我一次,恐无底稿,故将每节之第一句录上:

No.　1. Ĉar sur la herbejo Ŝafgardisto nia……

"Perla korjuvero, Ilnjo, mia ĉio!"……

2. "Laste mi vin vidas, ho printemp' de koro,……

"Do nun, Ilnjo bela, trezor' de l'animo,……

3. Nokt', rabband', pistoloj hakaj, pikaj feroj,……

"Donu Di' vesperon de feliĉo plenan"……

4. Jen, husaroj venis, husartrupo bela,……

Multon per la lango diris la junulo,……

5. De l'ĉeval' li saltis, al knabin' li iris,……

"Ho savint'! Pri l'nom' ne estu vort' demanda,……

6. Kaj la reĝo turnis sin al li jenvorte:……

Nun la reĝ' malfermis sian trezorejon,……

7. Skuis, turnis sin la birdo en aero,……

Kiom landojn flugis ili, scias Dio,……

8. "Do, se vi alvenis, bone, manĝu kun ni!……

Reĝ' da ŝtono rompis funtojn ĉirkaŭ kvin
nun······

9. Maljunulinaĉoj svarme venis, iris,······
Balailoj estis en amas' sur tero,······

10. Iris la gigant' kun vado senripoza,······
"Kaj insulo kia"——sonis la demando,······

11. Helpu Di'! Jen terurega gardo······
En la brust' de l' drako koron elesploris······

12. Tiu akvo estis mem la Vivoputo,······
Inter fea gent', en rondo idilia,······

迅 上 二十年五月四日

信件请寄宝山路商务印书馆编辑所周乔峰转周豫才收

*　　　*　　　*

〔1〕 颇碰了几个钉子 指孙用译的《勇敢的约翰》原计划在《奔流》连载，但《奔流》突然停刊；旋由鲁迅先后介绍给《小说月报》、《学生杂志》、春潮书店，均未能发表。参看《集外集拾遗补编·〈勇敢的约翰〉校后记》。

〔2〕 十二张壁画 参看 301123 信注〔1〕。

〔3〕 世界语本中之三个插画 参看 291108② 信注〔2〕。按《勇敢的约翰》中文译本出版时，鲁迅只选印了其中的两幅。

〔4〕 诗的指数 指原诗第×首第×行。

310613 致 曹 靖 华

靖华兄：

先前寄我之《寂静的顿河》[1]第四本，早已收到。我现有其第二本与第四本,不知第一第三,尚能得到否？如有,希各赐寄一本,但倘难得,就不必设法去寻,因为我不过看看其中的插画,并非必要也。

《铁的奔流》[2]译稿一本,已于今天收到。现在正在排印《毁灭》,七月底可成,成后拟即排印此书,其成当在九月中旬,木刻既不能得,当将先前见寄之信片上之图印入。以上二书,兄要若干本,希便中示知为盼。

这里对于左翼文艺,是压迫无所不至,然而别的文艺,却全然空洞无物,所以出版界非常寂寥。我于去年冬天,印了十张《水门汀》的插画[3],但至今为中国青年所买者,还不到二十本。

婴儿自己药片及海参,于正月底寄出,至今未有回信,而小包也并未退回,不知是怎么一回事。

未名社竟弄得烟消云散,可叹。上月丛芜来此,谓社事无人管理,将委托开明书店(这是一个刻薄的书店)代理,劝我也遵奉该店规则。我答以我无遵守该店规则之必要,同人既不自管,我可以即刻退出的。[4]此后就没有消息了。

此地已如夏天,弟平顺如常,可释远念,此颂
安健

弟豫　上　六月十三日夜

＊　　　＊　　　＊

〔1〕 《寂静的顿河》　即《静静的顿河》。其中的插图系苏联维列依斯基(Орест Верейский)所作。

〔2〕《铁的奔流》 《铁流》的最初译名。

〔3〕《水门汀》的插画 即《梅斐尔德木刻士敏土之图》。共印行二百五十册。

〔4〕 上月丛芜来此 疑为"上月丛芜来函"之误。鲁迅 1931 年 5 月 1 日日记:"下午得韦丛芜信,即复,并声明退出未名社。"

310623 致 李秉中

秉中兄:

十六日信已到。前回的一封信[1],我见过几次转载,有些人还因此大做文章,或毁或誉。这是上海小报记者的老法门,他们因为不敢说国家大事,只好如此。 兄不大和这种社会接近,故至于惊愕,我是见之已惯,毫不为奇的了。

对于发表信札的事,我于 兄也毫无芥蒂,自己的信之发表,究胜于别人之造谣,况且既已写出,何妨印出,那是不算一回什么事的。但上海小报,笑柄甚多,有一种竟至今尚不承认我没有被捕,其理由则云并未有亲笔去函更正也。

疑 兄"借光自照",此刻尚不至于此。因为你尚未向上海书坊卖稿,和此辈争一口饮食,否则,即无此信,他们也总要讲坏话的。我向来对于有新闻记者气味的人,是不见,倘见,则不言,然而也还是谣言层出,有时竟会将舍弟的事,作为我的。大约因为面貌相似,认不清楚之故。惟近数月来,关于我的记事颇少见,大约一时想不出什么新鲜花样故也。

我安善如常,但总在老下去;密斯许亦健,孩子颇胖,而太顽皮,闹得人头昏。四月间北新书店被封,于生计颇感恐慌,现北新复开,我的书籍销行如故,所以没有问题了。

　　中国近又不宁,真不知如何是好。做起事来,诚然,令人心悸。但现在做人,我想,只好大胆一点,恐怕也就通过去了。　兄之常常觉得为难,我想,其缺点即在想得太仔细,要毫无错处。其实,这样的事,是极难的。凡细小的事情,都可以不必介意。一旦身临其境,倒也没有什么,譬如在围城中,亦未必如在城外之人所推想者之可怕也。此复,即颂

曼福。

　　　　　　　迅　上　广平附笔致候 六月二十三夜

　令夫人均此问候

＊　　　＊　　　＊

　〔1〕　前回的一封信　指 310204 信。

310730　致 李 小 峰

小峰兄：

　　下午得读来信。

　　未名社前几天给我一信,说我的存书,只有《小约翰》三百本了。盖其余三种〔1〕,久已卖完而未印,而别人的存书却多。

　　《勇敢的约翰》已有一书店〔2〕揽去付印,不必我自己印了。下月底想另印一种小说,届时当再奉托。

　　全集如翻印起来,可有把握,不至于反而吃亏,那是尽可

翻印的,我并无异议。至于所译小说,我想且可不管,因为其中之大部分,是我豫定要译之《新俄新作家三十人集》[3]中的东西,只要此书有廉价版,便足以抵制了。

《上海文艺之一瞥》我讲了一点钟,《文艺新闻》[4]上所载的是记者摘记的大略,我还想自草一篇。但现在文网密极,动招罪尤,所以于《青年界》[5]是否相宜,乃一疑问。且待我草成后再看罢。大约下一期《文艺新闻》所载,就有犯讳的话了。至于别的稿件,现实无有,因为一者我实不愿贻害刊物,二者不敢与目下作家争衡,故不执笔也。

附上校稿四张,请付印刷所。

迅 上 七月卅夜

* * *

〔1〕 其余三种 指收入《未名丛刊》的《苦闷的象征》、《出了象牙之塔》和收入《未名新集》的《朝花夕拾》。

〔2〕 书店 指湖风书局。宣侠父等1931年创办于上海。

〔3〕 《新俄新作家三十人集》 即《新俄新小说家三十人集》,系德文译本,荷涅克译。

〔4〕 《文艺新闻》 周刊,"左联"领导的刊物之一,1931年3月在上海创刊。1932年6月出至第六十期停刊。《上海文艺之一瞥》最初分两次发表于该刊第二十、二十一期(1931年7月27日、8月3日)。

〔5〕 《青年界》 综合性月刊,石民、赵景深、李小峰编辑。1931年1月在上海创刊,北新书局发行。中经休、复刊,至1949年1月停刊。

310808　致李小峰

小峰兄：

　　今日得来信后，即将《朝花夕拾》一本持上，此书中有图板，去制版时，希坚嘱勿将底子遗失，因反面印有文字，倘失去，则寓中更无第二本也。

　　又此书只十行，此次印刷，似可改为每页十二行，行卅字，与《呐喊》等一律。

　　《象牙之塔》可先函嘱北平速印，印花当于明日即送乔峰处，希于十三日便道去取，另有北平翻版书两本，一并奉还并携印花收条。专卖北平之廉价版，我并可将版税减低为百分之二十。

迅　上　八月八夜

　　再：《热风》，《华盖》，《华续》，将出之《中国小说史略》及《象牙之塔》，均尚未有合同，希便中补下。似应有三份，前三种合一份，后二种各一份也。

310816　致蔡永言[1]

永言兄：

　　七月廿六日信早收到，《土敏土》校正稿，则收到更在其前。雪兄[2]如常，但其所接洽之出版所，似尚未十分确定。盖上海书店，无论其说话如何漂亮，而其实则出版之际，一欲安全,二欲多售,三欲不化本钱,四欲大发其财,故交涉颇麻烦也。但无论如何,印出是总可以印出的。

当印行时,插画当分插本文中,题语亦当照改,而下注原题,此原题与德译本亦不尽合,是刻者自题的。戈庚[3]教授论文,可由我另译一篇附入。书拟如《奔流》之大,不能再大了。作者像我有底子,另做一块,所费亦甚有限。

大江书店之线订法,流弊甚多,我想只好仍用将线订在纸边之法。至于校对,则任何书店,几于无一可靠,有些人甚至于识字不多,点画小有不同,便不能辨了。此次印行时,可属密斯许校对,我相信可以比普通少错一点。

此复,即颂

近佳

迅 上 八月十六夜

绍兄均此致候不另。

题版题语能否毫无删改,须与出版者商量,采其意见。

＊　　　＊　　　＊

〔1〕 蔡永言　董绍明、蔡咏裳夫妇合用的名字。董绍明(1899—1969),字秋士,一作秋斯,河北静海(今属天津)人,翻译家,曾在上海编辑《世界月刊》。蔡咏裳(1901—1940),广东南海人,曾与董绍明合译革拉特珂夫的长篇小说《土敏土》,鲁迅为之校订,此信系致蔡咏裳。

〔2〕 雪兄　指冯雪峰(1903—1976),浙江义乌人,笔名画室、洛扬等,作家、文艺理论家。中国左翼作家联盟成员之一。著有《论文集》、《灵山歌》、《回忆鲁迅》等。

〔3〕　戈庚(П.С.Коган,1872—1932)　苏联文学史家,文学批评家。他的论文,指《伟大的十年的文学》第三章第十五、十六节。鲁迅于1931年10月21日据日译本转译,改题《〈士敏土〉代序》,载于董绍明、蔡咏裳译《士敏土》再版插图本的卷首。

310911　致李小峰

小峰兄:

昨遇舍弟,谈及种种,甚慰。

《小说史略》未知已出版否? 出时希见赠二十本。

《旧时代之死》〔1〕之作者之家族,现颇窘,几个友人为之集款存储,作孩子读书之用。该书八月应结版税,希为结算示知,或由我代取,或当由其旧友走取均可。

迅　上　九月十一日

*　　　*　　　*

〔1〕　《旧时代之死》　长篇小说,柔石著,1929年10月上海北新书局出版。

310915①　致李小峰

小峰兄:

今日收到八月份版税四百并《小说史略》二十本,谢谢! 本月版税能早日见付,尤感。

　　未名社内情，我虽不详知，但诗人韦丛芜君，却似乎连说话也都是诗，往往不可信，今我已向开明提出抗议，他的取款不大顺利了，我这边的纸版，大约不久总要归还的。

　　至于代偿欠款，我以为犯不上。一者因为《小约翰》销路未必佳，《坟》也一半文言，不算什么；二者因为我想这两种之被扣，未必因为本书，而是由于新排之别种书籍之欠款，数目未必寥寥，倘去代付，那就成为替别人付账了。还是"由它去罢"。

　　印好之印花，已只剩了一千，拟去新印，但恐未必即能印出。《朝花》[1]出版时，先用一千再说罢，倘那时尚未印好的话。

　　　　　　　　　　　　迅　上　九月十五夜

　　《旧时代》[2]款，能速交下，最好。

　　　＊　　　　　＊　　　　　＊

　　〔1〕　《朝花》　指《朝花夕拾》。

　　〔2〕　《旧时代》　指《旧时代之死》。

310915② 致孙　用

孙用先生：

　　久不问候了。看见刊物上时有文字发表，藉知依然努力于译作。

　　近来出版界很销沈，许多书店都争做教科书生意，文艺遂没有什么好东西了,而出版也难,一不小心,便不得了……

《勇敢的约翰》有一个湖风书店印去了。它是小店,没有钱,所以插图十二幅及作者像一幅,是由我印给它的。但我希　先生给与印花壹千个,为将来算账地步,虽然能否算到不可知。

我想印花最好用(裁小)单宣,叠出方格,每张数十或百余,上加名印,如⊡之大,由他们去帖去。

原稿现已校毕,日内当与世界语译本三页,一同挂号寄上。但原稿已被印局弄得一塌胡涂了。我所加的格式,他们也不听。(这里是书局不听作者的话,印刷局也不听书局和作者的话的。)

将来寄印花时,地址可如寄奉原稿时所列。

此上,即颂

著祺。

迅　启上　九月十五夜

311005　致孙　用

孙用先生:

惠函并印花一千枚,早已收到。诗集[1]尚在排印,未校完。中国的做事,真是慢极,倘印 Zola[2] 全集,恐怕要费一百年。

这回印诗,图十三张系我印与,制版连印各一千张共用钱二百三十元,印字及纸张由湖风书店承认,大约需二百元上下,定价七角,批发七折,作将来全数可以收回计,当得四百九十元。书店为装饰面子起见,愿意初版不赚钱,但先生初版版税,只好奉百分之十,实在微乎其微了。而且以现在出版界现状观之,再版怕也不易,所以这一本翻译,几乎是等于牺牲。

版税此地向例是卖后再算,但中秋前他们已还我制版费一部分,所以就作为先生版税,提前寄上,希便中向商务分馆一取汇款人用周建人名义,取得后并寄给我一收条,写明收到《勇敢的约翰》版税洋七十元,以便探得销完后向之索回垫款,因我在上海,信息较灵,易于措手也。倘幸而能够再版,那时另定办法罢。此上,即颂

著祺。

迅 启上 十月五夜

书大约十一月总可以印成了,先生欲得多少本,希便中示知。

＊　　　＊　　　＊

〔1〕 诗集　指《勇敢的约翰》。

〔2〕 Zola　左拉(É. Zola,1840—1902),法国作家。著作甚丰。其中《卢贡·马加尔家族》,由《酒店》、《娜娜》、《萌芽》、《金钱》等二十部长篇小说组成。

311013　致 崔 真 吾

真吾兄:

顷奉手示,谨悉种种。期刊未到,邮政模模胡胡,能否递

到,是很难说的。

　　这一年来,我因搬来搬去,以致与朋友常难晤面,兄到上海,舍弟曾见告,但其时则已在回乡之后矣。侍桁[1]兄久未晤,得来函后始知其已往中大了。

　　朝华社用过之锌版,星星社[2]要用,我当然是可以的。请兄自向王先生[3]函取。

　　翻版书北平确也不少,有我的全集,而其实只三百页,可笑。但广州土产当亦不免,我在五年前,就见过油印版的《阿Q正传》。

　　此地近来颇热闹,但想亦未必久的。我身体如常,可释远念。

　　此复,并颂

近佳

　　　　　　　　　　　　　迅　启上　十月十三日

　　　＊　　　　＊　　　　　＊

　　〔1〕　侍桁　即韩侍桁,参看290731信注〔2〕。曾参加"左联",后转向"第三种人"。当时在广州中山大学任教。

　　〔2〕　星星社　广州中山大学附属中学的一个文学团体。1930年11月出版《星星汇刊》(不定期),后改为《星星旬刊》。1931年12月停刊。

　　〔3〕　王先生　指王方仁。参看300119信注〔1〕。

311027　致 曹 靖 华

靖华兄：

十月八日信收到，它[1]兄信已转交。地图[2]一枚及信，早收到了，图样太小而不清楚，仍不能用，现已托人将集中之一张，改画单色，要比较的好些。赛氏集[3]第一卷亦早到。大约一月以前，寄上《前哨》[4]两份，不知到否？我恐怕寄不到。

"喀杰特"[5]注，书中已改从它兄之说，现得来信，又怀疑起来，今且看它兄怎么决定，倘他有案语，就印一附张于后，不然，就随他去罢。我疑心此语本意是士官生，因为此种人多在反动军中，后来便以称一切反动派军队，也难说的。此书本文已校完，现正在校自传及注释等，下月之内，定可出版了。书中有插画四张，三色版之作者像及《铁流》图一张，地图一张，比之书局所印的营利之品，较为认真，也比德日译本[6]为完备。《毁灭》则正要开印，除加上原本所有之插画外，亦有三色版作者像一张，但出版也要在十一月。此书是某书局[7]印的，他们怕用我的名字，换了一个，又删去序跋，但我自印了五百部（用他们的版），有序跋，不改名的，寄上时当用这一种。

未名社开创不易，现在送给别人[8]，实在可惜。那第一大错，是在京的几位，向来不肯收纳新分子进去，所以自己放手，就无接办之人了。其实，他们几位现在之做教授，就是由未名社而爬上去的，功成身退，当然留不住，不过倘早先预备下几个接手的青年,又何至于此。经济也一榻胡涂,据丛芜函说,社中所欠是我三千余元,兄千余元,霁野八百余元,须由开明书店买去存书及收来外埠欠款还付。后闻书已运沪,我向开明店取款,则丛芜已取八百元去,仅剩七百元,允给我,而尚未付;托友去取纸版,则三部中已有两部作了抵押品,取不来了。

合同另纸抄上,此非丛所通知,是我由书局方面抄来的。那时丛要留未名社之名,我因不愿在书店统治下,即声明退社,故我不在内。但这种合同,亦不可靠,听说他们现已不肯代售存书中之《烟袋》及《四十一》(未尝禁过),还有《文学与革命》(同上)三种,已在大加掣肘了。

出让的事情,素园是不知道的,怕他伤心,大家瞒着他,他现在还躺在病院里,以为未名社正在前进。此外,竟不知主动者是谁,据丛说,虽由他出面,而一味代行大家的公意。前因款事,去信未名社,问现在社中何人负责,丛答云:"先前既有负责之人,现在自然必也有负责之人",竟不说究竟是谁也。

我想译的小说集,已译的有了九篇,即 L. Lunz[9]:《在沙漠上》;E. Zamiatin[10]:《洞窟》;K. Fedin[11]:《果树园》;S. Malashkin[12]:《工人》;B. Pilniak[13]:《苦艾》;V. Lidin[14];Zoshitchenko[15]:《Victoria Kazhimirovna》;A. Yakovlev[16]:《穷人》;Seifullina[17]:《肥料》。此外未定。后来放下多日,近因校《铁流》,看看德译本,知道删去不少,从别国文重译,是很不可靠的。《毁灭》我有英德日三种译本,有几处竟三种译本都不同。这事情很使我气馁。但这一部书我总要译成它,算是聊胜于无之作。

　我们如常,好的,请释念。

　　　　　弟豫　启上　十月二十七夜

＊　　　＊　　　＊

　〔1〕　它　瞿秋白笔名"屈维它"的略称。瞿秋白(1899—1935),江苏常州人,中国共产党早期领导人之一。1927年国民党反共政变后,他主持召开"八月七日党中央紧急会议",结束陈独秀右倾机会主义路线。1927年冬至1928年春,在担任中央政治局临时书记时,犯有"左"倾盲动错误。后受王明排挤,1931年至1933年在上海从事革命文化工作。1934年到中央苏区,任苏维埃政府教育人民委员。红军长征后他留在苏区,1935年2月在福建长汀被国民党逮捕,同年6月18日被杀害。著有《赤都心史》等,译文汇编为《海上述林》两卷。

　〔2〕　地图　即《铁流》书后所附的《达曼军行军图》。

　〔3〕　赛氏集　即《绥拉菲摩维支全集》。

　〔4〕　《前哨》　半月刊,"左联"机关刊物,1931年4月在上海创刊,自第二期起改名《文学导报》,同年11月出至第八期被迫停刊。

　〔5〕　喀杰特　沙皇贵族子弟军官学校的学生。

　〔6〕　德日译本　德译本附于聂维洛夫的《丰饶的城塔什干》之后,1929年柏林新德意志出版社出版,无译者名,有删节。日译本《铁之流》,藏原惟人译,1930年东京丛文阁出版。

　〔7〕　某书局　指大江书铺。

　〔8〕　送给别人　指未名社结束,财物、书籍等交开明书店处理。

　〔9〕　L. Lunz　伦支(Л. Н. Лунц,1901—1924),又译隆茨,苏联"同路人"作家。他的《在沙漠上》,1928年秋译,载《北新》半月刊第三卷

第一期(1928 年 11 月 1 日),后收入小说集《竖琴》。

〔10〕 E. Zamiatin   札米亚丁(Е. И. Замятин,1884—1937),通译札弥亚丁,苏联"同路人"作家。他的《洞窟》,鲁迅于 1930 年 7 月 18 日译毕,载《东方杂志》第二十八卷第一号(1931 年 1 月),后收入小说集《竖琴》。

〔11〕 K. Fedin   斐丁(К. А. Федин,1892—1977),通译费定,苏联作家。著有长篇小说《城与年》、《初欢》、《不平凡的夏天》等。他的《果树园》,鲁迅于 1928 年 11 月 20 日译毕,载同年《大众文艺》月刊第一卷第四期(12 月 20 日),后收入小说集《竖琴》。

〔12〕 S. Malashkin   玛拉式庚(С. И. Малашкин,1888—?),苏联作家。他的《工人》,鲁迅于 1932 年 9 月 19 日前译毕,后收入小说集《一天的工作》。

〔13〕 B. Pilniak   毕力涅克(Б. А. Пильняк,1894—1937),又译皮涅克,苏联"同路人"作家。他的《苦蓬》,鲁迅于 1929 年 10 月 2 日译毕,载《东方杂志》第二十七卷第三号(1930 年 2 月),后收入小说集《一天的工作》。

〔14〕 V. Lidin   理定(В. Г. Лидин,1894—?),苏联作家。他的《竖琴》,鲁迅于 1928 年 11 月 15 日译毕,载《小说月报》第二十卷第一期(1929 年 1 月),后收入小说集《竖琴》。

〔15〕 Zoshitchenko   淑雪兼珂(М. М. Зощенко,1895—1958),通译左琴科,苏联"同路人"作家。他的《Victoria Kazhimiro vna》,鲁迅译作《波兰姑娘》,收入 1929 年 4 月朝华社版《奇剑及其他》(《近代世界短篇小说集》之一)。

〔16〕 A. Yakovlev   雅柯夫列夫(А. С. Яковлев,1886—1953),苏联作家。著有中篇小说《十月》等。他的《穷人》,鲁迅译作《穷苦的人们》,1932 年 9 月 13 日前译毕,载《东方杂志》第三十卷第一号(1933 年

1 月),后收入小说集《竖琴》。

〔**17**〕 Seifullina 绥甫琳娜(Л. Н. Сейфулина,1889—1954),通译谢芙琳娜,苏联女作家。她的《肥料》,鲁迅于 1931 年 8 月 9 日译毕,载《北斗》月刊第一卷第一、第二期(1931 年 9 月、10 月),后收入小说集《一天的工作》。

311110　致　曹靖华

靖华兄:

十月廿三日来信已收到,它兄信即转交。这以前的两信,也均收到的,希勿念。

霁野久不通信,恐怕有一年多了。惟丛芜偶有信来发牢骚,亦不写明住址,现在未名社发行部已取消,简直无从寄信。仅从开明书店听来,丛亦在天津教书〔1〕。今天报上,则载天津混乱〔2〕,学生走散,那么,恐怕他现又不在那里了。

未名社交与开明书店后,丛共取款千元去,但近闻又发生纠纷,因为此后他们又不履行条约。未名社似腐烂已久,去年我印 Gladkov 小说《Zement》之木刻十张,以四十部托其代售,今年因其停办,索回存书,不料寄回来的是整整齐齐的一包,连陈列也没有给我陈列,我实觉得非常可叹。

兄的短篇小说译稿,我想,不如寄来放在我这里罢,将在手头的。我一面当设法寄霁野信,请其将存稿寄来,看机会可在杂志上先登载一次,然后印成一册,明年温暖时,并希兄将

《Transval》[3]译完见寄。此地事无一定，书店也早已胆小如鼠，心凶如狼，非常难与商量。但稿子放在上海，究竟较易设法，胜于藏在北平箱子里也。

我到现在为止，都安好的。不过因为排日风潮[4]，学生不很看书了，书店很冷落，我的版税大约就要受到影响，于是也影响于生活。但我想无论如何，也不能退入乡下，只能将生活状态收缩，明年还是住在上海的。不过明年我想往北京一趟，看看母亲。旧朋友是变化多端，几乎不剩一个了。

听日本人说，《阿Q正传》的俄译新版上，有 Lunacharski 序文[5]，不知确否？如确，则甚望兄译其序文或买有此序文之书一本见寄。

我所译短篇，除前信所说之外，近又译成 Zozulia[6]之《A K 与人性》Inber[7]之《Lala 的利益》各一篇，此外决定要译的，是孚尔玛诺夫[8]之《赤色之英雄们》。

《毁灭》已在印刷，本月内定可出书；《铁流》已校完，十五六即可开始印刷，十二月中旬定可出书，地图还是用全集中的一张，但请人照画了一张，将山也改作黑色了。原文英国拼音和译名，则另印了一幅对照表。

这里已经冷起来，那边可想而知，没有火炉，真是很为难的，不知道这种情形，大约要几年才可以脱出而得到燃料？

此地学生们是正在大练义勇军之类，但不久自然就收场，这种情形，已见了好几次了。现在是因为排日，纸张缺乏，书店已多不复印书。

专此,并祝

安健

弟豫 启上 十一月十日

*　　　*　　　*

〔1〕 天津教书 指韦丛芜经李霁野介绍,于 1931 年秋到天津河北女子师范学院任教。

〔2〕 天津混乱 1931 年 11 月 8 日,天津日军组织汉奸便衣队千余人,自日租界冲入华界,并借口其排长被流弹击伤,向我方开炮。

〔3〕《Transval》《苔兰斯华尔》,中篇小说,苏联费定作。未译成。

〔4〕 排日风潮 指 1931 年九一八事变后,全国人民掀起的抵制日货,反对日本帝国主义侵略的运动。

〔5〕 Lunacharski 序文 所传卢那察尔斯基为《阿 Q 正传》俄译本作序,并非事实。

〔6〕 Zozulia 左祝黎(Е.Д.Зозуля,1891—1941),苏联作家。他的《AK 与人性》,即《亚克与人性》,鲁迅于 11 月 4 日译,收入小说集《竖琴》。

〔7〕 Inber 英培尔(В.М.Инбер,1890—1972),苏联女作家。她的《Lala 的利益》,即《拉拉的利益》,收入小说集《竖琴》。

〔8〕 孚尔玛诺夫(Д.А.Фурманов,1891—1926) 通译富曼诺夫,苏联作家。著有长篇小说《恰巴耶夫》等。他的《赤色的英雄们》,即《革命的英雄》,鲁迅于 1932 年 5 月 30 日译毕,收入小说集《一天的工作》。

311113　致孙　用

孙用先生：

　　《勇敢的约翰》已印成,顷寄上十一本,计分三包。其中之一本,希费神转寄"旧贡院高级中学许钦文先生收"为感。

　　书款是不必寄还书店的,因为当时即已与他们约定,应送给译者十本。

　　这回的本子,他们许多地方都不照我的计划:毛边变了光边,厚纸改成薄纸,书面上的字画,原拟是偏在书脊一面的,印出来却在中央,不好看了。

　　定价他们也自己去增加了一角,这就和板税相关,但此事只好将来再与交涉。

　　不过在这书店都偷工减料的时候,这本却还可以说是一部印得较好的书;而且裴多菲的一种名作,总算也绍介到中国了。

　　此布,即颂

曼福!

迅　启上　十一月十三日

一 九 三 二 年

320108　致　曹靖华

靖华兄：

　　六日寄上一函，想已到。顷因罗山尚宅有信来，故转寄上，乞收。信中涉及学费之事〔1〕，其实兄在未名社有版税千余元，足支五年，但我看是取不来的。因为我有三千余，与开明书店交涉至今，还是分文也得不到。

　　我想这一笔款，我力能设法，分两次寄去，兄只要买图画书五六十芦〔2〕寄我作为还的就好了。如何，乞示。但如这样办，则请将收款人详细住址及姓名开示为要。

弟豫　启上　一月八日

　　　　　＊　　　　＊　　　　＊

　　〔1〕　学费之事　当时曹靖华的妻妹尚佩吾在河南开封上学，来信请寄学费。

　　〔2〕　芦　卢布的代称。

320222　致　许寿裳〔1〕

季市兄：

　　因昨闻子英登报招寻〔2〕，访之，始知兄曾电询下落。此次事变[3]，殊出意料之外，以致突陷火线中，血刃塞途，飞丸入室，真有命在旦夕之概。于二月六日，始得由内山[4]君设法，携妇孺走入英租界，书物虽一无取携，而大小幸无恙，可以告慰也。现暂寓其支店中，亦非久计，但尚未定迁至何处。倘赐信，可由"四马路杏花楼下，北新书局转"耳。此颂

曼福。

弟树　顿首　二月二十二日

乔峰亦无恙，并闻。

＊　　　　＊　　　　＊

〔1〕　此信据许寿裳亲属录寄副本编入。

〔2〕　登报招寻　1932年一·二八事变时，因鲁迅北四川路底的寓所临近火线，许寿裳乃致电陈子英询鲁迅安危，陈因亦不知鲁迅去向，故曾登报招寻。

〔3〕　指一·二八战事。1932年1月28日夜，驻沪日军突然进攻闸北中国驻军，第十九路军奋起抵抗，激战月余。后国民党政府与日本签订屈辱的《淞沪停战协定》。

〔4〕　内山　即内山完造，上海内山书店店主。参看320413（日）信注〔1〕。

<h2 style="text-align:center">320229　致 李秉中</h2>

秉中兄：

三日前展转得一月二十五日来信，知令郎逝去，为之惨然。顷复由北平寄来一函，乃谂藐躬失踪之谣，致劳远念，其

感甚歉。上月二十八之事,出于意外,故事前毫无豫备,突然陷入火线中。中华连年战争,闻枪炮声多矣,但未有切近如此者,至二月六日,由许多友人之助,始脱身至英租界,一无所携,只自身及妇竖共三人耳。幸俱顽健,可释远念也。现暂寓一书店之楼上,此后仍寓上海,抑归北平,尚毫无头绪,或须视将来情形而定耳。所赐晶印,迄今未至,有无盖不可知。商务印书馆全部,亦已于二十九日焚毁,但舍弟亦无恙,并闻。此复,即颂

俪祉

迅 启上〔二月二十九日〕

令夫人并此致候不另　令郎均吉。

此后赐信,可寄"上海四马路北新书局转"

320302　致 许 寿 裳[1]

季茀兄:

顷得二月二十六日来信,谨悉种种。旧寓至今日止,闻共中四弹,但未贯通,故书物俱无恙,且亦未遭劫掠。以此之故,遂暂蜷伏于书店楼上,冀不久可以复返,盖重营新寓,为事甚烦,屋少费巨,殊非目下之力所能堪任。倘旧寓终成灰烬,则拟挈眷北上,不复居沪上矣。

被裁之事[2],先已得教部通知,蔡先生[3]如是为之设法,实深感激。惟数年以来,绝无成绩,所辑书籍,迄未印行,近方图自印《嵇康集》[4],清本略就,而又突陷兵火之内,

287

存佚盖不可知。教部付之淘汰之列,固非不当,受命之日,没齿无怨。现北新书局尚能付少许版税,足以维持,希释念为幸。

今所恳望者,惟舍弟乔峰在商务印书馆作馆员十年,虽无赫赫之勋,而治事甚勤,始终如一,商务馆被燹后,与一切人员,俱被停职,素无储积,生活为难,商务馆虽云人员全部解约,但现在当必尚有蝉联,而将来且必仍有续聘,可否乞　兄转蕲蔡先生代为设法,俾有一栖身之处,即他处他事,亦甚愿服务也。

钦文之事[5],在一星期前,闻虽眷属亦不准接见,而死者之姊,且控其谋财害命,殊可笑,但近来不闻新消息,恐尚未获自由耳。

匆复,即颂

曼福。

弟树　启上　三月二日

乔峰广平附笔致候

＊　　　　＊　　　　＊

〔1〕　此信据许寿裳亲属录寄副本编入。

〔2〕　被裁之事　鲁迅于 1927 年 12 月应当时大学院院长蔡元培之聘,任该院特约撰述员,至 1931 年 12 月被裁。

〔3〕　蔡先生　即蔡元培。他于 1928 年 10 月辞去大学院院长职,随即被任命为国民政府委员、监察院院长,次年 8 月辞职,留任中央研究院院长。

〔4〕《嵇康集》 诗文集,三国魏嵇康著,鲁迅据明代吴宽丛书堂本辑校并补遗,共十卷。

〔5〕 钦文之事 1932年初,杭州艺专学生陶思瑾(陶元庆之妹)和同学刘梦莹借住于许钦文家,因陶与刘发生冲突,刘被陶杀死,房主许钦文被刘的姐姐刘庆荣控告于法院,2月11日被拘,鲁迅通过司法界友人陶书臣营救,于3月19日获保释。

320315 致 许 寿 裳[1]

季市兄:

快函已奉到。诸事至感。在漂流中,海婴忽生疹子,因于前日急迁至大江南饭店,冀稍得温暖,现视其经过颇良好,希释念。昨去一视旧寓,除震破五六块玻璃及有一二弹孔外,殊无所损失,水电瓦斯,亦已修复,故拟于二十左右,回去居住。但一过四川路桥,诸店无一开张者,入北四川路,则市廛家屋,或为火焚,或为炮毁,颇荒漠,行人亦复寥寥。如此情形,一时必难恢复,则是否适于居住,殊属问题,我虽不惮荒凉,但若购买食物,须奔波数里,则亦居大不易耳。总之,姑且一试,倘不可耐,当另作计较,或北归,或在英法租界另觅居屋,时局略定,租金亦想可较廉也。乔峰寓为炸弹毁去一半,但未遭劫掠,故所失不多,幸人早避去,否则,死矣。此上,即颂

曼福。

树 启上 三月十五日

＊　　　　＊　　　　＊

〔1〕　此信据许寿裳亲属录寄副本编入。

320316　致 开 明 书 店[1]

径启者,未名社存书归　贵局经售,已逾半年,且由惠函,
知付款亦已不少,而鄙人应得之款,迄今未见锱铢,其分配
之不均,实出意外,是知倘非有一二社员,所取过于应得,
即经手人貌为率直,仿佛不知世故,而实乃狡黠不可靠
也。故今特函请
贵局此后将未付该社之款,全数扣留,并即交下,盖鄙人所
付垫款及应得版税,数在四千元以上,向来分文未取,今之
存书,当尽属个人所有,而实尚不足以偿清,收之桑榆[2],
犹极隐忍,如有纠葛,自当由鄙人负责办理,决不有累
贵局也。此请
开明书局执事先生台鉴

鲁迅 启 卅二年三月十六日

＊　　　　＊　　　　＊

〔1〕　此信原件逗号均作顿号。

〔2〕　收之桑榆　语出《后汉书·冯异传》:"失之东隅,收之桑榆。"
原指晚暮,此处比喻收款之晚。

320320^① 致 母 亲^[1]

母亲大人膝下敬禀者,十七日寄奉一函,想已到。现男等已于
十九日回寓,见寓中窗户,亦被炸弹碎片穿破四处,震碎
之玻璃,有十一块之多。当时虽有友人代为照管,但究不
能日夜驻守,故衣服什物,已有被窃去者,计害马衣服三
件,海婴衣裤袜子手套等十件,皆系害马用毛线自编,厨
房用具五六件,被一条,被单五六张,合共值洋七十元,损
失尚算不多。两个用人,亦被窃去值洋二三十元之物件。
惟男则除不见了一柄洋伞之外,其余一无所失,可见书籍
及破衣服,偷儿皆看不入眼也。

老三旧寓,则被炸毁小半,门窗多粉碎,但老三之物,则除
木器颇被炸破之外,衣服尚无大损,不过房子已不能住,
所以他搬到法租界去了。

海婴疹子见点之前一天,尚在街上吹了半天风,但次日却
发得很好,移至旅馆,又值下雪而大冷,亦并无妨碍,至十
八夜,热已退净,遂一同回寓。现在胃口很好,人亦活泼,
而更加顽皮,因无别个孩子同玩,所以只在大人身边吵
嚷,令男不能安静。所说之话亦更多,大抵为绍兴话,且
喜吃咸,如霉豆腐,盐菜之类。现已大抵吃饭及粥,牛乳
只吃两回矣。

男及害马,全都安好,请勿念。淑卿小姐久不见,但闻其
肚子已很大,不久便将生产,生后则当与其男人同回四川

云。专此布达,恭请

金安。

男树 叩上 三月二十日夜

＊　　　＊　　　＊

〔1〕 母亲 鲁瑞(1858—1943),浙江绍兴人。1919 年 12 月底由绍兴移居北京。

320320^②　致 李秉中

秉中兄:

惠函奉到。时危人贱,任何人在何地皆可死,我又往往适在险境,致令小友远念,感愧实不可言,但实无恙,惟卧地逾月〔1〕,略觉无聊耳。百姓将无死所,自在意中,忆前此来函,颇多感愤之言,而鄙意颇以为不必,兄当冷静,将所学者学毕,然后再思其他,学固无止境,但亦有段落,因一时之刺激,释武器而奋空拳,于人于己,两无益也。此地已不闻枪炮声,故于昨遂重回旧寓,门窗虽为弹片毁三四孔,碎玻璃十余枚,而内无损,当虚室时,偷儿亦曾惠临,计择去衣服什器约二十余事,值可七十元,但皆妇竖及灶下之物,其属于我者,仅洋伞一柄,书籍纸墨皆如故,亦可见文章之不值钱矣。当漂流中,孩子忽染疹子,任其风吹日炙,不与诊视,而竟全愈,顽健如常,照相久未照,惟有周岁时由我手抱而照者一张在此,日内当寄上,俟较温暖,拟照新片,尔时当续奉也。钦文事我亦不详,似是

三角恋爱,二女相妒,以至相杀,但其一角,或云即钦文,或云另一人,则真所谓"议论纷纷莫衷一是",不佞亦难言之矣。此颂

曼福。

迅 启上 三月二十夜

令夫人均此致候。

* * *

〔1〕 卧地逾月 1932年一·二八事变时,鲁迅离寓避难。据鲁迅同年2月6日日记:"下午全寓中人俱迁避英租界内山书店支店。十人一室,席地而卧。"3月19日回寓。

320322　致 许寿裳〔1〕

季市兄:

近来租界附近已渐平静,电车亦俱开通,故我已于前日仍回旧寓,门墙虽有弹孔,而内容无损。但鼠窃则已于不知何时惠临,取去妇孺衣被及厨下什物二十余事,可值七十元,属于我个人者,则仅取洋伞一柄。一切书籍,岿然俱存,且似未尝略一翻动,此固甚可喜,然亦足见文章之不值钱矣。要之,与闸北诸家较,我寓几可以算作并无损失耳。今路上虽已见中国行人,而迁去者众,故市廛未开,商贩不至,状颇荒凉,得食物亦颇费事。本拟往北京一行,勾留一二月,怯于旅费之巨,故且作罢。暂在旧寓试住,倘大不便,当再图迁徙也。在流徙

之际，海婴忽染疹子，因居旅馆一星期，贪其有汽炉耳。而炉中并无汽，屋冷如前寓而费钱却多。但海婴则居然如居暖室，疹状甚良好，至十八日而全愈，颇顽健。始知备汽炉而不烧，盖亦大有益于卫生也。钦文似尚不能保释，闻近又发见被害者之日记若干册，法官当一一细读，此一细读，正不知何时读完，其累钦文甚矣。回寓后不复能常往北新，而北新亦不见得有人来，转信殊多延误，此后赐示，似不如由内山书店[2]转也。

此上，即颂

曼福。

迅　启上　三月二十一夜

再者

　　十七日快信，顷已奉到，因须自北新去取，故迟迟耳。

　　乔峰事经蔡先生面商，甚为感谢，再使乔峰自去，大约王云五[3]所答，当未必能更加切实，鄙意不如暂且勿去，静待若干日为佳也。

　　顷又闻钦文已释出，法官对于他，并不起诉，然则已脱干系矣。岂法官之读日记，竟如此其神速耶。

迅　上　二十二日下午

＊　　　＊　　　＊

〔1〕　此信据许寿裳亲属录寄副本编入。

〔2〕　内山书店　日本人内山完造在上海创办的书店。主要出售日文书籍，1945年结束。鲁迅曾借该店会客并收转信件。

〔**3**〕 王云五(1888—1979) 字岫庐,广东中山人,当时是商务印书馆总经理兼编译所所长。

320328　致　许钦文

钦文兄:

　　顷得二十四日来信,知已出来,甚慰。我们亦已于十九日仍回旧寓,但失去一点什物,约值六七十元,书籍一无失少。炸破之玻璃窗,亦已修好,一切如常,惟市面萧条,四近房屋多残破,店不开市,故购买食物,颇不便当耳。监所生活与火线生活太不同,殊难比较,但由我观之,无刘姊之"声请再议"〔1〕,以火线生活为爽利,而大炮之来,难以逆料而决其"无妨",则又不及监所生活之稳当也。此复,即颂

近佳

　　　　　　　　　　　　　　迅 上 三月廿八日下午

＊　　　＊　　　＊

〔**1**〕 刘姊之"声请再议" 参看320302信注〔5〕。

320406　致　李小峰

小峰兄:

　　搬回后已两星期余,虽略失窃,而损失殊有限,亦无甚不便,但买小菜须远行耳。

因颇拮据,故本月版税,希见付。或送来,或函知日时地点,走取亦可。折子并希结算清楚,一并交下为荷。

迅　上　四月六日

320407　致　王育和^{〔1〕}

育和先生:

顷奉到来函并稿件一包^{〔2〕},稿容读后奉闻,先答询问如下:

一、平复兄捐款^{〔3〕},我不拟收回,希寄其夫人,听其自由处置。

二、建人现住"法界善钟路合兴里四十九号",但亦系暂住,不拟久居。

三、敝寓未经劫掠,而曾经小窃潜入,窃去衣物约值六七十元,而书籍毫无损失,在火线下之房屋,所失只此,不可谓非大幸也。

先此布复,并颂

春祺。

迅　启上　四月七夜

＊　　　＊　　　＊

〔1〕 王育和(1903—1971)　浙江宁海人,柔石的同乡,时为上海沙逊大厦瑞商永丰洋行职员。当时与柔石同住一楼,为鲁迅在景云里的邻居。

〔2〕 稿件一包 指李平所作《苏联闻见录》。李平(1902—1949)，笔名林克多，浙江黄岩人。1927 年大革命失败后赴苏联莫斯科入中山大学学习。1931 年回国后著《苏联闻见录》。1932 年春托王育和转请鲁迅校订并作序，同年 11 月由上海光华书局出版，署名林克多。

〔3〕 平复兄捐款 指鲁迅为柔石(赵平复)遗孤所捐教育费，王育和经手。鲁迅 1931 年 8 月 15 日日记："夜交柔石遗孤教育费百。"

320411 致 许 寿 裳〔1〕

季市兄：

四月二日惠函，至十一日始奉到，可谓慢矣。弟每日必往内山书店，此必非书店所搁也。乔峰因生计无着，暂寓"法界善钟路合兴里四十九号"友人处，倘得廉价之寓所，拟随时迁移，弟寓为"北四川路(电车终点)一九四 A 三楼四号"。旧寓损处，均已修好，与前无异矣。

当逃难中，子英曾来嘱代为借款，似颇闻我为富人之谣也，即却之，但其拮据可想，今此回绍，想亦为此耳。

此颂

曼福。

弟树 启上 四月十一日

*　　　*　　　*

〔1〕 此信据许寿裳亲属录寄副本编入。

320413　致 李小峰

小峰兄：

　　今日收到惠函并版税二百，当将收据交来客持回，谅早达览矣。印花据来函所开数目，共需九千，顷已一并备齐，希于便中倩人带收条来取为荷。

　　回寓之后，曾将杂感集稿子着手搜集，不料因为谣言之故，一个娘姨吓得辞工而去，致有许多杂务须自己去做，以致又复放下。但仍当进行，俟成后当奉闻。此六年中，杂文并不多，然拟分为两集，前半北新可印，后半恐不妥，[1]故拟付小书店去印，不知兄以为何如？

　　文学史不过拾集材料而已，倘生活尚平安，不至于常常逃来逃去，则拟于秋间开手整理也。

　　　　　　　　　　　　　　　迅 上 四月十三夜

＊　　　＊　　　＊

〔1〕　前半　指《三闲集》。后半，指《二心集》。

320423①　致 曹靖华

靖华兄：

　　四月二日的来信，已收到，附笺即当转交。寄它之杂志两本，《文学报》[1]数张，则于前天收到。但兄二月中所寄之短信两封,则未收到,一定是遗失了。弟在逃难时,因未将写好之信封[2]带出,故不能寄信,三月十九日回寓后,始于二十一日寄奉一函,内附尚宅来信,不知已收到否?

这回的战事,我所损并不多,因为虽需逃费,而免了房租,可以相抵,但孩子染了疹子,颇窘,现在是好了。寓中被窃了一点东西去,小孩子的,所值无几。至于生活,则因书店销路日减,故版税亦随之而减,此后如何,殊不可知,倘照现状生活,尚足可支持半年,如节省起来,而每月仍有多少收入,则可支持更久,到本月止,北新是尚给我一点版税的,请勿念。自印之两部书[3],因战事亦大受影响,近方与一书店[4]商量,将存书折半售去,倘成,则兄可得版税二百元,此款如何办理,寄至何处,希便中先示知。

纸张[5]当于五月初购寄。日译《铁流》,已写信往日本去买两本,一到即寄上,该书的译者[6],已于本月被捕了,他们那里也正在兴文字之狱。

书画[7]仍可寄原处(内山书店),只要挂号,我想是不会少的,此外已无更为可靠之处了。我们现在身体均好,勿念。此上,并祝

安健。

弟豫 上 四月二十三日

*   *   *

〔1〕《文学报》 苏联作家协会机关报,1929 年 4 月 22 日创刊于莫斯科,1934 年 8 月改为周报。

〔２〕　写好之信封　据收信人自注："当时我从国外寄信时，为免复信人麻烦，每次均附几个写好外文姓名、地址的信封。"

〔３〕　自印之两部书　即《毁灭》与《铁流》。

〔４〕　指上海光华书局。

〔５〕　纸张　指苏联木刻家所要的中国宣纸。参看《集外集拾遗·〈引玉集〉后记》。

〔６〕　译者　指藏原惟人（1902—1991），日本文艺理论家、翻译家，是日本无产阶级作家同盟领导人之一。

〔７〕　书画　指鲁迅委托曹靖华在苏联搜集的原版手拓木刻、名贵画册及书籍插画。

320423②　致台静农

静农兄：

久未问候，因先前之未名社中人，我已无一个知道住址了。社址大约已取消，无法可转。今日始在无意中得知　兄之住址，甚喜。有致霁野兄一笺，乞转寄为感。我年必逃走一次〔1〕，但身体顽健如常，可释远念也。此上，即颂

近祉。

迅　上　四月廿三夜

＊　　　＊　　　＊

〔１〕　年必逃走一次　鲁迅于1930年3月因参加发起中国自由运动大同盟事被通缉，1931年1月因柔石等人被捕，1932年1月因一·二八事变，均曾离寓暂避。

320423③ 致 李霁野

霁野兄：

前接舍间来函[1]，并兄笺，知见还百元，甚感。此次战事，我恰在火线之下，但当剧烈时，已避开，屋中四炮，均未穿，故损失殊少。在北京时也每年要听炮声，故并不为奇，但都不如这回之近耳。

早拟奉复，而不知信从何寄，今日始得一转信法，遂急奉闻，此颂
近祉。

迅 上 四月廿三夜

*　　　*　　　*

〔1〕 舍间来函　鲁迅 1932 年 4 月 11 日日记："得母亲信，三日发，云收霁野所还泉百元，并附霁野一笺，三月三十一日写。"按此款为李霁野归还 1927 年所借学费。

320424 致 李小峰

小峰兄：

杂感上集已编成，为一九二七至二九年之作，约五六万字，名《三闲集》，希由店友便中来取，草目附呈。其下集尚须等十来天，名《二心集》。

版式可照《热风》,以一年为一份,连续排印,不必每篇另起一版。每行字数,为节省纸张起见,卅六字亦可;为抵制翻版计,另印一种报纸廉价版亦可,后两事我毫无成见。

此次因乔峰搬家,我已将所存旧纸版毁掉,只留三种,其《唐宋传奇》及《桃色的云》,我以为尚有可印之价值,但不知北新拟印否,希示,否则当另设法也。

迅　上　四月廿四日

印时须自校,其转寄之法,将来另商,因内山转颇不便,他们无人管也。

再:版税照上两月所收数目,无法维持生活,希月内再见付若干为幸。　　廿五日又及

320503　致　李秉中

秉中兄:

顷奉到十八日惠函,同时亦得家母来书,知蒙存问,且贶佳品[1],不胜感谢。三月二十八日函早到,以将回国,故未复,其实我之所谓求学,非指学校讲义而言,来书所述留学之弊,便是学问,有此灼见,则于中国将来,大半已可了然,然中国报纸,则决不为之发表。危言为人所不乐闻,大抵愿昏昏以死,上海近日新开一跳舞厅,第一日即拥挤至无立足之处,呜呼,尚何言哉。恐人民将受之苦,此时尚不过开场也。但徒忧无益,我意兄不如先访旧友,觅生计作何事均可耳。

我本拟北归,稍省费用,继思北平亦无噉饭处,而是非口

舌之多,亦不亚于上海,昔曾身受,今遂踌躇。欲归省,则三人往返川资,所需亦颇不少,今年遂徘徊而终于不动,未可知也。此间已大有夏意,樱笋上市,而市况则萧条,但时病尚不及北平之盛,中国防疫无术,亦致命伤之一也,但何人肯虑及此乎? 贱躯如常,眷属亦安健,可告慰。此复,即颂

佳胜。

迅 启上 五月三夜

令夫人并此致候,世兄均吉。

* * *

〔1〕 佳品 指李秉中镌赠的印章。

320514① 致 李 小 峰

小峰兄:

昨得函并版税后,即托店友持归《二心集》稿子一本,内尚阙末一篇〔1〕,因本将刊载《十字街头》〔2〕而未印,以致稿子尚未取归也。此书北新如印,总以不用本店名为妥,如不印,则希从速将稿付还。

顷有友人〔3〕托买书籍十余种,今拟托北新代为一加搜集,因冀折扣可以较多。其中之出版所不明者,买通行本即可,标点本要汪原放〔4〕的,未知是否亚东出? 价值大约不逾二十元,希北新先一垫付,或列入我之帐目下,或即于下次版税中扣除均可。但希即为一办,至迟于二十日左右,劳店友一送

为荷。

见报知"女子书店"已开幕〔5〕，足令男子失色，然而男子的"自传"却流行起来了。

迅　上　五月十四日

＊　　　＊　　　＊

〔1〕　阙末一篇　指《关于翻译的通信》的回信部分。

〔2〕　《十字街头》　半月刊，第三期改为旬刊，"左联"机关刊物之一。鲁迅、冯雪峰合编。1931 年 12 月 11 日在上海创刊，次年 1 月即被国民党政府禁止，仅出三期。

〔3〕　友人　指日本的中国文学研究者增田涉，参看 320105（日）信注〔1〕。当时他在日本负责《世界幽默全集》中国部分的翻译编辑工作，托鲁迅在上海代购有关书籍，参看 320513（日）、320522（日）信。

〔4〕　汪原放（1897—1980）　安徽绩溪人。"五四"以后曾标点《水浒》等小说若干种，由上海亚东图书馆出版。

〔5〕　"女子书店"已开幕　1932 年 5 月 14 日上海《申报》刊登《女子创办"女子书店"出版预告》，内有"黄天鹏自叙传"《流浪人》、"章衣萍自叙传"《我的三十年》等。

320514②　致　许寿裳〔1〕

季市兄：

久未通启，想一切尚佳胜耶？乔峰事迄今无后文，但今兹书馆与工员，争持正烈，〔2〕实亦难于措手，拟俟馆方善后事宜办竣以后，再一托蔡公耳。

此间商民,又复悄然归来,盖英法租界中,仍亦难以生活。以此四近又渐热闹,五月以来,已可得《申报》〔3〕及鲜牛奶。仆初以为恢复旧状,至少一年,由今观之,则无需矣。

我景状如常,妇孺亦安善,北新书局仍每月以版税少许见付,故生活尚可支持,希释念。此数月来,日本忽颇译我之小说〔4〕,友人〔5〕至有函邀至彼卖文为活者,然此究非长策,故已辞之矣,而今而后,颇欲草中国文学史也。专布,并颂

曼福

弟树 启上 五月十四夜

* * *

〔1〕 此信据许寿裳亲属录寄副本编入。

〔2〕 关于书馆与工员争持一事,指商务印书馆资方与职工的争端。1932年一·二八战争中,商务印书馆在闸北的印刷厂、编译所、东方图书馆等被日军炸毁。事后王云五宣布该馆停业,职工一律解雇,听候重新任用;又以受灾惨重为由,将公司原规定按年资发给的退俸金一律只按17.8%发给。职工为了维护权利,推举代表与资方谈判,双方僵持半年以上,后经调停解决。

〔3〕 《申报》 我国近代出版时间最久的综合性报纸。1872年4月30日(清同治十一年三月二十三日)创刊于上海,1949年5月26日上海解放时停刊。

〔4〕 日本忽颇译我之小说 指1932年日本京华堂出版的《鲁迅创作选集》和日本改造社正在译编出版专收《呐喊》、《彷徨》全部小说的《鲁迅全集》等。

〔5〕 友人 指内山完造、增田涉、佐藤春夫等。

320604　致 李秉中

秉中兄：

　　顷得五月卅一日信片,知尚未南行,但我曾于五月二十左右寄一孺子相片,尚由朱寓[1]收转,未见示及,因知未到也。舍间交际之法,实亦令人望而生畏,即我在北京家居时,亦常惴惴不宁,时时进言而从来不蒙采纳,道尽援绝,一叹置之久矣。南行不知究在何时,如赐信,此后希勿寄北新,因彼店路远而不负责,易于遗失,惟"北四川路底、施高塔路、内山书店转周豫才收",为较妥也。倘见访,可问此店,当能知我之下落,北新则不知耳。此复,即颂

曼福。

迅 启上 六月四夜

　　令夫人均此致候　令郎均吉。

＊　　　＊　　　＊

　〔1〕　朱寓　北京阜成门内西三条胡同二十一号。朱,指朱安(1878—1947),浙江绍兴人,1906年鲁迅奉母命与之结婚。

320605① 致 李霁野

霁野兄：

　　五月十三日来信,今日收到。信中问前几天所寄信,却未

收到。但来信是十三写的,则曾收到亦未可知,但我信来即复,如兄不明收到与否,那么,是我的回信失掉了。北新办事散漫,信件易于遗失,此后如有信,可寄"北四川路底,施高塔路,内山书店转周豫才"收,较为妥当。

雪峰先前对我说起,要编许多人的信件,每人几封,印成一本,向我要过前几年寄静农,辞绝取得诺贝尔奖金的信[1]。但我信皆无底稿,故答以可问静农自取。孔君[2]之说,想由此而来也。

我信多琐事,实无公开价值,但雪峰如确要,我想即由兄择内容关系较大者数封寄之可也。

此复,即颂

近佳。

迅 启上 六月五日

*   *   *

〔1〕 辞绝诺贝尔奖金的信 即270925①信。

〔2〕 孔君 指孔另境,茅盾夫人之弟。时有意编辑出版当代作家书简。参看351101信注〔1〕。

320605② 致 台 静 农

静农兄:

今日北新书店有人来,始以五月八日惠函见付,盖北新已非复昔日之北新,如一盘散沙,无人负责,因相距较远,我亦不常往,转寄之函,迟误者多矣。后如赐信,寄"北四川路底,施高塔路,内山书店转",则入手可较速也。

　　沪上实危地,杀机甚多,商业之种类又甚多,人头亦系货色之一,贩此为活者,实繁有徒,幸存者大抵偶然耳。今年春适在火线下,目睹大戮,尤险,然竟得免,颇欲有所记叙,然而真所谓无从说起也。

　　中国旧籍亦尚寓目,上海亦有三四旧书店,价殊不昂于北平(此指我在北平时而言,近想未必大贬),故购求并不困难。若其搜罗异书,摩挲旧刻,恐以北平为宜,然我非其类也,所阅大抵常本耳。惟前几年《王忠悫公遗集》出版时,因第一集太昂,置未买,而先陆续得其第二至四集,迨全集印齐,即不零售,遂致我至今缺第一集。未知北平偶有此第一集可得否,倘有,乞为购寄,幸甚。

　　负担亲族生活,实为大苦,我一生亦大半困于此事,以至头白,前年又生一孩子,责任更无了期矣。

　　郑君[1]锋铓太露而昧于中国社会情形,蹉跌自所难免。常惠建功二兄想仍在大学[2]办事,时念及之。南游四年,于北平事情遂已一无所知,今春曾拟归省,但茬苒遂又作罢也。此复,即颂

曼福。

迅　上　六月五夜

* 　　* 　　*

　　〔1〕　郑君　指郑振铎,参看330205信注〔1〕。

〔2〕 大学 指北京大学。

320618^① 致 许寿裳^{〔1〕}

季市兄：

文求堂所印《选集》，^{〔2〕}颇多讹脱，前曾为之作勘正表一纸，顷已印成寄来，特奉一枚，希察收。

乔峰有信来，言校务月底可了^{〔3〕}。城中居人，民兵约参半，颇无趣，故拟课讫便归，秋间最好是不复往。希兄于便中向蔡先生一谈，或能由商务馆得一较确之消息，非必急于入馆，但欲早得着落，可无须向别处奔波觅不可靠之饭啖耳。但如蔡先生以为现在尚非往询之时，则当然不宜催促也。此上，并颂

曼福。

树 启上 六月十八日

*　　　*　　　*

〔1〕 此信据许寿裳亲属录寄副本编入。

〔2〕 文求堂所印《选集》 指《鲁迅小说选集》，1932年东京文求堂编印。中文本加有日文注。文求堂，日本田中庆太郎开设的以经营中国古书为主的书店。

〔3〕 校务月底可了 指周建人于1932年5月赴安庆安徽大学任教，6月即回上海。

320618^②　致台静农

静农兄：

六月十二日信于昨收到,今日收到《王忠悫公遗集》一函,甚感甚感。小说两种〔1〕,各两本,已于下午托内山书店挂号寄奉,想不久可到。两书皆自校自印,但仍为商店所欺,绩不偿劳,我非不知商人技俩,但以惮于与若辈斤斤计较,故归根结蒂,还是失败也。《铁流》时有页数错订者,但非缺页,寄时不及检查,希兄一检,如有错订,乞自改好,倘有缺页,则望见告,当另寄也。其他每一本可随便送人,因寄四本与两本邮资相差无几耳。

北平预约之事,我一无所知,后有康君〔2〕函告,始知书贾又在玩此伎俩,但亦无如之何。至于自印之二书,则用钱千元,而至今收回者只二百,三闲书局〔3〕亦只得从此关门。后来倘有余资,当印美术如《士敏土图》〔4〕之类,使其无法翻印也。

兄如作小说,甚好。我在这几年中,作杂感亦有几十篇,但大抵以别种笔名发表。近辑一九二八至二九年者为《三闲集》,已由北新在排印,三〇至三一年者为《二心集》,则彼不愿印行——虽持有种种理由,但由我看来,实因骂赵景深驸马之话〔5〕太多之故,《北斗》〔6〕上题"长庚"者,实皆我作——现出版所尚未定,但倘甘于放弃版税,则出版是很容易的。

"一二八"的事,可写的也有些,但所见的还嫌太少,所以写不写还不一定；最可恨的是所闻的多不可靠，据我所调查，大半是说谎，连寻人广告，也有自己去登，藉此扬名的。中国人将办事和做戏太混为一谈，而别人却很切实，今天《申报》的《自由谈》[7]里，有一条《摩登式的救国青年》，其中的一段云——

> "密斯张，纪念国耻，特地在银楼里定打一只镌着抗日救国四个字的纹银匣子；伊是爱吃仁丹的，每逢花前，月下，……伊总在抗日救国的银匣子里，摇出几粒仁丹来，慢慢地咀嚼。在嚼，在说：'女同胞听者！休忘了九一八和一二八，须得抗日救国！'"

这虽然不免过甚其辞，然而一二八以前，这样一类的人们确也不少，但在一二八那时候，器具上有着这样的文字者，想活是极难的，"抗"得轻浮，杀得切实，这事情似乎至今许多人也还是没有悟。至今为止，中国没有发表过战死的兵丁，被杀的人民的数目，则是连戏也不做了。

我住在闸北时候，打来的都是中国炮弹，近的相距不过一丈余，瞄准是不能说不高明的，但不爆裂的居多，听说后来换了厉害的炮火，但那时我已经逃到英租界去了。离炮火较远，但见逃难者之终日纷纷不断，不逃难者之依然兴高采烈，真好像一群无抵抗，无组织的羊。现在我寓的四近又已热闹起来，大约不久便要看不出痕迹。

北平的情形，我真是隔膜极了。刘博士[8]之言行，偶然也从报章上见之，真是古怪得很，当做《新青年》时，我是万料不到会这样的。出版物则只看见了几本《安阳发掘报告》[9]

之类,也是精义少而废话多。上海的情形也不见佳,张三李四,都在教导学生,但有在这里站不住脚的,到北平却做了许多时教授,亦一异也。

　　专此,即颂

近祺。

迅　启　六月十八夜

　　＊　　　　　＊　　　　＊

　　〔1〕　小说两种　指《毁灭》与《铁流》。

　　〔2〕　康君　指康嗣群(1910—1969),陕西城固人,当时的文学青年。

　　〔3〕　三闲书局　应为"三闲书屋",鲁迅自费印书时所用出版者的名称。

　　〔4〕　《士敏土图》　指《梅斐尔德木刻士敏土之图》。

　　〔5〕　骂赵景深驸马之话　赵景深之妻李希同为李小峰之妹,故鲁迅讽称赵为"驸马"。《二心集》中的《风马牛》、《关于翻译的通信》等文曾对赵的误译提出批评。

　　〔6〕　《北斗》　文艺月刊,"左联"的机关刊物之一,丁玲主编。1931年9月在上海创刊,1932年7月出至第二卷第三、四期合刊后停刊,共出八期。

　　〔7〕　《自由谈》　上海《申报》副刊之一,1911年8月24日创刊,原以刊载鸳鸯蝴蝶派作品为主。1932年12月由黎烈文接编后,革新内容,常刊载进步作家写的杂文、短评等。

　　〔8〕　刘博士　指刘半农(1891—1934),名复,江苏江阴人,作家、语言学家。1925年他在法国巴黎大学获文学博士学位。

〔9〕《安阳发掘报告》 年刊,北平国立中央研究院历史语言研究所编,发表有关河南安阳殷墟发掘工作的资料。李济主编,1929年12月创刊,1933年6月出至第四期停刊。

320624 致 曹 靖 华

靖华兄:

十一日寄上一信,想已到。十七日寄出纸一包,约计四百五十张,是挂号的,想不至于失落。本豫备了五百张,但因为太重,所以减少了。至于前信所说的二百小张,则只好作罢,因为邮局中也常有古怪脾气的人,看见"俄国"两个字就恨恨,先前已曾碰过几个钉子,这回将小卷去寄,他不相信是纸,拆开来看,果然是纸,本该不成问题了,但他拆的时候,故意(!)将包纸拆得粉碎,使我不能再包起来,只得拿回家。但包好了再去寄,不是又可以玩这一手的么? 所以我已将零寄法停止,只寄小包了。

上海的小市民真是十之九是昏聩胡涂,他们好像以为俄国要吃他似的。文人多是狗,一批一批的匿了名向普罗文学〔1〕进攻。像十月革命以前的 Korolenko〔2〕那样的人物,这里是半个也没有。

萧三〔3〕兄已有信来了。

兄所寄的书,文学家画像等二本〔4〕,是六月三日收到的,至今已隔了二十天,而同日寄出之《康宁珂夫画集》〔5〕还没有到,那么,能到与否,颇可疑了。书系挂号,想兄当可以向列京[6]邮局追问。但且慢,我当先托人向上海邮局去查一查,如无着落,当再写信通知,由兄去一查问,因为还有十二幅木刻,倘若失少,是极可惜的。

至今为止,收到的木刻之中,共有五家,其中的 Favorsky 和 Pavlinov[7]是在日本文的书上提起过了的,说 F. 氏[8]是苏联插画家的第一个。但不知这几位以外,还有木刻家否? 其作品可以弄到否? 用何方法交换,希兄便中留心探访为托。

《铁流》在北平有翻板了,坏纸错字,弄得一榻胡涂。所以我已将纸版售给(板权不售)这里的光华书局,因为外行人实在弄不过书贾,只好让商人和商人去对垒。作者抽版税,印花由我代贴。

日文的《铁流》已绝版,去买旧的,也至今没有,据说这书在旧书店里很少见。但我有一本,日内当寄上,送与作者就是了。

我们都好的,请勿念。此上,即颂

安健。

弟豫　启上　六月廿四夜

＊　　　＊　　　＊

〔1〕　普罗文学　即无产阶级文学。普罗,英语 Proletariat(无产阶级)的音译缩写。

〔2〕　Korolenko　柯罗连科(В. Г. Короленко,1853—1921),俄国作家。早年受革命民主主义思想影响,参加革命运动,曾多次被捕流放。著有中篇小说《盲音乐家》、自传体小说《我的同时代人的一生》等。

〔3〕 萧三 参看320911②信注〔1〕。

〔4〕 这里说的画像等二本,指魏列斯基的石印《文学家像》及安娜·奥斯特罗乌莫娃·列别杰娃(1871—1955)的《画集》。

〔5〕《康宁珂夫画集》 苏联雕刻家康宁珂夫的画集。

〔6〕 列京 指列宁格勒,旧名圣彼得堡,沙俄的首都。今复用旧名。

〔7〕 Favorsky 现译法沃尔斯基(1886—1964),苏联版画家。代表作有《陀思妥耶夫斯基像》、《伊戈尔王子远征记》插画等。Pavlinov,现译保夫理诺夫(1881—?),苏联版画家,作有木刻《斯维尔德洛夫像》、《普希金像》等。

〔8〕 F.氏 指法沃尔斯基。

320626　致　许　寿　裳〔1〕

季市兄:

　　十八日寄奉一函,谅已达。顷阅报,知商务印书馆纠纷〔2〕已经了结,此后当可专务开张之事,是否可请蔡先生再为乔峰一言,希兄裁酌定进止,幸甚感甚。此布,即颂

曼福。

弟树 顿首 六月二十六日

＊　　　　＊　　　　＊

〔1〕 此信据许寿裳亲属录寄副本编入。

〔2〕 商务印书馆纠纷 指该馆的劳资纠纷,参看320514②信注〔2〕。

320702① 致母亲

母亲大人膝下敬禀者,顷接到六月二十六日来信,敬悉一切。海婴现已全愈,且又胖起来,与生病以前相差无几,但还在吃粥,明后天就要给他吃饭了。他很喜欢玩耍,日前给他买了一套孩子玩的木匠家生,所以现在天天在敲钉,不过不久就要玩厌的。近来也常常领他到公园去,因为在家里也实在闹得令人心烦。附上照片一张,是我们寓所附近之处,房屋均已修好,已经看不出战事的痕迹来,站在中间的是害马抱着海婴,但因为照得太小,所以看不清楚了。上海已逐渐暖热,霍乱曾大流行,现已较少,大约从此可以消灭下去。男及害马均安好,请勿念。老三已经回到上海,下半年去否未定,男则以为如别处有事可做,总以不去为是,因为现在的学校,几乎没有一个可以安稳教书吃饭也。专此布达,恭请

金安。

男树　叩上　害马及海婴随叩　七月二日

320702② 致李霁野

霁野兄:

《黑僧》[1]译稿早收到。大前天得二十五日来信,信的抄本[2],是今天收到的。

其时刚刚遇见雪峰,便交与他了,自己也不及看,让他去选择罢。攻击人的和我自己的私人生活,我以为发表也可以,因为即使没有这些,敌人也很会造谣攻击的,这种例子已经多得很。

"和《爱经》"三字,已经删掉了。[3]此复,即颂

时祉。

迅 上 七月二夜

＊　　　＊　　　＊

〔1〕 《黑僧》 中篇小说,俄国契诃夫著,任国桢译,译稿未出版。鲁迅1932年6月20日日记:"午后收霁野寄还之任译《黑僧》稿子一本。"

〔2〕 孔另境为编辑出版《现代作家书简》,曾通过冯雪峰代为征集鲁迅的书信。李霁野所寄鲁迅给他的信的抄本,系请鲁迅过目并转交冯雪峰、孔另境。

〔3〕 指作者对1929年4月7日致韦素园信的修改,参看290407信注〔2〕。

320705　致　曹靖华

靖华兄:

六月十七日寄出纸一包,二十五日发一信,未知已收到否?

《康宁柯夫画集》及木刻十二张,至今没有收到,离开那三

317

包寄到之日，已一个月多了，托人到上海邮政总局去查，也并无此书搁置，然则一定搁置或失落在别处了。请兄向列京邮局一查，因为倘若任其遗失，是很可惜的。

向东京去买日译本《铁流》，至今还得不到，是绝板了，旧书也难得，所以今天已托书店将我的一本寄上，送给作者罢，乞兄转寄。

上海已热起来，我们总算好的，但因天气及卫生设备不好，常不免小病，如伤风及肚泻之类，不过都不要紧，几天就好了。

此外没有什么事要说，下次再谈。

顺祝

安好。

弟豫　启上　七月五日

320801　致　许　寿　裳[1]

季市兄：

上午得七月卅日快信，俱悉种种，乔峰事蒙如此郑重保证，不胜感荷。其实此君虽颇经艰辛，而仍不更事，例如与同事谈，时作愤慨之语，而听者遂掩其本身不平之语，但掇彼语以上闻，借作取媚之资矣。顷已施以忠告，冀其一心于馂，三缄厥口，此后庶免于咎戾也。

王公[2]胆怯，不特可哂，且亦可怜，忆自去秋以来，众论哗然，而商务馆刊物，不敢有抗日字样，关于此事之文章，《东方杂志》只作一附录〔3〕,不订入书中,使成若即若离之状。但日本不察,盖仍以商务馆为排日之大本营,馆屋早遭炸焚,王公之邸宅,亦沦为妓馆,迄今门首尚有红灯赫耀,每于夜间散步过之,辄为之慨焉兴叹。倘有三闾大夫〔4〕款,必将大作《离骚》,而王公则豪兴而小心如故,此一节,仍亦甚可佩服也。

近日刊物上,常见有署名"建人"之文字,不知所说云何,而且称此名者,似不只一人,此皆非乔峰所作,顾亦不能一一登报更正,反致自扰也。但于便中,希向蔡先生一提,或乞转告云五,以免误会为幸。原笺附还。此复,即颂

曼福。

　　　　　　　　弟树　启上　八月一日夜

蔡先生不知现寓何处,乞示知,拟自去向其一谢。同夜又及

＊　　　　＊　　　　＊

〔1〕　此信据许寿裳亲属录寄副本编入。

〔2〕　王公　指王云五。参看320322信注〔3〕。

〔3〕　《东方杂志》只作一附录　指《东方杂志》第二十八卷第二十一号(1931年11月)的"附录"《万宝山事件调查报告》、《朝鲜排华惨案调查报告》等文。

〔4〕　三闾大夫　指屈原(约前340—约前278),名平,字原,又字灵均,战国后期楚国诗人。楚怀王时曾任三闾大夫,顷襄王时遭诬陷被放逐。《离骚》是他的代表作,诗中表现了他的强烈的爱国主义思想和"忠而获咎"的忿激心情。

320805　致 李霁野、台静农、韦丛芜

霁野
静农兄：
丛芜

　　顷收到八月二日来信，知道素园兄已于一日早晨逝世，这使我非常哀痛，我是以为我们还可以见面的，春末曾想一归北平，还想到仍坐汽车到西山去，而现在是完了。

　　说起信来，我非常抱歉。他原有几封信在我这里，很有发表的价值的，但去年春初我离开寓所时，防信为别人所得，使朋友麻烦，所以将一切朋友的信全都烧掉了，至今还是随得随毁，什么也没有存着。

　　我现在只好希望你们格外保重。

迅　上　八月五日

320812　致 许寿裳[1]

季市兄：

　　昨晨得手书，因于下午与乔峰往蔡先生寓，未遇。见其留字，言聘约在马先生[2]处，今日上午，乔峰已往取得。蒙兄及蔡先生竭力设法，始得此席，弟本拟向蔡先生面达谢忱，而又不遇，大约国事鞅掌[3]，外出之时居多，所以一时恐不易见，兄如相见时，尚乞转致谢意为托。

　　归途过大马路，见文明书局[4]方廉价出售旧书，进而一

观,则见太炎先生手写影印之《文始》[5]四本,黯淡垢污,在无聊之群书中,定价每本三角,为之慨然,得二本而出,兄不知有此书否,否则当以一部奉呈,亦一纪念也。此上,即颂

曼福。

弟树 顿首 八月十二日

*　　　*　　　*

〔1〕 此信据许寿裳亲属录寄副本编入。

〔2〕 马先生　未详。

〔3〕 国事鞅掌　语出《诗经·小雅·北山》:"或栖迟偃仰,或王事鞅掌。"鞅掌,指事多不暇整理仪容,这里引申为公事繁忙。

〔4〕 文明书局　1902年俞复、廉泉等创办于上海。初成立时以出版发行教科书为主,1932年并入中华书局。

〔5〕 《文始》　研究汉语语源的重要著作,章太炎著,九卷。1913年浙江图书馆据著者手写本影印出版。

320815① 致 台 静 农

静农兄:

八月十日信收到。素园逝去,实足哀伤,有志者入泉,无为者住世,岂佳事乎。忆前年曾以布面《外套》[1]一本见赠,殆其时已有无常之感。今此书尚在行箧,览之黯然。

郑君[2]治学,盖用胡适之法,往往恃孤本秘笈,为惊人之具,此实足以炫耀人目,其为学子所珍赏,宜也。我法稍

不同,凡所泛览,皆通行之本,易得之书,故遂孑然于学林之外,《中国小说史略》而非断代,即尝见贬于人。但此书改定本,早于去年出版,已嘱书店寄上一册,至希察收。虽曰改定,而所改实不多,盖近几年来,域外奇书,沙中残楮,[3]虽时时介绍于中国,但尚无需因此大改《史略》,故多仍之。郑君所作《中国文学史》[4],顷已在上海豫约出版,我曾于《小说月报》上见其关于小说者数章[5],诚哉滔滔不已,然此乃文学史资料长编,非"史"也。但倘有具史识者,资以为史,亦可用耳。

年来伏处牖下,于小说史事,已不经意,故遂毫无新得。上月得石印传奇《梅花梦》[6]一部两本,为毗陵陈森所作,此人亦即作《品花宝鉴》者,《小说史略》误作陈森书,衍一"书"字,希讲授时改正。此外又有木刻《梅花梦传奇》[7],似张姓者所为,非一书也。

上海曾大热,近已稍凉,而文禁如毛,缇骑遍地,则今昔不异,久见而惯,故旅舍或人家被捕去一少年,已不如捕去一鸡之耸人耳目矣。我亦颇麻木,绝无作品,真所谓食菽而已[8]。早欲翻阅二十四史,曾向商务印书馆豫约一部,而今年遂须延期,大约后年之冬,才能完毕,惟有服鱼肝油,延年却病以待之耳。

此复,即颂
曼福。

迅　启上　八月十五夜。

＊　　　＊　　　＊

〔1〕《外套》 小说,俄国果戈理著,韦素园译,1926 年 9 月未名社出版。鲁迅曾于 1929 年 8 月 3 日收到译者寄赠精装本一册。

〔2〕 郑君 指郑振铎。参看 330205 信注〔1〕。

〔3〕 域外奇书,沙中残褚 指当时国内外陆续发现失传已久的我国古籍,如在日本发现的元刊全相平话五种(残本),在敦煌发现的唐代变文残页等。

〔4〕《中国文学史》 即《插图本中国文学史》,郑振铎著,1932 年 12 月北京朴社初版。

〔5〕 这里的关于小说者数章,指郑振铎所作《〈水浒传〉的演化》,载《小说月报》第二十卷第九期(1929 年 9 月);《〈三国志演义〉的演化》,载《小说月报》第二十卷第十期(同年 10 月);《明清二代的平话集》,载《小说月报》第二十二卷第七、八期(1931 年 7、8 月)等文。

〔6〕《梅花梦》 这里应为《梅花梦传奇》,戏曲,二卷十八出,清代毗陵陈森著。

〔7〕《梅花梦传奇》 这里应为《梅花梦》,戏曲,二卷三十四出,清末张预著。

〔8〕 食菽而已 语出《孟子·告子(下)》:"交闻文王十尺,汤九尺,今交九尺四寸以长,食粟而已,如何则可?"为曹交语。

320815^② 致 李 小 峰

小峰兄:

印花已备好,可随时来取。

《三闲集》想不久可以出版,此书虽未有合同,但仍希送我二十本为幸。

迅　上　八月十五日

320817^①　致许寿裳^{〔1〕}

季市兄：

　　日前往蔡先生寓，未遇，此后即寄兄一函，想已达览。兹有恳者，缘弟有旧学生孔若君^{〔2〕}，湖州人，向在天津之河北省立女子师范学校办事，近来家中久不得来信，因设法探问，则知已被捕，现押绥靖公署军法处，原因不明。曾有同学往访，据云观在内情形，并不严重，似无大关系。此人无党无系，又不激烈，而遂久被缧绁，殊莫明其妙，但因青年，或语言文字有失检处，因而得祸，亦未可知。尔和先生^{〔3〕}住址，兄如知道，可否寄书托其予以救援，俾早得出押，实为大幸，或函中并列弟名亦可。在京名公，弟虽多旧识，但久不通书问，殊无可托也。此上，顺颂

曼福。

弟树　顿首　八月十七日

＊　　　＊　　　＊

　　〔1〕　此信据许寿裳亲属录寄副本编入。

　　〔2〕　孔若君　即孔另境，当时在天津河北女子师范学院任出版部主任，因故以"共党嫌疑"在天津被捕，后被押送北平绥靖公署军法处。

〔3〕 尔和先生 即汤尔和。

320817② 致 杜 海 生〔1〕

海生先生：

　　顷蒙惠书，甚感。所示数目，虽与未名社开示者差数十元，但出入甚微，易于解决，故大体俱无问题。惟韦丛芜君住址，向来未尝见告，即未名社来信，亦不写地址或由别人代寄，似深防弟直接寄信者然。故现亦不欲与言，催其订约一节，仍希由开明书局与之交涉可也。此布，即请

道安。

　　　　　　　　　　弟周树人 顿首 八月十七日

　　　*　　　*　　　*

〔1〕 杜海生(1876—1955) 名子懋，浙江绍兴人。曾任绍兴府中学堂监督(校长)。辛亥革命后在浙江省教育司任科长。1926 年后任上海开明书店经理。

320817③ 致 许 寿 裳〔1〕

季市兄：

　　上午方寄奉一函，而少顷后即得惠书，商务印书馆编译处即在四马路总发行所三层楼上，前日曾一往看，警卫颇严，盖虞失业者之纷扰耳。乔峰已于上星期六往办公，其所得聘约，

有效期间为明年一月止,盖商务馆已改用新法(殆即王云五之所谓"合理化"),聘馆员均以年终为限,则每于年底,馆中可以任意去留,不复如先前之动多掣肘也。

　　《文始》当于明日同此信一并寄出,价止三角,殊足黩然,近郭沫若有手写《金文丛考》[2],由文求堂出版,计四本,价乃至八元也。

　　上海近已稍凉,但弟仍一无所作,为啖饭计,拟整理弟与景宋通信,付书坊出版以图版税,昨今一看,虽不肉麻,而亦无大意义,故是否编定,亦未决也。此上,顺颂

曼福。

弟树　顿首　八月十七日下午

＊　　　　＊　　　　＊

　　〔1〕　此信据许寿裳亲属录寄副本编入。

　　〔2〕　《金文丛考》　关于钟鼎文的研究著作,郭沫若著,1932年5月东京文求堂出版。

320911① 致 曹 靖 华

靖华兄:

　　先前接到过六月卅日,七月十八日信,又儿童画一卷,《史略》[1]一本(已转交),《星花》并稿[2]各一本,我已记不起回信了没有。昨又收到《高尔基像》一本。

　　我在这一月中,曾寄出日译本《铁流》等一包,又《北斗》等

杂志共二包,不知道收到了没有?

今年正月间炮火下及逃难的生活,似乎费了我精力不少,上月竟患了神经痛,右足发肿如天泡疮,医至现在,总算渐渐的好了起来,而进步甚慢,此大半亦年龄之故,没有法子。倘须旅行[3],则为期已近,届时能否成行,遂成了问题了。

纸张尚无结果,真令人发愁。我共寄了两大包,近日从日本又寄出两包(共二百张,总在六百启罗[4]以上),都是很好的纸,而寄发也很费事。倘万无法想,最好是不要退回,而捐给美术家团体。

这里的压迫是透顶了,报上常造我们的谣。书店一出左翼作者的东西,便逮捕店主或经理。上月湖风书店的经理被捉去了[5],所以《北斗》不能再出。《文学月报》[6]也有人在暗算。

近日与一书店[7]接洽,出《新俄小说家二十人集》[8]二本,兄之《星花》,即收在内,此外是它夫人译的两篇[9],柔石译的两篇[10],其余皆弟所译,有些是在杂志上发表过的,定于月底交稿。

《安得伦》[11]尚无出版处,《二十人集》因纸数有定,放不下了。

今夏大热,因此女人小孩多病,但现已秋凉,大约就要好起来了。

致萧三兄一笺,希转寄。余后谈。此颂
安健。

弟豫 启 九月十一夜。

＊　　　＊　　　＊

〔1〕　儿童画　鲁迅 1932 年 7 月 20 日日记："晚得靖华寄赠海婴之图画十幅。"《史略》，未详。

〔2〕　《星花》并稿　鲁迅 1932 年 8 月 2 日日记："下午收靖华所寄《星花》译稿及印本各一本。"

〔3〕　旅行　指莫斯科"国际革命作家联盟"邀鲁迅赴苏参加十月革命十五周年纪念并参观游览事。

〔4〕　启罗　英语 Kilogramme 的音译，即公斤，一公斤即一千克，这里应为克。

〔5〕　湖风书店的经理被捉　1932 年 6 月间，国民党中央宣传委员会呈请国民党中央常务委员会，以《北斗》杂志系"共党刊物，助长赤焰"为由，密令查禁该刊，并"查封出版该刊之湖风书店"，"拿办其主持人"。8 月，湖风书店被公共租界捕房封闭，经理被捕，《北斗》月刊被迫停刊。

〔6〕　《文学月报》　"左联"机关刊物，1932 年 6 月在上海创刊，初由姚蓬子主编，第三期起由周起应主编，同年 12 月出至第五、六期合刊后被国民党当局查禁，共出六期。

〔7〕　指上海良友图书印刷公司。

〔8〕　《新俄小说家二十人集》　即鲁迅编译的中短篇小说集《苏联作家二十人集》，内收苏联作家二十人的作品，上海良友图书印刷公司出版。该书原分两册：上册名《竖琴》，收札弥亚丁等十人的作品十篇，1933 年 1 月初版；下册名《一天的工作》，收毕力涅克等十人的作品十篇，1933 年 3 月初版。1936 年 7 月合印一集，仍由良友公司印行。

〔9〕　它夫人译的两篇　指绥拉菲摩维支的《一天的工作》和《岔道夫》。它夫人，指瞿秋白夫人杨之华，参看 360717[②]信注〔1〕。

〔10〕　柔石译的两篇　指左琴科的《老耗子》和卡达耶夫的《物

事》。

〔11〕《安得伦》 即苏联作家聂维洛夫(1886—1923)的小说《不走正路的安得伦》。曹靖华译,1933年5月野草书屋初版,鲁迅曾为作《小引》。

320911^② 致 萧 三^{〔1〕}

萧三兄:

七月十五日信收到。致周连兄〔2〕等信,已即转交。

这回的旅行,我本决改为一个人走,但上月底竟生病了,是右足的神经痛,赶紧医治,现在总算已在好了起来,但好得很慢,据医生说是年纪大而身体不好之故。所以能否来得及,殊不可知,因为现在是不能走陆路了,坐船较慢,非赶早身不可。至于旅费,我倒有法办的。

VITZ〔3〕的画,不知何时可以寄下,中国人还不知道他,我想绍介一下。

俄国书籍,不远将由一个日本书店在上海贩卖了。此上,即祝

安健。

豫 启上 九月十一夜

* * *

〔1〕 萧三(1896—1983) 原名子暲,又名植蕃、爱梅,湖南湘乡人,诗人。曾在苏联留学和任教,并任中国左翼作家联盟驻莫斯科国际

革命作家联盟代表。在苏期间,通过曹靖华介绍与鲁迅通信。

〔2〕　周连兄　隐语,指"左联"。

〔3〕　VITZ　珂勒惠支的拉丁文写法的后四个字母。凯绥·珂勒
惠支(Käthe Kollwitz,1867—1945),德国女版画家。作有《织工暴动》、
《农民战争》等。1936 年 1 月,鲁迅曾编选《凯绥·珂勒惠支版画选集》,
为作序目并自费出版。

320920　致 郑伯奇[1]

伯奇先生:

《新俄小说家二十人集》译稿,顷已全部编好,分二本,上
本名《竖琴》,下本名《一天的工作》,今一并交上。

格式由书店[2]酌定,但以一律为宜。例如人地名符号,
或在左,或在右;一段之下,或空一格或不空,稿上并不一律,
希于排印时改归划一。

版税请交内山老版。需译者版权证否? 候示遵办。

此上,即颂

著安。

迅 启上 九月二十日

＊　　　＊　　　＊

〔1〕　郑伯奇(1895—1979)　名隆谨,字伯奇,笔名君平,陕西长安
人,作家,创造社成员,"左联"成员。当时是上海良友图书印刷公司编
辑。曾编辑《新小说》月刊。

〔2〕　书店　指上海良友图书印刷公司。

320928^① 致 许 寿 裳^{〔1〕}

季市兄：

顷接来函，才知道我将书寄错了。因为那时有好几包，一不留心，致将地址开错，寄兄的是有我作序的信^{〔2〕}，却寄到别处去了。

现在将《淑姿的信》一本，另行寄上，内附邮票一批，日本者多，满邮^{〔3〕}只一枚，因该地无书出版，与内山绝少来往也。

此外各国邮票，当随时留心。

《三闲集》似的杂感集，我想不必赠蔡公，希将两本一并转寄"北平后门皇城根七十九号台静农收"为感。

上海渐凉，弟病亦日就痊可，可释念也。

此布，即颂

曼福。

树 顿首 九月廿八日

* * *

〔1〕 此信据许寿裳亲属录寄副本编入。

〔2〕 指《淑姿的信》，原名《信》，金淑姿著，1932 年 9 月上海新造社出版。

〔3〕 满邮 伪满洲国邮票。

320928^②　致 台 静 农

静农兄：

　　前几天我的《三闲集》出版，因寄上两本，一托转霁野，到今天才知道弄错了，因为那时包好了几包书，一不小心，将住址写错，你所收到的大约是《淑姿的信》，这是别人[1]所要的，但既已寄错，现在即以赠兄罢。

　　至于《三闲集》，则误寄在别一处，现已托其直接寄奉，到希检收，倘只一本，则必是另一本直寄霁野了。

　　　　　　　　　　　　　　　　　迅　上　九月廿八日

＊　　　＊　　　＊

　　〔1〕　别人　指许寿裳。

321002　致 李 小 峰

小峰兄：

　　今天看《申报》，知《朝花夕拾》已出版，望照旧例送给我二十本，于便中交下。

　　年来每月所收上海及北平版税，不能云少，但亦仅足开支。不幸上月全寓生病，至今尚在服药，所以我想于本月多取若干，以备急用，可否希即示复为幸。

　　　　　　　　　　　　　　　　　迅　上　十月二日

321014 致崔真吾

真吾兄：

昨收到九月二十八日信，书报共三本亦同时到。谢谢。

《贰心集》我已将稿子卖掉，现闻已排成，俟印出后当寄上。《三闲集》上月出版，已托书店寄上一本；又《朝花夕拾》一本，此书兄当已有，但因新排三板，故顺便同寄，内中毫无改动，大约不过多几个错字耳。

一切事都如旧，无可言；但我病了一月，顷已愈，可释念。出版界仍寥寂。上月将所译短篇编成两本[1]（内含别人译本数篇），付良友公司排印，出版恐须明年，此后我拟不译短篇小说了。

迅 上 十月十四日

* * *

〔1〕 指《竖琴》和《一天的工作》。

321020 致李小峰

小峰兄：

昨费君[1]来，收来信并代买书籍四种[2]，甚感。印鉴[3]九千，亦即托其持归，想已察入。

通信[4]正在钞录，尚不到三分之一，全部约当有十四五

333

万字,则抄成恐当在年底。成后我当看一遍并作序,也略需时,总之今年恐不能付印了。届时当再奉闻。

《青年界》内之"少仙",是否即李少仙[5]?他在前年有小说稿(中篇)一卷寄来,今尚在我处。兄知道他最近时的住处否?如知道,请即示知,以便寄还小说稿,因去年他尚来问起也。

迅　上　十月廿日

*　　　*　　　*

〔1〕　费君　指费慎祥。参看 350312 信注〔1〕。

〔2〕　书籍四种　指当时南京中央研究院历史语言研究所印的《厵氏编钟图释》、《秦汉金文录》、《安阳发掘报告(三)》、《敦煌劫余录》等四种十三本。

〔3〕　印鉴　即盖有作者印鉴的印花,用于书籍的版权页。

〔4〕　通信　指《两地书》。

〔5〕　李少仙　《语丝》投稿者,当时在日本留学。《青年界》第二卷第二期(1932 年 9 月 20 日)"海外通信"栏刊有《〈阿 Q 正传〉的译文》一文,作者署名少仙。

321025　致 许 寿 裳

季市兄:

孔若君在津,不问亦不释,[1]霁野(以他自己名义)曾去见尔和,五次不得见,孔家甚希望兄给霁野一绍介信,或能见面,未知可否?倘可,希直寄霁野,或由"北平后门皇城

根台静农转”亦可。弟阖寓均安,可告慰也。此颂

曼福。

　　　　　　　　　弟树 顿首 十月廿五日

日耳曼邮票三枚附呈。

＊　　　＊　　　＊

〔1〕 指孔另境在津被捕后的情形。参看320817①信。

321103　致 许寿裳[1]

季市兄:

　　顷接一日手书,敬悉。介函[2]已寄静农,甚感。邮票已托内山夫人再存下,便中寄呈。顷得满邮一枚,便以附上。

　　此次回教徒之大举请愿,[3]有否他故,所不敢知。其实自清朝以来,冲突本不息止,新甘二省,或至流血,汉人又油腔滑调,喜以秽语诬人,及遇寻仇,则延颈受戮,甚可叹也。北新所出小册子,弟尚未见,要之此种无实之言,本不当宣传,既启回民之愤怒,又导汉人之轻薄,彼局有编辑四五人,而悠悠忽忽,漫不经心,视一切事如儿戏,其误一也。及被回人代表诘责,弟以为惟有直捷爽快,自认失察,焚弃存书,登报道歉耳。而彼局又延宕数日(有事置之不理,是北新老手段,弟前年之几与涉讼,即为此),迨遭重创,始于报上登载启事[4],其误二也。此后如何,盖不可知。北新为绍介文学书最早之店,与弟关系亦深,倘遇大创,弟亦受影响,但彼局内溃已久,无可救

335

药,只能听之而已。

上海已转寒,阖寓无恙,请释远念。此复,即颂

曼福。

弟树　顿首　十一月三日

广平附笔问安。

*　　　　*　　　　*

〔1〕　此信据许寿裳亲属录寄副本编入。

〔2〕　介函　即介绍信,参看321025信。

〔3〕　回教徒之大举请愿　1932年上海北新书局出版民间故事丛书《小猪八戒》一册,引起了上海、北京等地回教徒的不满。据1932年10月28日上海《申报》报道:"回教礼拜寺联合办事处,于昨日下午……推派代表,前往市府,请愿从严处理,并于日内晋京,再向中央请愿。"11月1日该报又载:"回教徒代表昨晨晋京……回教徒二百余人,分乘沪车十四辆前往北站送行。"回教徒请愿后,北新书局一度被封。

〔4〕　登载启事　指1932年11月2日上海《申报》所刊《北新书局李志云致回教诸君声明》。

321106　致郑伯奇

君平先生:

《竖琴》已校毕,今奉上,其中错误太多,改正之后,最好再给我看一遍(但必须连此次校稿,一同掷下)。

又,下列二点,希一并示知:

1.内缺目录。不知是有意删去,抑系遗失?

2.顶上或有横线(最初数页),或无,何故?

此上,即请

著安。

迅 启 十一月六日

<h2 align="center">321113^① 致 许 广 平</h2>

乖姑:

我已于十三日午后二时到家^{〔1〕},路上一切平安,眠食有加。

母亲是好的,看起来不要紧。自始至现在,止看了两回医生,我想于明天再请来看看。

你及海婴好吗,为念。

迅 上 十一月十三下午

*   *   *

〔1〕 到家 指回到北平旧寓,鲁迅此去为探望母病。

<h2 align="center">321113^② 致 许 广 平</h2>

乖姑:

到后草草寄出一信,先到否?看母亲情形,并无妨碍,大约因年老力衰,而饮食不慎,胃不消化,则突然精力不济,遂现晕眩状态。明日当延医再诊,并问养生之法,倘肯听从,必可

337

全愈也。

我一路甚好,每日食两餐,睡整夜,亦无识我者,但车头至廊坊附近而坏,至误点两小时,故至前门站时,已午后二时半矣。

北平似一切如旧,西三条亦一切如旧,我仍坐在靠壁之桌前,而止一人,于百静中,自然不能不念及乖姑及小乖姑,或不至于嚷"要 Papa"乎。

其实我在此亦无甚事可为,大约俟疗至母亲可以自己坐立,则吾事毕矣。

存款尚有八百余,足够疗治之用,故上海可无须寄来,看将来用去若干,或任之,或补足,再定。

此地甚暖和,水尚未冰,与上海仿佛,惟木叶已槁而未落,可知无大风也。

你们母子近况如何,望告知,勿隐。

迅　十一月十三夜一时

321115　致　许　广　平

乖姑:

十三十四各寄一信,想已到。今十五日午后得十二日所发信,甚喜。十一二《申报》亦到。你不太自行劳苦,正如我之所愿,海婴近如何,仍念。母亲说,以后不得称之为狗屁也。

昨请同仁医院之盐泽[1]博士来,为母亲诊察,与之谈,知实不过是慢性之胃加答[2],因不卫生而发病,久不消化,遂至衰弱耳,决无危险,亦无他疾云云。今日已好得多了。明日仍当诊察,大约好好的调养一星期,即可起坐。但这老太太颇发脾气,因其学说为:"医不好,则立刻死掉,医得好,即立刻好起",故殊为焦躁也,而且今日头痛方愈,便已偷偷的卧而编毛绒小衫矣。

午后访小峰,知已回沪,版税如无消息,可与老三商追索之法,北平之百元,则已送来了。访齐寿山,门房云已往兰州,或滦州,听不清楚;访幼渔,则不在家,投名片而出。访人之事毕矣。

我很好,一切心平气和,眠食俱佳,可勿念。现在是夜二时,未睡,因母亲服泻药,起来需人扶持,而她不肯呼人,有自己起来之虑,故需轮班守之也,但我至三时亦当睡矣。此地仍暖,颇舒服,岂因我惯于北方,故不觉其寒欤。

迅 十五夜

十三日所发信十六下午到。海婴已愈否?但其甚乖,为慰。重看校稿[3],校正不少,殊可嘉尚,我不料其乖至于此也。

今日盐泽博士来,云母亲已好得多了,允许其吃挂面,但此后食品,须永远小心云云。我看她再有一星期,便可以坐立了。

我并不操心,劳碌,几乎终日无事,只觉无聊,上午整理破书,拟托子佩去装订,下午马幼渔来,谈了一通,甚快。此地盖亦乌烟瘴气,惟朱老夫子[4]已为学生所排斥,被邹鲁聘往广州中大去了。

闻吕云章为师大校女生部舍监。

川岛因父病回家,孙在北平。

此地北新的门面,红墙白字,难看得很。

天气仍暖和,但静极,与上海较,真如两个世界,明年春天大家来玩个把月罢。某太太[5]于我们颇示好感,闻当初二太太[6]曾来鼓动,劝其想得开些,多用些钱,但为老太太[7]纠正。后又谣传 H.M.[8]肚子又大了,二太太曾愤愤然来报告,我辈将生孩子而她不平,可笑也。

再谈。

L. 十一月十六日夜十时半

*　　　　*　　　　*

〔1〕　盐泽　日本医师。

〔2〕　胃加答　即胃炎。

〔3〕　校稿　指《竖琴》译稿。

〔4〕　朱老夫子　指朱希祖,参看 110206 信注〔3〕。早年曾与鲁迅同在日本留学,归国后并同在杭州浙江两级师范学堂任教。下文的邹鲁,参看 270530 信注〔5〕。

〔5〕　某太太　指朱安。参看 320604 信注〔1〕。

〔6〕　二太太　指羽太信子(1888—1962),日本人,周作人妻。

〔7〕　老太太　指鲁迅的母亲鲁瑞。

〔8〕　H.M.　“害马”罗马字拼音“Haima”的缩写。对许广平的戏称,参看 270106 信注〔2〕。

321120^①　致　许　广　平

乖姑：

　　此刻是十九日午后一时半，我和两乖姑离开，已是九天了。现在闲坐无事，就来写几句。

　　十七日寄出一信，想已达。昨得十五日来信，我相信乖姑的话，所以很高兴，小乖姑大约总该好起来了。我也很好；母亲也好得多了，但她又想吃不消化的东西，真是令人为难，不过经我一劝，也就停止了。她和我谈的，大抵是二三十年前的和邻居的事情，我不大有兴味，但也只得听之。她和我们的感情很好，海婴的照片放在床头，逢人即献出，但二老爷的孩子们的照相则挂在墙上，初，我颇不平，但现在乃知道这是她的一种外交手段，所以便无芥蒂了。二太太将其父母迎来，而虐待得真可以，至于一见某太太，二老人也不免流涕云。

　　这几天较有来客，前天霁野、静农、建功来。昨天又来，且请我在同和居吃饭，兼士亦至，他总算不变政客，所以也不得意。今天幼渔邀我吃夜饭，拟三点半去，此外我想不应酬了。

　　周启明颇昏，不知外事，废名^{〔1〕}是他荐为大学讲师的，所以无怪攻击我，狗能不为其主人吠乎？刘复之笑话不少，大家都和他不对，因为他捧住李石曾^{〔2〕}之后，早不理大家了。

　　这里真是和暖得很，外出可以用不着外套，本地人还不穿皮袍，所以我带来的衣服，还不必都穿在身上也。

　　现在是夜九点半，我从幼渔家吃饭回来了，同席还是昨天那些人,所讲的无非是笑话。现在这里是"现代"派拜帅了,刘博士已投入其麾下,闻彼一作校长,其夫人即不理二太太,因二老爷不过为一教员而已云。

再谈。

迅。〔十一月二十日〕

＊　　＊　　　＊　　　＊

〔1〕　废名　冯文炳的笔名。参看 300524 信注〔2〕。

〔2〕　李石曾(1881—1973)　名煜瀛,字石曾,河北高阳人。早年留学法国,"同盟会"成员。曾任北京中法大学校长、北京大学教授等职,当时任北平文化指导委员会副委员长,国民党中央政治会议委员。

321120② 致 许 广 平

乖姑:

今(廿日)晨刚寄一函,晚即得十七日信,海婴之乖与就痊,均使我很欢喜。我是极自小心的,每餐(午、晚)只喝一杯黄酒,饭仍一碗,惟昨下午因取书,触一板倒,打在脚趾上,颇痛,即搽兜安氏止痛药,至今晨已全好了。

那张照片,我确放在内山店,见其收入门口帐桌之中央抽斗中,上写"MR. K. Chow"〔1〕者即是,后来我取信,还见过几次,今乃大索不得,殊奇。至于另一张,我已记不清放在那里,恐怕是在桌灯旁边的一叠纸堆里,亦未可知,可一查,如查得,则并附上之一条纸一并交出,否则,只好由它去了。

我到此后,紫佩,静农,寄野,建功,兼士,幼渔,皆待我甚好,这种老朋友的态度,在上海势利之邦是看不见的。我已应允他们于星期二(廿二)到北大、辅仁大学各讲演一回[2],又要到女子学院去讲一回,日子未定。至于所讲,那不消说是平和的,也必不离于文学,可勿远念。

此地并不冷,报上所说,并非事实,且谓因冷而火车误点,亦大可笑,火车莫非也怕冷吗。我在这里,并不觉得比上海冷(但夜间在屋外则颇冷),当然不至于感冒也。

母亲虽然还未起床,但是好的,我在此不过作翻译,余无别事,所以住至月底,我想走了,倘不收到我延期之信,你至二十六止,便可以不寄信来。

再谈。

"哥"十一月二十日夜八点

我现在睡得早,至迟十一点,因无事也。

* * *

〔1〕 MR. K. Chow K,疑应作 Y,"豫"(豫才)字英文拼音的第一个字母。

〔2〕 各讲演一回 指该日在北京大学第二院讲的《帮忙文学和帮闲文学》和在辅仁大学讲的《今春的两种感想》,后均收入《集外集拾遗》;24 日在北平大学女子文理学院讲《革命文学与遵命文学》,因记录有出入,未收入文集。

321123　致　许　广　平

乖姑：

　　二十一日寄一函，想已到。昨得十九所寄信，今午又得二十日信，俱悉。关于信件，你随宜处分，甚好，岂但"原谅"，还该嘉奖的。

　　北京不冷，仍无需外套，真奇。我亦很好，昨天往北大讲半点钟，听者七八百，因我要求以国文系为限，而不料尚有此数；次即往辅仁大学讲半点钟，听者千一二百人，将夕，兼士即在东兴楼招宴，同席十一人，多旧相识，此地人士，似尚存友情，故颇欢畅，殊不似上海文人之反脸不相识也。

　　明日拟至女子学院讲半点钟，此外即不再往了。

　　母亲已日见其好起来，但仍看医生，我拟请其多服药几天也。坪井先生[1]甚可感，有否玩具可得，拟至西安［单］市场一看再说，但恐必窳劣，无佳品耳。"雪景"亦未必佳。山本夫人[2]拟买信笺送之，至于少爷，恐怕只可作罢。

　　我独坐靠墙之桌边，虽无事，而亦静不下，不能作小说，只可乱翻旧书，看看而已。夜眠甚安，酒已不喝，因赴宴时须喝，恐太多，故平时节去也。

　　云章为师大舍监，正在被逐，[3]今剪报附上，她不知我在此也。

L. 十一月廿三下午

＊　　　＊　　　＊

〔1〕　坪井先生　即坪井芳治（1898—1960），当时上海篠崎医院儿科医生，曾为海婴诊病。

〔2〕　山本夫人　即山本初枝，日本女诗人。参看321107②（日）信注〔1〕。

〔3〕　云章被逐　云章，即吕云章，曾与许广平同学。当时任北京师范大学文学院斋务课分课长。据1932年11月23日北平《导报》载："师大文学院斋务课主任侮辱同学，自治会请免吕云章职。"

321125　致　许广平

乖姑：

二十三日下午发一信，想已到。昨天到女子学院讲演，都是一些"毛丫头"〔1〕，盖无一相识者。明日又有一处讲演〔2〕，后天礼拜，而因受师大学生之坚邀，只得约于下午去讲。我本拟星期一启行，现在看来，恐怕至早于星期二才能走，因为紫佩以太太之病，忙得瘦了一半，而我在这几天中，忙得连往旅行社去的工夫也没有也。但我现在的意思，星二（廿九）是必走的。

二十二发的信，今日收到。观北新办法，盖还要弄下去，其对我们之态度，亦尚佳，今日下午我走过支店门口，店员将我叫住，付我百元，则小峰之说非谎，我想，本月版税，就这样算了罢。

川岛夫人好意可感，但她的住处，我竟打听不出来，无从面谒，只得将来另想办法了。

　　我今天出去，是想买些送人的东西，结果一无所得。西单商场很热闹了，而玩具铺只有两家，"雪景"无之，他物皆恶劣，不买一物，而被扒弄窃去二元余，盖我久不惯于围巾手套等，万分臃肿，举动木然，故贼一望而知为乡下佬也。现但有为小狗屁而买之小物件三种，皆得之商务印书馆，别人实无法可想，不得已，则我想只能后日往师大讲演后，顺便买些蜜饯，携回上海，每家两合，聊以塞责，而或再以"请吃饭"补之了。

　　现在这里的天气还不冷，无需外套，真奇。旧友对我，亦甚好，殊不似上海之专以利害为目的，故倘我们移居这里，比上海是可以较为有趣的。但看这几天的情形，则我一北来，学生必又要迫我去教书，终或招人忌恨，其结果将与先前之非离北京不可。所以，这就又费踌躇了。但若于春末来玩几天，则无害。

　　母亲尚未起床，但是好的，前天医生来，已宣告无须诊察，只连续服药一星期即得，所以她也很高兴了。我也好的，在家不喝酒，勿念为要。

　　吕云章还在被逐中，剪报附上，此公真是"倭支葛搭"〔3〕的一世。我若于星期二能走，那么在这里就不再发信了。

　　　　　　　　　　　　　"哥"十一月廿六〔五〕夜八点半

＊　　　＊　　　＊

　　〔1〕"毛丫头"　吴稚晖在关于女师大问题《答大同晚报》（载1925 年 8 月 24 日《京报》）一文中说："言止于此，我不愿在这国家存亡

即在呼吸的时候,经天纬地,止经纬到几个毛丫头身上去也。"陈西滢亦在《现代评论》第二卷第三十八期(同月29日)的《闲话》中称:章士钊"险些弄不过二三十个'毛丫头'"。

〔2〕 讲演 指26日下午在台静农寓所举行的北平各左翼社团欢迎会上的讲话。下文的讲演指27日下午在北京师范大学讲的《再论第三种人》,因记录有出入,未收入文集。

〔3〕 "倭支葛搭" 绍兴方言,意为"不爽快","窝窝囊囊","纠缠不清"。

321126 致 许 寿 裳[1]

季黻兄:

十日因得母病电,次日匆匆便回,昨得广平函,知承见访,而不得晤谈,至为怅怅。家母实只胃病,年老力衰,病发便卧,延医服药后,已就痊可,弟亦拟于月底回沪去矣。北新以文字获大咎,[2]颇多损失,但日来似大有转圜之望,本月版税,亦仍送来,可见其必不关门也,知念特闻。此间尚暖,日间出门,可无需着外套,曾见幼渔,曾询兄之近况,亦见兼士,皆较前稍苍老矣,仲云[3]亦见过,则在作教员也。专此布达,即颂

曼福。

弟令飞 顿首 十一月廿六夜

*　　　*　　　*

〔1〕 此信据许寿裳亲属录寄副本编入。

〔2〕 北新以文字获大咎 参看321103信注〔3〕。

〔3〕　仲云　即范文澜（1893—1969），字仲沄，浙江绍兴人，历史学家。曾任南开大学、北京师范大学国文系讲师，北平大学女子文理学院院长等职。著有《文心雕龙注》、《中国通史简编》等。

321130　致台静农

静农兄：

　　廿八日破费了你整天的时光和力气，甚感甚歉。车中相识的人并不少，但无关系，三十日夜到了上海了，一路均好，特以奉闻。

　　　　　　　　　　　　　　　　迅　上　十一月卅夜

321202　致许寿裳[1]

季市兄：

　　顷接一日惠函，谨悉种种。故都人口，已多于五六年前，房主至不敢明帖招帖，但景象如旧，商店多搭彩棚，作大廉售，而顾客仍寥寥。敝寓之街上，昔尚有小街灯，今也则无，而道路亦被煤球灰填高数尺矣。此次见诗英一回，系代学校来邀讲演者，但辞未往，旧友中只一访寿山，已往兰州，又访幼渔，亦见兼士，意气皆已不如往日。联合展览会[2]之设，未及注意，故遂不往。北新版税，上月尚付我二百五十元，而是否已经疏解，则未详，大约纵令封禁，亦当改名重张耳。此次南来时，适与护教团[3]代表同车，见送者数百人，气势甚盛，然则

此事似尚未了,每当历代势衰,回教徒必有动作,史实如此,原因甚深,现今仅其发端,窃疑将来必有更巨于此者也。肃复,敬颂

曼福。

弟俟 顿首 十二月二日

广平敬问安不另。

＊　　　＊　　　＊

〔1〕 此信据许寿裳亲属录寄副本编入。

〔2〕 联合展览会 1932年11月6日至13日,北京故宫博物院等十一个机构为救济东北难民募集寒衣,联合举行"平市文物之大展览"。同月8日上海《申报》曾载此消息。

〔3〕 护教团 当指自南京返沪的回教徒请愿代表。参看321103信注〔3〕。

321212　致 曹 靖 华

靖华兄:

上月因为母亲有病,到北平去了一趟,月底回上海,看见兄十月十,二十,廿七日三函,才知道并未旅行〔1〕。我的游历〔2〕,时候已过,事实上也不可能,自然只好作罢了。我病早愈,但在北平又被倒下之木板在脚上打了一下,跛行数日,而现在又已全愈,请勿念。女人孩子也都好的,生活在目前很可维持,明年自然料不定,但我想总还可以过得去。肖三兄诗稿

349

至今未到,不知是否并未寄出?《粮食》[3]稿早收到,尚未找到出版处,想来明年总有法想,因为上海一到年底付账期近,书店即不敢动弹也。

周连兄近来没有什么成绩可说,《北斗》已被停刊,现在我们编的只有《文学月报》,第三四期已出,日内当寄上。《小说二十人集》[4]上卷已校毕,内系曹雪琴珂,伦支,斐定,理定,左祝黎,英培尔等短篇,《星花》亦编在内,此篇得版税七十元(二千部),已归入兄之存款项下,连先前的一共有三百二十元了,此项我存在银行内,倘要用,什么时候都可以取的。下卷是毕力涅克,赛夫林那,绥拉菲摩维支,聂维洛夫,班菲洛夫[5]等之作,尚未排校,恐怕出版要在明年夏初了。该书出版后,我当寄兄每种十部,分赠作者。

《铁流》是光华书局再版的,但该局很不好,他将纸板取去,至今不付款,再版也径自印卖,不来取"印证",我们又在重压之下,难以出头理论,算是上了一个当。再版书我当设法一问,倘取得,当以数册寄上。

Д. Бедный 的《Некогда Плюнуть!》[6]已由它兄译出登《文学月报》上,原想另出单行本,加上插图,而原书被光华书局失掉(我疑心是故意没收的),所以我想兄再觅一本,有插画的,即行寄下,以便应用。

又兄前寄我《Русские Писатели》[7],第二本一册,不知那第一本,现在还可以买到否?倘还有,亦祈买寄一册为望。

上海已经冷起来了,但较之兄所住的地方,自然比不上。这一次到北平去,静,霁都看见的,一共住了十六天,讲演了五次[8]，我就回上海来了。那边压迫还没有这里利害，但常有关于日本出兵的谣言，所以住民也不安静。倘终于没有什么事，我们明年也许到那边去住一两年，因为我想编一本"中国文学史"，那边较便于得到参考书籍。

此致，即颂

安好。

弟 豫 启上 卅二年十二月十二日

附它兄信一张。

* * *

〔1〕 旅行 指曹靖华原拟回国。

〔2〕 我的游历 指受邀赴苏联之事，参看320911①②信及有关注。

〔3〕《粮食》 剧本，苏联凯尔升作，曹靖华译。后载《译文》新三卷第四期（1937年6月16日）。

〔4〕《小说二十人集》 参看320911①信注〔8〕。

〔5〕 聂维洛夫（А. С. Неверов，1886—1923） 苏联作家。著有长篇小说《丰饶的城塔什干》、中篇小说《不走正路的安得伦》等。《一天的工作》中收有他的短篇小说《我要活》。班菲洛夫，通译潘菲洛夫，参看300609信注〔1〕。《一天的工作》中收有他与伊连珂夫合作的短篇小说《枯煤，人们和耐火砖》。

〔6〕 Д. Бедный 的《Некогда Плюнутъ!》 即苏联诗人别德内依的《没工夫唾骂!》，瞿秋白译，载于《文学月报》第一卷第三期（1932年10月），译者署名向茹。

〔7〕《Русские Писатели》 即《俄国文学家像》，苏联版画家魏列

斯基作。据收信人回忆,画像一套约十幅,单张。此处"一本"或"一册",似应为一套。

〔8〕　讲演了五次　指1932年11月在北平的五次讲演:《帮忙文学与帮闲文学》、《今春的两种感想》、《革命文学与遵命文学》、《再论第三种人》及《文艺与武力》。

321213　致 台 静 农

静农兄:

　　日前寄上书籍二包,又字一卷[1],不知已收到否?字写得坏极,请勿裱挂,为我藏拙也。

　　来函及小说两本又画报[2]一份,均收到。照相能得到原印片一份,则甚感。大约问师大学生自治会中人,当能知道的。记文[3]甚怪,中有"新的主人"云云,我实在没有说过这样一句话。

　　此上,即颂
近好。

迅 上 十二月十三夜

*　　　　*　　　　*

〔1〕　字一卷　鲁迅1932年12月9日日记:"为静农写一横幅。"

〔2〕　画报　指《世界画报》第三六四期(1932年12月4日),其中刊有以《鲁迅在师大》为题的照片五帧。

〔3〕　记文　指《再论"第三种人"》的讲演记录。

321221　致 王志之[1]

志之兄：

十四日信收到。刊物[2]出版后,当投稿,如"上海通信"之类。

小说当于明年向书店商量,因为现已年底,商人急于还账,无力做新事情,故不能和他谈起。

静农事[3]殊出意外,不知何故？其妇孺今在何处？倘有所知,希示知。此间报载有教授及学生多人被捕[4],但无姓名。

我此次赴北平,殊不值得纪念,但如你的友人一定要出纪念册,则我希望二事：一,讲演稿的节略,须给我看一看,我可以于极短时期寄还,因为报上所载,有些很错误,今既印成本子,就得改正；二,倘搜罗报上文章,则攻击我的那些,亦须编入,如上海《社会新闻》[5]之类,倘北平无此报,我当抄上。

此复,即颂

时祉。

迅 启 十二月廿一夜

*　　　*　　　*

〔1〕 王志之(1905—1990)　笔名含沙、楚囚等,曾化名思远,四川眉山人。当时是北京第一师范学院国文系学生,北平"左联"成员,《文学杂志》编辑之一。

〔2〕　刊物　指《文学杂志》。

〔3〕　静农事　指 1932 年 12 月 12 日台静农被捕。

〔4〕　报载有教授及学生多人被捕　1932 年 12 月 18 日《申报》载《中国民权保障同盟营救许德珩等代电》:"报载北平警探非法逮捕监禁各学校教授学生许德珩等多人,至今未释。"

〔5〕　《社会新闻》　上海市社会局主办的刊物,1932 年 10 月在上海创刊,曾先后出版三日刊、旬刊、半月刊,新光书局出版。1935 年 10 月起改名《中外问题》,1937 年 10 月停刊。

321223　致 李 小 峰

小峰兄:

前日蒙送来版税钱一百,甚感。

这半年来,沪寓中总是接连生病,加以北平,实在亏空得可以,北新书局又正有事情[1],我不好来多开口,于是只得自选了一本选集[2],并将书信集[3]豫约给一个书店,支用了几百元版税,此集现在虽未编成,自然更未交去,但取还的交涉,恐怕是很难的,倘再扣住,也许会两面脱柄[4],像《二心集》一样。

北新的灾难也真多,而且近来好像已不为读书界所重视,以这么多年的辛苦造成的历史而至于如此,也实在可惜。不过我是局外人,不便多说。但此后若有一定的较妥的办法(这并非指对于我的版税而言,是指书店本身),我的稿子自然也不至于送来送去了。

迅 上 十二月廿三夜

＊　　　　＊　　　　＊

〔1〕　北新书局正有事情　指北新书局因出版《小猪八戒》一书引起回教徒请愿之事，参看 321103 信及其有关注。

〔2〕　选集　即《鲁迅自选集》，内收小说十二篇，散文十篇。1933年 3 月上海天马书店出版。

〔3〕　书信集　指《两地书》，最初预约给上海天马书店，后改由上海青光书局于 1933 年 4 月出版。

〔4〕　两面脱柄　参看 330102 信。

321226　致 张 冰 醒[1]

冰醒先生：

　　来信收到，奖誉我太过，不敢当的。我本没有什么根本知识，只因偶弄笔墨，遂为一部份人所注意，实在惭愧得很。现在行止颇不自由，也不很做文章，即做，也很难发表，所以对于
　　先生的希望，真是无法奉酬，尚希
谅察为幸。

　　　　　　　　　　　　　迅 启上 十二月廿六日

＊　　　　＊　　　　＊

〔1〕　张冰醒(1906—1950)　原名张冰心，湖南辰溪人。时为辰溪高小教员。

一九三三年

330102　致李小峰

小峰兄：

去年承见访，甚感，后来才知道并见付版税百五十元，未写收条，店友来时希带纸来，当签名。并希携下《三闲集》五本为荷。

书信集出版事，已与天马书店说过，已经活动，但我尚未与十分定实，因我鉴于《二心集》的覆辙，这地步是要留的。

现在不妨明白的说几句。我以为我与北新，并非"势利之交"，现在虽然版税关系颇大，但在当初，我非因北新门面大而送稿去，北新也不是因我的书销场好而来要稿的。所以至去年止，除未名社是旧学生，情不可却外，我决不将创作给与别人，《二心集》也是硬扣下来的，并且因为广告关系，和光华[1]交涉过一回，因为他未得我的同意。不料那结果，却大出于我的意外，我只得将稿子售给第三家[2]。

不过这事情已经过去了，北新又正在困难中，我倘可以帮忙，自然仍不规避，但有几条，须先决见示——

一、书中虽与政治无关系，但开罪于个人（名字自然是改成谜语了）之处却不少，北新虑及有害否？

二、因为编者的经济关系，版税须先付，但少取印花，卖一点，再来取一点，却无妨。

三、广告须先给我看一遍,加以改正。

四、因我支了版税而又将书扣住了,所以以后必须将另一
　　作品[3]给与天马书店。

以上四条,如北新都可承认,那么,可以付北新出版了,但
现在还未抄完,我也得看一遍,所以交稿就必须在阴历过年之
后了。

迅　上　一月二日

令夫人均此致候不另。

＊　　　　＊　　　　＊

〔1〕　光华　即光华书局。

〔2〕　第三家　指合众书店。

〔3〕　另一作品　指《鲁迅自选集》。

330108　致　赵　家　璧[1]

家璧先生:

《一天的工作》已校毕,今送上,但因错字尚多,故须再校
一次。改正之后,希并此次送上之校稿,一并交下为荷。

此书仍无目录,似应照《竖琴》格式,即行补入也。

此上即颂

著安。

鲁迅　一月八日

＊　　　＊　　　＊

〔**1**〕　赵家璧(1908—1997)　江苏松江(今属上海市)人,作家,出版家。曾任上海良友图书印刷公司编辑。1932 年至 1936 年间因出版《良友文学丛书》、《中国新文学大系》、《苏联版画集》等,与鲁迅有较多往还。

330109　致 王 志 之〔1〕

志之兄:

去年十二月廿七日信早到,今寄上文稿一篇〔2〕,并不是为《文学杂志》〔3〕而做的,系从别处收回,移用。我在这里也没得闲,既不看书,那能作文,所以我希望在平的刊物,应以在平的作者为骨干,这才能够发展而且有特色,门类不完全一点倒不要紧。如果要等候别处的投稿,那就容易耽误出版。

译张君〔4〕小说,已托人转告,我看他一定可以的,由我看来,他的近作《仇恨》〔5〕一篇颇好(在《现代》〔6〕中),但看他自己怎么说罢。冰莹女士〔7〕近来似乎不但作风不好而已,她与左联亦早无关系,所以我不能代为催促。

文学家容易变化,信里的话是不大可靠的,杨邨人〔8〕先前怎么激烈,现在他在汉口,看他发表的文章,竟是别一个人了。

《社会新闻》及其他数种,便中当寄上,现在想不急了也。

此复,即颂

近好。

豫　启 一月九日

文稿如可用,祈于题下代添我常用的"笔名"为荷。

*　　　*　　　*

〔1〕　此信手稿不全,第三段起据收信人作《鲁迅印想记》(1936年11月上海金汤书店出版)所载补齐编入。

〔2〕　指《听说梦》,后收入《南腔北调集》。

〔3〕《文学杂志》　月刊,北平"左联"刊物,王志之、谷万川、潘训、陆万美等人编辑。1933年4月创刊于北平,同年7月出至第三、四期合刊后停刊,西北书局出版。

〔4〕　张君　指张天翼,参看330201信注〔1〕。当时北平"左联"成员金湛然(朝鲜人)拟用世界语翻译一部世界文学作品集,其中准备收张天翼的作品,曾托王志之函请鲁迅转请作者选定。

〔5〕《仇恨》　短篇小说,张天翼作,载《现代》第二卷第一期"创作增大号"(1932年11月)。

〔6〕《现代》　文艺月刊,施蛰存、杜衡编辑,1932年5月创刊于上海,现代书局出版。1935年3月改为综合性月刊,汪馥泉编辑,同年5月出至第六卷第四期停刊,共出版三十四期。

〔7〕　冰莹女士　即谢冰莹(1906—2000),湖南新化人,女作家。著有《从军日记》等。

〔8〕　杨邨人(1901　1955)　广东潮安人。1925年参加中国共产党,1928年参加"太阳社",后又参加"左联"。1932年背叛革命。

330110　致郁达夫

字已写就[1],拙劣不堪,今呈上。并附奉笺纸两幅,希为

写自作诗一篇,其一幅则乞于便中代请 亚子[2]先生为写一篇诗,置先生处,他日当走领也[3]。此上,即请

著安。

迅 启上 一月十日

*　　　*　　　*

〔1〕 指鲁迅应郁达夫之请所写自作诗《无题》(洞庭浩荡楚天高)与《答客诮》两幅。

〔2〕 亚子 柳亚子(1887—1958),名弃疾,号亚子,江苏吴江人,诗人,南社创始人之一,同盟会成员。长期从事爱国民主活动。著有《磨剑室诗集、词集、文集》等。

〔3〕 鲁迅 1933 年 1 月 19 日日记:"下午达夫来,并交诗笺二,其一为柳亚子所写。"按,郁达夫赠鲁迅诗为:"醉眼朦胧上酒楼,彷徨呐喊两悠悠。群氓竭尽蚍蜉力,不废江河万古流。"柳亚子赠鲁迅诗为:"附势趋炎苦未休,能标叛帜即千秋。稽山一老终堪念,牛酪何人为汝谋。"

330115 致 李小峰

小峰兄:

昨交上《两地书》稿上半,是横排的,我想此书不必与《呐喊》等一律。但版式恐怕不宜太小,因为一小,则本子就太厚,不成样子了。总之,以怎样大为好看,请兄酌定就是。

后半还在抄,大约须二月初(阳历)才完。

印的时候,我想用较好的纸,另印一百本,自备经费。纸用黄的,如北新有纸样,希便中带下一看,印后也不必装订,只

要托装订局叠好,由我自己去订去。

迅 上 一月十五日

330116 致 赵 家 璧

家璧先生:

稿[1]已校毕,今送上。其中还有些错字,应改正。但这回只要请尊处校对先生一看就可以,不必再寄给我了。此布,即请

著安。

鲁迅 上 一月十六日

*   *   *

〔1〕 指《一天的工作》。

330119 致 许 寿 裳[1]

季市兄:

近日见蔡先生数次,诗笺[2]已见付,谓兄曾允转寄,但既相见,可无须此周折也。乔峰已得续聘之约,其期为十四个月,前所推测,殊不中鹄耳。知念并闻。此上,即颂

曼福。

弟树 顿首 一月十九夜

广平附笔请安。

* * *

〔1〕 此信据许寿裳亲属录寄副本编入。

〔2〕 诗笺 指蔡元培书赠鲁迅的两首诗。其一为:"养兵千日知何用,大敌当前喑不声。汝辈尚容说威信,十重颜甲对苍生。"其二为:"几多恩怨争牛李,有数人才走越胡。顾犬补牢犹未晚,只今谁是蔺相如?"

330121　致 宋庆龄^{〔1〕}、蔡元培

庆龄
子民先生:

　　黄平^{〔2〕}被捕后,民权保障同盟曾致电中央抗议,见于报章,顷闻此人仍在天津公安局,拟请即电该局,主持公理,一面并在报端宣布电文,以免冥漠而死也。

　　肃布,敬请

文安。

　　　　　　　　鲁迅 启上 一月二十一日

* * *

〔1〕 宋庆龄(1893—1981) 广东文昌人。孙中山夫人,社会活动家。当时和蔡元培、鲁迅等组织民权保障同盟,反对国民党独裁统治。

〔2〕 黄平(1901—1981) 湖北汉口人。曾在中共中央六届三中全会被选为中央委员,担任过中共驻共产国际代表、国际反帝同盟执行委员。当时任中华全国总工会书记,在天津视察工作时被捕,先后被关押在国民党河北省党部、天津市公安局和南京宪兵司令部。

330201　致　张　天　翼[1]

一之兄：

自传[2]今天收到。信是早收到了，改为这样称呼，已无可再让步。其实"先生"之称，现已失其本谊，不过是嘆语"密斯偷"[3]之神韵译而已。

你的作品有时失之油滑，是发表《小彼得》[4]那时说的，现在并没有说；据我看，是切实起来了。但又有一个缺点，是有时伤于冗长。将来汇印时，再细细的看一看，将无之亦毫无损害于全局的节，句，字删去一些，一定可以更有精采。

迅　上　二月一夜

＊　　　＊　　　＊

〔1〕　张天翼（1906—1985）　号一之，湖南湘乡人，作家，"左联"成员。著有小说集《蜜蜂》、《畸人集》等。

〔2〕　自传　指王志之托鲁迅向张天翼索取的小传。

〔3〕　"密斯偷"　英语 mister 的音译，即先生。

〔4〕　《小彼得》　短篇小说，张天翼作，载《小说月报》第二十二卷第十号（1931 年 10 月 10 日）。

330202[①]　致　王　志　之

志之兄：

来信收到。文章若大半须待此地，恐为难，因各人皆有琐事,不能各处执笔也。但北平现人心一时恐亦未必静,则待书店热心时再出,似亦无妨。

谢小姐[1]和我们久不相往来,雪声[2]兄想已知之,而尚托其转信,何也?她一定不来干[3]这种事情的。

前函要张天翼君作小传并自选一篇小说,顷已得来信,所选为《面包线》[4],小传亦寄来,今附上,希转寄译者[5]并告以篇名为荷。

此复,并问

近好

迅 启 二月二夜

*   *   *

〔1〕 谢小姐 指谢冰莹。参看 330109 信注〔7〕。

〔2〕 雪声 即段雪笙(1891—1945),原名泽杭,字翰荪,改名雪笙,贵州赤水人。曾任北方左联党团书记。

〔3〕 原件"干"字破损,不可辨认,据收信人作《鲁迅印想记》所载补入。

〔4〕 《面包线》 短篇小说,张天翼作,后收入《畸人集》。

〔5〕 译者 指金湛然,参看 330109 信注〔4〕。

330202② 致 许 寿 裳

季市兄:

来函及诗笺早收到。属写之笺[1],亦早写就,仍是旧作,因无新制也。邮寄不便,故暂置之。近印小说《二十家集》[2],上册已出,留置两本在此,当于相见时一并面呈。至于下册,据书店言,盖须至三月底云。此上,顺颂

曼福。

弟飞 顿首 二月二夜

*　　　*　　　*

〔1〕 属写之笺　据鲁迅1933年1月26日日记:"夜为季甫书一笺,录午年春旧作。"按,即《无题》(惯于长夜过春时),午年应为未年(1931)。

〔2〕 《二十家集》　即《苏联作家二十人集》。原拟题《新俄小说家二十人集》。参看320911①信注〔8〕。

330205　致 郑振铎[1]

西谛先生:

昨乔峰交到惠赠之《中国文学史》三本,谢谢!

去年冬季回北平,在留黎厂得了一点笺纸,觉得画家与刻印之法,已比《文美斋笺谱》[2]时代更佳,譬如陈师曾齐白石[3]所作诸笺,其刻印法已在日本木刻专家之上,但此事恐不久也将销沈了。

因思倘有人自备佳纸,向各纸铺择尤对于各派各印数十至一百幅,纸为书叶形,采色亦须更加浓厚,上加序目,订成一书,或先约同人,或成后售之好事,实不独为文房清玩,亦中国

木刻史上之一大纪念耳。

不知先生有意于此否？因在地域上，实为最便。且孙伯恒[4]先生当能相助也。

此布，并颂

曼福。

迅 启上 二月五日

*　　　*　　　*

〔1〕 郑振铎（1898—1958）　笔名西谛，福建长乐人，作家、文学史家，文学研究会主要发起人。曾主编《小说月报》等刊物。著有《插图本中国文学史》、短篇小说集《桂公塘》等。

〔2〕 《文美斋笺谱》　清代天津文美斋字画店出版。

〔3〕 齐白石（1863—1957）　本名纯芝，后改名璜，湖南湘潭人，画家、篆刻家。

〔4〕 孙伯恒（1879—1943）　名壮，字伯恒，河北大兴（今属北京）人，当时任北京商务印书馆经理。

330206　致 赵 家 璧

家璧先生：

今天翻翻良友公司所出的书，想起了一件事——

书的每行的头上，倘是圈，点，虚线，括弧的下半（⌞，⌣）的时候，是很不好看的。我先前做校对人的那时，想了一种方法，就是在上一行里，分嵌四个"四开"，那么，就有一个字挤到

下一行去，好看得多了。不知可以告知贵处校对先生，以供采择否？此请

著祺。

鲁迅　上　二月六夜

330209　致曹靖华

靖华兄：

一月九日来函，今日收到。我于何日曾发信，自己也记不清楚了，今年似尚未寄过一信。至于书报，则在去年底曾寄《文学月报》等两包；又再版《铁流》等四本共一包。今年又寄上《竖琴》十本分两包，除赠兄一册外，乞分赠作家者也，但兄如不够用，可见示，当再寄上。

国内文坛除我们仍受压迫及反对者趁势活动外，亦无甚新局。但我们这面，亦颇有新作家出现；茅盾作一小说曰《子夜》（此书将来当寄上），计三十余万字，是他们所不能及的。《文学月报》出五六合册后，已被禁止。

《铁流》系光华书局出版，他将我的版型及存书取去，书已售完，而欠我百余元至今不付。再版之版税，又只付五十元，以后即不付一文，现此书已被禁止，恐一切更有所藉口，不能与之说话矣。其实书是还是暗暗的出售的，不过他更可以推托，上海书坊，利用左翼作者之被压迫而赚钱者，常常有之。

兄之版税，存我处者共三百二十元（《铁流》初版二百元，再版五十元，《星花》七十元），上月得霁，静两兄来信，令寄尚

佩芸[1]五十元，又尚振声[2]一百元，已于本月一日，由邮局汇出。所存尚有一百七十元，当于日内寄往河南尚宅也。

静兄因误解被捕，历十多天始保出，书籍衣服，恐颇有损失。近闻他的长子病死了，未知是否因封门，无居处，受冷成病之故，真是晦气。

我们是好的，经济亦不窘。我总只做些杂务，并无可以特别提出之译作。《二十人集》下本，大约三月底可出，一出即寄。杂志如有较可看的，亦当寄上，但只能积三四本寄一回，因须挂号，如此始较合算也。

《铁流》作者今年七十岁，我们曾发一电贺他，不知见于报章否？

前回曾发一信（忘记月日），托兄再买别德纳衣诗[3]（骂托罗茨基的）之有图者一本，又《文学家像》第一本（第二本我已有）一本，未知已收到否，能得否？

它兄曾咯血数口，现已止，人是好的。他已将《被解放之Don Quixote》[4]译完，但尚未觅得出版处；现正编译关于文艺理论之论文[5]。他有一信，今附上。

这里要温暖起来了。

此复，即颂

安好。

　　　　　　　　　　弟豫　上。二月九日之夜。

*　　　　*　　　　*

〔1〕　尚佩芸　河南罗山人，曹靖华妻妹。

〔2〕　尚振声　河南罗山人，尚佩芸的本家长辈。

〔3〕　别德内依诗　参看 321212 信注〔6〕。

〔4〕　《被解放之 Don Quixote》　即《解放了的堂吉诃德》，剧本，苏联卢那察尔斯基著，易嘉（瞿秋白）译，鲁迅作《后记》并译《作者传略》，1934 年 4 月上海联华书局出版。

〔5〕　关于文艺理论之论文　指《现实——马克思主义文艺论文集》，后收入《海上述林》。

330210　致 赵 家 璧

家璧先生：

来信收到。关于校对，是看了《暧昧》〔1〕的时候想起的。至于我的两种译本〔2〕，则已在复校时改正，所以很少这样的处所〔3〕。

在北平的讲演，必不止一万字，但至今依然一字未录，他日写出，当再奉闻。此复并颂

时绥。

鲁迅 二月十日

＊　　　＊　　　＊

〔1〕　《暧昧》　短篇小说集，何家槐著。1933 年 1 月上海良友图书印刷公司出版，为《良友文学丛书》之一。

〔2〕　两种译本　指《竖琴》和《一天的工作》。

〔3〕　指每行第一字的地位出现标点等。参看 330206 信。

330212　致台静农

静农兄：

　　六日来信收到，并照片四枚，谢谢。民权保障会[1]大概是不会长寿的，且听下回分解罢。以酉为申[2]，乃是误记，此种推算，久不关心，偶一涉笔，遂即以猢狲为公鸡也。今日寄《竖琴》六本，除赠兄一本外，余乞分送霁野，建功，维钧，马珏，及兼士先生之儿子[3]（不知其名，能见告否？）为托。《文学月报》四期，已托人往书局去取，到后续寄，现所出者为五六合本，此后闻已被秘密禁止云。在辅大之讲演[4]，记曾有学生记出，乞兄嘱其抄一份给我，因此地有人逼我出版在北平之讲演，须草成一小册与之也。寄罗山款百五十，已于本月一日由邮局汇出，但昨得靖华来函，令寄尚佩吾[5]，故当于明日将余款全数寄去，了此一事耳。

　　此复，即颂

时绥。

迅　上　二月十二夜。

*　　　*　　　*

〔1〕 民权保障会　即中国民权保障同盟。1932 年 12 月由宋庆龄、蔡元培、鲁迅、杨杏佛等发起组织的群众团体；总会设上海，继又在上海、北平成立分会。该组织反对国民党的独裁统治，积极援助政治犯，争取集会、结社、言论、出版等自由。它曾对国民党监狱中的黑暗实

况进行调查并向社会揭露,因此遭受国民党当局的忌恨和迫害。1933
年 6 月杨杏佛被暗杀后解散。

〔2〕　以酉为申　我国旧时以干支纪年,酉年肖鸡,申年肖猴,故
下文有"以猢狲为公鸡"的话。

〔3〕　兼士先生之儿子　指沈观(1915—1943)。

〔4〕　在辅大之讲演　指《今春的两种感想》,后收入《集外集拾
遗》。

〔5〕　尚佩吾　河南罗山人,曹靖华妻妹。

330213　致 程 琪 英〔1〕

琪英先生:

　　一九三二年十一月十四日发出的信,我是直到一九三三
年二月十二日才收到的。先生出国已久,大约这里的事情统
不知道了,这七八年来,真是变化万端,单就北新而论,就已被
封过两回门〔2〕,现在改为"青光书局"了,办事也很散漫,我
想,来信是被他们压下了的。不知另有文稿寄来否?我没有
收到。

　　我于《呐喊》出版后,又出过《彷徨》一本,及二三种小册
子,几本杂感集,三四日内,当寄上几本;另外还有一点翻译,
是不足道的。现在很少著作,且被剥夺了发表自由,前年,还
曾通缉过我〔3〕,但我没有被捕。

　　书收到后,望给我一个回信,通信处是:
上海,北四川路底内山书店转周豫才收。

迅 启上 二月十三日

〔1〕　程琪英　女,四川人。当时留学德国。

〔2〕　北新被封两回　参看 261015^①信注〔3〕及 321103 信注〔3〕。

〔3〕　参看 300920 信注〔6〕。"前年",系误记。

330214　致 李小峰

小峰兄:

校稿^{〔1〕}寄上,但须再看一回。上面还有两页,不知何以抽去,须即补排。

前次面谈拟自备纸张印一百部,现在不想印了,并闻。

迅 上 二月十四日

＊　　　＊　　　＊

〔1〕　校稿　指《两地书》的校稿。

330223　致 黎烈文^{〔1〕}

烈文先生:

《自由谈》未出萧伯纳^{〔2〕}专号之前,尚有达夫先生所作关于萧者一篇^{〔3〕},近拟转录,而遍觅不得。不知　先生尚藏有此日之旧报或原稿否? 倘能见借一抄,感甚。

此上即请

文安。

鲁迅 启上 二月廿三夜

倘蒙赐复,请寄

北四川路底、内山书店转、周豫才收。

＊　　＊　　＊

〔1〕 黎烈文(1904—1972) 湖南湘潭人,翻译家。1932 年 12 月至 1934 年 5 月任《申报·自由谈》主编,后又任《中流》半月刊编辑。

〔2〕 萧伯纳(G. B. Shaw,1856—1950) 英国剧作家、批评家,出生于爱尔兰的都柏林。著有剧本《华伦夫人的职业》、《巴巴拉少校》、《真相毕露》等。1933 年 2 月 17 日他经香港到上海,《申报·自由谈》于 17 日、18 日出《萧伯纳专号》,发表了鲁迅、茅盾、郁达夫、黎烈文等评介萧伯纳及其作品的文章。

〔3〕 关于萧者一篇 指郁达夫在 1933 年 2 月 2 日《申报·自由谈》上发表的《萧伯纳与高尔斯华绥》,后编入《萧伯纳在上海》。

330226　致 李 小 峰

小峰兄:

我需要《呐喊》,《彷徨》,《热风》,《华盖集》及《续编》,《而已集》各一部共六本,希于店友送校稿时一并携下,其代价则于版税中扣除为荷。

记得《坟》之纸版,似已由北新从未名社取来,但记不真切。未知是否,希便中示及。

迅 上 二月廿六日

330301 致 台 静 农

静农兄：

二月廿四信，讲稿[1]并白话诗[2]五本，今日同时收到。萧在上海时，我同吃了半餐饭，彼此讲了一句话，并照了一张相[3]，蔡先生也在内，此片现已去添印，成后当寄上也。

他与梅兰芳问答时，我是看见的，问尖而答愚[4]，似乎不足艳称，不过中国多梅毒，其称之也亦无足怪。

我们集了上海各种议，以为一书，名之曰《萧伯纳在上海》[5]，已付印，成后亦当寄上。萧在初到时，与孙夫人（宋）[6]，林语堂，杨杏佛[7]（？）谈天不少，别人皆不知道，登在第十二期《论语》[8]上，今天也许出版了罢，北京必有，故不拟寄。我到时，他们已吃了一半饭，故未闻，但我的一句话也登在那上面。

看在上海的情形，萧是确不喜欢人欢迎他的，但胡博士的主张[9]，却别有原因，简言之，就是和英国绅士（英国人是颇嫌萧的）一鼻孔出气。他平日所交际恭维者何种人，而忽深恶富家翁耶？

闻胡博士有攻击民权同盟之文章[10]，在北平报上发表，兄能觅以见寄否？

《社会新闻》已看过，大可笑。但此物不可不看，因为由此可窥见狐鼠鬼蜮伎俩也。

我忙于打杂，小说一字未写。罗山已有信来，说款都收到

了。霁野有信来,言有平报〔11〕一份,由兄直接寄我,但我尚未收到。此复,即颂

近祺。

迅　启上　三月一日

＊　　　＊　　　＊

〔1〕　讲稿　指《今春的两种感想》,后收入《集外集拾遗》。

〔2〕　白话诗　指刘半农编《初期白话诗稿》,1932年北京星云堂出版。

〔3〕　1933年2月17日鲁迅应邀赴宋庆龄宅与萧伯纳会晤并摄影。参看《南腔北调集·看萧和"看萧的人们"记》。又,据1933年3月1日《论语》第十二期镜涵的《萧伯纳过沪谈话记》,当时萧对鲁迅说:"他们称你为中国的高尔基,但是你比高尔基漂亮!"鲁迅答:"我更老时,将来还会更漂亮。"

〔4〕　问尖而答愚　据1933年2月18日上海《申报》,萧伯纳在上海笔会举行的欢迎会上和梅兰芳谈及中国演剧锣鼓声过闹,会损害观众注意力,梅答:"中国戏剧有两种,昆曲即为不闹之一。"

〔5〕　《萧伯纳在上海》　上海中外报刊所载关于萧伯纳访沪文章的汇集,鲁迅、瞿秋白编,署名乐雯,鲁迅写序,1933年3月上海野草书屋出版。

〔6〕　孙夫人　即宋庆龄。参看330121信注〔1〕。

〔7〕　杨杏佛(1893—1933)　名铨,字杏佛,江西临江(今清江)人。早年留学美国,回国后曾任东南大学教授、中央研究院总干事等职。1932年底和宋庆龄、蔡元培、鲁迅等组织中国民权保障同盟,任副会长兼总干事。1933年6月18日在上海遭国民党特务暗杀。

〔8〕 《论语》 文艺性半月刊,林语堂等编,1932 年 9 月在上海创刊,1937 年 8 月停刊,共出一一七期。第十二期(1933 年 3 月 1 日)为"萧伯纳访沪专辑"。

〔9〕 胡博士的主张 1933 年 2 月 20 日北平《晨报》载《胡适昨日谈片》:"本人以为最诚恳之招待,即为不招待。"

〔10〕 胡博士有攻击民权同盟之文章 胡适在北平《独立评论》周刊第三十八号(1933 年 2 月 19 日)发表的《民权的保障》中说:"前日报载同盟的总会宣言有要求'立即无条件的释放一切政治犯'的话……这不是保障民权,这是对一个政府要求革命的自由权。一个政府要存在,自然不能不制裁一切推翻政府或反抗政府的行动。""我们观察今日参加这个民权保障运动的人的言论,不能不感觉他们似乎犯了一个大毛病,就是把民权保障的问题完全看作政治的问题,而不看作法律的问题,这是错误的。"民权同盟,即中国民权保障同盟;胡适曾担任北平分会主席,后被开除。

〔11〕 平报 指刊有未名社声明的北平《晨报》,该声明于 3 月 6、7、8 三日始见刊出。

330302 致 许 寿 裳〔1〕

季市兄:

二月廿七日手书敬悉。关于儿童心理学书,内山书店中甚少,只见两种,似亦非大佳,已嘱其径寄,并代付书价矣。大约此种书出版本不多,又系冷色〔2〕,必留意广告而特令寄取,始可耳。

旧邮票集得六枚,并附呈。

　　此复,顺颂

安康。

　　　　　　　　　　　弟飞 顿首 三月二日

　　　*　　　　　*　　　　　*

　〔1〕 此信据许寿裳亲属录寄副本编入。

　〔2〕 冷色　这里指冷门货。

330305　致 姚　　克[1]

姚克先生:

　　三月三日的信,今天收到了,同时也得了去年十二月四日的信。北新书局中人的办事,散漫得很,简直连电报都会搁起来。所以此后赐示,可寄"北四川路底、内山书店转、周豫才收",较妥。

　　先生有要面问的事,亦请于本月七日午后二时,驾临内山书店北四川路底,施高塔路口,我当在那里相候,书中疑问,亦得当面答复也。

　　此复,顺颂

文安。

　　　　　　　　　　　鲁迅 上 三月五日

　　　*　　　　　*　　　　　*

　〔1〕 姚克(1905—1991)　原名志伊,字莘农,浙江余杭人,翻译

家、剧作家。曾任英文《天下》月刊编辑,明星影片公司编剧委员会副主任。当时因协助斯诺翻译鲁迅作品而结识鲁迅。作有剧本《西施》、《楚霸王》、《清宫秘史》等。

330310^① 致 赵 家 璧

家璧先生:

来信收到。我还没有写北平的五篇讲演,《艺术新闻》[1]上所说,并非事实,我想不过是闹着玩玩的。小说[2]封面包纸上的画像,只要用《竖琴》上用过的一幅就好,以省新制的麻烦。中国所出版的童话,实在应该加一番整顿,但我对于此道,素未留心,所以材料一点也没有,所识的朋友中,也不记得有搜集童话,俟打听一下再看罢。此颂

近祺。

迅 启上 三月十日

《白纸黑字》[3]我见过英译本,其中所举的几个中国字,是错误的,倘译给中国,似乎应该给他改正。

*   *   *

〔1〕《艺术新闻》 周刊,夏芦江编辑,1933 年 2 月 17 日在上海创刊,1933 年 3 月 11 日出至第四期停刊。该刊第二期(1933 年 2 月 25 日)刊登编者写的一篇短文,征求关于鲁迅的《五讲三嘘集》所“嘘”对象的答案,其中说:“听说鲁迅不久就要出一本书,名字叫《北平五讲和上海三嘘》。”又说:“北平五讲是大家知道了的,上海三嘘……请读者试猜

一猜……"第三期(1933年3月4日)即以《鲁迅的"三嘘"揭晓》为题公布答案,说"要被嘘的三位"是:"一杨邨人、二梁实秋、三张若谷。"

〔2〕　小说　指《一天的工作》。

〔3〕　《白纸黑字》　关于书籍历史的通俗读物,苏联伊林(Ильин,1895—1953)著。英译本于1932年伦敦出版,译者为比特里斯·金西德(B. Kincead)。几个错误的中国字,见该书第六章。

330310^②　致　李霁野

霁野兄:

挂号信早到,广告〔1〕已登三天,但来信所说之登有广告之北平报,却待至今日,还未见寄到。我近日用度颇窘,拟得一点款子,可以补充一下,所以只好写这一封信,意思是希望那一种报能够早点寄给我,使我可以去试一试,虽然开明书店能否爽直的照付〔2〕,也还是一个问题。

迅　上　三月十日。

＊　　　＊　　　＊

〔1〕　指1933年2月28日至3月2日《申报》所载未名社声明:"现经全体社员议决,将未名社及未名社出版部名义完全取消,由社员韦素园、曹靖华、台静农、李霁野、韦丛芜将出版部印刷发行事务完全委托上海开明书店办理,所存书版亦归该店承受。至本社社员欠人之款,概归未名社结束处自理,与开明书店无涉,特此声明,北平未名社启。"

〔2〕　未名社结束时,经结算应付还鲁迅垫付本金和版税三千余元,乃议定将该社盘给开明书店的书版等项所值二千三百余元全部付

给鲁迅。开明书店提出未名社须在北平、上海报纸各登公开宣告出盘的广告三日才同意付款。广告刊出后,开明书店于 1933 年 3 月 14 日、9 月 5 日、14 日三次将该款付给了鲁迅。

330311^① 致 开 明 书 店

径启者:前得北平未名社广告稿一纸,嘱登沪报,即于二月廿八至三月二日共登《申报》紧要分类广告栏三天。顷复得该社员寄来北平《晨报》一张,内有同样广告;又收据一纸,计洋五百九十六元七角七分,嘱向

贵局取款。此款不知于何时何地见付,希速赐示,以便遵办为荷。此请

开明书店台鉴

鲁迅 三月十一日

通信处:北四川路底,内山书店转周豫才收。

330311^② 致 台 静 农

静农兄:

七日函及另封之《晨报》一张,均于今日收到。

幼儿患肺炎,殊非轻易之病,近未知已愈否?

国中诸事,均莫名其妙,但想来北平终当无虑耳。今年本尚拟携孩子一省母,大局一变^[1],此行亦当取消矣。

附奉照相^[2]一枚。《萧伯纳在上海》及《新俄小说二十人

集》下本,月末亦均可出,出即寄奉也。此祝

平安。

迅　启上　三月十一夜。

＊　　　　＊　　　　＊

〔1〕　大局一变　1933年1月,日军侵占山海关后,又向长城各口大举进犯;蒋介石于3月间派何应钦取代张学良为北平军政首脑,进一步推行不抵抗政策,华北形势危急。

〔2〕　照相　即鲁迅与萧伯纳、蔡元培的合影。

330315　致李小峰

小峰兄:

费君〔1〕来时,我适值出去了,今将印花送上,共八千个。

关于“北平五讲”之谣言甚多,愿印之处亦甚多,而其实则我并未整理。印成后,北新恐亦不宜经售,因后半尚有“上海三嘘”〔2〕,开罪于文人学士之处颇不少也。天马亦不宜印,将来当仍觅不知所在之书店耳。

迅　上　三月十五夜

《两地书》请觅店刻三个扁体字(如《华盖集》书面那样),

大小及长,均如附上之样张,即用于第一页及书面者。

又及

〔1〕　费君　指费慎祥。

〔2〕　"上海三嘘"　指鲁迅曾拟写的批判梁实秋、杨邨人、张若谷三人的文章。后未写成。参看《南腔北调集·答杨邨人先生公开信的公开信》。

330320　致　李　小　峰

小峰兄：

今晨已将校稿〔1〕寄出，当已到。

寻不着的书店，其实就是我自己。这一回倘不自印，即非付天马不可，因为这是收回了《两地书》时候的约束。其实北新因为还未见原稿〔2〕，故疑为佳，而实殊不然，大有为难之处，不下于《二心集》也。

有一本书〔3〕我倒希望北新印，就是：我们有几个人在选我的随笔，从《坟》起到《二心》止，有长序，字数还未一定。因为此书如由别的书店出版，倒是于北新有碍的。

迅　上　三月二十晚

*　　　*　　　*

〔1〕　校稿　指《两地书》校稿。

〔2〕　原稿　指拟编未成的《五讲三嘘集》稿。

〔3〕　指《鲁迅杂感选集》，何凝（瞿秋白）选编并作序，共收杂文七十四篇，1933年7月上海青光书局出版。

330322　致姚　克

姚克先生：

　　来信收到。廿四日我于晚六时起有事情,但想来两个钟头也够谈的了。我于上海路很不熟,所以极希望　先生于是日三点半到内山书店来,一同前去[1]。此复,即颂

文安。

　　　　　　　　　　　　　鲁迅　上　三月廿二日

＊　　　　＊　　　　＊

　　〔1〕　鲁迅1933年3月24日日记:"下午姚克邀往蒲石路访客兰恩夫人。"

330325[①]　致台静农

静农兄：

　　今日寄上《萧伯纳在上海》六本,请分送霁、常、魏、沈[1],还有一本,那时是拟送马珏的,此刻才想到她已结婚,别人常去送书,似乎不大好,由兄自由处置送给别人罢。

　　《一天的工作》不久可以出版,当仍寄六本,办法同上,但一本则仍送马小姐,因为那上本是已经送给了她的。倘住址不明,我想,可以托　幼渔先生转交。

　　此上,即颂

安好。

迅 启 三月廿五夜。

*　　　*　　　*

〔1〕 霁、常、魏、沈　指李霁野、常惠、魏建功、沈观。

330325^② 致 李 小 峰

小峰兄：

《两地书》的校稿,并序目等,已于下午挂号寄上。

书面我想也不必特别设计,只要仍用所刻的三个字,照下列的样子一排——

背

这就下得去了。但我现在还不知道书的大小(像《奔流》一样?)和字的样子,待第一面的校稿排来,我就可以作一张正式

的样子寄上。

随笔集[1]稿俟序作好,当寄上。

迅 启 三月廿五日

《两地书》不用我的印花,不知可有空白之板权印纸否?
如有,希代购三千,便中交下。　又及

＊　　　＊　　　＊

〔1〕　随笔集　指《鲁迅杂感选集》。

330331　致 李 小 峰

小峰兄:

校稿已另封挂号寄上。书面的样子今寄上,希完全照此
样子,用炒米色纸绿字印,或淡绿纸黑字印。那三个字也刻得
真坏(而且刻倒了),但是,由它去罢。

此书似乎不必有"精装"。孩子已养得这么大了,旧信精
装它什么。但如北新另有"生意经"上之关系,我也并不反对。

《自由谈》我想未必会做得很长久,待有一段落,就由北新
去印罢。

迅 上 三月卅一日

330405　致 李 小 峰

小峰兄:

《两地书》校稿,今先将序目寄上。第一页上,写"上海北

新书局印行",与末页不同,应否改成一律(青光……),请　兄
酌改。如改了,则封面亦应照改也。

其余校稿,三四日内再寄还。

我的《杂感选集》,选者还只送了一个目录来,须我自己拆
出,抑他拆好送来,尚未知,且待数天罢。但付印时,我想先送
他一注钱,即由我将来此书之版税中扣除,实亦等于买稿。能
如此办否,希　示及。

迅　上　四月五日

330413　致　李小峰

小峰兄:

版税收到,收条当于星期六面交店友。

《杂感选集》已寄来,约有十四五万字,序文一万三四千
字,以每页十二行,每行卅六字版印之,已是很厚的一本,此书
一出,单行本必当受若干影响也。

编者似颇用心,故我拟送他三百元。其办法可仿《两地
书》,每发行一千,由兄给我百元,由我转寄。此一千本,北新
专在收账确实处发售,于经济当不生影响,如此办法,以三次
为度。但此三千本,我只收版税百分之二十。

序文因尚须在刊物上发表一次,正在托人另抄,本文我也
须略看一回,并标明格式,星六不及交出了,妥后即函告。

此书印行,似以速为佳。

迅　上　四月十三日

330416　致许寿裳[1]

季市兄：

来信奉到。迁寓[2]已四日，光线较旧寓为佳，此次过沪，望见访，并乞以新址转函明之[3]为荷。又，明公住址，希于便中示及，因有数部书拟赠其女公子也。

傅公[4]文已读过，颇哀其愚劣，其实倘欲攻击，可说之话正多，而乃竟无聊至此，以此等人为作家，可见在上者之无聊矣。

此上，即颂

曼福

弟飞 顿首 四月十六日

*　　　　*　　　　*

〔1〕　此信据许寿裳亲属录寄副本编入。

〔2〕　迁寓　1933年4月11日鲁迅自北川公寓迁居施高塔路大陆新邨九号。

〔3〕　明之　与下文"明公"，均指邵文熔（1877—1942），字铭之，浙江绍兴人，曾同与鲁迅留学日本。

〔4〕　傅公　未详。

330420① 致姚　克

莘农先生：

昨奉一束，约于星期六（二十二日）下午六时驾临大马路

石路知味观杭菜馆第七座一谈,未知已到否?届时务希与令弟[1]一同惠临为幸。专此布达,顺请

文安。

迅 启上 四月二十日下午

＊　　　＊　　　＊

〔1〕 令弟　即姚志曾,字省吾,浙江余杭人。当时是上海东吴大学学生,后在上海中国实业银行任职,曾为鲁迅和在北平的姚克转递信件。

330420② 致 李 小 峰

小峰兄:

《杂感选集》的格式,本已用红笔批了大半,后来一想,此书有十七万余字(连序一万五千在内),若用每版十二行,行卅六字印,当有四百余页,未免太厚,不便于翻阅。所以我想不如改为横行,格式全照《两地书》,则不到三百页可了事,也好看。不知兄以为何如,俟 示办理。此上,即颂

时绥。

迅 启上 四月二十晚。

330426 致 李 小 峰

小峰兄:

《杂感选集》已批好,希店友于便中来寓一取。又,序文亦

已寄来,内中有稍激烈处,但当无妨于出版,兄阅后仍交还,当于本文印好后与目录一同付印刷局也。

迅　上　四月廿六夜。

330501　致　施蛰存[1]

蛰存先生:

来信早到。近因搬屋及大家生病,久不执笔,《现代》第三卷第二期上,恐怕不及寄稿了。以后倘有工夫坐下作文,我想,在第三期上,或者可以投稿。此复,即请

著安。

鲁迅　启上　五月一日

＊　　　＊　　　＊

〔1〕　此信据《现代作家书简》所载编入。

施蛰存(1905—2003),浙江杭州人,作家,当时在上海现代书局任《现代》月刊编辑。

330503①　致　王志之[1]

志之先生:

家兄嘱代汇洋贰拾元[2],今由邮局寄奉,希察收。汇款人姓名住址,俱与此信信封上所写者相同,并以奉闻,以免取款时口述有所岐异也。此上,即请

文安。

周乔峰 启上 五月三日

*   *   *

〔1〕 此信系鲁迅亲笔书写,署周乔峰(周建人)名。

〔2〕 洋贰拾元 系鲁迅给北平"左联"《文学杂志》的捐款。王志之时任该刊编辑。

330503② 致 李小峰

小峰兄:

今天奉上《两地书》印花五百中,似缺少一个,今补上。

前几天因为孩子生病及忙于为人译一篇论文[1],所以无暇做短评。现在又做起来了,告一段落,恐尚需若干时候也。

迅 上 五三之夜

*   *   *

〔1〕 论文 未详。

330503③ 致 许寿裳[1]

季市兄:

来函奉到。HM 诚如所测;白果乃黄坚,兄盖未见其人,或在北京曾见,而忘之也,小人物耳,亦不足记忆。

　　《自选集》一本仍在书架上，因书册太小，不能同裹，故留下以俟后日。

　　逸尘[2]寓非十号，乃第一衖第九号也。

　　近又在印《杂感选集》，大小如《两地书》，六月可成云。

　　此复，即颂

曼福。

飞　顿首　五月三夜

　　＊　　　　　＊　　　　　＊

　〔1〕　此信据许寿裳亲属录寄副本编入。

　〔2〕　逸尘　许广平的别称。逸尘寓，指大陆新邨九号。

330504① 致 黎 烈 文

烈文先生：

　　顷奉到三日惠函。《自由谈》已于昨今两日，各寄一篇[1]，谅已先此而到。有人中伤，本亦意中事，但近来作文，避忌已甚，有时如骨鲠在喉，不得不吐，遂亦不免为人所憎。后当更加婉约其辞，惟文章势必至流于荏弱，而干犯豪贵，虑亦仍所不免。希　先生择可登者登之，如有被人扣留，则易以他稿，而将原稿见还，仆倘有言谈，仍当写寄，决不以偶一不登而放笔也。此复，即请

著安。

迅　启上　五月四日晚

＊　　　＊　　　＊

〔1〕 各寄一篇　指《文章与题目》、《新药》,后均收入《伪自由书》。

330504^②　致 黎 烈 文

烈文先生:

晚间曾寄寸函,夜里又做一篇^{〔1〕},原想嬉皮笑脸,而仍剑拔弩张,倘不洗心,殊难革面,真是呜呼噫嘻,如何是好。换一笔名,图掩人目,恐亦无补。今姑且寄奉,可用与否,一听酌定,希万勿客气也。

此上,即请

著安。

干 顿首 五月四夜

＊　　　＊　　　＊

〔1〕 指《"多难之月"》,后收入《伪自由书》。

330507　致 曹 聚 仁^{〔1〕}

聚仁先生:

惠函收到。守常^{〔2〕}先生我是认识的,遗著上应该写一点什么,不过于学说之类,我不了然,所以只能说几句关于个人的空话。

我想至迟于月底寄上,或者不至于太迟罢。

此复,即颂

著祺。

鲁迅　启上　五月七日

＊　　　　＊　　　　＊

〔1〕　曹聚仁(1900—1972)　字挺岫,号听涛,浙江浦江人,作家。
当时在上海暨南大学任教并主编《涛声》周刊。著有《鱼龙集》等。

〔2〕　守常　即李大钊。参看 190419 信注〔3〕。遗著,指《守常全
集》。1933 年 4 月编定。收文三十篇,分上下两卷。原拟由上海群众图
书公司出版,因受国民党审查阻挠,直至 1939 年 4 月始以社会科学研
究社名义出版(北新书局发行)。鲁迅所撰《〈守常全集〉题记》,后收入
《南腔北调集》。

330508　致章廷谦

矛尘兄:

久不见,想安善。日内当托书店寄奉书籍四本,一以赠
兄,馀三本在卷首亦各有题记,希代分送为荷。我们都好,可
释远念也。此上即请

文安。

树　顿首　五月八夜

斐君夫人前均此请安不另。

330509 致邹韬奋[1]

韬奋先生：

今天在《生活》[2]周刊广告上，知道先生已做成《高尔基》[3]，这实在是给中国青年的很好的赠品。

我以为如果能有插图，就更加有趣味，我有一本《高尔基画像集》，从他壮年至老年的像都有，也有漫画。倘要用，我可以奉借制版。制定后，用的是那几张，我可以将作者的姓名译出来。此上，即请

著安。

鲁迅 上 五月九日

＊　　　＊　　　＊

〔1〕 此信据韬奋编译的《革命文豪高尔基·后记》所载编入。

邹韬奋（1895—1944），原名恩润，笔名韬奋，江西余江人，政论家、出版家。中国民权保障同盟执行委员，《生活》周刊主编、生活书店创办人。著有《萍踪忆语》、《萍踪寄语》、《经历》等。

〔2〕 《生活》 周刊，1925年10月在上海创刊，生活周刊社出版。1926年以后由邹韬奋主编。1933年12月被迫停刊。

〔3〕 《高尔基》 即《革命文豪高尔基》。1933年4月邹韬奋根据美国康恩所著《高尔基和他的俄国》(Alexander Kaun: Maxim Gorky and his Russia)改编而成。同年7月上海生活书店出版。该书共收插图十三幅，其中有十幅为鲁迅提供。

330510① 致 许寿裳[1]

季市兄：

　　日前寄上书籍一包，即上月所留下者[2]，因恐于不及注意中遗失，故邮寄，包装颇厚，想必不至于损坏也。别有小说一本[3]，纸张甚劣，但以其中所记系当时实情，可作新闻记事观，故顺便寄上一阅，讫即可以毁弃，不足插架也。

　　新寓空气较佳，于孩子似殊有益。我们亦均安，可释念。

　　明之通信处，便中仍希示知。此上，并颂

曼福。

弟飞 上 五月十日

　　＊　　　　＊　　　　＊

〔1〕　此信据许寿裳亲属录寄副本编入。

〔2〕　指《鲁迅自选集》。

〔3〕　指鲁迅译《十月》。参看 330626 信注〔3〕。

330510② 致 王志之[1]

　　郑朱[2]皆合作，甚好。我以为我们的态度还是缓和些的好。其实有一些人，即使并无大帮助，却并不怀着恶意，目前决不是敌人，倘若疾声厉色，拒人于千里之外，倒是我们的损失，也姑且不要太求全，因为求全责备，则有些人便远避了，坏一点的就来迎合,作违心之论,这样,就不但不会有好文章,而且也是假朋友了。

静农久无信来,寄了书去,也无回信,殊不知其消极的原因,但恐怕还是为去年的事〔3〕罢。我的意见,以为还是放置一时,不要去督促。疲劳的人,不可再加重,否则,他就更加疲乏。过一些时,他会恢复的。

第二期〔4〕既非我写些东西不可,日内当寄上一点。雁君见面时当一问。第一期诚然有些"太板",但加入的人们一多,就会活泼的。

*　　　*　　　*

〔1〕　此信据收信人作《鲁迅印想记》所引编入。信的首尾均为收信人引录时略去。

〔2〕　郑朱　郑,指郑振铎。朱,指朱自清(1898—1948),字佩弦,江苏东海人,作家,学者,文学研究会成员。当时任清华大学中国文学系主任。著有散文集《背影》等。1933 年 4 月 23 日,他们应邀出席文学杂志社在北京北海公园举行的文艺茶话会。

〔3〕　去年的事　指台静农 1932 年 12 月 12 日在北京被国民党逮捕事。

〔4〕　指《文学杂志》第二期。

330511　致姚　　克

莘农先生:

十五日以后可有闲空。只要请先生指定一个日期及时间

（下午），我当案时在内山书店相候。此复，即颂

时绥。

迅　启上　五月十一日

330514　致　李小峰

小峰兄：

校稿[1]还不如仍由我自己校，即使怎样草草，错字也不会比别人所校的多也。

《杂感集》[2]之前，想插画像一张，照原大；又原稿一张，则应缩小一半。像用铜版，字用什么版，我无意见，锌版亦可。制后并试印之一张一同交下，当添上应加之字，再寄奉。

达夫兄到沪后，曾来访，但我适值出去了，没有看见。

迅　上　五月十四夜。

＊　　　＊　　　＊

〔1〕　校稿　指《鲁迅杂感选集》校稿。

〔2〕　《杂感集》　即《鲁迅杂感选集》。

330525　致　周茨石[1]

茨石先生：

来信收到了。灾区的真实情形，南边的坐在家里的人，知道得很少。报上的记载，也无非是"惨不忍睹"一类的含浑文

字,所以倘有切实的纪录或描写出版,是极好的。

不过商量办报和看文章,我恐怕无此时间及能力,因为我年纪大起来,家累亦重,没有这工夫了。但我的意见,以为(1)如办刊物,最好不要弄成文学杂志,而只给读者以一种诚实的材料;(2)用这些材料做小说自然也可以的,但不要夸张及腹测,而只将所见所闻的老老实实的写出来就好。

此复,并颂

时绥。

鲁迅　上　五月二十五日

＊　　　＊　　　＊

〔1〕　此信据 1933 年 7 月《洪荒》月刊创刊号所载编入。

周茨石(1902—1994),原名冯润璋,笔名周茨石,陕西泾阳人,"左联"成员。1933 年 7 月 1 日在上海创办《洪荒》月刊。

330527　致 黎 烈 文

烈文先生:

来函收到。日前见启事[1],便知大碰钉子无疑。放言已久,不易改弦,非不为也,不能也。近来所负笔债甚多,拟稍稍清理,然后闭门思过,革面洗心,再一尝试,其时恐当在六月中旬矣。

以前所登稿,因早为书局[2]约去,不能反汁[3],所以希给我"自由"出版,并以未登者[4]见还,作一结束。将来所作者,则当不以诸人，任出单行本也。

　　此复，并颂

时绥。

迅　启上　五月廿七夜。

　　＊　　　　＊　　　　＊

　　〔1〕　1933 年 5 月 25 日《申报·自由谈》刊出编者黎烈文"吁请海
内文豪，从兹多谈风月，少发牢骚"的启事。参看《伪自由书·后记》。

　　〔2〕　书局　指青光书局。

　　〔3〕　反汗　反悔、食言，通常指收回成命。《汉书·刘向传》："号
令如汗，汗出而不反者也。今出善令，未能踰时而反，是反汗也。"反通
"返"。

　　〔4〕　指《保留》、《再谈保留》、《"有名无实"的反驳》、《不求甚解》四
篇，后均收入《伪自由书》。

330530　致 曹 聚 仁

聚仁先生：

　　生丁斯世，言语道断[1]，为守常先生的遗文写了几句，塞
责而已。可用与否，伏候

裁定。此布，并请

著安。

鲁迅　启上　五月三十日

*　　*　　*

〔1〕　言语道断　佛家语。不可言说,无话可说的意思。《璎珞经》:"言语道断,心行处灭。"

330603　致 曹聚仁

聚仁先生:

二日的惠函,今天收到了。但以后如寄信,还是内山书店转的好。乔峰是我的第三个兄弟的号,那时因为要挂号,只得借用一下,其实是我和他一月里,见面不过两三回。

《李集》〔1〕我以为不如不审定,也许连出版所也不如胡诌一个,卖一通就算。论起理来,李死在清党之前,还是国民党的朋友,给他留一个纪念,原是极应该的,然而中央的检查员,其低能也未必下于邮政检查员,他们已无人情,也不知历史,给碰一个大钉子,正是意中事。到那时候,倒令人更为难。所以我以为不如"自由"印卖,好在这书是不会风行的,赤者嫌其颇白,白者怕其已赤,读者盖必寥寥,大约惟留心于文献者,始有意于此耳,一版能卖完,已属如天之福也。

我现在真做不出文章来,对于现在该说的话,好像先前都已说过了。近来只是应酬,有些是为了卖钱,想能登,又得为编者设想,所以往往吞吞吐吐。但终于多被抽掉,呜呼哀哉。倘有可投《涛声》〔2〕的,当寄上;先前也曾以罗怃之名,寄过一封信〔3〕,后来看见广告,在寻这人,但因为我已有《涛声》,所以未复。

看起来,就是中学卒业生,或大学生,也未必看得懂《涛声》罢,近来的学生,好像"木"的颇多了。但我并不希望《涛声》改浅,失其特色,不过随便说说而已。

专复,并颂

著祺。

鲁迅　上　六月三夜

＊　　　＊　　　＊

〔1〕《李集》 指《守常全集》。

〔2〕《涛声》 文艺性周刊,曹聚仁编辑。1931 年 8 月 15 日在上海创刊,1933 年 11 月停刊。

〔3〕 后题作《论"赴难"和"逃难"》,收入《南腔北调集》。

330607　致 黎 烈 文

烈文先生:

来函收到,甚感甚感。

夜间做了这样的两篇[1],虽较为滑头,而无聊也因而殊甚。不知通得过否? 如以为可用,请一试。

此后也想保持此种油腔滑调,但能否如愿,却未详也。此上,顺颂

著祺。

迅　启　六月七夜

＊　　　＊　　　＊

〔1〕　两篇　指《夜颂》、《推》,后均收入《准风月谈》。

330618^① 致 姚 克

莘农先生:

来信敬悉。近来天气大不佳^{〔1〕},难于行路,恐须蛰居若干时,故不能相见。译文^{〔2〕}只能由　先生自行酌定矣。照片^{〔3〕}如能见寄一枚,甚感。

其实以西文绍介中国现状,亦大有益,至于发表中文,以近状言,易招危险,非详审不可。此事非数语能了,未知何日南归,尔时如我尚在沪,而又能较现在稍自由,当图畅叙也。专此奉复,顺颂

时绥。

迅　启上 六月十八夜

＊　　　＊　　　＊

〔1〕　近来天气大不佳　指政治形势险恶。中国民权保障同盟总干事杨杏佛即于作此信之日间遭暗杀,据传国民党特务已发出暗杀五十余人的黑名单,参看330620^②信注〔2〕。

〔2〕　译文　指姚克拟译的鲁迅短篇小说。

〔3〕　照片　指1933年5月26日鲁迅在雪怀照相馆所摄照片及与姚克的合影。

330618^②　致　曹聚仁

聚仁先生：

惠书敬悉。近来的事，其实也未尝比明末更坏，不过交通既广，智识大增，所以手段也比较的绵密而且恶辣。然而明末有些士大夫，曾捧魏忠贤〔1〕入孔庙，被以衮冕，现在却还不至此，我但于胡公适之之侃侃而谈〔2〕，有些不觉为之颜厚有忸怩〔3〕耳。但是，如此公者，何代蔑有哉。

渔仲亭林〔4〕诸公，我以为今人已无从企及，此时代不同，环境所致，亦无可奈何。中国学问，待从新整理者甚多，即如历史，就该另编一部。古人告诉我们唐如何盛，明如何佳，其实唐室大有胡气，明则无赖儿郎，此种物件，都须褫其华衮，示人本相，庶青年不再乌烟瘴气，莫名其妙。其他如社会史，艺术史，赌博史，娼妓史，文祸史……都未有人著手。然而又怎能著手？居今之世，纵使在决堤灌水，飞机掷弹范围之外，也难得数年粮食，一屋图书。我数年前，曾拟编中国字体变迁史及文学史稿各一部，先从作长编入手，但即此长编，已成难事，剪取欤，无此许多书，赴图书馆抄录欤，上海就没有图书馆，即有之，一人无此精力与时光，请书记〔5〕又有欠薪之惧，所以直到现在，还是空谈。现在做人，似乎只能随时随手做点有益于人之事，倘其不能，就做些利己而不损人之事，又不能，则做些损人利己之事。只有损人而不利己的事，我是反对的，如强盗之放火是也。

知识分子以外，现在是不能有作家的，戈理基[6]虽称非知识阶级出身，其实他看的书很不少，中国文字如此之难，工农何从看起，所以新的文学，只能希望于好的青年。十余年来，我所遇见的文学青年真也不少了，而希奇古怪的居多。最大的通病，是以为因为自己是青年，所以最可贵，最不错的，待到被人驳得无话可说的时候，他就说是因为青年，当然不免有错误，该当原谅的了。而变化也真来得快，三四年中，三翻四覆的，你看有多少。

古之师道，实在也太尊，我对此颇有反感。我以为师如荒谬，不妨叛之，但师如非罪而遭冤，却不可乘机下石，以图快敌人之意而自救。太炎先生曾教我小学，[7]后来因为我主张白话，不敢再去见他了，后来他主张投壶[8]，心窃非之，但当国民党要没收他的几间破屋[9]，我实不能向当局作媚笑。以后如相见，仍当执礼甚恭（而太炎先生对于弟子，向来也绝无傲态，和蔼若朋友然），自以为师弟之道，如此已可矣。

今之青年，似乎比我们青年时代的青年精明，而有些也更重目前之益，为了一点小利，而反噬构陷，真有大出于意料之外者，历来所身受之事，真是一言难尽，但我是总如野兽一样，受了伤，就回头钻入草莽，舐掉血迹，至多也不过呻吟几声的。只是现在却因为年纪渐大，精力就衰，世故也愈深，所以渐在回避了。

自首之辈，当分别论之，别国的硬汉比中国多，也因为别国的淫刑不及中国的缘故。我曾查欧洲先前虐杀耶稣教徒[10]的记录，其残虐实不及中国，有至死不屈者，史上在姓名之前就冠一"圣"字了。中国青年之至死不屈者,亦常有之,但皆秘不发表。不能受刑至死,就非卖友不可,于是坚卓者无不灭亡,游移者愈益堕落,长此以往,将使中国无一好人,倘中国而终亡,操此策者为之也。

　　此复,并颂

著祺

　　　　　　　　　　鲁迅　启上　六月十八夜。

　　　＊　　　　＊　　　　＊

　　〔1〕　魏忠贤(1568—1627)　河间肃宁(今属河北)人,明末天启时专权的宦官。任司礼监秉笔。他掌管特务机关东厂,凶残跋扈,杀人甚多。当时趋炎附势之徒对他竞相谄媚,《明史·魏忠贤传》记载:"群小益求媚","相率归忠贤,称义儿","监生陆万龄至请忠贤配孔子"。

　　〔2〕　胡适侃侃而谈　参看 330301 信注〔10〕。

　　〔3〕　颜厚有忸怩　语见《尚书·五子之歌》:"郁陶乎予心,颜厚有忸怩。弗慎厥德,虽悔可追。"

　　〔4〕　渔仲　即郑樵(1103—1162),福建莆田人,宋代史学家。著有《通志》《夹漈遗稿》等。亭林,即顾炎武(1613—1682),字宁人,号亭林,江苏昆山人,明末清初学者、思想家。著有《日知录》、《天下郡县利病书》等。

　　〔5〕　书记　旧时称办理文书和从事缮写工作的人员为书记。

　　〔6〕　戈理基　即高尔基。

　　〔7〕　太炎　即章炳麟,参看 110731 信注〔4〕。小学,旧时关于文字、音韵、训诂等学问的统称。

　　〔8〕　投壶　古代宴会时的一种娱乐。宾主依次投矢壶中,负者

饮酒。《礼记·投壶》孔颖达注引郑玄的话,以为投壶是"主人与客燕饮讲论才艺之礼"。孙传芳盘踞东南五省时,章太炎任孙组织的婚丧祭制会会长,曾主张恢复"投壶"古礼。但该年8月6日,孙传芳在南京举行投壶仪式时,曾请章太炎主持,章却未去。

〔9〕 据章太炎亲属回忆,1927年"四一二"国民党"清党"后,章在浙江余杭老家仓前镇的房子曾被国民党当局没收。

〔10〕 欧洲先前虐杀耶稣教徒 公元29年前后,欧洲的一些耶稣教教徒常遭虐杀,有的被钉十字架,有的被杀被焚,甚至有被绑进演技场或剧场喂食狮子的。传说使徒彼得等均在罗马殉道,后来西方史书遂尊称他们为"圣彼得"等。

330619　致赵家璧

家璧先生:

蒙惠书并赐《白纸黑字》一册,甚感。

兹奉上印证四千枚,以应有一收条见付。此上,即颂

著祺。

鲁迅 六月十九日

330620^① 致林语堂^[1]

语堂先生:

顷奉到来札并稿。前函令打油^[2],至今未有,盖打油亦须能有打油之心情,而今何如者。重重迫压,令人已不能喘气,除呻吟叫号而外,能有他乎?

不准人开一开口,则《论语》虽专谈虫二[3],恐亦难,盖虫二亦有谈得讨厌与否之别也。天王[4]已无一枝笔,仅有手枪,则凡执笔人,自属全是眼中之钉,难乎免于今之世矣。专复,并请

道安。

迅　顿首　六月廿夜

尊夫人前并此请安。

*　　　*　　　*

〔1〕　林语堂(1895—1976)　福建龙溪人,作家。早年留学美国,曾任北京大学、北京女子师范大学、厦门大学等校教授。《语丝》撰稿人之一。三十年代在上海主编《论语》、《人间世》、《宇宙风》等杂志,提倡"性灵"、"幽默"。

〔2〕　打油　即打油诗。传说唐代人张打油所作的诗常用俚语,且故作诙谐,有时暗含嘲讽,被称为打油诗。

〔3〕　虫二　隐指"風月",由"風月无边"变化而来。清褚人获《坚瓠集》引《葵轩琐记》:"唐伯虎题妓湘英家匾云:'風月无边。'见者皆赞美。祝枝山见之曰:'此嘲汝辈为虫二也。'湘英问其义,枝山曰:'風月字无边,非虫二乎?'"

〔4〕　天王　此处指国民党当局。

330620② 致 榴 花 社

榴花艺社[1]诸君:

十一日信及《榴花》第一期,今天都已收到。征求木刻,恐

怕很难,因为木版邮寄,麻烦得很。而且此地盛行白色恐怖,仅仅主张保障民权之杨杏佛先生,且于前日遭了暗杀,闻在计画杀害者尚有十余人[2]。我也不能公然走路,所以和别人极难会面,商量一切。但如作有小品文,则当寄上。

新文艺之在太原,还在开垦时代,作品似以浅显为宜,也不要激烈,这是必须察看环境和时候的。别处不明情形,或者要评为灰色也难说,但可以置之不理,万勿贪一种虚名,而反致不能出版。战斗当首先守住营垒,若专一冲锋,而反遭覆灭,乃无谋之勇,非真勇也。

此复,并颂

时绥。

鲁迅 六月二十日

＊　　　＊　　　＊

〔1〕 榴花艺社　文学团体。由唐诃等人发起,1933 年春成立于太原。曾出版《榴花》周刊,附《山西日报》发行,出至第七期被禁。

〔2〕 计画杀害者尚有十余人　据《中国论坛》第三卷第八期(1933 年 7 月 14 日)所载蓝衣社 6 月 15 日发出秘密通告的《钩命单》,该社计划暗杀者除杨铨外,尚有"陈绍禹、秦邦宪、胡汉民、李宗仁、方振武、吉鸿昌、鲁迅、茅盾"等五十六人。

330625　致 李 小 峰

小峰兄:

近来收账既困难,此后之《两地书》印花先交半税,是可以的。但有附件二：一，另立景宋之账，必须于节边算清余款；二，我如有需用现款，以稿件在别处设法的时候，北新不提出要印的要求。

这几天因为须作随笔，又常有客来，所以杂感尚未编过，恐怕至早要在下月初了。这回的编法，系将驳我的杂感的文章，附在当篇之后，而又加以案语，所以要比以前的编法费事一些。但既已说由北新付印，另外决无枝节，不过迟早一点而已。

前回面索之锌板，一系 Pío Baroja[1]画像，系一小方块，下有签名；一乃 Gorky[2]画像，是线画，额边有红块一方。所以二人画像，版则有三块也。倘能检出，希便中带下为荷。

迅　上　六月廿五夜。

＊　　　＊　　　＊

〔1〕　Pío Baroja　即巴罗哈(Pío Baroja y Nessi,1872—1956)，西班牙作家，著有长篇小说《为生活而斗争》三部曲、《一个活动家的回忆录》等。

〔2〕　Gorky　即高尔基。

330626　致　王　志　之

志之兄：

来信收到。

书坊店是靠不住的，他们像估衣铺一样，什么衣服行时就挂什么,上海也大抵如此,只要能够敷衍下去,就算了。茅稿[1]已寄谷兄[2],我怕不能作。

《十月》[3]的作者是同路人,他当然看不见全局,但这确也是一面的实情,记叙出来,还可以作为现在和将来的教训,所以这书的生命是很长的。书中所写,几乎不过是投机的和盲动的脚色,有几个只是赶热闹而已,但其中也有极坚实者在内(虽然作者未能描写),故也能成功。这大约无论怎样的革命,都是如此,倘以为必得大半都是坚实正确的人们,那就是难以实现的空想,事实是只能此后渐渐正确起来的。所以这书在他本国,新版还很多,可见看的人正不少。

丁事的抗议[4],是不中用的,当局那里会分心于抗议。现在她的生死还不详。其实,在上海,失踪的人是常有的,只因为无名,所以无人提起。杨杏佛也是热心救丁的人之一,但竟遭了暗杀,我想,这事也必以模胡了之的,什么明令缉凶之类,都是骗人的勾当。听说要用同样办法处置的人还有十四个。

《落花集》[5]出版,是托朋友间接交去的,因为我和这书店不熟,所以出版日期,也无从问起。序文我想我还是不做好,这里的叭儿狗没有眼睛,不管内容,只要看见我的名字就狂叫一通,做了怕反于本书有损。

我交际极少,所以职业实难设法。现在是不能出门,终日坐在家里。《两地书》一本,已托书店寄出。

此复,并颂

时绥。

豫 上 六月廿六夜

411

《年谱》错处不少,有本来错的(如我的祖父只是翰林而已,而作者却说是"翰林院大学士"〔6〕,就差得远了),也有译错的(凡二三处)。　又及。

*　　　*　　　*

〔1〕　茅稿　指茅盾作《"杂志办人"》,载《文学杂志》第三、四号合刊(1933 年 7 月 31 日)。

〔2〕　谷兄　指谷万川(1905—1970),河北望都人,北平"左联"成员,当时是北京师范大学学生,《文学杂志》编者之一。

〔3〕　《十月》　中篇小说,苏联雅柯夫列夫(1886—1953)著,鲁迅译,1933 年 2 月上海神州国光社出版。作者 1905 年曾参加俄国社会革命党,1920 年是同路人文学团体"谢拉皮翁兄弟"中的一员。

〔4〕　丁事的抗议　指当时上海、北平报刊登载蔡元培等三十八人为抗议国民党逮捕丁玲、潘梓年致南京政府电,以及文化界丁潘营救会发表的宣言等。丁玲(1904—1986),原名蒋冰之,湖南临澧人,作家,"左联"成员,《北斗》主编。著有短篇小说集《在黑暗中》、中篇小说《水》等。

〔5〕　《落花集》　原名《血泪英雄》,王志之著,1929 年 9 月北平东方书店出版。后作者将其中的历史剧《血泪英雄》抽去,保留小说五篇和诗二首,改名《落花集》,鲁迅曾为校订,但未能出版。

〔6〕　"翰林院大学士"　翰林院的掌院学士,按清制,例兼礼部侍郎,为从二品。鲁迅的祖父周福清(1838—1904)为清同治进士,曾任翰林院编修,为正七品。

330628 致 台 静 农

静农兄：

顷得六月二十二日函,五月初之信及照相,早已收到,倥偬之际,遂未奉闻也。

上海气候殊不佳,蒙念甚感。时症亦大流行,但仆生长危邦,年逾大衍[1],天灾人祸,所见多矣,无怨于生,亦无怖于死,即将投我琼瑶[2],依然弄此笔墨,夙心旧习,不能改也,惟较之春初,固亦颇自摄养耳。

开明第一次款,久已照收,并无纠葛,霁兄曾来函询,因失其通信地址,遂无由复,乞转知;至第二次,则尚无消息。

立人先生大作[3],曾以一册见惠,读之既哀其梦梦,又觉其凄凄。昔之诗人,本为梦者,今谈世事,遂如狂醒;诗人原宜热中,然神驰宦海,则溺矣,立人已无可救,意者素园若在,或不至于此,然亦难言也。

此复,并颂

时绥。

豫 启上 六月廿八晚

*　　*　　*

〔1〕 大衍　语见《周易·系辞》:"大衍之数五十。"后来"大衍"成为五十的代词。

〔2〕 投我琼瑶　语出《诗经·木瓜》:"投我以木桃,报之以琼瑶,

413

匪报也,永以为好也。"

〔3〕　立人先生大作　据韦丛芜回忆,指他在南京自费印的《合作同盟》,当时只分送了十几份,并未向外发行。立人,即韦丛芜。

330706　致　罗清桢[1]

清桢先生:

蒙赐函并惠木刻画集[2],感谢之至。

倘许有所妄评,则愚意以为《挤兑》与《起卸工人》为最好。但亦有缺点:前者不能确然显出银行,后者的墙根之草与天上之云,皆与全幅不称。最失败的可要算《淞江公园》[3]池中的波纹了。

中国提倡木刻无几时,又没有参考品可看,真是令学习者为难,近与文学社商量,希其每期印现代木刻六幅,但尚未得答复也。

专此布复,并颂

时绥。

鲁迅　启上　七月六夜

＊　　　＊　　　＊

〔1〕　罗清桢(1905—1942)　广东兴宁人,木刻家。当时在广东梅县松口中学任教。作品有《清桢木刻画》等。

〔2〕　木刻画集　指《清桢木刻画》第一辑,由作者自费手印。

〔3〕　《淞江公园》　原题《松口公园一角》。

330708　致 黎 烈 文

烈文先生：

惠函收到。向来不看《时事新报》[1]，今晨才去搜得一看，又见有汤增敭启事[2]，亦在攻击曾某[3]，此辈之中，似有一小风波[4]，连崔万秋[5]在内，但非局外人所知耳。

我与中国新文人相周旋者十余年，颇觉得以古怪者为多，而漂聚于上海者，实尤为古怪，造谣生事，害人卖友，几乎视若当然，而最可怕的是动辄要你生命。但倘遇此辈，第一切戒愤怒，不必与之针锋相对，只须付之一笑，徐徐扑之。吾乡之下劣无赖，与人打架，好用粪帚，足令勇士却步，张公资平[6]之战法，实亦此类也，看《自由谈》所发表的几篇批评，皆太忠厚。

附奉文一篇[7]，可用否希酌夺。不久尚当作一篇[8]，因张公启事中之"我是坐不改名，行不改姓的人，纵令有时用其他笔名，但所发表文字，均自负责"数语，亦尚有文章可做也。

此复，即颂

著祺

家干　顿首　七月八日

＊　　　＊　　　＊

〔1〕 《时事新报》 1907 年 12 月在上海创刊。初名《时事报》，后合并于《舆论日报》，改名为《舆论时事报》，1911 年 5 月 18 日起改名《时事新报》。初办时为改良派报纸；辛亥革命后，曾是拥护段祺瑞的政客

集团研究系的报纸。1927年后由史量才等接办。1935年后为孔祥熙收买。1949年5月上海解放时停刊。

〔2〕 *汤增敫*(1908—?) 浙江吴兴人,当时的文学青年,为参与鼓吹"民族主义文学"的《草野》半月刊(后改周刊)的编者之一。1933年7月6日《时事新报》载有《汤增敫启事》:"予现专任职于时事新报馆,对于外间各刊物均无关系,前阅某新闻,载曾某(按指曾今可)宣称,予曾与某君同往校对××周刊等语,殊属骇异。予自《星期文艺》停刊后,从未往任何印刷所及与人作校对事宜,显然为曾某之信口雌黄,任意造谣。嗣后如再有此项不负责任之事情发生,当诉诸法律,决不宽恕。"(原文无标点)

〔3〕 *曾某* 指曾今可(1901—1971),江西泰和人。曾留学日本,当时在上海创办新时代书局,出版《新时代》月刊及《文艺座谈》半月刊、《文艺之友》周刊等。

〔4〕 *小风波* 指曾今可、崔万秋、汤增敫间发生的一场纠纷。参看《伪自由书·后记》。

〔5〕 *崔万秋*(1908—?) 山东观城(今与河南范县等合并)人。曾留学日本,1933年3月回国,任《大晚报》文艺副刊《火炬》主编。

〔6〕 *张资平*(1893—1959) 广东梅县人,创造社早期成员,写过大量三角恋爱小说。抗日战争时期任日伪兴亚建国运动本部常务委员兼文委会主席、汪伪政府农矿部技正等职。1933年7月5日《申报·自由谈》曾登载谷春帆揭露张的文章《谈"文人无行"》,6日,张在《时事新报》上刊登启事,影射攻击《自由谈》编者黎烈文以资本家为后援,又以"姊妹嫁作大商人为妾,以谋得一编辑以自豪"。

〔7〕 指《别一个窃火者》,后收入《准风月谈》。

〔8〕 指《豪语的折扣》,后收入《准风月谈》。

330711^① 致 曹 聚 仁

聚仁先生：

继杨杏佛而该死之榜，的确有之，但弄笔之徒，列名其上者实不过六七人，而竟至于天下骚然，鸡飞狗走者内智识阶级之怕死者半，盖怕死亦一种智识耳，孔子所谓知命者不立于岩墙之下也〔1〕。而若干文虻（古本作氓），趁势造谣，各处恫吓者亦半。一声失火，大家乱窜，塞住大门，踏死数十，古已有之，今一人也不踏死，则知识阶级之故也。是大可夸，丑云乎哉？

《涛声》至今尚存，实在令人觉得古怪，我以为当是文简而旨隐，未能为大家所解，因而侦探们亦不甚解之故，八月大寿，当本此旨作一点祝辞〔2〕。

近来只写点杂感，亦不过所谓陈言，但均早被书店约去，此外之欠债尚多，以致无可想法，只能俟之异日耳。

此复，并颂

时绥。

鲁迅 启上 七月十一日

*　　*　　*

〔1〕 知命者不立于岩墙之下　语出《孟子·尽心（上）》："孟子曰：'莫非命也，顺受其正，是故知命者不立于岩墙之下。'"此处孔子系孟子之误。

〔2〕　祝辞　即《祝〈涛声〉》，后收入《南腔北调集》。

330711^② 致　母　亲

母亲大人膝下敬禀者，七月四日的信，已经收到，前一信也收
　　到了。家中既可没有问题，甚好，其实以现在生活之艰
　　难，家中历来之生活法，也还要算是中上，倘还不能相谅，
　　大惊小怪，那真是使人为难了。现既特雇一人，专门伏待
　　〔侍〕，就这样试试再看罢。男一切如常，但因平日多讲
　　话，毫不客气，所以怀恨者颇多，现在不大走出外面去，只
　　在寓里看看书，但也仍做文章，因为这是吃饭所必需，无
　　法停止也，然而因此又会遇到危险，真是无法可想。害马
　　虽忙，但平安如常，可释远念。海婴是更加长大了，下巴
　　已出在桌面之上，因为搬了房子，常在明堂里游戏，或到
　　田野间去，所以身体也比先前好些。能讲之话很多，虽然
　　有时要撒野，但也能听大人的话。许多人都说他太聪明，
　　还欠木一点，男想这大约因为常与大人在一起，没有小朋
　　友之故，耳濡目染，知道的事就多起来，所以一到秋凉，想
　　送他到幼稚园去了。上海近数日大热，屋内亦有九十度，
　　不过数日之后，恐怕还要凉的。专此布达，恭请

金安。

　　　　　　　　　　　男树　叩上 七月十一日
　　　　　　　　　　广平及海婴同叩

330714　致黎烈文

烈文先生：

　　昨得大札后，匆复一笺，谅已达。《大晚报》[1]与我有夙仇，且勿论，最不该的是我的稿件不能在《自由谈》上发表时，他们欣欣然大加以嘲笑[2]。后来，一面登载柳丝（即杨邨人）之《新儒林外史》[3]，一面崔万秋君又给我信，谓如有辨驳，亦可登载。虽意在振兴《火炬》，情亦可原，但亦未免太视人为低能儿，此次亦同一手段，故仍不欲与其发生关系也。

　　曾大少[4]真太脆弱，而启事[5]尤可笑，谓文坛污秽，所以退出，简直与《伊索寓言》[6]所记，狐吃不到葡萄，乃诋之为酸同一方法。但恐怕他仍要回来的，中国人健忘，半年六月之后，就依然一个纯正的文学家了。至于张公[7]，则伎俩高出万倍，即使加以猛烈之攻击，也决不会倒，他方法甚多，变化如意，近四年中，忽而普罗，忽而民主，忽而民族，尚在人记忆中，然此反复，于彼何损。文章的战斗，大家用笔，始有胜负可分，倘一面另用阴谋，即不成为战斗，而况专持粪帚乎？然此公实已道尽途穷，此后非带些吧儿与无赖气息，殊不足以再有刊物上（刊物上耳，非文学上也）的生命。

　　做编辑一定是受气的，但为"赌气"计，且为于读者有所贡献计，只得忍受。略为平和，本亦一法，然而仍不免攻击，因为攻击之来，与内容其实是无甚关系的。新文人大抵有"天才"气，故脾气甚大，北京上海皆然，但上海者又加以贪滑，认真编

辑,必苦于应付,我在北京见一编辑,亦新文人,积稿盈几,未
尝一看,骂信蝟集,亦不为奇,久而久之,投稿者无法可想,遂
皆大败,怨恨之极,但有时寄一信,内画生殖器,上题此公之名
而已。此种战法,虽皆神奇,但我辈恐不能学也。

　　附上稿一篇[8],可用与否,仍希
裁夺。专此,顺请
暑安。

干　顿首 七月十四日

　　　　*　　　*　　　*

　　〔1〕 《大晚报》 1932 年 2 月 12 日在上海创刊。创办人张竹平。
1935 年为国民党财阀孔祥熙收买。1949 年 5 月 25 日停刊。

　　〔2〕 大加嘲笑 1933 年 6 月 11 日《大晚报·火炬》发表法鲁的
《到底要不要自由》一文,对鲁迅等进行攻击和嘲讽。参看《伪自由书·
后记》。

　　〔3〕 《新儒林外史》 载 1933 年 6 月 17 日《大晚报·火炬》。参看
《伪自由书·后记》。

　　〔4〕 曾大少 指曾今可。参看 330708 信注〔3〕。

　　〔5〕 启事 指曾今可 1933 年 7 月 9 日在上海《时事新报》上刊登
的启事。参看《伪自由书·后记》。

　　〔6〕 《伊索寓言》 伊索(Aisopos,约前六世纪),相传是古希腊寓
言作家,奴隶出身,因机智博学获释为自由民。所编寓言经后人加工和
补充,集成现在流传的《伊索寓言》三百余篇。

　　〔7〕 张公 指张资平。参看 330708 信注〔6〕。1928 年创造社提
倡革命文学时,他曾翻译一些日本无产阶级文学作品,并开办乐群书

店,主办《乐群》月刊,自称"转换方向"。三十年代初,国民党当局提倡所谓"三民主义"文学,张又宣扬"民主主义文学"和"民族主义文学"。

〔8〕 指《智识过剩》,后收入《准风月谈》。

330718^① 致 罗清桢

清桢先生:

先后两信均收到,后函内并有木刻五幅,谢谢。

高徒的作品〔1〕,是很有希望的,《晚归》为上,《归途》次之,虽然各有缺点(如负柴人无力而柴束太小,及后一幅按远近比例,屋亦过小,树又太板等),而都很活泼。《挑担者》亦尚佳,惜扁担不弯,下角太黑。《军官的伴侣》中,三人均只见一足,不知何意?《五一纪念》却是失败之作,大约此种繁复图像,尚非初学之力所能及,而颜面软弱,拳头过太[大],尤为非宜,此种画法,只能用为象征,偶一驱使,而倘一不慎,即容易令人发生畸形之感,非有大本领,不可轻作也。

我以为少年学木刻,题材应听其十分自由选择,风景静物,虫鱼,即一花一叶均可,观察多,手法熟,然后渐作大幅。不可开手即好大喜功,必欲作品中含有深意,于观者发生效力。倘如此,即有勉强制作,画不达意,徒存轮廓,而无力量之弊,结果必会与希望相反的。

专此布复,并颂

时绥

鲁迅 启 七月十八夜

＊　　　＊　　　＊

〔1〕　高徒的作品　指罗清桢在梅县松口中学任教时,他的学生梁宜庆、古云章、陈荣生、陈汝山和 F. S. 所作的木刻五幅。这些作品后由鲁迅推荐参加在法国举办的"革命的中国之新艺术展览会"。参看340105 信中木刻目录 No. 50—54。

330718^②　致 施 蛰 存

蛰存先生:

十日惠函,今日始收到。

近日大热,所住又多蚊,几乎不能安坐一刻,笔债又积欠不少,因此本月内恐不能投稿,下月稍凉,当呈教也。

此复并请

著安。

迅　启上 七月十八夜。

330722　致 黎 烈 文

烈文先生:

晨寄一稿〔1〕,想已达;下午得廿一日信,谨悉种种。

关于《自由谈》近日所论之二事〔2〕,我并无意见可陈。但以为此二问题,范围太狭,恐非一般读者所欲快睹,尤其是剪窃问题,往复二次,是非已经了然,再为此辈浪费纸墨,殊无谓也。此后文章,似宜择不太专门者,而且论题常有变化为妙。

我意刊物不宜办。一是稿件,大约开初是不困难的,但后必渐少,投稿又常常不能用,其时编辑者就如推重车上峻坂,前进难,放手亦难,昔者屡受此苦,今已悟澈而决不作此事矣,故写出以备参考。二是维持,《自由谈》仅《申报》之一部分,得罪文虻,尚被诋毁如此,倘是独立刊物,则造谣中伤,禁止出版,或诬以重罪,彼辈易如反掌耳。

天热蚊多,不能安坐,而旧欠笔债,大被催逼,正在窘急中,俟略偿数款,当投稿也。

此复,即请

暑安。

干 顿首 七月二十二日

* * *

〔1〕 指《诗和预言》,后收入《准风月谈》。

〔2〕 指1933年7月赵景深等在《申报·自由谈》揭发余慕陶的《世界文学史》系剽窃别人译著而引起的争论,以及同月15日《申报·自由谈》署名"珠"作的《教科书大倾销》一文引起的讨论。

330729 致 黎 烈 文

烈文先生:

偶成杂感一则,附奉,如觉题目太触目,就改为《晨凉漫记》〔1〕罢。

惠函奉到。明末,真有被谣言弄得遭杀身之祸的,但现在此辈小虮，为害当未能如此之烈，不过令人生气而已，能修炼到不生气，则为编辑不觉其苦矣。不可不炼也。

　　此上，即请

道安。

干　上　七月廿九日

向未作过长篇，难以试作，玄[2]先生恐也没有，其实翻译亦佳，《红萝卜须》[3]实胜于澹果孙[4]先生作品也。同日又及。

　　＊　　　　＊　　　　＊

〔1〕《晨凉漫记》　后收入《准风月谈》。

〔2〕玄　指沈雁冰。

〔3〕《红萝卜须》　小说，法国列那尔（Jules Renard, 1864—1910）著，林取（黎烈文）译，1933年4月连载于《申报·自由谈》。1934年10月上海生活书店出版。

〔4〕澹果孙　李允（1886—1969），笔名青崖、澹果孙，湖南湘阴人，翻译家。曾留学欧洲，文学研究会早期成员之一，译有《莫泊桑短篇小说全集》等。这里的"作品"，指所作小说《平凡的事》，载1933年7月4日至8月15日《申报·自由谈》。

330801①　致吕蓬尊[1]

蓬尊先生：

　　蒙赐函指示种种，不胜感谢。

　　《十月》我没有加以删节，印本的缺少，是我漏译呢，还是漏排,却很难说了。至于《老屋》〔2〕,是梭罗古勃之作,后记〔3〕作安特来夫,是我写错的。

《一天的工作》再版已印出,所指之处,只好俟三版时改正。

靖华所译的那一篇,名《花园》〔4〕,我只记得见过印本,故写为在《烟袋》中,现既没有,那大概是在《未名》(未名社期刊,现已停止)里罢,手头无书,说不清了。

此复,并颂

时绥。

鲁迅 启上 八月一日

* * *

〔1〕 吕蓬尊(1899—1944) 原名劭棠,又名渐斋,广东新会人。当时为小学教师。

〔2〕 《老屋》 中篇小说,梭罗古勃著,陈炜谟译,1936 年 3 月商务印书馆出版。

〔3〕 后记 指《〈十月〉后记》,现编入《译文序跋集》。

〔4〕 《花园》 短篇小说,苏联费定作。

330801② 致 何家骏、陈企霞〔1〕

家骏
企霞先生:

来信收到。连环图画是极紧要的,但我无材料可以介绍,我只能说一点我的私见:

一，材料，要取中国历史上的，人物是大众知道的人物，但事迹却不妨有所更改。旧小说也好，例如《白蛇传》（一名《义妖传》）[2]就很好，但有些地方须加增（如百折不回之勇气），有些地方须削弱（如报私恩及为自己而水满金山等）。

二，画法，用中国旧法。花纸，旧小说之绣像[3]，吴友如[4]之画报，皆可参考，取其优点而改去其劣点。不可用现在流行之印象画法[5]之类，专重明暗之木版画亦不可用，以素描（线画）[6]为宜。总之：是要毫无观赏艺术的训练的人，也看得懂，而且一目了然。

还有必须注意的，是不可堕入知识阶级以为非艺术而大众仍不能懂（因而不要看）的绝路里。

专此布复，并颂

时绥。

鲁迅　上　八月一日

＊　　　＊　　　＊

〔1〕　此信据1933年8月《涛声》周刊第二卷第三十三期所载编入。

何家骏，即魏猛克（1911—1984），湖南长沙人，"左联"成员；陈企霞（1913—1988），浙江鄞县人，当时为上海《无名》杂志编辑之一。

〔2〕　《白蛇传》　演述关于白蛇娘娘的民间神话故事的弹词，清代陈遇乾著，共四卷五十三回，又《续集》二卷十六回。故事最早见于《清平山堂话本》中的《西湖三塔记》，参看鲁迅《坟·论雷峰塔的倒掉》。

〔3〕　绣像　明清以来附在通俗小说卷首的书中人物白描画像。

〔4〕 吴友如(？—约1893) 名猷(又作嘉猷),字友如,江苏元和(今吴县)人,清末画家。这里的"画报",即《点石斋画报》,旬刊。附《申报》发行的一种石印画报,1884年创刊,1898年停刊。由上海申报馆附设的点石斋石印书局出版,吴友如主编。后来他把在该刊发表的作品汇辑出版,分订成册,题为《吴友如墨宝》。

〔5〕 印象画法 即印象画派画法,十九世纪后期产生于法国。该画派反对当时学院派的保守的表现手法,主张在户外阳光下直接描绘景物,追求光色变化的效果,根据太阳光谱所呈现的赤橙黄绿青蓝紫七种色相表现对事物的瞬间印象。

〔6〕 素描(线画) 我国传统的线条素描,也叫线描、白描,即以单色线条勾勒人物、景物的图像。

330801③ 致 胡 今 虚〔1〕

今虚先生:

你给我的七月三日的信,我是八月一日收到的,我现在就是通信也不大便当。

你说我最近二三年来,沈声而且隐藏,这是不确的,事实也许正相反。不过环境和先前不同,我连改名发表文章,也还受吧儿的告密〔2〕,倘不是"不痛不痒,痛煞痒煞"的文章,我恐怕你也看不见的。《三闲集》之后,还有一本《二心集》,不知道见过没有,这也许比较好一点。

《三闲集》里所说的骂〔3〕,是事实,别处我不知道,上海确是的,这当然是一部分,然而连住在我寓里的学生,也因而憎恶我,说因为住在我寓里,他的朋友都看他不起了。我要回避,是决非太过的,我至今还相信并非太过。即使今年竟与曾今可同流,我也毫没有忏悔我的所说的意思。

好的青年,自然有的,我亲见他们遇害,亲见他们受苦,如果没有这些人,我真可以"息息肩"了。现在所做的虽只是些无聊事,但人也只有人的本领,一部分人以为非必要者,一部分人却以为必要的。而且两手也只能做这些事,学术文章要参考书,小说也须能往各处走动,考察,但现在我所处的境遇,都不能。

我很感谢你对于我的希望,只要能力所及,我自然想做的。不过处境不同,彼此不能知道底细,所以你信中所说,我也很有些地方不能承认。这须身临其境,才可明白,用笔是一时说不清楚的。但也没有说清的必要,就此收场罢。

此复,并颂

进步

迅　上　八月一夜

＊　　　＊　　　＊

〔1〕　胡今虚(1915—2002)　浙江温州人。当时在温州任报纸编辑。

〔2〕　吧儿的告密　如王平陵1933年2月20日在《武汉日报·文艺周刊》发表《"最通"的文艺》中说:"鲁迅先生最近常常用何家干的笔名在黎烈文主编的《申报·自由谈》发表不到五百字的文章。"参看《伪自由书·不通两种》。

〔3〕　指创造社、太阳社及新月社的一些人对作者的批评或攻击,

参看《三闲集·序言》。下文所说的学生,指廖立峨,参看 271021^② 信注〔1〕。

330801^④　致 科学新闻社

编辑先生:

　　今天看见《科学新闻》^{〔1〕}第三号。茅盾被捕的消息,是不确的;他虽然已被编入该杀的名单中^{〔2〕},但现在还没有事。

　　这消息,最初载在《微言》^{〔3〕}中,这是一种匿名的叭儿所办,专造谣言的刊物,未有事时造谣,倘有人真的被捕被杀的时候,它们倒一声不响了;而这种造谣,也带着淆乱事实的作用。不明真相的人,是很容易被骗的。

　　关心茅盾的人,在北平大约也不少,我想可以更正一下。至于丁玲,毫无消息,据我看来,是已经被害的了,而有些刊物还造许多关于她的谣言,真是畜生之不如也。

鲁迅 上 八月一夜

＊　　　＊　　　＊

　　〔1〕《科学新闻》 周刊,1933 年 6 月 24 日于北平创刊,同年 8 月 1 日出至第四期停刊,为北方左翼文化总同盟刊物,端木蕻良、方殷等编辑。

　　〔2〕 该杀的名单　参看 330620^②信注〔2〕。

　　〔3〕《微言》 潘公展主办的刊物,1933 年 5 月创刊于上海。初为半月刊,1934 年 4 月改为周刊。茅盾被捕的消息最初载《微言》第一

卷第九期(1933 年 7 月 15 日)"文坛进行曲"专栏:"茅盾有被捕说,确否待证。"

330803　致 黎 烈 文

烈文先生:

　　得七月卅一日信,也很想了一下,终于觉得不行。这不但这么一来,真好像在抢张资平的稿费[1],而最大原因则在我一时不能作。我的生活,一面是不能动弹,好像软禁在狱室里,一面又琐事却多得很,每月总想打叠一下,空出一段时间来,而每月总还是没有整段的余暇。做杂感不要紧,有便写,没有便罢,但连续的小说可就难了,至少非常常连载不可,倘不能寄稿时,是非常焦急的。

　　小说我也还想写,但目下恐怕不行,而且最好是有全稿后才开始登载,不过在近几日内总是写不成的。

　　此复,顺请

著祺

　　　　　　　　　　　　　幹 顿首 八月三日

＊　　　　＊　　　　＊

　　〔1〕　好像抢张资平稿费　张资平的长篇小说《时代与爱的歧路》,1932 年 12 月 1 日起在《申报·自由谈》上连载,次年 4 月 22 日《自由谈》刊出编辑室启事说:"近来时接读者来信,表示倦意。本刊为尊重读者意见起见,自明日起将《时代与爱的歧路》停止刊载。"有些人便乘

机造谣,如《社会新闻》第三卷第十三期(5月9日)发表署名"粹公"的《张资平挤出〈自由谈〉》一文,说此举"腰斩"张资平,是鲁迅"要扫清地盘"。参看《伪自由书·后记》。

330804 致赵家璧

家璧先生:

一日惠函,我于四日才收到。

译文来不及,天热,我又眼花,没有好字典,只得奉还,抱歉之至。序文[1]用不着查什么,还可以作,但六号是来不及的,我做起来看,赶得上就用,赶不上可以作罢的。

书两本,先奉还,那一本我自己有。

此复,即请

著安。

迅 上 八月四日

* * *

〔1〕 序文 指《〈一个人的受难〉序》,后收入《南腔北调集》。

330807 致赵家璧

家璧先生:

为《一个人的受难》[1]写了一点序,姑且寄上,如不合用,或已太迟,请抛掉就是,因为自己看看,也觉得太草率了。

此上,即请

著安。

迅　启　八月七日

＊　　　＊　　　＊

〔1〕　《一个人的受难》　比利时麦绥莱勒（F. Masereel, 1889—1972）所作木刻故事连环图画。1933 年 9 月由上海良友图书印刷公司出版。

330809　致 李 霁 野

霁野兄：

来信及款〔1〕，今日收到。

靖回否似未定，近少来信。款能否寄去而本人收到，亦可疑，姑存我处，俟探明汇法后办理。

开明二次付款期，似系六月，三次为八月，但约稿不在手头，无从确言，总之，二次之期，则必已到矣。

丛〔2〕近到上海一次，未见，但闻人传其言谈，颇怪云。

上海大热，房内亦九十度以上。我如常，勿念。

此复，并颂

时绥

树　启　八月九夜

＊　　　＊　　　＊

〔1〕　款　指曹靖华的版税二百五十五元。

〔2〕　丛　指韦丛芜。

330810 致 杜 衡[1]

杜衡先生：

惠示谨悉。《高尔基文选》[2]已托人送上，谅已达览。译者曾希望卷头有作者像一张，不知书局有可移用者否？倘没有，当奉借照印。

不看外国小说已年余，现在无甚可译。对于《现代》六期，当寄随笔[3]或译论一篇也。

此复，并颂

著安。

鲁迅 启上 八月十夜。

*　　　*　　　*

〔1〕 杜衡(1906—1964) 原名戴克崇，笔名杜衡、苏汶，浙江杭县人，作家。当时任上海《现代》月刊编辑。

〔2〕 《高尔基文选》 即《高尔基论文选集》原稿，萧参(瞿秋白)译，原定由上海现代书局出版未果，后收入《海上述林》。

〔3〕 随笔 后寄《小品文的危机》，收入《南腔北调集》。

330813 致 董永舒[1]

永舒先生：

你给我的信，在前天收到。我是活着的，虽然不知道可以

433

活到什么时候。

《雪朝》我看了一遍，这还不能算短篇小说，因为局面小，描写也还简略，但作为一篇随笔看，是要算好的。此后如要创作，第一须观察，第二是要看别人的作品，但不可专看一个人的作品，以防被他束缚住，必须博采众家，取其所长，这才后来能够独立。我所取法的，大抵是外国的作家。

但看别人的作品，也很有难处，就是经验不同，即不能心心相印。所以常有极要紧，极精采处，而读者不能感到，后来自己经验了类似的事，这才了然起来。例如描写饥饿罢，富人是无论如何都不会懂的，如果饿他几天，他就明白那好处。

《伟大的印象》[2]曾在杂志《北斗》上登载过，这杂志早被禁止，现在已无从搜求。昨天托内山书店寄上七(?)本书，想能和此信先后而至，其中的《铁流》是原版[3]，你所买到的，大约是光华书局的再版罢，但内容是一样的，不过纸张有些不同罢了。

高尔基的传记[4]，我以为写得还好，并且不枯燥，所以寄上一本。至于他的作品，中国译出的已不少，但我觉得没有一本可靠的，不必购读。今年年底，当有他的《小说选集》[5]和《论文选集》[6]各一本可以出版，是从原文直接翻译出来的好译本，那时我当寄上。

此复，即颂

时绥。

鲁迅　启上　八月十三日

以后如有信，寄"上海北四川路底内山书店"收转，则比较的可以收到得快。　又及。

＊　　　＊　　　＊

〔1〕 董永舒　广西钟山人。当时在桂林第三高级中学任教,因请求指导创作和代购书籍与鲁迅通信。

〔2〕《伟大的印象》 即《一个伟大的印象》,柔石于 1930 年 5 月在上海参加全国苏维埃区域代表大会后写的通讯,载《世界文化》创刊号(同年 9 月),署名刘志清。

〔3〕《铁流》原版　指 1931 年 10 月三闲书屋版。

〔4〕 高尔基的传记　指《革命文豪高尔基》。

〔5〕《小说选集》 指《高尔基创作选集》,萧参(瞿秋白)译,1933 年 10 月上海生活书店出版。

〔6〕《论文选集》 指《高尔基论文选集》。

330814　致　杜　衡[1]

杜衡先生:

十二日信昨收到。《高论》[2]译者不知所在,无法接洽,但九月中距现在不过月余,即有急用,亦可设法周转,版税一层是可以不成问题的。高尔基像我原有一本,而被人借去,一时不能取回,现在如要插图,我以为可用五幅,因为论文是近作,故所取者皆晚年的——

1. 最近画像(我有)。

2. 木刻像(在《文学月报》或《北斗》中,记不清)。

3. 他在演讲(在邹韬奋编的《高尔基》内)。

4.蔼理斯的漫画(在同书内)。

5.库克尔涅克斯[3]的漫画(我有)。

如现代愿用而自去找其三幅,则我当于便中将那两幅交上,但如怕烦,则只在卷头用一幅也不要紧,不过多加插画,却很可以增加读者兴趣的。

还有一部《高尔基小说选集》,约十二万字,其实是《论文集》的姊妹篇,不知先前曾经拿到现代去过没有?总之是说定卖给生活书店的了,而昨天得他们来信,想将两篇译序抽去,也因为一时找不到译者,无法答复。但我想,去掉译序,是很不好的,读者失去好指针,吃亏不少。不知现代能不能以和《论文集》一样形式,尤其是不加删改,为之出版?请与蛰存先生一商见告。倘能,我想于能和译者接洽时,劝其收回,交给现代,亦以抽版税法出版。

倘赐复,请寄××××××××××××××[4],较为便捷,因为周建人忙,倒不常和我看见的。此复,即颂

著安。

鲁迅　上　八月十四日

＊　　　＊　　　＊

〔1〕　此信据《现代作家书简》所载编入。

〔2〕《高论》　即《高尔基论文选集》。

〔3〕　库克尔涅克斯　通译库克雷尼克塞,是苏联漫画家库普略诺夫、克里洛夫和尼各莱·索柯洛夫三人合署的笔名。

〔4〕　此处系《现代作家书简》编者所略,根据当时情况,原文当作

"北四川路底内山书店转周豫才收"。

330820^① 致 许 寿 裳^{〔1〕}

季市兄：

惠函诵悉。钦文一事已了，而另一事又发生，^{〔2〕}似有仇家，必欲苦之而后快者，新闻上记事简略，殊难知其内情，真是无法。蔡公^{〔3〕}生病，不能相渎，但未知公侠^{〔4〕}有法可想否？

敝寓均安，可释念。附奉旧邮票二纸，皆庸品也。

此上，并颂

曼福。

弟飞 顿首 八月二十日

* * *

〔1〕 此信据许寿裳亲属录寄副本编入。

〔2〕 另一事 许钦文第一次被捕事参看 320302 信注〔5〕。许保释出狱后，刘梦莹之姐刘庆荇请托当时浙江省主席鲁涤平对法院施加压力，继续追查此案，后从刘梦莹寄存许家的手提箱内发现共青团证件，许钦文因此于 1933 年 8 月被以"组织共党"、"窝藏叛徒"罪提起公诉，再次入狱，鲁迅转托蔡元培营救，于 1934 年 7 月获释。

〔3〕 蔡公 指蔡元培。

〔4〕 公侠 即陈仪(字公侠)。

330820^② 致 杜 衡^{〔1〕}

杜衡先生：

昨奉到十八日函。高氏像二种，当于便中持上。《小说集》[2]系同一译者从原文译出，文笔流畅可观。已于昨日函生活书店索还原稿，想不会有什么问题。

《文艺理论丛书》第一本[3]，我不能作序，一者因为我对于此事，不想与闻；二者则对于蒲氏[4]学术，实在知道得太少，乱发议论，贻笑大方。此事只好等看见雪峰时，代为催促，但遇见他真是难得很。

第二本无人作序，只好将靖华的那篇移用，我是赞成的。第一本一时不能成功，其实将第二本先出版也可以。

《现代》用的稿子[5]，尚未作，当于月底或下月初寄上不误。专此布复，即颂

著祺。

鲁迅　启上　八月二十日

＊　　　＊　　　＊

〔1〕　此信据《现代作家书简》所载编入。

〔2〕　《小说集》　即《高尔基创作选集》。

〔3〕　《文艺理论丛书》第一本　未详。

〔4〕　蒲氏　指蒲力汗诺夫（Г.В.Плеханов，1856—1918），通译普列汉诺夫，俄国早期的马克思主义理论家，后来成为孟什维克首领之一。著有《论艺术》（又名《没有地址的信》）、《论一元论历史观的发展》等。

〔5〕　后于 8 月 27 日作成《小品文的危机》。

330827 致 杜 衡[1]

杜衡先生：

昨天才看见雪峰，即达来函之意，他说日内就送去。

生活书店经去索稿[2]，他们忽然会照了译者的条件[3]，不肯付还。那么，这稿子是拿不回来的了。

附上书两本，制版后可就近送交周建人。我的意见，以为最好是每像印一张，分插在全书之内，最不好看是都放在卷首，但如书店定要如此，随它也好。惟木刻一张，必须用黑色印，记得杂志上用的不是黑色，真可笑，这回万勿受其所愚。

又附上萧君译文一篇[4]，于《现代》可用否？如不能用，或一时不能用，则请掷还，也交周建人就好。

我的短文[5]，一并寄上。能用与否，尚乞裁定为幸。此请著安。

鲁迅 上 八月二十七日

*　　　*　　　*

〔1〕 此信据《现代作家书简》所载编入。

〔2〕 指《高尔基创作选集》稿。

〔3〕 译者的条件　参看330814信。

〔4〕 萧君译文一篇　指《伯纳·萧的戏剧》，苏联 M.列维它夫作，萧参(瞿秋白)译，载《现代》月刊第三卷第六期(1933年10月)。

〔5〕 短文　指《小品文的危机》。

330830　致 开明书店

径启者:顷得未名社来函并收条。函今寄奉;其收条上未填数目及日期,希即由

贵局示知,以便填写并如期走领为荷。此请

开明书店台鉴

鲁迅 启 八月卅日

回信请寄"北四川路底内山书店转周豫才收"。

330901　致 曹聚仁

聚仁先生:

顷诵悉来信。《人之初》看目录恐只宜于小学生,推而广之,可至店员。我觉得中国一般人,求知的欲望很小,观科学书出版之少可知。但我极希望先生做出来,因为读者有许多层,此类书籍,也必须的。

野草书屋[1]系二三青年所办,我不知其详,大约意在代人买书,以博微利,而亦印数种书,我因与其一人相识,遂为之看稿。近似亦无发展,愿否由群众[2]发行,见时当一问。其实他们之称野草书屋,亦颇近于影射,令人疑为我所开设也。

对于群众,我或可以代拉几种稿子,此外恐难有所贡献。近年以来,眼已花,连书亦不能多看,此于专用眼睛如我辈者,实为大害,真令人有退步而至于无用之惧,昔日之日夜校译的

事,思之如梦矣。《自由谈》所载稿,倘申报馆无问题,大约可由群众出版,但须与北新(由我)开一交涉,且至十二月底为结束,才出版。

言不尽意,将来当图面罄。此复,即颂

著祺。

迅 启上 九月一夜。

* * *

〔1〕 野草书屋 费慎祥等1933年在上海创办的书店。

〔2〕 群众 即上海群众图书公司。

330907① 致 曹 靖 华

静农兄:

此信乞并款转靖兄。

靖兄:

本月三日信收到,《恐惧》[1]稿亦早收到。今奉上洋五百二十七元,内计:

《星花》版税(初版)补	三〇.〇〇
《文学》第一期稿费[2]	二八.〇〇
霁野寄来	二五五.〇〇
丛芜还来	二〇〇.〇〇
《文学》第三期稿费[3](佩译文)	一四.〇〇

凡存在我这里的,全都交出了。此地并无什么事,容后再

谈。此上，即颂

近好。

弟豫　顿首　九月七日

＊　　　＊　　　＊

〔1〕《恐惧》　剧本，苏联阿·阿菲诺甘诺夫（1904—1941）著，共四幕，曹靖华译，后载《译文》新二卷第三、四、五期（1936 年 11 月至 1937年 1 月）。

〔2〕　指曹靖华作《绥拉菲摩维支访问记》一文的稿费，该文载《文学》创刊号（1933 年 7 月）。

〔3〕　指苏联潘菲洛夫作，佩秋译《让全世界知道罢》一文的稿费，该文载《文学》第一卷第三号（1933 年 9 月）。

330907②　致　曹靖华

靖华兄：

三日信收到。霁兄款及丛芜还二百，连另碎稿费共五百二十七元，已托郑君〔1〕面交静农兄，他于星期日（十）由此动身，大约此信到后，不久亦可到北平了。剧本译稿亦已收到，一时尚无处出版，因为剧本比小说看的人要少，所以书店亦不大欢迎。木刻亦收到了。

大约两星期前，我曾寄书报两包与兄，不知兄在那边〔2〕，有托人代收否？如有，可即发一信，就近分送别人，因为倘又寄回，也无聊得很。这些书报，那边难得，而这里是不算什么的。

兄如有兴致,休息之后,到此来看看也好。我的住址,可问代我收信之书店,他会带领的,但那时在动身之前,望豫先通知,我可以先告诉他,以免他不明白,而至于拒绝。

此上,即祝

安健。

弟豫 顿首 九月七夜

*　　*　　*

〔1〕 郑君 指郑振铎。

〔2〕 那边 指列宁格勒。曹靖华曾在列宁格勒东方学院任教,1933年秋自该处离苏回国。

330907③　致 曹 聚 仁

聚仁先生:

前上一缄,想已达。今日看见野草书屋中人之一的张君,问以书籍由群众总发行事,他说可以的。他又说,因寄售事,原也常去接洽。但不知与他接洽者为何人。我想,可由先生通知店中人,遇他去时,与之商议就好了。

此上,即请

著安。

迅 顿首 九月七夜

330908　致开明书店

径启者:未名社之第三期款项,本月中旬似已到期,该社
亦已将收条寄来,但仍未填准确日期及数目。仍希

贵店一查见示,以便填入,如期领取为荷。

此请

开明书店大鉴。

鲁迅　启　九月八日

回函仍寄

北四川路底,内山书店转周豫才收。　　又及。

330910　致杜　衡[1]

杜衡先生:

顷译成一短文[2],即以呈览,未识可用于《现代》否？倘
不合用,希即付还。

《高氏论文选集》的译者要钱用,而且九月中旬之期亦已
届,请先生去一催,将说定之版税赶紧交下,使我可以交代。
又插图的底子,原先也是从我这里拿去的,铜版制成后,亦请
就近送交周君[3]为荷。专此布达,即请

著安

鲁迅　启上　九月十日

＊　　　＊　　　＊

〔1〕 此信据《现代作家书简》所载编入。

〔2〕 短文 指《海纳与革命》，德国奥·毗哈作。译文载《现代》月刊第四卷第一期(1933 年 11 月)。海纳，通译海涅。

〔3〕 周君 指周建人。鲁迅的三弟。

330919 致 许寿裳[1]

季市兄：

十五日函，顷奉到。前一函亦早收得。钦文事[2]剪报奉览。看来许之罪其实是"莫须有"的，大约有人欲得而甘心，故有此辣手，且颇有信彼为富家子弟者。世间如此，又有何理可言。

脚湿虽小恙，而颇麻烦，希加意。昨今上海大风雨，敝寓无少损，妇孺亦均安，请释念。

此复，即颂

曼福。　　　　　　　　　　　　　弟飞 顿首 九月十九日

宁报小评[3]，只曾见其一。文章不痛不痒，真庸才也。

＊　　　＊　　　＊

〔1〕 此信据许寿裳亲属录寄副本编入。

〔2〕 钦文事 指许钦文蒙冤被拘押事。参看 330820①信注〔2〕。

〔3〕 宁报小评 指 1933 年 9 月 4 日、6 日南京《中央日报》所载如是的《女婿问题》和圣闲的《女婿的蔓延》，参看《准风月谈·后记》。

330920　致黎烈文

烈文先生：

　　译了一篇小说〔1〕后，作短评遂手生荆棘，可见这样摩摩，那样摸摸的事，是很不好的。今姑寄上〔2〕，《礼》也许刊不出去，若然，希寄回，因为我不留稿底也。

　　此上即请

道安。　　　　　　　　　　　家干　顿首　九月二十夜

　　邵公子〔3〕一打官司，就患"感冒"，何其嫩耶？《中央日报》上颇有为该女婿〔4〕臂助者，但皆蠢才耳。　又及。

*　　　　*　　　　*

　　〔1〕　指西班牙巴罗哈所作短篇小说《山民牧唱》。

　　〔2〕　指《礼》和《打听印象》，后均收入《准风月谈》。

　　〔3〕　邵公子　指邵洵美(1906—1968)，浙江余姚人。曾自办金屋书店，主编《金屋月刊》、《十日谈》，提倡唯美主义文学。著有诗集《花一般的罪恶》等。打官司，指《十日谈》与《晶报》的纠葛。《十日谈》因于第二期(1933年8月20日)刊出题为《朱霁春亦将公布捐款》的短评，触犯了《晶报》，在《晶报》对邵洵美提起诉讼后，《十日谈》在9月21日《申报》刊登广告，向《晶报》"声明误会表示歉意"。《晶报》，当时上海一种低级趣味的小报。

　　〔4〕　女婿　指邵洵美。他是清末买办官僚盛宣怀的孙婿。关于为他"臂助"事，参看330919信注〔3〕和《准风月谈·后记》。

330921　致 曹聚仁

聚仁先生：

前蒙赐盛馔，甚感。当日有一客（非杨先生，绍介时未听真，便中希示及）言欲买《金瓶梅词话》[1]，因即函询在北平友人[2]，顷得来信，裁出附呈，希转达，要否请即见告，以便作复。此书预约时为三十六元，今大涨矣。

此布，即请

著安。　　　　　　　　　迅 顿首 九月廿一夜。

旧诗一首[3]，不知可登《涛声》否？

＊　　　＊　　　＊

〔1〕《金瓶梅词话》 长篇小说，明兰陵笑笑生作，一百回，万历年间刊行。这里系指北平古佚小说刊行会影印本，一部二十册，又绘图一本。

〔2〕 友人　指宋紫佩。

〔3〕 旧诗一首　指《悼丁君》，载《涛声》第二卷第三十八期（1933年9月30日），后收入《集外集》。

330924　致 姚　克

K.先生：

两信并梁君[1]所作画像一幅，均收到。

适兄[2]忽患大病,颇危,不能写信了。

上海常大风,天气多阴。

我安健如常,可释远念。

此复即请

旅安

L. 九月廿四日

＊　　　＊　　　＊

〔1〕　梁君　即梁以俅,参看 340101 信注〔1〕。"所作画像",指梁
以俅为鲁迅画的炭画素描像。

〔2〕　适兄　即楼适夷(1905—2001),笔名建南,浙江余姚人,作
家,翻译家,"左联"成员。曾编辑《文艺新闻》等刊物,著有短篇小说集
《挣扎》、《第三时期》,译有《在人间》等。这里隐指他 1933 年 9 月 17 日
在上海被捕,囚禁于南京监狱。

330929①　致　罗清桢

清桢先生:

蒙赐示并木刻四幅,甚感。《起卸工人》经修改后,荒凉之
感确已减少,比初印为好了。新作二幅均佳,但各有一缺点:
《柳阴之下》路欠分明;《黄浦滩头》的烟囱之烟,惜不与云相连
接。

我是常到内山书店去的,不过时候没有一定,先生那时如
果先给我一信,说明时间,那就可以相见了。但事情已经过

去,已没有法想,将来有机会再图面谈罢。

此复,即颂

时绥。

迅 启上 九月二十九日

330929^② 致 胡 今 虚

今虚先生:

来信收到。彼此相距太远,情形不详,我不能有什么意见可说。至于改编《毁灭》^[1],那是无论如何办法,我都可以的,只要于读者有益就好。何君^[2]所编的,我连见也没有见过。

我的意见,都写在《后记》里了,所以序文不想另作。但这部书有两种版本^[3],大江书店本是没有序和后记的。我自印的一本中却有。不知先生所买的,是那一种。

后面附我的译文附言,自然无所不可。

此复即颂

时绥

迅 上 九月廿九日

通信处:

上海、北四川路底、内山书店转,周豫才收

其实××^[4]之与先前不同,乃因受极大之迫压之故,非有他也,请勿误解为幸。 又及

﹡　　　﹡　　　﹡

〔1〕　改编《毁灭》　指胡今虚拟将《毁灭》改编为通俗小说。

〔2〕　何君　指何谷天(1907—1952),原名何开荣,字稻玉,笔名周文,四川荥经人,当时的青年作家,"左联"成员,曾编辑上海《文艺》杂志,并改编节写《毁灭》和《铁流》。

〔3〕　两种版本　指《毁灭》译文的两种版本,参看 300609 信注〔2〕。

〔4〕　××　原件此二字被收信人涂没,后来收信人在其所作《鲁迅作品及其他·鲁迅和青年的通信》中作了说明:"××是指'左联'"。

330929③　致 郑 振 铎

西谛先生:

　　惠函收到。元谕[1]用白话,我看大概是出于官意的,然则元曲之杂用白话,恐也与此种风气有关,白话之位忽尊,便大踏步闯入文言营里去了,于是就成了这样一种体制。

　　笺纸样张尚未到,一到,当加紧选定,寄回。印款我决筹四百,于下月五日以前必可寄出,但乞为我留下书四十部(其中自存及送人二十部,内山书店包销二十部),再除先生留下之书,则须募豫约者,至多不过五十部矣。关于该书:(一)单色笺不知拟加入否? 倘有佳作,我以为加入若干亦可。(二)宋元书影笺可不加入,因其与《留真谱》[2]无大差别也。大典笺[3]亦可不要。(三)用纸,我以为不如用宣纸,虽不及夹贡之漂亮,而较耐久,性亦柔软,适于订成较厚之书。(四)每部有四百张,则是八本,我以为豫约十元太廉,定为十二元,尚是很对得起人也。

我当做一点小引,但必短如兔尾巴,字太坏,只好连目录都排印了。然而第一叶及书签,却总得请书家一挥,北平尚多擅长此道者,请先生一找就是。

以后印造,我想最好是不要和我商量,因为信札往来,需时间而于进行之速有碍,我是独裁主义信徒也。现在所有的几点私见,是(一)应该每部做一个布套,(二)末后附一页,记明某年某月限定印造一百部,此为第△△部云云,庶几足增声价,至三十世纪,必与唐版媲美矣。

匆复并请

著安。

迅 顿首 九月廿九夜

如赐函件,不如"上海、北四川路底、内山书店转、周豫才收",尤为便捷。

* * *

〔1〕 元谕 指元代朝廷发布的诏令。

〔2〕《留真谱》 摹写古书(古抄本及宋元刻本)首尾真迹的书,可藉以考见古书的行格字体。清末杨守敬编,初编十二册。

〔3〕 大典笺 以明朝《永乐大典》书影印制的笺纸。

331002^① 致 姚 克

莘农先生:

九月二十八日惠书收到。北京环境与上海不同,遍地是古董,所以西人除研究这些东西之外,就只好赏鉴中国人物之工贱而价廉了。人民是一向很沈静的,什么传单撒下来都可以,但心里也有一个主意,是给他们回复老样子,或至少维持现状。

我说适兄的事,是他遭了不幸,不在上海了。报上的文章,是他先前所投的。先生可以不必寄信,他的家一定也早不在老地方的。

上海大风雨了几天,三日前才放晴。我们都好的,虽然大抵觉得住得讨厌,但有时也还高兴。不过此地总不是能够用功之地,做不出东西来的。也想走开,但也想不出相宜的所在。

先生在北平住了这许多天了,明白了南北情形之不同了罢,我想,这地方,就是换了旗子,人民是不会愤慨的,他们和满洲人关系太深,太好了。

此复,即颂

时绥。

豫　顿首　十月二日

331002^②　致　郑振铎

西谛先生:

笺样昨日收到,看了半夜,标准从宽,连"仿虚白斋[1]笺"在内,也只得取了二百六十九种,已将去取注在各包目录之上,并笺样一同寄回,请酌夺。大约在小纸店中,或尚可另碎得二三十种,即请先生就近酌补,得三百种,分订四本或六本,亦即成为一书。倘更有佳者,能足四百之数,自属更好,但恐难矣。记得清秘阁[2]曾印有模"梅花喜神谱"[3]笺百种,收为附录,亦不恶,然或该板已烧掉乎。

齐白石花果笺有清秘,荣宝两种,画悉同,而有一张上却都有上款,写明为"△△制",殊奇。细审之,似清秘阁版乃剽窃也,故取荣宝版。

李毓如[4]作,样张中只有一家版,因系色笺,刻又劣,故未取。此公在光绪年中,似为纸店服役了一世,题签之类,常见其名,而技艺却实不高明,记得作品却不少。先生可否另觅数幅,存其名以报其一世之吃苦。吃苦而能入书,虽可笑,但此书有历史性,固不妨亦有苦工也。

书名。曰《北平笺谱》[5]或《北平笺图》,如何?

编次。看样本,大略有三大类。仿古,一也;取古人小画,宜于笺纸者用之,如戴醇士[6],黄瘿瓢[7],赵㧑叔[8],无名氏罗汉,二也;特请人为笺作画,三也。后者先则有光绪间之李毓如,伯禾,锡玲,李伯霖,[9]宣统末之林琴南,但大盛则在民国四五年后之师曾,茫父[10]……时代。编次似可用此法,而以最近之《壬申》,《癸酉》笺[11]殿之。

前信曾主张用宣纸,现在又有些动摇了,似乎远不及夹贡之好看。不知价值如何? 倘一样,或者还不〔如〕将"永久"牺牲一点,都用夹贡罢。此上,即颂

著安。

迅 顿首 十月二夜。

　※　　　　※　　　　※

〔1〕　虚白斋　清末的一个字画店。

〔2〕　清秘阁　和下文的荣宝(荣宝斋)，都是北京琉璃厂的字画店。

〔3〕　"梅花喜神谱"　梅花画谱，上下两卷，共一百图，每图附五言绝句一首。宋代宋伯仁著，有1928年6月中华书局印本。"喜神"是宋时俗语，画像的意思。

〔4〕　李毓如　清末光绪、宣统年间为北京南纸店作画笺的作者。

〔5〕　《北平笺谱》　彩色水印的木刻笺纸选集，六册，收录人物、山水、花鸟画三三二幅。鲁迅、郑振铎选编，1933年12月荣宝斋刊行。

〔6〕　戴醇士(1801—1860)　名熙，号榆庵，字醇士，又自称鹿床居士，浙江钱塘人，清代画家。

〔7〕　黄瘿瓢(1687—1768后)　名慎，字恭懋，号瘿瓢子，福建宁化人，久寓扬州，清初画家"扬州八怪"之一。

〔8〕　赵扌为叔(1829—1884)　名之谦，字扌为叔，浙江会稽(今绍兴)人，清代书画家、篆刻家。

〔9〕　伯禾、锡玲、李伯霖　均系清末光绪、宣统年间为北京南纸店作画笺的作者，所作大都取意吉祥或花果之类。

〔10〕　茫父　姚华(1876—1930)，字重光，号茫父，贵州贵筑(今属贵阳)人。清末书画家。

〔11〕　《壬申》,《癸酉》笺　指1932(壬申)年、1933(癸酉)年齐白石等人所作笺纸，北京荣宝斋刻。

331003　致郑振铎

西谛先生：

今日下午刚寄出一信并笺样一包，想能先到。今由开明书店汇奉洋肆百元,乞便中持收条向分店一取,为幸。

先生所购之信笺,如自己不要,内山书店云愿意买去,大约他自有售去之法,乞寄来,大约用寄书之法,分数包即可,并开明价目。内有缺张,或先生每种自己留下样张一枚,均无碍。我想可以给他打一个八折,与之。

用色纸印如"虚白斋笺",及其他,倘能用一木板,先印颜色如原笺,则变化较多,颇有趣。不知能行否?但倘太费事,则只好作罢耳。

此布,即请

道安。

　　　　　　　　　　　　迅　顿首 十月三夜

附上收条一纸。

331007　致 胡 今 虚

今虚先生:

二日信收到。《毁灭》已托内山书店寄上,想已到。另两种[1]亦系我们自印,大约温州亦未必有,故一并奉呈。

《轻薄桃花》[2]系改编本,我当然无所不可的(收入丛书)。但作序及看稿等,恐不能作,因我气力及时间不能容许也。

现在○○[3]的各种现象,在重压之下,一定会有的。我在这三十年中,目睹了不知多少。但一面有人离叛,一面也有新的生力军起来,所以前进的还是前进。

弄文学的人,只要(一)坚忍,(二)认真,(三)韧长,就可以了。不必因为有人改变，就悲观的。

　　此复即颂

时绥。

　　　　　　　　　　　迅　启上　十月七日

　　　*　　　　*　　　　*

　　〔1〕　指《铁流》和《不走正路的安得伦》。

　　〔2〕　《轻薄桃花》　1933年胡今虚与胡民大等人曾拟将苏联文学作品《毁灭》、《十月》、《母亲》、《士敏土》、《第四十一》及《铁甲列车》等书分别改写为通俗读物，编成丛书。《轻薄桃花》是《毁灭》改编后的书名。

　　〔3〕　○○　据收信人注："信中○○系指当时的前进文学团体"，当指"左联"。

331008　致赵家璧

家璧先生：

　　惠函及木刻书三种[1]又二十本均收到，谢谢。这书的制版和印刷，以及装订，我以为均不坏，只有纸太硬是一个小缺点；还有两面印，因为能够淆乱观者的视线，但为定价之廉所限，也是没有法子的事。

　　M.氏[2]的木刻黑白分明，然而最难学，不过可以参考之处很多，我想，于学木刻的学生，一定很有益处。但普通的读者，恐怕是不见得欢迎的。我希望二千部能于一年之内卖完，不要像《艺术三家言》^{〔3〕}，这才是木刻万岁也。

　　此复，并颂

著安。

鲁迅　启上　十月八日

＊　　　＊　　　＊

　　〔1〕　木刻书三种　指现代比利时画家麦绥莱勒所作木刻故事连环图画《我的忏悔》、《光明的追求》和《没有字的故事》。均于 1933 年 9 月由上海良友图书印刷公司出版；"又二十本"，指同时出版的《一个人的受难》。

　　〔2〕　M. 氏　即麦绥莱勒（F. Masereel, 1889—1972），比利时版画家。

　　〔3〕　《艺术三家言》　傅彦长、朱应鹏、张若谷合著，1927 年上海良友图书印刷公司出版。

331009　致 胡 今 虚^{〔1〕}

今虚先生：

　　十月六日信收到。我并未编辑《文艺》^{〔2〕}，亦未闻文艺研究社之事，自然更说不到主持。前函似已提及，特再声明，以免误解。此复，即颂

时绥。

迅　上　十月九日

　＊　　　　＊　　　　＊

〔１〕　此信据收信人所录副本编入。

〔２〕　《文艺》 月刊,1933 年 10 月在上海创刊,上海华通书局发行,同年 12 月出至第三期停刊。文艺研究社,即现代文艺研究社,1933年 6 月在上海成立,《文艺》月刊即由该社编辑出版。

331011　致 郑 振 铎[1]

西谛先生:

　　七日信顷收到。名目就是《北平笺谱》罢,因为"北平"两字,可以限定了时代和地方。

　　印色纸之漂亮与否,与纸质也大有关系,索性都用白地,不要染色罢。

　　目录的写法,照来信所拟,是好的。作者呢,还是用名罢,因为他的号在笺上可见。但"作"字不如直用"画"字,以与"刻"相对。

　　因画笺大小不一,而影响于书之大小,不能一律,这真是一个难问题。我想,只能用两法对付:(一)书用五尺纸的三开本(此地五尺宣纸比四尺者贵三分之一),则价贵三分之一,而大小当皆可容得下,体裁较为好看;(二)就只能如来信所说,另印一册,但当题为《北平笺谱别册》,而另有序目,使与小本者若即若离,但我以为纵使用费较昂,倘可能,不如仍用(一)法,因为这是"新古董",不嫌其阔的。

　　笺上的直格,索性都不用罢。加框,是不好看的。页码其实本可不用,而于书签上刻明册数。但为切实计,则用用亦可,只能如来示所说,印在第二页的边上,不过不能用黑色印,以免不调和,而且倘每页用同一颜色,则每页须多加上一回印工,所以我以为任择笺上之一种颜色,同时印之,每页不尽同,倒也有趣。总之:对于这一点,我无一定主意,请先生酌定就是。

第一页及序目,能用木刻,自然最好。小引[2]做后,即当寄呈。

此复,即颂

著安。

迅 上 十月十一日

* * *

〔1〕 此信据《现代作家书简》所载编入。

〔2〕 小引 即《〈北平笺谱〉序》,后收入《集外集拾遗》。

331018 致 陶亢德[1]

亢德先生:

蒙示甚感。其实两者亦无甚冲突,倘有人骂,当一任其骂,或回骂之。

又其实,错与被骂,在中国现在,并不相干。错未必被骂,被骂者未必便错。凡枭首示众者,岂尽"汉奸"也欤哉。

专复并颂

著安。

鲁迅　上　十月十八夜。

＊　　　＊　　　＊

〔1〕　陶亢德(1908—1983)　浙江绍兴人。当时为《论语》半月刊编辑,后又编辑《宇宙风》、《人间世》等。

331019① 致 郑 振 铎

西谛先生:

惠函,笺纸,版画会目〔1〕,均收到。

蝴蝶装虽美观,但不牢,翻阅几回,背即凹进,化为不美观,况且价贵,我以为全部作此装,是不值得的。无已,想了三种办法——

一、惟大笺一本,作蝴蝶装,但仍装入于一函内。

二、惟大笺一本,作蝴蝶装,但略变通,仍用线订,与别数本一律,其法如订地图,于叠处粘纸,又衬狭条,令一样厚而订之,则外表全部一样了。

三、大笺仍别印为大册,但另名之曰《北平巨笺谱》,别作序目。

我想,要经久而简便,还不如仍用第三法了。倘欲整齐,则当采第二法,我以为第二法最好。请先生酌之。

笺纸当于夜间择定,明日付邮。

此复即请

道安

　　　　　　　　迅 顿首 十月十九日

＊　　　＊　　　＊

〔1〕 版画会目　指《北平图书馆舆图版画展览会目录》。

331019② 致 郑振铎

西谛先生：

　　信一封及笺样一包，顷方发出。此刻一想，费如许气力，而板式不能如一，殊为憾事。故我想我所担任之四十部，将纸张放大，其价不妨加倍，倘来得及，希先生为我一嘱纸铺，但书有两种，较费事耳。其实我想先生自存之十部，亦以大本为宜。其廉价之一半，则以预约出售可耳。如何，乞即示及，倘可能，当即以款汇上耳。此致即请

文安。

　　　　　　　　迅 顿首 十月十九夜

331021① 致 郑振铎

西谛先生：

　　十七日信收到。纸张大小，如此解决，真是好极了。信笺已于十九日寄回，并两封信，想已到。

　　清秘阁一向专走官场，官派十足的，既不愿，去之可也，于

461

《笺谱》并无碍。

第二次应否续印，实是一个问题，因为如此，则容易被同一之事绊住，不能作他事。明年能将旧木刻在上海开一展览会，是极好的事，但我以为倘能将其代表作（图）抽印以成一书，如杨氏《留真谱》之类，一面在会场发卖，就更好（虽然不知道能卖多少）。倘无续印之决心，预告[1]中似应删去数语（稿中以红笔作记），此稿已加入个人之见，另录附奉，乞酌定为荷。

我所藏外国木刻，只四十张，已在十四五开会展览一次[2]，于正月再展览，似可笑。但中国青年新作品，可以收罗一二十张。但是，没有好的，即能平稳的亦尚未有。

《仿[访]笺杂记》[3]是极有趣的故事，可以印入谱中。第二次印《笺谱》，如有人接办，则为纸店开一利源，亦非无益，盖草创不易，一创成，则别人亦可踵行也。

此复即请

著安。

迅　顿首　十月二十一日

现在十月中旬，待登出广告，必在十二月初或中旬了，似不如改为正月十五截止，一面即出书，希酌。　同日又及

＊　　　＊　　　＊

〔1〕　预告　指《北平笺谱》出版预告。

〔2〕　指1933年10月14、15日借北四川路千爱里（今山阴路2弄40号）举办的德俄木刻展览会。

〔3〕 《访笺杂记》 郑振铎作,记访求笺纸的经过。后收入《北平笺谱》。

331021^②　致 曹 靖 华

亚丹兄:

十七日来信收到。早先有人来沪,告诉我（他知道）郑君〔1〕寄款已收到,但久未得兄来信,颇疑生病,现今知道我所猜的并不错,而在汤山所遇〔2〕,则殊出意料之外,幸今一切都已平安,甚慰。我们近况都好,身子也好的,只是我不能常常出外。孩子先前颇弱,因为他是朝北的楼上〔3〕养大的,不大见太阳光,自从今春搬了一所朝南房子后,好得多了。别特尼诗〔4〕早收到。它兄多天没有见了,但闻他身子尚好。

《我们怎么写的》〔5〕这书,我看上海是能有书店出版的,因为颇有些读者需要此等著作。不过这样的书店,很难得,至多也不过一两家,出版时还可得到若干版税。大多数的是不但要"利",还要无穷之"利",拿了稿子去,一文不付;较好的是无论多少字（自然十来万以上）,可以预支版税五十或百元,此后就自印自卖,对于作者,全不睬理了。

兄未知何时来? 我想初到时可来我寓暂歇,再作计较,看能不能住。此地也变化多端,我是连书籍也不放在寓里〔6〕。最好是启行前数天,给我一信,我当通知书店,兄到时只要将姓告知书店,他们便会带领了。至于房租,上海是很贵的,可容一榻一桌一椅之处,每月亦须十余元。

　　我现在校印《被解放的唐·吉诃德》，它兄译的。自己无著作，事繁而心粗，静不下。文学史尚未动手，因此地无参考书，很想回北平用一两年功，但恐怕也未必做得到。那些木刻，我很想在上海选印一本[7]，绍介于中国。

　　此复即颂

时绥。

　　　　　　　　　　　　　弟豫　顿首 十月二十一夜

　　令夫人均此致候。

　　＊　　　　　＊　　　　　＊

　　〔1〕　郑君　指郑振铎。

　　〔2〕　汤山所遇　据收信人注：当时他全家避居北平小汤山疗养院，适遇日机飞临轰炸。

　　〔3〕　朝北的楼上　指北川公寓；下文的"朝南房子"，指大陆新邨九号。

　　〔4〕　别特尼诗　指别德内依的《没工夫唾骂！》。

　　〔5〕　《我们怎么写的》　即曹靖华准备编译的《苏联作家创作经验集》，未译完。

　　〔6〕　书籍不放在寓里　1933 年 3 月鲁迅在狄思威路（今溧阳路）租屋存放书籍。

　　〔7〕　选印一本　指《引玉集》，1934 年 3 月由三闲书屋出版。

331021③　致 王 熙 之[1]

熙之先生：

　　九月十六日惠函收到，今天是十月二十一日，一个多月了,我们住得真远。儿歌当代投杂志,别一册俟寄到时,去问北新或别的书局试试看。

《自由谈》并非我所编辑,投稿是有的,诚然是用何家干之名,但现在此名又被压迫,在另用种种假名了。至六月为止的短评,已集成一书[2],日内当寄奉。

此复,即颂

学安。

鲁迅 启上 十月廿一夜。

* * *

〔1〕 王熙之(1904—1960) 甘肃临洮人,当时临洮师范学校的教员。

〔2〕 指《伪自由书》。

331021④ 致 姚 克

Y.K.先生:

十月六日的信,早收到了。但有问题要我答复的信,至今没有到。

S君[1]所见的情形,我想来也是一定如此的,不数年,倘无战争,彼土之人,恐当凌驾我们之上。我们这里也腐烂得真可以,依然是血的买卖,现在是常常有人不见了。

《南行》[2]并不是我作的,大概所署的是真姓名,因为此人的作品,后来就不见发表了,听说是受了恐吓。

我们是好的,但我比先前更不常出外。

此复,即颂

时绥。

L. 启上 十月二十一夜

＊　　　　＊　　　　＊

〔1〕　S君　即埃德加·斯诺(E. Snow,1905—1972),美国记者、作家。1928 年来华,任上海《密勒氏评论报》助理编辑,后任燕京大学教授。曾将《药》、《祝福》等译成英文,编入《活的中国》一书。

〔2〕　《南行》　散文,徐懋庸作,载 1933 年 10 月 3 日《申报·自由谈》。

331023　致　陶　亢　德

亢德先生:

惠函谨悉。我并非全不赞成《论语》的态度,只是其中有一二位作者的作品,我看来有些无聊。而自己的随便涂抹的东西,也不觉得怎样有聊,所以现在很想用一点功,少乱写。《自由谈》的投稿,其实早不是因为"文思泉涌",倒是成为和攻击者赌气了。现在和《论语》关系尚不深,最好是不再漩进去,因为我其实不能幽默,动辄开罪于人,容易闹出麻烦,彼此都不便也。专此奉复,并颂

著安。

鲁迅 上 十月廿三夜。

331026 致 罗清桢

清桢先生：

　　来函并木刻《法国公园》收到，谢谢。这一枚也好的，但我以为一个工人的脚，不大合于现实，这是因为对于人体的表现，还未纯熟的缘故。

　　《黄浦滩风景》亦早收到。广东的山水，风俗，动植，知道的人并不多，如取作题材，多表现些地方色采，一定更有意思，先生何妨试作几幅呢。

　　照相另封寄上，这是今年照的，但太拘束了，所以并不好。日前寄上《一个人的受难》两本，想已收到了罢。

　　此复即请

文安。

　　　　　　　　　　　　迅 上 十月廿六日

　　印木刻究以中国纸为佳，因不至于太滑。　又及。

331027^① 致 陶亢德

亢德先生：

　　惠函奉到。我前信的所谓"怕闹出麻烦"，先生误会了意思，我是说怕刊物因为我而别生枝节。其实现在之种种攻击，岂真为了论点不合，倒大抵由于个人，所以我想，假使《自由谈》上没有我们投稿，黎烈文先生是也许不致于这样的被诬

467

陷的。

《从小说看来的支那民族性》[1]，还是在北京时买得，看过就抛在家里，无从查考，所以出版所也不能答复了，恐怕在日本也未必有得买。这种小册子，历来他们出得不少，大抵旋生旋灭，没有较永久的。其中虽然有几点还中肯，然而穿凿附会者多，阅之令人失笑。后藤朝太郎[2]有"支那通"之名，实则肤浅，现在在日本似已失去读者。要之，日本方在发生新的"支那通"，而尚无真"通"者，至于攻击中国弱点，则至今为止，大概以斯密司[3]之《中国人气质》为蓝本，此书在四十年前，他们已有译本，亦较日本人所作者为佳，似尚值得译给中国人一看（虽然错误亦多），但不知英文本尚在通行否耳。专复顺请

著安。

迅　启上　十月廿七日

*　　　　*　　　　*

　　〔1〕　《从小说看来的支那民族性》　日本安冈秀夫著，1926 年 4 月东京聚芳阁出版。

　　〔2〕　后藤朝太郎（1881—1945）　日本学者，著有《支那纵谈睡狮子》等。

　　〔3〕　斯密司（A. H. Smith，1845—1932）　通译斯密斯，美国传教士，曾居留中国五十余年。所著《中国人的气质》一书，有日本涩江保译本，1896 年东京博文馆出版。

331027②　致 郑 振 铎

西谛先生：

十月二十二函奉到。广告两种[1]昨收到，封皮已拆，似经检查，但幸仍发下，当即全交内山，托其分配，因我在此交游极少也。大约《笺谱》之约罄，当无问题，而《清剧》[2]恐较慢。

上海笺曾自搜数十种，皆不及北平；杭州广州，则曾托友人搜过一通，亦不及北平，且劣于上海，有许多则即上海笺也，可笑，但此或因为搜集者外行所致，亦未可定。总之，除上海外，而冀其能俨然成集，盖难矣。北平私人所用信笺，当有佳制，倘能亦作一集，甚所望也。

《文学季刊》[3]一有风声，此间即发生谣言，谓因与文学社意见不合，故别办一种云云。上海所谓"文人"之堕落无赖，他处似乎未见其比，善造谣言者，此地亦称为"文人"；而且自署为"文探"[4]，不觉可耻，真奇。《季刊》中多关于旧文学之论文，亦很好，此种论文，上海是不会有的，因为非读书之地。我居此五年，亦自觉心粗气浮，颇难救药，但于第一期，当勉力投稿耳[5]。致建人信，后日当交去。

在上海开一中国旧木刻展览会，当极有益，惟惜阳历一月，天气太冷耳。前信谓我所有木刻，已曾展览，不宜再陈列，现在一想，似可用外国近代用木刻插画之书籍，一并陈列，以资参考。此种书籍，我约有十五种，倘再假得一二十种，也就可以了。

　　此复即请

道安。

迅　顿首　十月廿七夜

＊　　　　＊　　　　＊

　　〔1〕　广告两种　指《北平笺谱》和《清人杂剧》广告。

　　〔2〕　清剧　即《清人杂剧》,郑振铎编,共两集,每集收杂剧四十种。1931 年、1934 年影印出版。

　　〔3〕　《文学季刊》　1934 年 1 月在北平创刊,1935 年 12 月停刊,郑振铎、章靳以主编。原由北平立达书局发行,后改由上海生活书店发行,共出八期。

　　〔4〕　“文探”　《微言》周刊第一卷第一期至第十九期所载《文坛进行曲》的作者署名。

　　〔5〕　鲁迅后于 11 月 24 日作《选本》一文,发表于《文学季刊》创刊号,收入《集外集》。

331027③　致 胡 今 虚[1]

今虚先生:

　　十八日信收到。

　　《十月》已将稿售与神州国光社[2],个人不能说什么。但既系改编,他们大约也不能说是侵害版权的罢。

　　《第四十一》不知能否找到。近来少看书,别的一时也无从绍介。此外为我所不知者,亦无由作答也。

　　此复,即颂

时绥。

迅 上 十月廿七日

* * *

〔1〕 此信据收信人所录副本编入。

〔2〕 神州国光社 1908 年邓实在上海创办的书店。主要出版碑帖、书画等。1931 年接受国民党十九路军将领陈铭枢等人投资后改变方针,扩大出版范围。

331028 致 胡 今 虚〔1〕

今虚先生:

二十三日信收到。前寄之书〔2〕,皆为手头所有,也常赠友好,倒不必为此介怀。丛书取名,及改编本另换书名,先生以为怎样好都可以,实以能避禁忌为是。

年来所受迫压更甚,但幸未至窒息。先生所揣测的过高。领导决不敢,呐喊助威,则从不辞让。今后也还如此。可以干的,总要干下去。只因精力有限,未能尽如人意,招怨自然不免的了。

此复,即颂

时绥。

迅 上 十月二十八日

* * *

〔1〕 此信据收信人所录副本编入。

〔2〕　前寄之书　指《毁灭》等苏联小说的中译本。参看331007信及其注〔1〕。

331031　致曹靖华

亚丹兄：

　　十月廿八日信收到。你的大女儿的病，我看是很难得好的，不过只能医一下，以尽人力。

　　我也以为兄在平，教一点书好，〔1〕对学生讲义时，你的朋友的话是对的，他们久居北京，比较的知道情形，有经验。青年思想简单，不知道环境之可怕，只要一时听得畅快，说得畅快，而实际上却是大大的得不偿失。这种情形我亲历了好几回了，事前他们不相信，事后信亦来不及。而很激烈的青年，一遭压迫，即一变而为侦探的也有，我在这里就认识几个，常怕被他们碰见。兄还是不要为热情所驱策的好罢。

　　《安得伦》〔2〕我这里有，日内当寄上三四本，兄自看外，可以送人。《四十一》的后记〔3〕曾在《萌芽》上登过，我本来有，但因搬来搬去，找不到了。《铁流》序〔4〕早收到，暂时无处可以发表。

　　日内又要查禁左倾书籍，杭州的开明分店被封〔5〕了，沪书店吓得像小鬼一样，纷纷匿书。这是一种新政策〔6〕，我会受经济上的压迫也说不定。不过我有准备，半年总可以支持的，到那时再看。现正在出资印《被解放的吉诃德》，这么一来，一定又要折本了。

木刻[7]望即寄下,因为弟亦先睹为快也。可买白纸数张,裁开,将木刻夹入,和报纸及封面之硬纸一同卷实(硬纸当于寄《安得伦》时一并附上,又《两地书》一本,以赠兄),挂号寄书店转弟收,可无虑。关于作者之材料[8],暇时希译示,因为无论如何,木刻是必当翻印的,中国及日本,皆少见此种木刻也。此复即颂

时绥。

　　　　　　　　　　　　　弟豫 顿首 十月卅一夜。

令夫人均此致候。

　　＊　　　　＊　　　　＊

〔1〕 当时收信人任北平大学女子文理学院、中国大学等校讲师。

〔2〕 《安得伦》 即《不走正路的安得伦》,参看 320911①信注〔11〕。

〔3〕 《四十一》的后记 即《〈第四十一〉后序》,曹靖华作,载《萌芽》第一卷第二期(1930 年 2 月)。

〔4〕 《铁流》序 即《序中译本〈铁流〉》,绥拉菲摩维支作,曹靖华译,《铁流》初版时未编入,以后各版均收入。

〔5〕 杭州开明分店被封 上海《出版消息》第二十三期(1933 年 11 月 1 日)载:"闻开明书店杭州分店已于本月(按指十月)二十六日被封。"

〔6〕 新政策 1933 年 10 月下旬蒋介石命国民党政府内政部警政司通令查禁普罗文艺,10 月 30 日,国民党政府行政院发出第四八四一号密令,全面查禁普罗文学书刊等。

〔7〕 木刻 指鲁迅托曹靖华在苏联搜集的原版手拓木刻等,参看 320423①信注〔7〕。

〔8〕　材料　指苏联木刻家的传略材料。

331102　致陶亢德

亢德先生：

　　蒙惠函并示《青光》所登文[1]，读之亦不能解，作者或自以为幽默或讽刺欤。日本近来殊不见有如厨川白村者，看近日出版物，有西胁顺三郎[2]之《欧罗巴文学》，但很玄妙；长谷川如是闲[3]正在出全集，此人观察极深刻，而作文晦涩，至最近为止，作品止被禁一次，然而其弊是一般不易看懂，亦极难译也。随笔一类时有出版，阅之大抵寡薄无味，可有可无，总之，是不见有社会与文艺之好的批评家也。　此复即请

著安。

迅　上　十一月二日

＊　　　　＊　　　　＊

　　〔1〕　《青光》所登文　指1933年10月27日《时事新报·青光》载胡行之所译日本长谷川天溪的《多数少数与评论家》。

　　〔2〕　西胁顺三郎　日本学者，早稻田大学英文教授。

　　〔3〕　长谷川如是闲(1875—1969)　日本评论家。著有《日本的性格》、《现代社会批判》等。

331103　致郑振铎

西谛先生：

　　十，卅一函并笺样均收到，此次大抵可用，明日当另封挂

474

号寄还。十二月可成书，尤好，但以先睹为快，或将我的一份，即由运送局送来，如何？倘以为是，当令内山绍介，写一信，临时并书一同交与，即可矣。

广告因以为未付印，故加入意见，重做了一遍，其实既已印好，大可不必作废而重印，但既已重印，也就无可多说了。

此次《笺谱》成后，倘能通行，甚好，然亦有流弊，即版皆在纸铺，他们可以任意续印多少，虽偷工减料，亦无可制裁。所以第一次我们所监制者，应加以识别。或序跋等等上不刻名，而用墨书，或后附一纸，由我们签名为记（样式另拟附上），此后即不负责。此非意在制造"新古董"，实因鉴于自己看了翻板之《芥子园》[1]而恨及创始之王氏兄弟，不欲自蹈其覆辙也。

序[2]已寄出，想当先此而到。签条托兼士写，甚好。还有第一页（即名"引首"的？）也得觅人写，请先生酌定，但我只不赞成钱玄同，因其议论虽多而高，字却俗媚入骨也。

对于文字的新压迫将开始，闻杭州禁十人作品，连冰心在内，奇极，但系谣言亦难说，茅兄是会在压迫中的，而且连《国木田独步集》[3]也指为反动书籍，你想怪不怪。开明之被封[4]，我以为也许由于营业较佳之故，这回北新就无恙。前日潘公展朱应鹏辈，召书店老版训话，[5]内容未详，大约又是禁左倾书，宣扬民族文学之类，而他们又不做民族文学稿子，在这样的指导下，开书店也真难极了。不过这种情形，我想也不会持久的。

我有苏联原版木刻，东洋颇少见，想用珂罗板绍介于中国,而此地印费贵,每板三元,记得先生言北平一元即可,若然,则四十板可省八十元,未知能拨冗给我代付印否,且即在北平装订成书。倘以为可,他日当将全稿草订成书本样子,奉托。

关于《文学季刊》事,前函已言,兹不赘。此复即请

著安

迅　上　十一月三夜。

*　　　*　　　*

〔1〕《芥子园》　即《芥子园画传》,通称《芥子园画谱》,中国画技法图谱。清初王概编,后又同王蓍、王臬合编,共三集,嘉庆年间书坊又编成人物画谱,刻成《芥子园画传》第四集。

〔2〕　指《〈北平笺谱〉序》。

〔3〕《国木田独步集》　短篇小说集,日本国木田独步(1871—1908)著,收小说五篇,夏丏尊译,1927年6月开明书店出版。

〔4〕　开明之被封　指开明书店杭州分店被当局查封,参看331031信注〔5〕。

〔5〕　召书店老版训话　指1933年11月1日潘公展、朱应鹏为查禁进步书刊举行的一次有出版商和书店编辑参加的宴会。参看《且介亭杂文二集·后记》及331105信。潘公展(1895—1975),浙江吴兴人,时任国民党上海特别市执行委员会常务委员、上海市社会局局长。朱应鹏(1895—1966),浙江杭州人,时任国民党上海市区党部委员、上海市政府委员。

331105　致姚克

Y.K.先生：

十月卅日信昨收到，关于来问及评传〔1〕的意见，另纸录出附呈，希察。

评传的译文，恐无处登载，关于那本书的评论，亦复如此，但如有暇，译给我们看看，却极欢迎。前几天，这里的官和出版家及书店编辑，开了一个宴会，先由官训示应该不出反动书籍，次由施蛰存说出仿检查新闻例，先检杂志稿，次又由赵景深补足可仿日本例，加以删改，或用××代之。他们也知道禁绝左倾刊物，书店只好关门，所以左翼作家的东西，还是要出的，而拔去其骨格，但以渔利。有些官原是书店股东，所以设了这圈套，这方法我看是要实行的，则此后出板物之情形可以推见。大约施、赵诸君，此外还要联合所谓第三种人〔2〕，发表一种反对检查出版物的宣言，这是欺骗读者，以掩其献策的秘密的。

我和施蛰存的笔墨官司〔3〕，真是无聊得很，这种辩论，五四运动时候早已闹过的了，而现在又来这一套，非倒退而何。我看施君也未必真研究过《文选》〔4〕，不过以此取悦当道，假使真有研究，决不会劝青年到那里面去寻新字汇的。此君盖出自商家，偶见古书，遂视为奇宝，正如暴发户之偏喜摆士人架子一样，试看他的文章，何尝有一些"《庄子》〔5〕与《文选》"气。

　　译名应该画一，那固然倒是急务。还有新的什物名词，也须从口语里采取。譬如要写装电灯，新文学家就有许多名词——花线，扑落，开关——写不出来，有一回我去理发，就觉得好几种器具不知其名。而施君云倘要描写宫殿之类，《文选》就有用，[6]忽然为描写汉晋宫殿着想，真是"身在江湖，心存魏阙"[7]了。

　　其实，在古书中找活字，是欺人之谈。例如我们翻开《文选》，何以定其字之死活？所谓"活"者，不外是自己一看就懂的字。但何以一看就懂呢？这一定是原已在别处见过，或听过的，既经先已闻见，就可知此等字别处已有，何必《文选》？

　　我们如常，《自由谈》上仍投稿，但非屡易笔名不可，要印起来，又可以有一本了，但恐无处出版，倘须删改，自己又不愿意，所以只得搁起来。新作小说则不能，这并非没有工夫，却是没有本领，多年和社会隔绝了，自己不在旋涡的中心，所感觉到的总不免肤泛，写出来也不会好的。

　　现在新出台的作家中，也很有可以注意的作品，倘使有工夫，我以为选译一本，每人一篇，绍介出去，倒也很有意义的。

　　上海也冷起来了，天常阴雨。文坛上是乌烟瘴气，与"天气"相类。适兄尚存，其夫人曾得一信，但详情则不知。

　　见 S 君夫妇[8]，乞代致意。此复即颂

时绥。

豫　顿首 十一月五日

对于《评传》之意见

第一段第二句后，似可添上"九一八后则被诬为将中国之紧要消息卖给日本者"的话。（这是张资平他们造的[9]，我当永世记得他们的卑劣险毒。）

第二段"在孩时"，父死我已十六七岁，恐当说是"少年时"了。

第三段"当教育总长的朋友……"此人是蔡元培先生，他是我的前辈，称为"朋友"，似不可的。

第五段"中国高尔基……"，当时实无此语，这好像是近来不知何人弄出来的。

第六段"《莽原》和《语丝》"，我只编《莽原》；《语丝》是周作人编的，我但投稿而已。

第七段"……交哄的血"，我写那几句的时候，已经清党，而非交哄了。

第八段"他们的贪酷"，似不如改作"一部分反动的青年们的贪酷……"较为明白。

第十段"……突兴[10]并非因为政治上的鼓励，却是对于……"似不如改为"突兴虽然由于大众的需要，但有些作家，却不过对于……"

第十一至十二段　其中有不分明处。突兴之后，革命文学的作家（旧仇创造社，新成立的太阳社[11]）所攻击的却是我，加以旧仇新月社，一同围攻，乃为"众矢之的"，这时所写的文章都在《三闲集》中。到一九三〇年，那些"革命文学家"支持不下去了，创，太二社的人们始改变战略，找我及其他先前为他们所反对的作家，组织左联，此后我所写的东西都在《二心集》中。

第十六段成的批评[12]，其实是反话，讥刺我的，因为那时他们所主张的是"天才"，所以所谓"一般人"，意即"庸俗之辈"，是说我的作品不过为俗流所赏的庸俗之作。

第十七段 Sato[13]只译了一篇《故乡》，似不必提。《野草》英译，译者买［卖］给商务印书馆，恐怕去年已经烧掉了。[14]《杂感选集》[15]系别人所选，似不必提。

　　答来问

一、《小说全集》[16]，日本有井上红梅[17]（K. Inoue）这日本姓的腊丁拼法，真特别，共有四个音，即 I-no-u-e 译。

《阿 Q 正传》，日本有三种译本：（一）松浦珪三[18]（K. Matsuura）译，（二）林守仁[19]（S. J. Ling，其实是日人，而托名于中国者）译，（三）增田涉（W. Masuda，在《中国幽默全集》中）译。[20]

又俄译本有二种，一种无译者名[21]，后出之一种，为王希礼（B. A. Vasiliev）译。

法文本是敬隐渔[22]译（四川人，不知如何拼法）。

二、说不清楚，恐怕《关于鲁迅及其著作》（台静农编）及《鲁迅论》（李何林[23]编）中会有一点，此二书学校图书馆也许有的。

三、见过日本人的批评，但我想不必用它了。

　　此信到后，希见复以免念。　　临封又及

＊　　＊　　＊　　＊

〔1〕 评传　指《鲁迅生平》，美国埃德加·斯诺所著。载于美国出版的英文刊物《亚细亚》1935年1月号，后收入他编译的《活的中国》。

〔2〕 第三种人　1931年至1932年，在左翼文艺界批判"民族主义文学"时，胡秋原、苏汶（杜衡）自称"自由人"、"第三种人"。他们宣传"文艺自由"论，指责左翼文艺运动"霸占"文坛，阻碍创作"自由"。参看《南腔北调集·论"第三种人"》。

〔3〕 笔墨官司　指鲁迅和施蛰存关于"《庄子》与《文选》"问题的争论。参看《重三感旧》、《"感旧"以后》、《扑空》、《答兼示》（均收入《准风月谈》）等文及有关的"备考"。

〔4〕 《文选》　南朝梁昭明太子萧统编选。内选秦汉至齐梁间的诗文，共三十卷，是我国最早的一部诗文总集。唐代李善为之作注，分为六十卷。

〔5〕 《庄子》　亦名《南华经》，战国时宋国庄周著，现存三十三篇。

〔6〕 施君云《文选》就有用　施蛰存在《〈突围〉之五（答敬立）》（1933年10月30日《申报·自由谈》）中说："描写"自然景物、个人感情、宫室建筑……之类，还不妨从《文选》之类的书中去找来用。"鲁迅在《准风月谈·古书中寻活字汇》中曾予批驳。

〔7〕 "身在江湖，心存魏阙"　语出《庄子·让王》："身在江海之上，心居乎魏阙之下，奈何？"这是魏国公子牟的话。

〔8〕 S君夫妇　指斯诺和海伦·福斯特。

〔9〕 张资平他们造的　指白羽遐（疑为张资平的化名）曾在上海《文艺座谈》第一期（1933年7月1日）发表《内山书店小坐记》，同年7月6日上海《社会新闻》第四卷第二期又刊载新皖的《内山书店与左联》，二者均含沙射影地攻击鲁迅等左翼作家。参看《伪自由书·后记》。

〔10〕　突兴　指 1928 年创造社、太阳社对革命文学的提倡及其影响。参看《二心集·上海文艺之一瞥》。

〔11〕　太阳社　文学团体,1927 年下半年在上海成立。主要成员有蒋光慈、钱杏邨、孟超等。1928 年 1 月出版《太阳月刊》,提倡革命文学。1930 年"左联"成立后,自行解散。1928 年该社和创造社对鲁迅的批评和鲁迅的反驳,曾在革命文学阵营内部形成以革命文学问题为中心的论争。这次论争扩大了革命文学运动的影响,促进了文化界对革命文学问题的注意。但在创造社、太阳社的某些成员中曾出现过严重的主观主义和宗派主义的倾向,对鲁迅作了错误的分析和采取了排斥以至无原则的攻击的态度。后来他们改变了排斥鲁迅的立场,与鲁迅共同组织了"左联"。

〔12〕　成的批评　成仿吾在《创造》季刊第二卷第二期(1924 年 2 月)发表《〈呐喊〉的评论》中有"博得一般人的惊疑"和"像庸俗之徒那样死写出来的东西是没有价值的"之类的话。

〔13〕　Sato　即佐藤春夫(1892—1964),日本诗人、小说家。

〔14〕　《野草》英译已经烧掉　指《野草》英译本。冯余声译。译稿交商务印书馆后,毁于"一·二八"战火。

〔15〕　《杂感选集》　即瞿秋白编选的《鲁迅杂感选集》。

〔16〕　《小说全集》　即日本井上红梅译的《鲁迅全集》,收《呐喊》、《彷徨》两书,仅一册,1932 年 11 月东京改造社出版。

〔17〕　井上红梅(1881—1949)　原名井上进,中国风俗研究者。著有《支那风俗》、《中华万华镜》等。

〔18〕　松浦珪三　东京第一外国语学校教师。所译《阿Q正传》,1931 年 9 月由日本白杨社出版,为《中国无产阶级小说集》第一编。

〔19〕　林守仁(1896—1938)　山上正义的中国名,日本新闻联社记者。他译的《阿Q正传》曾经鲁迅校订,1931 年 10 月东京四六书院出

版。山上正义,参看 310313(日)信注〔1〕。

〔20〕 1932 年佐藤春夫编《世界幽默全集》,增田涉负责中国部分,译有鲁迅的《阿 Q 正传》、《幸福的家庭》和其他作家作品。《中国幽默全集》,应为《世界幽默全集》之十二《中国篇》,1933 年东京改造社出版。增田涉,参看 320105(日)信注〔1〕。

〔21〕 一种无译者名 指苏联科金(М. Д. Кокин)所译《阿 Q 正传》,收入《当代中国中短篇小说集》,1929 年莫斯科青年近卫军出版社出版。

〔22〕 敬隐渔 四川遂宁人,北京大学法文系肄业后留学法国。他译的《阿 Q 正传》发表在罗曼罗兰主编的《欧罗巴》月刊第四十一、四十二期(1926 年 5、6 月号)。1929 年他又译成《孔乙己》和《故乡》,与《阿 Q 正传》同收入他编译的《中国当代短篇小说作家作品选》,由巴黎理埃德尔书局出版。

〔23〕 李何林(1904—1988) 安徽霍丘人,文学评论家。当时在山东济南高级中学任教。编著有《鲁迅论》、《中国文艺论战》等。

331108　致 曹 靖 华

亚丹兄:

十月卅日寄上一信并书一包,想已到。

《四十一》后记已找到,但我看此书编好后,一时恐怕不易出版。此文还是寄上呢,还是仍留弟处?

看近日情形,对于新文艺,不久当有一种有组织的压迫和摧残,这事情是好像连几个书店也秘密与谋的。其方法大概(这是我的推测)是对于有几个人,加以严重的压迫,而对于有一部分人,则宽一点,但恐怕会有检查制度出现,删去其紧要处而仍卖其书,因为如此,则书店仍可获利也。

我们好的,勿念。此颂

时绥。

弟豫　顿首 十一月八日

331109　致吴　　渤^[1]

吴渤先生:

今天收到来信并稿子^[2],夜间看完,虽然简略一点,但大致是过得去的。字句已略加修正。其中的"木目木刻",发音不便,"木目"又是日本话,不易懂,都改为"木面木刻"了。

插图也只能如此。但我以为《耕织图》^[3]索性不要了,添上苏联者两幅,原书附上,以便复制,刻法与已选入者都不同的,便于参考。

应洲^[4]的《风景》恐不易制版,木板虽只三块,但用锌板,三块却不够,只好做三色版,制版费就要十五六元,而结果仍当与原画不同。

野夫^[5]的两幅都好,但我以为不如用《黎明》,因为构图活泼,光暗分明,而且刻法也可作读者参考。

《午息》构图还不算散漫,只可惜那一匹牛,不见得远而太小,且有些像坐着的人了。但全图还有力,可以用的。

序文^[6]写了一点,附上。

《怒吼罢,中国!》^[7]上海有无英译本,我不知道。

此复即颂

时绥。 迅 上 十一月九夜。

＊ ＊ ＊

〔1〕 吴渤(1911—1984) 笔名白危,广东兴宁人。当时的一个青年作者,曾编译《木刻创作法》,由鲁迅校阅并作序。

〔2〕 稿子 指《木刻创作法》,一本关于木刻的入门书。主要根据旭正秀的《创作版画的作法》、小泉癸正男的《木版画雕法与刷法》,以及《世界美术史纲》和《世界美术全集》中的《东洋版画篇》、《西洋版画篇》编译而成。1937 年 1 月始由上海读书生活出版社出版。

〔3〕 《耕织图》 宋人刻画,宋代楼璹(1090—1162)绘,其中《耕图》二十一幅,《织图》二十四幅,每幅各附一诗。据收信人回忆,原拟从中选两幅作为借鉴中国古代木刻的参考,因原画线条模糊,改用了苏联的两幅。

〔4〕 应洲 未详。

〔5〕 野夫 即郑野夫,参看 331220② 信注〔1〕。

〔6〕 序文 指《〈木刻创作法〉序》,后收入《南腔北调集》。

〔7〕 《怒吼罢,中国!》 剧本,苏联特烈捷雅柯夫(即铁捷克)著。该剧以 1925 年四川万县惨案为背景,描写了我国人民的反帝斗争。上海戏剧界为纪念"九一八"二周年曾联合演出。

331110 致 曹聚仁

聚仁先生:

我要奉托一件事——

《大业拾遗记》[1]云,"宇文化及[2]将谋乱,因请放官奴,分直上下,诏许之,是有焚草之变。"炀帝[3]遇弑事何以称"焚草之变"[4]？是否有错字？手头无书,一点法子也没有。先生如有《隋书》[5]之类,希一查见示为感。

此上即请

著安。

　　　　　　　　　　鲁迅　启上　十一月十日

＊　　　＊　　　＊

〔1〕《大业拾遗记》　传奇,一名《隋遗录》,原名《南部烟花录》,二卷,题唐颜师古撰,当为宋人作。

〔2〕宇文化及(?—619)　隋代代郡武川(今属内蒙古)人,炀帝时任右屯卫将军。大业十四年(618)与司马德戡发动兵变,杀死炀帝,立秦王杨浩为帝,自为大丞相。

〔3〕炀帝　即隋炀帝杨广(569—618),文帝次子,仁寿四年(605)弑父嗣位。

〔4〕"焚草之变"　事见《隋书·宇文化及传》:宇文化及与司马德戡谋叛时,置兵江都城外,"至夜三更,德戡于东城内集兵,得数万人,举火与城外相应。(炀)帝闻有声,问是何事,虔通伪称:'草坊被烧,外人救火,故喧嚣耳'。中外隔绝,帝以为然。"遂被杀。按《中国小说史略·宋之志怪及传奇文》中介绍《大业拾遗记》时,讲到"焚草之变"。鲁迅为答复日译者增田涉的询问,故函请曹聚仁代查。

〔5〕《隋书》　纪传体隋代史,共八十五卷,唐代魏征等编撰。

331111　致　郑振铎[1]

西谛先生：

十一月七日信顷收到。最近的笺样，是三日寄出的，卷作一卷，用周乔峰名挂号，又有一信，不知现已到否？倘未到，则请重寄一份，以便挑选。

序文[2]我想还是请建功兄写一写。签条则请兼士。

对于目录，我有一点异议，所以略有小捣乱，寄回希酌。排列的意见，是以无甚意思的"仿古"开端，渐至兴盛，而末册却又见衰颓之象，并且不至于看到末册，即以索然无味的"仿古"终，对于读者，亦较有兴趣也。

尚未收到之一批，倘收到，请先生裁择加入就好。

名印托刘小姐[3]刻，就够好了。居上海久，眼睛也渐渐市侩化，不辨好坏起来，这里的印人，竟用楷书改成篆体，还说什么汉派浙派[4]，我也就随便刻来应用的。至于印在书上的一方，那是西泠印社[5]中人所刻，比较的好。

《灵宝刀图》[6]的复印本，真如原版一样，我希望这书的早日印成，以快先睹。明纸印本，只能算作特别本（西洋版画，也常有一二十部用中国或日本纸的特制本），此外最好仍用宣纸，并另印极便宜纸张之本子若干，以供美术学生之用也。大约新派木刻家，有些人愿意参考的。数目也许并不多，但出版者也只能如此布置。我前印《士敏土之图》，原是供给中国的，不料买者寥寥，大半倒在西洋人日本人手里。

此书一出，《诗余画谱》[7]可以不印了。我的意见，以为刻工粗拙者也可以收入一点，倘亦预约，希将章程见示。

板儿杨[8]，张老西[9]之名，似可记入《访笺杂记》内，借此已可知张□为山西人。大约刻工是不专属于某一纸店的，正如来札所测，不过即使专属，中国也竟可糊涂到不知其真姓名（况且还有绰号）。我用了一个女工，已三年多，知其姓许，或舒，或徐，而不知其确姓，普通但称之为"老阿姐"或"娘姨"而已。

"兴奋"我很赞成，但不要"太"，"太"即容易疲劳。这种书籍，真非印行不可。新的文化既幼稚，又受压迫，难以发达；旧的又只受着官私两方的漠视，摧残，近来我真觉得文艺界会变成白地，由个人留一点东西给好事者及后人，可喜亦可哀也。

《季刊》稿[10]当做一点。

此复，即请

著安。

迅　上　十一月十一日

＊　　　＊　　　＊

〔1〕　此信据《现代作家书简》所载编入。

〔2〕　序文　指鲁迅、郑振铎作《〈北平笺谱〉序》，拟请魏建功书写。

〔3〕　刘小姐　指刘淑度(1899—1985)，名师仪，山东德县(今陵县)人，毕业于北京女子师范大学。当时受郑振铎之请，为鲁迅治印

二方。

〔4〕 汉派浙派 当时的篆刻流派。摹仿汉代篆刻方法的称为汉派。浙派原都是浙江杭州人,故名;清乾隆时由丁敬开创,他们宗法秦、汉,兼取众家之长,讲究刀法,艺术成就较高。

〔5〕 西泠印社 研究篆刻艺术的学术团体,清光绪三十年(1904)由丁仁、王禔、叶为铭、吴隐等创办于杭州孤山,因地近西泠而命名。

〔6〕 《灵宝刀图》 传奇《灵宝刀》(《水浒》中林冲的故事)的插图,明代陈与郊作。

〔7〕 《诗余画谱》 又名《草堂诗余意》,词画集,明代汪氏编,选录《草堂诗余》中的词一百首,并按词意绘图。

〔8〕 板儿杨 即杨华庭,北京静文斋等纸店的刻工。

〔9〕 张老西 即张启和,山西人,北京淳青阁等纸店的刻工。

〔10〕 《季刊》稿 后作成《选本》,载北平《文学季刊》创刊号(1934年1月),收入《集外集》。

331112^① 致吴 渤

吴渤先生:

来稿已看过,并序文及较详的回信[1],都作一包,放在内山书店,暇时希往一取为幸。

此致即颂

时绥。

迅 上 十一月十二日

＊　　　＊　　　＊

〔1〕　较详的回信　指331109信。

331112^②　致母　亲

母亲大人膝下敬禀者,十一月六日信已收到。心梅叔[1]地址,系"绍兴城内大路,元泰纸店",不必写门牌,即可收到。修坟已择定旧历九月廿八日动工,共需洋三十元,又有亩捐,约需洋二十元,大约连太爷之祭田在内,已由男汇去五十元,倘略有不足,俟细账开来后,当补寄,请勿念。上海天气亦已颇冷,但幸而房子朝南,所以白天尚属温暖。男及害马均安好,但男眼已渐花,看书写字,皆戴眼镜矣。海婴很好,脸已晒黑,身体亦较去年强健,且近来似较为听话,不甚无理取闹,当因年纪渐大之故,惟每晚必须听故事,讲狗熊如何生活,萝卜如何长大等等,颇为费去不少工夫耳。余容续禀,专此,恭请

金安。

男树　叩上

广平及海婴随叩　十一月十二日

＊　　　＊　　　＊

〔1〕　心梅叔　即鲁迅的堂叔周秉钧(号心梅)。参看200103信注〔1〕。

331112③ 致 杜 衡[1]

杜衡先生：

十一月六日信，顷已收到，并插画原底五幅，稿费共四十八元，萧君[2]之一部分，当为代寄。本月《现代》已见，内容甚丰满，而颇庞杂，但书店所出，又值环境如此，亦不得不然。至于出版界形势之险，恐怕不只现代，以后也许更甚，只有摧毁而无建设，是一定的。轻性的论文实在比做引经据典的论文难，我于评论素无修养，又因病而被医生禁多看书者已半年，实在怕敢动笔。而且此后似亦以不登我的文字为宜，因为现在之遭忌与否，其实是大抵为了作者，和内容倒无甚关系的。萧君离上海太远，未必能作关于文坛动态的论文，但他如有稿子寄来，当尽先寄与《现代》。

那一本《现实主义文学论》[3]和《高尔基论文集》[4]，不知何时可以出版？高的小说集，却已经出了半个多月了。专此奉复，并颂

时绥。

鲁迅 上 十一月十二日

*　　　*　　　*

〔1〕 此信据《现代作家书简》所载编入。

〔2〕 萧君 指萧参(瞿秋白)。

〔3〕 《现实主义文学论》 参看 330209 信注〔5〕。

〔4〕《高尔基论文集》　即《高尔基论文选集》，参看 330810 信注〔2〕。

331113^①　致 陶亢德

亢德先生：

　　那一条新闻，登载与否在我是都可以的，不过我觉得这记事本身，实在也并无什么大意义，所以不如不要它。但倘以暴露杭州情形为目的，那么，登登也好的。

　　我在寓里不见客，此非他，因既见一客，后来势必至于非广见众客不可，将没有工夫偷懒也。此一节，乞谅察为幸。专复即请

著安。

迅 上 十一月十三日

331113^②　致 曹聚仁

聚仁先生：

　　顷得惠书，并录示《宇文化及传》，"焚草"之义已懂，感谢之至。前在《涛声》中，知有《鲁迅翁之笛》^{〔1〕}，因托友去买《十日谈》，尚未至。其实如欲讽刺，当画率群鼠而来，不当是率之而去，此画家似亦颇懵懂，见批评而悻悻，也当然的。不过凡有漫画家，思想大抵落后，看欧洲漫画史，分量最多的也是刺妇女，犹太人，乡下人，改革者，一切被〔被〕压者的图画，相反

的作者,至近代始出,而人数亦不多,邵公子治下之"艺术家",本不足以语此也。

民权主义文学颇有趣,但恐无甚反应,现在当局之手段,除摧毁一切,不问新旧外,已一无所长,言议皆无益也,但当压迫日甚耳。此上即请

著安。

迅 启 十一月十三夜

* * *

〔1〕《鲁迅翁之笛》 漫画,刊于《十日谈》第八期(1933 年 10 月 20 日),署名静(陈静生)。画中鲁迅吹笛而行,群鼠举旗跟随。曹聚仁在《涛声》第二卷第四十三期(1933 年 11 月 4 日)发表《鲁迅翁之笛》一文,对这幅画提出了批评;漫画作者随即在《十日谈》第十一期发表《以不打官话为原则而致复涛声》进行答辩。《十日谈》,邵洵美等办的一种文艺旬刊,1933 年 8 月 10 日创刊,1934 年 12 月停刊。

331114 致 曹靖华

亚丹兄:

十日信上午收到,并作者传〔1〕;木刻在下午也收到了,原封不动,毫无损坏,请勿念。取了这许多作品,对于作者,不知应否有所报酬,希示知,以便计划。

《四十一》后记今寄上,因为倘要找第二份,现在也不容易。恐寄失,所以挂号的。

　　此地对于作者，正在大加制裁，闻一切作品被禁者，有三十余人，电影局及书店，已有被人捣毁，[2]颇有令此辈自己逐渐饿死之意，出版界更形恐慌，大约此现象还将持续。

　　兄似不如弟前函所说，姑且教书，卖文恐怕此后不易也。

　　此复即颂

时绥。

弟豫　顿首　十一月十四日

　　　＊　　　　＊　　　　＊

　　〔１〕　作者传　指苏联木刻家传略。

　　〔２〕　电影局及书店被人捣毁　指国民党特务袭击捣毁进步影片公司和书店，如艺华影片公司、神州国光社等。参看《准风月谈·后记》。

331115①　致　徐懋庸[1]

懋庸先生：

　　今天收到来信并《托尔斯太传》[2]一本，谢谢。关于全部的文字，我不懂法文，一句话也不能说。至于所问的两个名字，Naoshi Kato 是加藤整[3]，Teneromo 不像日本语，我在附录中寻了一下也寻不见，但也许太粗心了的缘故，希指明页数，当再看一看上下文。

　　还有几个日本人名，一并说明于下——

　　Jokai 这不像日本语，恐有误，日本姓只有 Sakai（堺）

　　H.S.Tamura（姓田村，H.S.不可考）

Kenjiro Tokutomi(德富健次郎,即德富芦花[4],作《不如归》者,印本作 Kenjilro,多一 l.)

专复顺颂

文安。

迅 上 十一月十五夜

＊　　＊　　＊

〔1〕 徐懋庸(1910—1977) 浙江上虞人,作家,"左联"成员,曾编辑《新语林》半月刊和《芒种》半月刊。

〔2〕《托尔斯太传》 法国罗曼·罗兰著,徐懋庸译,1933 年上海华通书局出版。

〔3〕 加藤整 应作加藤直士,参看 331117 信。

〔4〕 德富芦花(1868—1927) 原名健次郎,笔名芦花,日本明治时代小说家。长篇小说《不如归》为其代表作之一,我国有林雪清译本,1933 年上海亚东图书馆出版。

331115② 致 姚 克

Y 先生:

九日函收到。《申报》上文章[1]已见过,但也许经过删节的罢。近来报章文字,不宜切实,我的投稿,久不能登了。十二日艺华电影公司被捣毁,次日良友图书公司被毁一玻璃,各书局报馆皆得警告。记得抗日的时候,"锄奸团""灭奸团"[2]之类甚多,近日此风又盛,似有以团治国之概。

　　先生要作小说,我极赞成,中国的事情,总是中国人做来,才可以见真相,即如布克夫人[3],上海曾大欢迎,她亦自谓视中国如祖国,然而看她的作品,毕竟是一位生长中国的美国女教士的立场而已,所以她之称许《寄庐》,也无足怪,因为她所觉得的,还不过一点浮面的情形。只有我们做起来,方能留下一个真相。即如我自己,何尝懂什么经济学或看了什么宣传文字,《资本论》[4]不但未尝寓目,连手碰也没有过。然而启示我的是事实,而且并非外国的事实,倒是中国的事实,中国的非"匪区"的事实,这有什么法子呢?

　　看报,知天津已下雪,北平想必已很冷,上海还好,但夜间略冷而已。我们都好,但我总是终日闲居,做不出什么事来。上月开了一个德俄木刻展览会[5],下月还要开一个[6],是法国的书籍插画。校印的有《解放了的 Don Quixote》,系一剧本,下月可成,盖不因什么团而止者也。《伪自由书》已被暗扣,上海不复敢售,北平想必也没有了。此后所作,又盈一册[7],但目前当不复有书店敢印也。

　　专此布达,并颂

文安。

豫　顿首 十一月十五夜

＊　　　＊　　　＊

　　〔1〕《申报》上文章　指《美国人目中的中国》,姚克作,载 1933 年 11 月 11 日《申报·自由谈》。该文评论了两部美国人写的关于中国的书,其中一本名为《寄庐》(The House of Exile),系女作家诺拉·沃恩

(Nora Waln)作,1933年4月出版。

〔2〕 "锄奸团""灭奸团" 1931年"九一八"以后,上海等地曾出现"铁血锄奸团"一类的组织,有的虽以"抗日"为旗号,实际上却多由流氓组成,受国民党当局操纵。

〔3〕 布克夫人(P.S.Buck,1892—1973) 即赛珍珠,美国女作家。幼年在中国生活。1914年在美国大学毕业后又到中国,先后任金陵大学、东南大学英文教授。著有长篇小说《大地》、《儿子们》等。

〔4〕 《资本论》 马克思(1818—1883)著,政治经济学经典著作,共三卷。第一卷于1867年出版,第二、三卷在他逝世后由恩格斯整理,分别于1885年和1894年出版。

〔5〕 德俄木刻展览会 参看331021①信注〔2〕。

〔6〕 下月还要开一个 指1933年12月2日、3日借老靶子路(今武进路)日本基督教青年会二楼举办的俄法书籍插画展览会。

〔7〕 指后来编成出版的《准风月谈》。

331116 致吴 渤

吴渤先生:

十五日信收到。翻印画册,当看看读者的需要,但倘准备折本,那就可以不管。譬如壁画二十五幅,如制铜版,必须销路多,否则,不如玻璃版。现在以平均一方尺的画而论,制版最廉每方寸七分(其实如此价钱,是一定制得不好的),一块即须七元,二十五块是一百七十五元,外加印费纸张,但可印数千至一万本。珂罗每一块制版连印工三元,二十五幅为七十五元,外加纸费,但每制一版,只能印三百本,再多每幅又须三元,所以倘觉得销路不多,不如用珂罗版。

倘用珂罗版,则不如用中国纸,四尺宣纸每张一角(多买可打折扣),开六张,每本作三十张算,纸价五角,印费两角五分,再加装订等等,不到一元,则定价二元,可不至于折本。再便宜一点的是"抄更纸"[1],这信纸就是,每一张不过一分,则一本三十张,三角就够了。但到中国纸铺买纸,须托"内行"一点的人去,否则容易吃亏。印刷所也须调查研究过,我曾遇过一家,自说能制珂罗版,而后来做得一榻胡涂,原底子又被他弄坏了。

还有顶要紧的,是代卖店,他们往往卖去了书,却不付款,我自印了好几回书,都由此倒灶的。

《怒吼罢,中国!》能印单行本,是很好的,但恐怕要被压迫,难以公然发卖,近来对于文学界的压迫,是很厉害的。这个剧本的作者,曾在北京大学做过教员,那时他的中文名字,叫铁捷克。

我是不会看英文的,所以小说无可介绍。日本因为当局的压迫,也没有什么好小说出来。

"刘大师"[2]的那一个展览会,我没有去看,但从报上,知道是由他包办的,包办如何能好呢?听说内容全是"国画",现在的"国画",一定是贫乏的,但因为欧洲人没有看惯,莫名其妙,所以这回也许要"载誉归来",像徐悲鸿[3]之在法国一样。

此复即颂

时绥。

迅　上　十一月十六日

甲、Etching. 先用蜡涂铜版面,再以刀笔作画,划去其蜡,再加"强水"腐蚀,去蜡印之,则蚀处为线,先前有蜡处为平面。

乙、Dry Point. 不用蜡及强水,只以刀笔在铜版上直接作画,印之。

所以,倘我们译甲为"腐蚀铜版",则乙可译为"雕刻铜版"。

丙、アクアテト＝Aquatinta. 不留平面,而全使铜版成为粗面,由浓淡来显现形象之版。似可译为"粗面铜版"或"晕染铜版"。

丁、メゾチント版＝Mezzotinto. 不用线而用细点来表现形象之版。似可译为"点染铜版"。

戊、グラフィク版。凡一切版画,普通都称为 Graphik,这グラフィク版不知何意。或者就译为"真迹版"也可以。因为グラフィク原有"真迹","手迹"的意思。

* * *

〔1〕 "抄更纸" 亦称"还魂纸",一种比较厚而粗糙的再生纸。

〔2〕 "刘大师" 指刘海粟(1896—1994),江苏武进人,画家。曾任上海美术专科学校校长。1933 年 11 月 9 日上海《申报》载刘海粟将于同月 10 日、11 日在上海举办中国美展消息。

〔3〕 徐悲鸿(1895—1953) 江苏宜兴人,画家。擅长油画、中国画,尤精素描。长期从事美术教育工作和爱国民主运动。

331117　致　徐懋庸

懋庸先生：

　　前几天寄上的一封信里，把一个日本人名弄错了，Naoshi Kato 不是加藤整，是加藤直士，这一回曾经查过，是不会错的了。（日本对于汉字之"直""整""直士""修"……，读法一样。）

　　还有 Jokai，什九是 Sakai ＝ "堺"之误，此人名利彦，号枯川，[1] 先曾崇拜托尔斯泰，而后来反对他的。

　　此致并颂

文祺。

迅　上　十一月十七日

＊　　　　＊　　　　＊

〔1〕　堺利彦（1871—1933）　日本社会主义者。曾编辑《平民新闻》、《社会主义研究》等，参与建立日本共产党，反对日本侵略中国。著有《社会主义伦理学》、《马克思传》等。

331119　致　徐懋庸

懋庸先生：

　　十六信收到。

　　Teneromo 当非日本人，但即为别国人，此姓亦颇怪。

　　Jokai 非"正介"，"正介"之日本读法，当为 Shoukai 或

Shōkai,或 Tadasuke,与 Jokai 相差更远,此字只可存疑矣。

九三页的两句话,据日译本,当作"莫斯科的住下(谓定居于莫斯科),什么都安排好了……"看起语气来,似较妥,因托尔斯泰之至莫斯科,其实不过卜居,并非就职的。

此复,即颂

著安

迅 上 十一月十九夜

331120[①] 致 郑 振 铎

西谛先生:

十六日信收到。所指"样本",当系谓托叶先生[1]转寄者,但我至今并未收到,明天当写信去一问。

荣录[2]之笺只一枚,有无是不成问题的。

故宫博物馆[3]之版虽贵,但印得真好,只能怪自己没有钱。每幅一元者,须看其印品才知道,因为玻璨版也大有巧拙的,例如《师曾遗墨》[4],就印得很不高明。

这一月来,我的投稿已被封锁,即无聊之文字,亦在禁忌中,时代进步,讳忌亦随而进步,虽"伪自由",亦已不准,但《北平笺谱》序或尚不至"抽毁"[5]如钱谦益[6]之作欤?

此复即颂

著安。

迅 上 十一月廿日

＊　　　＊　　　＊

〔1〕 叶先生　指叶圣陶。

〔2〕 荣录　即荣录堂,当时北京琉璃厂的一家字画店。

〔3〕 故宫博物馆　即北京故宫博物院,1925年建立。

〔4〕《师曾遗墨》　即《陈师曾先生遗作》,书画集,共十二集。1924年至1928年北京琉璃厂淳菁阁据周印昆、姚茫父、高朗夫、杨千里等所藏印行。

〔5〕 抽毁　清代乾隆间纂修《四库全书》时,凡被视为有"违碍"的书,都要加以全毁或抽毁。在各省缴送的禁书目中,有的就注有:"有悖谬语,应请抽毁"字样。参看《且介亭杂文·病后杂谈之余》。

〔6〕 钱谦益(1582—1664)　字受之,江苏常熟人。明崇祯时的礼部侍郎,南明弘光时又任礼部尚书;清军占领南京时,他率先迎降,故为人所不齿。清乾隆时将他列入"贰臣传"中。著有《初学集》、《有学集》等。乾隆四十一年(1776)十一月十七日上谕中,有"钱谦益在明已居大位,又复身事本朝,……其人实不足齿,其书岂可复存。自应逐细查明,概行毁弃,以励臣节,而正人心"(《四库全书总目》卷首)的话。

331120②　致 曹 聚 仁

聚仁先生:

约二十天以前,曾将关于木刻之一文[1]寄《申报》《自由谈》,久不见登载,知有异,因将原稿索回,始知所测并不虚。其实此文无关宏恉,但因为总算写了一通,弃之可惜,故以投《涛声》,未知可用否? 倘觉得过于唠叨,不大相合,便请投之纸篓可也。此上即颂著安。

迅 启 十一月廿日

*　　　*　　　*

〔1〕 关于木刻之一文 指《论翻印木刻》,载《涛声》周刊第二卷第四十六期(1933 年 11 月 25 日),后收入《南腔北调集》。

331124 致萧三

萧兄:

今天寄出杂志及书籍共二包,《现代》和《文学》[1],都是各派都收的刊物,其中的森堡,端先,沙汀,金丁,天翼,起应,伯奇,何谷天,白薇,东方未明＝茅盾,彭家煌(已病故),是我们这边的。[2]但因为压迫,这刊物此后还要白化,也许我们不能投稿了。

《文艺》几乎都是有希望的青年作家,但其中的尹庚[3],听说是被捕后白化了。第三期能否出版很难说。

豫 上。十一月二十四日。

*　　　*　　　*

〔1〕 《文学》 月刊,傅东华、郑振铎等编辑,1933 年 7 月在上海创刊,1937 年 11 月出至第九卷第四号停刊,共出五十八期。

〔2〕 森堡(1909—2003) 原名卢奇新,笔名卢森堡、任钧,广东梅县人,当时是中国诗歌会会员。端先,沈端先(1900—1995),笔名夏衍,

浙江杭州人,作家,剧作家。沙汀(1904—1992),原名杨子青,笔名沙汀,四川安县人,作家。金丁(1909—?),即汪金丁,北京人,作家。天翼,即张天翼,参看330201信注〔1〕。起应,即周扬(1908—1989),原名周起应,湖南益阳人,文艺理论家。伯奇,即郑伯奇,参看320920信注〔1〕。何谷天,即周文,参看330929②信注〔2〕。白薇(1893—1987),原名黄彰,字素如,笔名白薇,湖南资兴人,女作家。彭家煌(1898—1933),字蕴生,笔名芳草,湖南湘阴人,作家。信中提到的作家均是"左联"成员,其中周扬、夏衍、茅盾为左联领导人。

〔3〕　尹庚(1908—1997)　原名楼曦,改名楼宪,笔名尹庚,浙江义乌人,"左联"成员。1933年秋因叛徒出卖被捕,关押于上海龙华警备司令部,后经友人龚鸿文营救出狱,恢复"左联"活动。

331125①　致 曹 靖 华

亚丹兄:

十九日信收到。寄来的书〔1〕,我收到过三包,但册数不多,仅精装高氏集四本〔2〕,演剧史〔3〕,Pavlenko〔4〕小说,Shaginiyan〔5〕日记,Serafimovich〔6〕评传各一本,及零星小书七八本。这是十月中旬的事,此后就没有收到了。

风暴正不知何时过去,现在是有加无已,那目的在封锁一切刊物,给我们没有投稿的地方。我尤为众矢之的,《申报》上已经不能登载了,而别人的作品,也被疑为我的化名之作〔7〕,反对者往往对我加以攻击。各杂志是战战兢兢,我看《文学》即使不被伤害,也不会有活气的。

对于木刻家所希望的,我想慢慢收集一点旧书寄去,并中国新作家的木刻〔8〕（不过他们一定要发笑的），但不能每人一部，只得大家公有了。至于得到的木刻，我日日在想翻印〔9〕，现在要踌躇一下的，只是经济问题，但即使此后窘迫，则少印几张就是，总之是一定要绍介。所以可否请兄就写信到那边去调查一点，简略的就好，那么，来回约两个月，明年二月便可付印了。关于 Kravtchenko〔10〕的，记得兄前寄我的《Graphika》〔11〕里有一点，或者可以摘译。

小三〔12〕无信来，中文《文学》〔13〕尚未见，不知已出版否。我在印《被解放的 Don Quixote》，尚未成，但出版之后，当然不会"被解放"。

教书是很吃力的，不过还是以此敷衍一时的好。

它兄们〔14〕都好。我个人和家族，也都如常，请勿念。

此上，即颂

近好。

弟豫 启 十一月二十五日

* * *

〔1〕 寄来的书 指曹靖华回国前，从苏联寄来托鲁迅代为收存的书。

〔2〕 高氏集四本 即《高尔基全集》前四卷。

〔3〕 演剧史 即《苏联演剧史》，斯坦尼斯拉夫斯基（К.С.Станиславский，1863—1938）著。

〔4〕 Pavlenko 即巴甫连柯（П.А.Павленко，1899—1951），苏联作家，著有长篇小说《幸福》、《草原上的太阳》等。

〔5〕 Shaginiyan　即沙吉娘(1888—1982),通译沙吉尼扬,苏联女作家。

〔6〕 Serafimovich　即绥拉菲摩维支,苏联作家。

〔7〕 被疑为我的化名之作　1933 年 11 月 22 日上海《时事新报·青光》所载陈代《略论放暗箭》一文中,将唐弢的《新脸谱》一文误为鲁迅所作。参看《准风月谈·后记》。

〔8〕 新作家的木刻　即后来由鲁迅编选的《木刻纪程》,于 1934 年 8 月以铁木艺术社名义自费印行。

〔9〕 日日在想翻印　指拟编印《引玉集》。

〔10〕 Kravtchenko　即克拉甫兼珂(1889—1940),苏联木刻家。

〔11〕 《Graphika》　即苏联《版画》杂志。

〔12〕 小三　即萧三。

〔13〕 《文学》　指《国际文学》,原名《外国文学消息》,1930 年 11 月改称《世界革命文学》,1933 年改名为《国际文学》。双月刊,国际革命作家联盟的机关刊物,以俄、英、法、德等国文字出版,也出过几期中文版。

〔14〕 它兄们　指瞿秋白一家。

331125②　致 曹 靖 华

亚丹兄:

　　昨方寄一信,想已收到了。

　　前回所说的五个木刻作家〔1〕中,其一是 Pavlinov〔2〕,而非 Pavlov,恐收集材料时致误,故特寄信更正。

　　兄未回时,我曾寄杂志等两包,至今未见寄回,想必兄已发信,由那边的友人收阅了罢。如此,则最好。昨我又寄两包与小三,是接续前一回的。

　　此致即颂

近好。

　　　　　　　　　　弟豫　上　十一月廿五日

　　令夫人及孩子们均此致候。

　　＊　　　　＊　　　　＊

　　〔1〕　五个木刻作家　指苏联木刻家毕斯凯莱夫、克拉甫兼珂、法沃尔斯基、保夫理诺夫、冈察罗夫,《引玉集》收有他们的作品。

　　〔2〕　Pavlinov　即保夫理诺夫,苏联版画家。

331202　致　郑振铎

西谛先生:

　　顷得惠书,谨悉一切。序文〔1〕甚好,内函掌故不少,今惟将觉得可以商榷者数处,记出寄还,希酌夺。叶先生〔2〕处样张终无消息,写信去问,亦无回音,不知何故也,因亦不再写信。

　　"毛样"请不必寄来,因为内容已经看熟,成书后之状况,可以闭目揣摩而见之,不如加上序目,成为一部完书。否则,"毛样"放在寓中,将永远是"毛样",又糟蹋了一部书也。

　　海上"文摊"之状极奇,我生五十余年矣,如此怪像,实是第一次看见,倘使自己不是中国人,倒也有趣,这真是所谓

Grotesque[3]，眼福不浅也，但现在则颇不舒服，如身穿一件未曾晒干之小衫，说是苦痛，并不然，然〔不〕说是没有什么，又并不然也。

　　此复，即请
著安。

　　　　　　　　　　　　　　　迅　上　十二月二日

　　＊　　　　＊　　　　＊

　　〔1〕　序文　指郑振铎所作的《"北平笺谱"序》，收入1933年12月版画丛刊会版《北平笺谱》。

　　〔2〕　叶先生　指叶圣陶。

　　〔3〕　Grotesque　英语：古怪的、荒诞的。

331204　致　陈铁耕[1]

铁耕先生：

　　有一位外国女士[2]，她要收集中国左翼作家的绘画，先往巴黎展览[3]，次至苏联，要我通知上海的作者。但我于绘画界不熟悉，所以转托先生设法，最好将各作家的作品于十五日以前，送内山书店转交我，再由我转交她。

　　除绘画外，还须选各种木刻二份。

　　同样的信，我还写了一封给李雾城[4]先生，请你们接洽办理。但如不便，则分头进行亦可。

　　此上即颂

时绥。

迅 上 十二月四日

*　　　*　　　*

〔1〕 陈铁耕(1906—1970) 原名陈耀唐,又名陈克白,广东兴宁人,木刻家。木刻艺术团体"一八艺社"主要成员之一,野穗社发起人。曾参加鲁迅主办的暑期木刻讲习班。

〔2〕 外国女士 指绮达·谭丽德(Ida Treat),当时为法国综合性杂志《Vu》(《观察》)的记者。

〔3〕 巴黎展览 指 1934 年 3 月在巴黎毕埃利画廊展出的"革命的中国之新艺术"展览会,主持人为皮尔·沃姆斯。

〔4〕 李雾城 又名陈烟桥,参看 340211①信注〔1〕。

331205①　致 罗清桢

清桢先生:

顷收到木刻一卷〔1〕并来信,感谢之至。各种木刻,我以为是可以印行的,虽然一般读者,对于木刻还不十分注意,但总能供多少人的阅览。至于小引,我是肯做的,但近来对于我的各种迫压,非常厉害,也许因为我的一篇序文,反于木刻本身有害,这是应该小心的。

此后印画,我以为应该用中国纸,因为洋纸太滑,能使线条模胡。

我的照相,如未著手,希暂停。这一张照得太拘束,我可

以另寄一二张,选相宜者为底本也。此复即颂

时绥。

迅　上　十二月五日

＊　　　＊　　　＊

〔1〕　木刻一卷　指《清桢木刻画》第二辑稿。

331205^②　致　陶　亢　德

亢德先生：

　　惠示谨悉。纪念或新年之类的撰稿,其实即等于赋得"冬至阳生春又来,得阳字五言六韵",〔1〕这类试帖,我想从此不做了。自然,假如大有"烟士披离纯"〔2〕,本可以藉此发挥,而我又没有,况且话要说得吞吞吐吐,很不快活,还是沈默着罢。此复,即颂

著安。

鲁迅　上　十二月五日

＊　　　＊　　　＊

〔1〕　赋得"冬至阳生春又来,得阳字五言六韵"　科举时代的试帖诗,大抵都用古人诗句或成语,冠以"赋得"二字,以作诗题。清朝又规定每首为五言六韵,即五字一句,十二句一首,两句一韵。

〔2〕　"烟士披离纯"　英语 Inspiration 的音译,意为"灵感"。

331205③　致 郑 振 铎

西谛先生：

　　昨日收到圣陶先生寄来之笺样，因即将其中之三幅，于夜间挂号寄上了。

　　前在上海面谈时，记得先生曾说大村西崖[1]复刻之中国插画书籍，现已易得，后函东京搜求，则不得要领。未知其书之总名为何，北平能购到否？统希便中见示。倘在北平可得，则希代买一部见寄也。此上即请

著安。

　　　　　　　　　　　　迅 顿首 十二月五日

＊　　　＊　　　＊

　〔1〕　大村西崖(1868—1927)　原名盐泽峰吉。东京美术学院教授。1925年曾来我国讲演，著有《东洋美术史大观》《支那美术史》等。

331205④　致 姚　克

Y先生：

　　十一月廿九日信收到。谭女士[1]我曾见过一回，上海我们的画家不多，我也极少往来，但已通知了两个相识者[2]，请他们并约别人趁早准备，想来作品未必能多。她不知何时南来，倘能先行告知，使我可以豫先收集，届时一总交给她，就

511

更好。

闽变[3]而粤似变非变[4],恐背后各有强国在,其实即以土酋为傀儡之瓜分。倘此论出,必无碍;然而非闽非粤之处,又岂不如此乎,故不如沈默之为愈也。

上海还很和暖,无需火炉。出版界极沈闷,动弹不得。《自由谈》则被迫得恹恹无生气了。

此复即颂

时绥。

Ｌ　上　十二月五夜。

二,三两日,借日本基督教青年会开了木刻展览会[5],一半是那边寄来的,观者中国青年有二百余。

*　　　*　　　*

〔1〕　谭女士　指绮达·谭丽德。

〔2〕　两个相识者　指陈铁耕和陈烟桥。

〔3〕　闽变　指福建发生的政变。1932年1月28日在上海抗击进犯日军的十九路军被蒋介石调往福建进行反共内战。该军广大官兵在中国共产党抗日主张的影响下,反对蒋介石媚日反共的政策,不愿和红军作战。1933年11月,十九路军将领联合国民党内一部分反蒋势力,在福建省成立"中华共和国人民革命政府",并与红军订立抗日反蒋协定,但不久即在蒋介石优势兵力压迫下失败。

〔4〕　粤似变非变　指当时广东军阀陈济棠,广西军阀李宗仁、白崇禧等和蒋介石间的矛盾有所加剧。

〔5〕　木刻展览会　指俄法书籍插图展览会。

331206^①　致 陈 铁 耕

铁耕先生：

　　前日寄上一函，想已到。今有复吴先生[1]一信，乞即转寄为感。此颂

文祺。

　　　　　　　　　　　　　　　迅 上 十二月六日

＊　　　　＊　　　　＊

　　〔1〕　吴先生　指吴渤，参看331109信注〔1〕。

331206^②　致 吴　　渤

吴渤先生：

　　来信收到。现在开一个展览会颇不容易，第一是地址，须设法商借，又要认为安全的地方；第二是内容，苏联的难以单独展览，就须请人作陪，这回的法国插画就是陪客。因为这些的牵掣，就发生种种缺点了。我所收集的苏联木刻，一共有八十多张，很想选取五十张，用玻璃版印成小本（大者不多，只能缩小），则于学者可以较展览会更加有益。现已写信到日本去探听印费（因为他们的制版术很好），倘使那价目为我力所能及，大约明年便当去印，于春末可以出版了。

　　《窗外》和《风景》，我是见过的。

关于稿子〔1〕,我不能设法。一者我与书店没有直接交涉,二则我先前经手过此等事情不少,结果与先生所遇到的一样,不但不得要领,甚至于还失去稿子,夹在中间,非常为难,所以久不介绍了。

此复,即颂

时绥。

迅　上　十二月六日

再:K.Fedin〔2〕的《城市与年》(City and Year),大约英文有译本。

* * *

〔1〕　稿子　指《木刻创作法》。

〔2〕　K.Fedin　即康士坦丁·斐定,苏联作家。《城市与年》,通译《城与年》,长篇小说,原版插图本内有苏联版画家亚历克舍夫(H. B. Алеексеев,1894—1934)所作插图二十八幅。

331207　致　罗清桢

清桢先生:

前收到木刻七幅后,即复一函;顷又得惠函并肖像两幅〔1〕,甚感。这一幅木刻,我看是好的,前函谓当另觅照相寄上,可以作罢了。我的照相原已公开,况且成为木刻,则主权至少有一大半已在作者,所以贵校〔2〕同事与学生欲得此画,只要作者肯印,在我个人是可以的。但我的朋友,亦有数人欲得,故附奉宣纸少许,倘能用此纸印四五幅见寄,则幸甚。

其余的纸,拟请先生印《扫叶工人》、《哭儿》、《赌徒》、〖《哭儿》〗,《上海黄浦滩头》五幅见赐。因为我所有的,都是洋纸,滑而返光,不及中国纸印之美观也。

此复即颂

学安。

迅 启上 十二月七日

＊　　　＊　　　＊

〔1〕 肖像两幅 指罗清桢刻的鲁迅像。

〔2〕 贵校 指罗清桢当时任教的广东梅县松口中学。

331209 致 李 小 峰

小峰兄:

自上海不卖《伪自由书》后,向我来索取者不少,但我已无此书,故乞即托店友送五十本给我,其价即在版税中扣除可也。此上即颂

时绥。

迅 启 十二月九夜

331213 致 吴 渤

吴渤先生:

十一日信顷收到。没有油画水彩,木刻也好。自然,现在

的作品,是幼稚的,但他们决不会笑,因为他们不是中国"大师"一流人。我还想要求他们批评,则于此地的作者,非常有益。

学木刻的几位,最好不要到那边[1]去,我看他们的办法,和七八年前的广东[2]一样,他们会忽然变脸,倒拿青年的血来洗自己的手的。

《城市与年》是长篇,但我没有看过。有德译,无日译。作于十月革命后不久,大约是讲那时情形的罢。

《子夜》诚然如来信所说,但现在也无更好的长篇作品,这只是作用于智识阶级的作品而已。能够更永久的东西,我也举不出。

总之,绘画即使没有别的,希望集一点木刻,给我交去为要。

此致即颂

时绥。

迅　上　十二月十三日

＊　　　＊　　　＊

〔1〕　那边　指福建。当时在福建的十九路军将领成立主张反蒋、抗日的"革命政府",参看331205④信注〔3〕。

〔2〕　"七八年前的广东"　指1927年在广州发生的四一五"清党"反共大屠杀。参看270420信注〔4〕。

331219^①　致　母　亲

母亲大人膝下,敬禀者,十二月二日的来信,早已收到。心梅
　　叔有信寄老三,云修坟已经动工,细账等完工后再寄。此
　　项经费,已由男预先寄去五十元,大约已所差无几,请
　　大人不必再向八道湾提起,免得因为一点小事,或至于淘
　　气也。海婴仍不读书,专在家里捣乱,拆破玩具,但比上
　　半年懂事得多,且较为听话了。男及害马均安好,并请勿
　　念。上海天气渐冷,可穿棉袍,夜间更冷,寓中已于今日
　　装置火炉矣。余容续禀,专此布达,恭请

金安。

　　　　　　　　　　　　　　男树　叩上 十二月十九日

331219^②　致　吴　渤

吴渤先生:

　　木刻一卷并信,已收到。

　　某女士[1]系法国期刊《Vu》的记者,听说她已在上海,但
我未见,大约她找我不到,我也无法找她。倘使终于遇不到,
我可以将木刻直接寄到那边去的。

　　此复,即颂

时绥。

　　　　　　　　　　　　　　迅　上 十二,十九。

＊　　＊　　＊

〔1〕　某女士　指绮达·谭丽德。

331219^③　致 何 白 涛〔1〕

白涛先生：

　　十六日信并木刻三幅，今天收到了，谢谢。另外的一卷，亦已于前天收到，其中的几幅，我想抽掉，即克白〔2〕兄的《暖》,《工作》及先生的《望》。

　　《望》的特色，专在表现一个人，只是曲着的一只袖子的刻法稍乱，此外是妥当的；但内容却不过是"等待"而无动作，所以显出沈静之感。我以为无须公开。

　　《牧羊女》和《午息》同类，那脸面却比较的非写实了，我以为这是受了几个德国木刻家的影响的，不知道是不是？但这样的表现法，只可偶一为之，不可〔3〕常用。

　　《私斗》只有几个人略见夸张，大体是好的。

　　《雪景》的雪点太小了，不写明，则观者想不到在下雪，这一幅我也许不送去。但在原版上，大约还可以修改。

　　《小艇》的构图最好，但艇子的阴影，好像太多一点了。波纹的刻法，也可惜稍杂乱。各种关于波纹的刻法，外国是很多的，我们看得不多，所以只好摸暗路，这是在中国的不幸之处。

　　我以为中国新的木刻，可以采用外国的构图和刻法，但也应该参考中国旧木刻的构图模样，一面并竭力使人物显出中国人的特点来，使观者一看便知道这是中国人和中国事，在现在,艺术上是要地方色彩的。从这一种观点上,所以我以为克白兄的作品中,以《等着爹爹》一幅为最好。

此复即颂

时绥。

迅 上 十二月十九日

*　　　*　　　*

〔1〕 何白涛(1911—1939) 广东海丰人。当时上海新华艺术专科学校学生,木刻艺术团体野穗社主要成员之一。

〔2〕 克白 即陈铁耕。参看331204信注〔1〕。

〔3〕 此字原件残阙。

331219④ 致 姚 克

Y先生:

十二夜的信早收到。谭女士〔1〕至今没有见,大约她不知道我的住址,而能领她找我的人,现又不在上海,或者终于不能遇见也难说。我在这里,已集得木刻数十幅,虽幼稚,却总也是一点成绩,如果竟不相遇,我当直接寄到那边〔2〕去。

《不是没有笑的》〔3〕译文,已在《文艺》上登完,是两个人合译的,译者们的英文程度如何,我以为很难说。《生活周刊》已停刊,这就是自缢以免被杀;《文学》遂更加战战兢兢,什么也不敢登,如人之抽去了骨干,怎么站得住。《自由》〔4〕更被压迫,闻常得恐吓信,萧〔5〕的作品,我看是不会要的;编者也还偶来索稿，但如做八股然，不得"犯上"，又不可"连下"，教人如何动笔，所以久不投稿了。

台君〔6〕为人极好，且熟于北平文坛掌故，先生去和他谈谈，是极好的。但是，罗兰〔7〕的评语，我想将永远找不到。据译者敬隐渔说，那是一封信，他便寄给创造社——他久在法国，不知道这社是很讨厌我的——请他们发表，而从此就永无下落。这事已经太久，无可查考，我以为索性不必搜寻了。

那一次开展览会〔8〕，因借地不易，所以会场不大好，绘画也只有百余幅，中国之观者有二百余人。历来所集木刻，颇有不易得者，开年拟选印五十种〔9〕，当较开会展览为有益。闻此地青年，又颇有往闽者，其实我看他们的办法，与北伐前之粤不异，将来变脸时，当又是杀掉青年，用其血以洗自己的手而已。惜我不能公开作文，加以阻止。

所作小说，极以先睹为快。我自己是无事忙，并不怎样闲游，而一无成绩，盖"打杂"之害也，此种情境，倘在上海，恐不易改，但又无别处可去。幸寓中均平善；天气虽渐冷，已装起火炉矣。

中国寄挂号信件，收受者须盖印，倘寄先生信件，挂号时用英文名，不知备有印章否？便中乞示及。

此上，即颂
时绥。

　　　　　　　　　　　L 启上 十二月十九夜。

　*　　　*　　　*

　〔1〕　谭女士　指绮达·谭丽德。

　〔2〕　那边　指法国巴黎。

　〔3〕　《不是没有笑的》　小说，美国黑人作家休士(J. L. Hughes,
1902—1967)作，秀侠、征农合译，载《文艺》月刊第一卷第一至第三期
(1933年10月至12月)。

　〔4〕　《自由》　指《申报·自由谈》。

　〔5〕　萧　指萧伯纳。

　〔6〕　台君　指台静农。

　〔7〕　罗兰　即罗曼·罗兰(Romain Rolland,1866—1944),法国作
家。著有剧本《爱与死的搏斗》、长篇小说《约翰·克里斯朵夫》、传记《贝
多芬传》等。敬隐渔的《阿Q正传》法文译本在法国《欧罗巴》杂志发表
前,该刊主编罗曼·罗兰曾阅读译稿,并赞叹:"这是一篇明确的富于讽
刺的现实主义艺术杰作,……阿Q的可怜的形象将长久地留在人们的
记忆里。"(见1926年3月2日《晨报副刊》载柏生作《罗曼罗兰评鲁迅》
一文)。

　〔8〕　那一次开展览会　指俄法书籍插画展览会。

　〔9〕　开年拟选印五十种　指《引玉集》。

331220^①　致　曹　靖　华

亚丹兄:

　　十五日信收到,半月前的信,也收到的。编通俗文学的何
君^[1],是我们的熟人,人是好的,但幼稚一点,他能写小说,而
这两本书^[2],却编得不算好,因为为字数所限。至于吴,本是

姓胡[3]，他和我全不相识，忽然来信，说要重编《毁灭》，问我可以不可以。我非作者，不能禁第二人又编，回说可以的，不料他得此信后，便大施活动，好像和我是老朋友似的，与上海书坊去交涉，似乎他是正宗。我看此人的脾气，实在不大好，现已不和他通信了。

《安得伦》[4]销去还不多，因为代售处不肯陈列，一者自然为了压迫，二者则因为定价廉，他们利益有限，所以不热心了。《出版消息》[5]不知何人所办，其登此种消息，也许别有用意：请当局留心此书。

同样内容的书，或被禁，或不被禁，并非因了是否删去主要部分，内容如何，官僚是不知道的。其主要原因，全在出版者之与官场有无联络，而最稳当则为出版者是流氓，他们总有法子想。

兄所编的书[6]，等目录到时，去问问看，但无论如何，阴历年内，书店是不收稿子的了。不过，现在之压迫，目的专在人名及其所属是那一翼，与书倒是不相干的。被说"犯禁"之后，即无可分辩，因为现在本无一定之"禁"，抗议也可以算作反革命也。

《当吉好特》[7]还在排字，出版大约要在明年了。《母亲》[8]，《我的大学》[9]都是重译的，怕未必好，前一种已被禁。小说集[10]是它兄译的，出版不久，书店即被搜查，书没收，纸版提去，大约有人去说了话。《一周间》[11]译本有两种，一蒋光慈[12]从俄文译，一戴望舒[13]从法文译，我都未看过，但听人说，还是后一本好。

中国文学概论还是日本盐谷温〔14〕作的《中国文学讲话》清楚些,中国有译本。至于史,则我以为可看(一)谢无量〔15〕:《中国大文学史》,(二)郑振铎:《插图本中国文学史》(已出四本,未完),(三)陆侃如,冯沅君〔16〕:《中国诗史》(共三本),(四)王国维:《宋元词曲史》〔17〕,(五)鲁迅:《中国小说史略》。但这些都不过可看材料,见解却都是不正确的。

我们都还好。文稿很难发表,因压迫和书店卖买坏(买书的都穷了,有钱的不要看书),经济上自然受些影响,但目下还不要紧,勿念。

此复,即颂

时绥。

弟豫 上 十二月二十日

*　　　*　　　*

〔1〕 何君 指何谷天。参看330929②信注〔2〕。

〔2〕 两本书 指改编本《毁灭》、《第四十一》。

〔3〕 胡 指胡今虚,看看330801③信注〔1〕。

〔4〕 《安得伦》 即《不走正路的安得伦》。

〔5〕 《出版消息》 半月刊,顾瑞民编辑,1932 年 12 月 1 日创刊于上海,1935 年 3 月停刊,共出四十八期。

〔6〕 所编的书 指《苏联作家创作经验集》。

〔7〕 《当吉好特》 即《被解放的堂·吉诃德》。

〔8〕 《母亲》 长篇小说,高尔基著,沈端先根据日译本翻译,1929 年 10 月上海大江书铺出版。

〔9〕 《我的大学》 长篇小说,高尔基著,杜畏之、蕈心据原文译,

1931 年 9 月上海湖风书店出版。

〔10〕 小说集　指《高尔基创作选集》。

〔11〕《一周间》　中篇小说,苏联里别进斯基著,蒋光慈译,1930年 1 月上海北新书局出版;又有江思、苏汶合译本,水沫书店出版。

〔12〕 蒋光慈(1901—1931)　又名蒋光赤,安徽六安人,作家。曾留学苏联,太阳社主要成员之一。著有诗集《新梦》、小说《短裤党》、《田野的风》等。

〔13〕 戴望舒(1905—1950)　原名戴梦鸥,笔名望舒、江思等,浙江杭县人,诗人。曾留学法国,著有诗集《望舒草》等,译有《爱经》等。

〔14〕 盐谷温(1878—1962)　日本汉文学研究者,曾任东京大学教授。所著《中国文学讲话》,即《中国文学概论讲话》,孙俍工译,1926年 6 月开明书店初版。

〔15〕 谢无量(1884—1963)　原名谢蒙,四川梓潼人,曾任上海中华书局编辑。所著《中国大文学史》,1918 年 10 月中华书局出版。

〔16〕 陆侃如(1903—1978)　江苏海门人,曾任复旦大学、安徽大学等校教授。冯沅君,参看 261029① 信注〔2〕。他们所著《中国诗史》,1931 年 1 月由上海大江书铺出版。

〔17〕《宋元词曲史》　应是《宋元戏曲考》,1915 年 9 月商务印书馆出版。

331220②　致 郑 野 夫〔1〕

野夫先生:

木刻作品,我想选取五十种,明年付印是真的,无论如何,此事一定要做。

《水灾》〔2〕能否出版,此刻不容易推测,大约怕未必有书店敢收受罢。但如已刻成,不妨去试问一下。此颂

时绥。

迅 上 十二月廿日

＊　　　＊　　　＊

〔1〕 郑野夫(1909—1973) 原名郑诚芝,浙江乐清人。曾在上海美术专科学校学习,并参加木刻艺术团体"一八艺社"及"野风画会"。

〔2〕《水灾》 木刻画,郑野夫作。

331220③　致 徐懋庸

懋庸先生:

十八日信收到。侍桁先生的最初的文章,我没有看他,待到留意时,这辩论〔1〕快要完结了。据我看来,先生的主张是对的。

文章的弯弯曲曲,是韩先生的特长,用些"机械的"之类的唯物论者似的话,也是他的本领。但 先生还没有看出他的本心,他是一面想动摇文学上的写实主义,一面在为自己辩护。他说,沙宁在实际上是没有的,其实俄国确曾有,即中国也何尝没有,不过他不叫沙宁。文学与社会之关系,先是它敏感的描写社会,倘有力,便又一转而影响社会,使有变革。这正如芝麻油原从芝麻打出,取以浸芝麻,就使它更油一样。倘如韩先生所说,则小说上的典型人物,本无其人,乃是作者案

525

照他在社会上有存在之可能,凭空造出,于是而社会上就发生了这种人物。他之不以唯心论者自居,盖在"存在之可能(二字妙极)"〔2〕句,以为这是他顾及社会条件之处。其实这正是呓语。莫非大作家动笔,一定故意只看社会不看人(不涉及人,社会上又看什么),舍已有之典型而写可有的典型的么?倘其如是,那真是上帝,上帝创造,即如宗教家说,亦有一定的范围,必以有存在之可能为限,故火中无鱼,泥里无鸟也。所以韩先生实是诡辩,我以为可以置之不理,不值得道歉的。

　　艺术的真实非即历史上的真实,我们是听到过的,因为后者须有其事,而创作则可以缀合,抒写,只要逼真,不必实有其事也。然而他所据以缀合,抒写者,何一非社会上的存在,从这些目前的人,的事,加以推断,使之发展下去,这便好像豫言,因为后来此人,此事,确也正如所写。这大约便是韩先生之所谓大作家所创造的有社会底存在的可能的人物事状罢。

　　我是不研究理论的,所以应看什么书,不能切要的说。据我的私见,首先是改看历史,日文的《世界史教程》〔3〕(共六本,已出五本),我看了一点,才知道所谓英国美国,犹如中国之王孝籁〔4〕而带兵的国度,比年青时明白了。其次是看唯物论,日本最新的有永田广志〔5〕的《唯物辩证法讲话》(白杨社版,一元三角),《史的唯物论》〔6〕(ナウカ〔7〕社版,三本,每本一元或八角)。文学史我说不出什么来,其实是 G. Brandes〔8〕的《十九世纪文学的主要潮流》虽是人道主义的立场,却还很可看的,日本的《春秋文库》〔9〕中有译本,已出六本(每本八角),(一)《移民文学》〔10〕一本,(二)《独逸の浪漫派》〔11〕一本,

(四)《英国二於ヶル自然主义》[12],(六)《青春独逸派》[13]各二本,第(三)(五)部[14]未出。至于理论,今年有一本《写实主义论》[15]系由编译而成,是很好的,闻已排好,但恐此刻不敢出版了。所见的日文书,新近只有《社会主义的レアリズムの问题》[16]一本,而缺字太多,看起来很吃力。

中国的书,乱骂唯物论之类的固然看不得,自己不懂而乱赞的也看不得,所以我以为最好先看一点基本书,庶不致为不负责任的论客所误。

此复即颂

时绥。

迅 上 十二月二十夜。

*　　　*　　　*

〔1〕 辩论 指1933年9月至12月间韩侍桁和徐懋庸关于"现实的认识"和"艺术的表现"的辩论。双方辩论的文字,后收入韩侍桁的《参差集》(1935年3月上海良友图书印刷公司出版)。

〔2〕 "存在之可能" 韩侍桁在《关于"现实的认识"与"艺术的表现"——答徐懋庸先生》中曾说:"问题不在沙宁和巴扎洛夫是否曾经地存在过,而在,那表现在艺术作品中的沙宁和巴扎洛夫是否有社会的地存在的可能。"沙宁,阿尔志跋绥夫小说《沙宁》的主人公;巴扎洛夫,屠格涅夫小说《父与子》的主人公。

〔3〕 《世界史教程》 即《唯物史观世界史教程》,原名《阶级斗争史课本》,苏联波查洛夫(Ю. М. Бочаров,现译鲍恰罗夫)等编的一本教科书。日本早川二郎译本1932—1934年东京白杨社出版。

〔4〕 王孝籁(1886—1967) 浙江嵊县人,当时上海总商会会长。

与军政要员过从甚密,还广收门生,形成一股有影响的势力。九一八事变后参与发起组织抗日救国会。一·二八事变时任上海商界抗日救国会主席,支援十九路军抗战。

〔5〕　永田广志(1904—1941)　日本哲学家,著有《日本哲学思想史》等书。所著《唯物辨证法讲话》,1933年东京白杨社出版。

〔6〕　《史的唯物论》　苏联共产主义学院哲学研究所编,广岛定吉、直井武夫译,1933年东京科学社出版。

〔7〕　ナウカ　俄语Hayk(科学)的日语音译。

〔8〕　G.Brandes(1842—1927)　通译勃兰兑斯,丹麦文艺批评家。他的主要著作《十九世纪文学主潮》共六卷,出版于1872年至1890年。

〔9〕　《春秋文库》　东京春秋社出版的一套丛书。

〔10〕　《移民文学》　即《流亡者的文学》。

〔11〕　《独逸の浪漫派》　即《德意志的浪漫主义派》,又译《德国浪漫派》。

〔12〕　《英国ニ於ケル自然主义》　即《英国的自然主义》。

〔13〕　《青春独逸派》　即《少年德国》,又译《青年德意志派》。

〔14〕　(三)(五)部　按(三)为《法国文学的反动》;(五)为《法国的浪漫派》。

〔15〕　《写实主义论》　即《现实——马克思主义文艺论文集》,参看330209信注〔5〕。

〔16〕　《社会主义的レアリズムの问题》　《社会主义现实主义的问题》,俄国吉尔波丁等著,日本外村史郎译,1933年东京文化集团社出版。

331220④　致　郑　振　铎

西谛先生:

　　十五日信顷收到。《北平笺谱》尾页已于十四日挂号寄上,现在想必已到了。《生活》^{〔1〕}周刊已停刊,盖如闻将被杀而赶紧自缢;《文学》此地尚可卖,北平之无第六期,当系被暗扣,这类事是常有的。今之文坛,真是一言难尽,有些"文学家",作文不能,禁文则绰有余力,而于是乎文网密矣。现代在"流"字排行中,当然无妨,我且疑其与织网不无关系也。

此上即请

道安。

迅 顿首 十二月二十日

* * *

〔1〕《生活》周刊,参看 330509 信注〔2〕。

331224　致 黎烈文

烈文先生:

顷奉到惠函并《医学的胜利》^{〔1〕}一本,谢谢。这类的书籍,其实是中国还是需要的,虽是古典的作品,也还要。我们要保存清故宫,不过不将它当作皇宫,却是作为历史上的古迹看。然而现在的出版界和读者,却不足以语此。

明年的元旦,我看和今年的十二月卅一日也未必有大差别,要做八股,颇难,恐怕不见得能写什么。《自由谈》上的文字,如侍桁蛰存诸公之说^{〔2〕},应加以蒲鞭^{〔3〕}者不少,但为息事宁人计,不如已耳。此后颇想少作杂感文字,自己再用一点功夫,惟倘有所得而又无大碍者,则当奉呈也。

　　此复,即请

著安。

迅　上　十二月廿四日

＊　　　＊　　　＊

　　〔1〕　《医学的胜利》　剧本,法国洛曼著,黎烈文译,1933 年 11 月商务印书馆出版。

　　〔2〕　侍桁、蛰存之说　指 1933 年 12 月《申报·自由谈》上登载的韩侍桁的《关于"现实的认识"与"艺术的表现"》和施蛰存的《革命时代的夏里宾》等文。

　　〔3〕　蒲鞭　指羞辱性的鞭挞。《后汉书·刘宽传》:"吏人有过,但用蒲鞭罚之,示辱而已,终不加苦。"

331226①　致 李 小 峰

小峰兄:

　　这是一个不相识者〔1〕寄来的,因为来路远,故为介绍,不知北新刊物上,有发表的地方否? 倘发表,就请将刊物给我一本,以便转寄。否则,务乞寄还原稿,因为倘一失少,我就不得了了。

迅　上　十二月廿六日

＊　　　＊　　　＊

　　〔1〕　不相识者　指王熙之。

331226^②　致 王 熙 之

熙之先生：

　　惠函收到。儿歌曾绍介给北新书局，但似未发表。此次寄来的较多，也只好仍寄原处，因为我和书店很少往来。

　　大作的诗，有几首是很可诵的，但内容似乎旧一点，此种感兴，在这里是已经过去了。现并我的一本杂感集〔1〕，一并挂号寄上。

　　《自由谈》的编辑者是黎烈文先生，我只投稿，但自十一月起，投稿也不能登载了。此复即颂

时绥。

迅 上 十二月廿六日

＊　　　＊　　　＊

　〔1〕　杂感集　指《伪自由书》。

331226^③　致 罗 清 桢

清桢先生：

　　十二月十二日信并木刻，均已收到，感谢之至。宣纸印画不如洋纸之清楚，我想是有两种原因：一是墨太干，一是磨得太轻。我看欧洲人的宣纸印画，后面都是磨得很重的。大约

如变换着种种方法,试验几回,当可得较好的结果。

较有意思的读物,我此刻真也举不出。我想:先生何不取汕头的风景,动植,风俗等,作为题材试试呢。地方色彩,也能增画的美和力,自己生长其地,看惯了,或者不觉得什么,但在别地方人,看起来是觉得非常开拓眼界,增加知识的。例如"杨桃"这多角的果物,我偶从上海店里觅得,给北方人看,他们就见所未见,好像看见了火星上的果子。而且风俗图画,还于学术上也有益处的。

此复,即颂

时绥。

鲁迅　上　十二月廿六日

331227　致台静农

静农兄:

下午从书店得所惠书,似有人持来,而来者何人,则不可考。《北平笺谱》竟能卖尽,殊出意外,我所约尚有余,当留下一部,其款亦不必送西三条寓,当于交书时再算账耳。印书小事,而郑君乃作如此风度,似少函养,至于问事不报,则往往有之,盖不独对于靖兄为然也。

写序之事[1],传说与事实略有不符,郑君来函问托天行或容某[2](忘其名,能作简字),以谁为宜,我即答以不如托天行,因是相识之故。至于不得托金公[3]执笔,亦诚有其事,但系指书签,盖此公夸而懒,又高自位置,托以小事,能拖延至一年半载不报，而其字实俗媚入骨，无足观，犯不着向悭吝人乞烂铅钱也。关于国家博士[4]，我似未曾提起，因我未能料及此公亦能为人作书，惟平日颇嗤其摆架子，或郑君后来亦有所闻，因不复道耳。

北大堕落至此，殊可叹息，若将标语各增一字，作"五四失精神"，"时代在前面"，则较切矣。兄蛰伏古城，情状自能推度，但我以为此亦不必侘傺，大可以趁此时候，深研一种学问，古学可，新学亦可，既足自慰，将来亦仍有用也。

投稿于《自由谈》，久已不能，他处颇有函索者，但多别有作用，故不应。《申报月刊》[5]上尚能发表，盖当局对于出版者之交情，非对于我之宽典，但执笔之际，避实就虚，顾彼忌此，实在气闷，早欲不作，而与编者是旧相识，情商理喻，遂至今尚必写出少许。现状为我有生以来所未尝见，三十年来，年相若与年少于我一半者，相识之中，真已所存无几，因悲而愤，遂往往自视亦如轻尘，然亦偶自摄卫，以免为亲者所叹而仇者所快。明年颇欲稍屏琐事不作，专事创作或研究文学史，然能否亦殊未可必耳。

专此布复，并颂

时绥。

豫 顿首 十二月廿七夜

＊　　　＊　　　＊

〔1〕 写序之事　参看 331111 信注〔2〕。

〔2〕 天行，即魏建功。容某，指容庚。

〔3〕　金公　指钱玄同。

〔4〕　国家博士　指刘半农。

〔5〕　《申报月刊》　国际时事综合性刊物,1932年7月在上海创刊,1935年12月出至第四卷第十二期停刊。

331228①　致 陶 亢 德

亢德先生:

　　附上稿子两种〔1〕,是一个青年托我卖钱的,横览九洲,觉得于《论语》或尚可用,故不揣冒昧,寄上一试。犯忌之处,改亦不妨。但如不要,则务希费　神寄还,因为倘一失去,则文章之价值即增,而我亦将赔不起也。此布即请

著安。

　　　　　　　　　　　　　鲁迅 上 十二月廿八夜

＊　　　＊　　　＊

　　〔1〕　稿子两种　指王志之托鲁迅设法发表的两篇稿子:《幽默年大事记》和《刷浆糊与拍马屁》。

331228②　致 王 志 之

志兄:

　　廿二日信已收到。前月得信后,我是即复一信的,既未收到,那是被遗失或没收了。《落花集》在现代搁置多日,又被送还,据云因曾出版,所以店主反对,争之甚力,而终无效云云,

现仍在我处,暂时无法想。这回的稿子[1],当于明日寄给《论语》,并且声明,许其略改犯禁之处。惟近来之出版界,真是战战兢兢,所以能登与否,亦正难必,总之:且解[听]下回分解罢。

德哥派拉君之事[2],我未注意,此君盖法国礼拜六派,油头滑脑,其到中国来,大概确是搜集小说材料。我们只要看电影上,已大用菲洲,北极,南美,南洋……之土人作为材料,则"小说家"之来看支那土人,做书卖钱,原无足怪。阔人恭迎,维恐或后,则电影上亦有酋长飨宴等事迹也。

《募修孔庙疏》[3]不必见寄,此种文字,所见已多,真多于"牛溲马勃"[4],而且批评文字,亦无处发表,盖庙虽未修,而礼教则已早重,故邪说无从盛行也。

上海尚未大冷,我们是好的。

此复,即颂

时绥。

迅 上 十二月廿八夜

*　　　*　　　*

〔1〕 这回的稿子　参看 331228①信注〔1〕。

〔2〕 德歌派拉君之事　指法国小说家德歌派拉(M. Dekobra, 1885—1973)1933 年 11 月来我国游览的事。

〔3〕 《募修孔庙疏》　即当时国民党政府山东省主席韩复榘募修孔庙的倡议书。

〔4〕 "牛溲马勃"　语出韩愈《进学解》,无用之物的意思。